CINQ ANS SANS LUI

MARIE FORCE

Cinq ans sans lui

Par : Marie Force

Traduit de l'anglais par Lorraine Mauvais

Droits d'auteur 2018 par Marie Force

Publié par HTJB, Inc.

Couverture de Kristina Brinton

Mise en forme du livre électronique par Holly Sullivan

E-book Formatting Fairies

ISBN 978-1946136497

marieforce.com

PROLOGUE

Ava

De tous les endroits possibles, c'est dans un bar que nous nous sommes rencontrés, un boui-boui caché prisé des troupes de la base navale la plus proche, celle de San Diego. Je m'y étais rendue avec une amie de travail qui justement s'intéressait à l'un de ces militaires. Avant cette nuit-là, je n'y avais jamais mis les pieds, et je n'y suis jamais retournée après. John y célébrait la promotion d'un de ses potes. Il m'a bousculée alors que je sortais des toilettes et m'a évité une mauvaise chute en m'attrapant par les bras pour me stabiliser.

Comme au cinéma, nos regards se sont croisés et j'ai frissonné avec une sorte de lucidité immédiate dont je connaissais l'existence de par les livres mais que je n'avais jamais, jusque-là, ressentie moi-même.

« Je suis vraiment désolé », a-t-il dit, ardent et beau à se damner dans son treillis.

J'ai remarqué l'ombre d'une barbe d'un jour qui grisait sa mâchoire et le nom WEST en lettres grasses noires sur sa poitrine. Des yeux d'un bleu électrique intense faisaient qu'il m'était impossible de détourner mon regard, même quand je fus en sécurité, les pieds à nouveau fermement plantés sur le sol.

« Vous allez bien ? » a-t-il demandé.

En réalisant que je ne l'avais pas quitté du regard, j'ai cligné des yeux et, à contrecœur, ai brisé la connexion.

« Je… Oui, ça va. Merci de m'avoir sauvée. »

Et puis il a souri, et le frisson a repris de plus belle.

« Moi, c'est John. »

J'ai serré la main qu'il me tendait.

« Ava. »

En gardant ma main dans la sienne, il a incliné la tête.

« Vous venez ici souvent ?

— Jamais, ai-je dit en riant. C'est la première fois.

— Et vous en pensez quoi, pour l'instant ?

— Je n'étais pas très impressionnée jusqu'il y a environ trente secondes. »

Comme s'il avait tout le temps du monde à m'accorder, il s'est appuyé contre le mur.

« Ah oui ? Que s'est-il passé il y a trente secondes ? »

J'ai pensé à retirer ma main de la sienne mais je ne l'ai pas fait.

« J'ai été sauvée d'un désastre certain par un homme en uniforme.

— Le gars en uniforme est la raison même pour laquelle vous aviez besoin d'être sauvée, parce qu'il ne regardait pas où il allait. Il doit vous payer un verre, c'est la moindre des choses.

— Je ne dirais pas non. »

J'étais fière de mon sens de la répartie et j'ai eu l'impression qu'il pouvait me faire concurrence en la matière. À l'autre bout de la pièce bondée, j'ai remarqué mon amie qui parlait au mec qu'elle était venue voir, et ses sourcils se sont levés avec intérêt quand elle m'a vue avec John. Il m'a conduite au bar, une main possessive dans le creux de mon dos, et a dit à un des gars de me donner son tabouret.

« Oui, commandant. »

L'homme, plus jeune, s'est incliné galamment devant moi, a pris sa bière et s'en est allé s'asseoir plus loin.

« Les gens font toujours ce que vous leur dites ?

— S'ils savent ce qui est bon pour eux, oui. »

Grâce à son grand sourire taquin, la remarque n'a pas semblé prétentieuse.

« Que prendrez-vous ? »

Décidant de vivre dangereusement pour une fois, j'ai demandé un cocktail Cosmopolitan.

« Croquer la vie à pleines dents, a-t-il dit avec admiration.

— C'est ma devise. »

J'en racontais, des conneries. Je me suis demandé s'il se rendait compte que ce n'étaient que paroles en l'air ou ce qu'il penserait de moi s'il s'était rendu compte que d'habitude je péchais plutôt par excès de prudence qu'en me déchaînant. Je me suis demandé s'il avait vu que j'avais à peine l'âge de boire. Je n'avais célébré mes vingt et un ans que six mois auparavant.

Une fois mon Cosmopolitan et sa Budweiser servis, il a proposé un toast.

« Aux nouveaux amis. »

J'ai choqué mon verre contre sa bouteille.

« Aux nouveaux amis.

— Alors, vous êtes d'où, Ava ?

— New York.

— Il me semblait bien avoir détecté un peu de New Yawk dans votre voix. »

J'ai battu des cils.

« Alors quatre ans à l'université de Californie à San Diego ne m'ont pas débarrassée de l'accent de New York ? »

En riant, il a dit : « Ce n'est pas ça. Je connais des gars de New York. Il y en a un de Staten Island, et il n'y a pas plus New York que ça. Je reconnais New York dès que je l'entends.

— Je suis de Purchase, au nord de la capitale. Et vous ?

— Moi, je suis de partout et nulle part. Mon vieux est un général à la retraite. Y'a pas un coin où je n'ai pas vécu.

— Et chez vous, c'est où ?

— Ici même. »

Il a posé son regard intense sur moi, et j'ai été prise de folie... Je ne voyais que lui. C'était comme si nous étions les deux seules personnes dans le troquet bondé, pour ma part. Si mon amie adorait les hommes en uniforme, cela n'avait jamais eu aucun effet sur moi.

Jusque-là. Jusqu'à John.

« Vous voulez qu'on se tire d'ici ? »

J'ai avalé ma salive. Je n'étais pas du genre à quitter un bar avec un homme que je venais de rencontrer.

« Pour aller où ?

— Un endroit où l'on peut parler.

— De quoi voulez-vous parler ? »

Il s'est penché vers moi et ses lèvres ont frôlé mon oreille.

« De tout. Je veux tout savoir sur vous, dans les moindres détails. »

C'est comme ça que notre histoire a commencé. Cela a été intense entre nous du moment où nous nous sommes rencontrés jusqu'à la dernière fois que je l'ai vu il y a cinq ans aujourd'hui, jour pour jour. Je n'arrive pas à croire que cela fait cinq ans que j'ai regardé dans ces incroyables yeux bleus ou me suis réveillée à ses côtés, ou encore que j'ai entendu sa voix dans le creux de mon oreille, pendant qu'il me faisait l'amour, me chuchoter des mots gravés à jamais dans mon cœur.

Le pire, c'est que je n'ai aucune idée de là où il se trouve. Je ne sais s'il est mort ou vivant, prisonnier ou menant sa vie ailleurs avec quelqu'un d'autre. Je ne sais pas, et le fait de ne pas savoir, c'est ce que j'ai eu de plus difficile à surmonter dans ma vie.

Aujourd'hui, je l'aime toujours autant. Les années qui passent ne pourront changer cette évidence de ma vie. Nous avons passé deux belles années, deux années magnifiques, ensemble, épris l'un de l'autre dans notre petite bulle à nous. Il n'a jamais rencontré ma famille. Je n'ai jamais rencontré la sienne. Nous ne nous sommes pas fait d'amis en couple. Nous n'avons pas parlé de l'avenir. Nous n'en avions pas besoin. Notre avenir avait été décidé le tout premier soir ensemble, et il était tout tracé. Il n'y avait qu'à attendre. C'est ce que je croyais, en toute honnêteté, en toute naïveté.

Maintenant, avec le recul, je me rends compte que la bulle était stratégique de sa part. Il m'a donné tout ce qu'il avait à donner, y compris l'absence de promesse de lendemain.

Il y a cinq ans jour pour jour, nous avons regardé l'horreur se dérouler en direct à la télévision. Des kamikazes ont fait exploser dans l'eau un bateau de croisière basé aux USA. Quatre mille vies éteintes en un clin d'œil. Notre monde encore une fois changé à jamais, notre pays déclarant une guerre de plus aux terroristes. Après les attentats du 11 septembre 2001, nous pensions avoir tout vu. Nous nous étions trompés.

« Faut que j'y aille », a-t-il dit, en attrapant le sac de voyage qui était prêt dans le placard de l'entrée.

Il appelait ça son « sac de secours ». Je n'y avais pas prêté attention.

« Tu vas où ?

— Je ne sais pas.

— Tu reviens quand ?

— Je ne sais pas non plus. »

Il m'a pris le visage entre ses mains et m'a regardée, comme pour se rappeler chaque détail.

« Je t'aime. Je t'aimerai toujours. »

Puis il m'a embrassée plus passionnément que jamais et a disparu, parti en coup de vent. Je ne l'ai jamais revu.

Je ne suis ni sa femme, ni même sa fiancée, donc je n'ai pas été notifiée de l'endroit où il était. Et trois mois après son départ, quand j'ai réussi à me faufiler sur la base militaire en quête désespérée d'informations, on n'a rien pu me dire non plus. J'ai essayé de trouver ses parents et les autres personnes qu'il avait mentionnées, mais c'était comme s'ils n'avaient jamais existé. Je n'ai pu trouver aucune trace d'un général du nom de West dans la Marine, l'Armée de terre ou l'Armée de l'air.

De plus, une recherche exhaustive pour obtenir des informations sur le John West que j'avais connu n'a abouti à rien. Pas de collège, pas d'université, pas de service militaire, rien du tout.

Parfois, je me suis demandé si je n'avais pas rêvé les deux ans que nous avions passés ensemble, à faire les choses les plus simples comme les courses, la cuisine, regarder la télé et dormir ensemble après de longues journées de travail. Mais d'un coup je me souvenais de cette passion merveilleuse, du plaisir ardent, du désir qui nous avait contrôlés dès les premiers instants, et je savais que je ne l'avais pas rêvé, lui. Je ne nous avais pas rêvés. Nous étions réels, et il était tout pour moi.

Assise par terre dans notre appartement, au milieu des cartons, je prends quelques minutes avant que les déménageurs n'arrivent pour ancrer dans ma mémoire chaque détail de l'endroit où nous avons vécu ensemble. J'ai emballé ses affaires avec les miennes et je déménage à New York.

Aujourd'hui, c'était ma date limite. Je me suis donné cinq ans et je ne peux tout simplement plus vivre comme ça. Je ne peux pas rester assise dans notre maison au milieu de nos affaires à attendre quelque chose qui n'arrivera jamais.

C'est fini. Il est temps que je passe à autre chose. Il est probablement grand temps, si je dois être honnête avec moi-même. Et même si je sais que c'est la bonne décision au bon moment, cela ne veut pas dire que mon cœur ne se brise pas encore une fois pendant que je démantèle l'endroit où nous formions un couple.

Ma sœur se marie le mois prochain. Je lui ai promis de rentrer à temps pour lui tenir la main pendant la fête. À part quelques séjours çà et là en vacances et à l'occasion, cela fait plus de dix ans que je suis partie. Je ne ressemble plus du tout à la jeune fille qui s'en est allée de la maison à dix-huit ans, quittant sa famille étouffante, à la recherche de son indépendance dans une université bien loin à l'ouest.

J'ai atteint tous mes buts, terminant mes études universitaires, trouvant un bon emploi et tombant amoureuse de l'homme de mes rêves. J'ai appris ce qui se passe quand les rêves se réalisent et quelle douleur ils infligent quand ils vous explosent à la figure.

Il est maintenant temps de se fixer de nouveaux objectifs, de tout recommencer, de mettre en route une vie qui n'a pas pour centre d'intérêt John, comme c'était le cas ici. Cela va me faire du bien de me retrouver avec des gens qui m'aiment et pour qui j'ai de l'importance, même si parfois ils ont tendance à être étouffants. Cela me fait plutôt envie après des années de solitude et de peine.

L'interphone sonne pour me faire savoir que les déménageurs sont là. Je trouve le courage de me lever et je me prépare pour la journée qui m'attend. Je vais y arriver. J'ai vécu pire et je vais survivre à cela comme à tout le reste. Malgré ma détermination, mes yeux se remplissent de larmes quand j'appuie sur le bouton qui ouvre la porte du rez-de-chaussée aux déménageurs.

Ils mettent peu de temps à charger le camion de mes possessions. Je garde avec moi les choses qui ne peuvent être remplacées – les photos précieuses, les cadeaux qu'il m'avait faits, les vêtements qu'il a laissés. Après avoir posé le regard sur l'appartement une toute dernière fois, je charge ma voiture avec ces boîtes-là, dépose les clés de l'appartement au bureau de location immobilière et je pars vers l'est, avec l'impression de laisser derrière moi tout ce qui a eu de l'importance dans ma vie.

C'est comme si je le perdais encore une fois. Je pleure pendant toute la traversée du désert de la Californie du Sud et pendant un bon bout de l'Arizona. Je revis chaque minute dont je me souviens, chaque conversation, chaque moment cher. Je pense à comment c'était de faire l'amour avec lui et je me demande comment je pourrais un jour le faire avec quelqu'un d'autre. Peut-être que je ne le ferai plus. Peut-être que cette partie-là de ma vie a pris fin avec lui, et même si je n'ai que vingt-huit ans maintenant, cette possibilité ne me contrarie pas. Une fois qu'on a connu la perfection, c'est difficile d'imaginer que l'on puisse se contenter de moins.

Finalement, les larmes cessent quelque part dans le nord de l'Arizona, mais la peine en moi… Ça non, je l'emmène avec moi jusqu'à New York où je vais faire de mon mieux pour rassembler les morceaux de ma vie brisée et les recoller pour créer une nouvelle version de moi-même.

Après tout, quel choix ai-je ?

<h1 style="text-align: center">CHAPITRE 1</h1>

Ma sœur Camille ne fait pas les choses à moitié, y compris se marier. C'est une de ces filles que je prendrais plaisir à détester, si elle n'était pas ma sœur bien-aimée. Trois ans derrière moi au lycée, elle était déléguée de classe, capitaine des pom-pom girls, première de la classe et reine du bal de fin d'études. Je suis certaine que les professeurs qui m'ont eue d'abord se sont demandé comment les mêmes gènes avaient pu donner naissance à deux sœurs si différentes. Pourquoi pensez-vous que je suis partie si loin de chez moi pour aller à l'université et que j'y suis restée par la suite ? Au moins, à San Diego, personne ne me comparait à la célébrité qu'était ma petite sœur.

Il y a quelques semaines, elle a obtenu son diplôme de l'école de droit de Yale, est sortie première de la classe, bien sûr, a été publiée dans *Law Review*, le journal spécialisé de la faculté, a reçu des offres d'emploi de toutes les grandes sociétés du pays et affichait un diamant de trois carats enfilé à son doigt par le fils du gouverneur de New York.

Comme je l'ai déjà dit, elle ne fait pas les choses à moitié. Alors me voici au Waldorf-Astoria, dans la ville de New York, debout aux côtés de ma sœur alors qu'elle épouse Robert James Tilden III en une cérémonie somptueuse. Ai-je oublié de dire qu'elle est aussi superbe, punaise ? Bah oui, elle l'est, et aujourd'hui encore plus que jamais. Elle est resplendissante de bonheur, d'excitation et de joie sans entraves qui me rappelle, avec amertume, tout ce que j'ai perdu.

Par ici, le champagne !

Il n'y a jamais eu de meilleur moment pour me saouler à me rouler par terre. Rob a réservé une chambre d'hôtel pour chaque membre du cortège de mariage, pour que personne n'ait à conduire ni même à tenir debout après la réception. J'ai l'intention de profiter au maximum de la générosité de mon nouveau beau-frère, petit déjeuner compris.

Camille m'attrape par le bras lorsque nous allons du toit-terrasse où le couple a échangé ses vœux de mariage, vers la salle de bal où se tiendra la réception.

« Aide-moi à pisser », dit-elle à voix basse.

Je la suis jusqu'aux toilettes où une préposée nous accueille et félicite la mariée.

« Merci beaucoup, dit Camille, offrant à la dame un sourire plein de grâce.

— Utilisez le cabinet pour handicapés, dit la préposée. Il y a plus de place.

— Bonne idée », dis-je en entrant dans le cabinet de toilette spacieux où Camille m'apprend à mettre la tournure à sa robe.

Je la fixe de mon mieux avec une épingle et puis la tiens en sécurité pendant qu'elle se perche au-dessus du WC pour faire le nécessaire.

« Ce n'était pas dans la description du poste de demoiselle d'honneur. »

Elle rit.

« Désolée, mais c'est à ça que ça sert, les sœurs. Et je suis *si* contente que tu sois là.

— Moi aussi. »

Et je le dis en toute sincérité.

« J'adore te voir si heureuse.

— Je suis heureuse, mais je le serai encore plus demain. J'ai hâte de prendre des vacances après avoir organisé un mariage pendant la dernière année de droit. Si ça, ça ne me tue pas, rien ne le pourra. Deux semaines de sable, soleil, sexe et alcool. Allez, je suis prête, va ! »

Je suis envieuse presque à en pleurer, ce qui fait que je me sens petite et mesquine. Je donnerais tout pour deux semaines dans les tropiques avec John. Je donnerais tout, ne serait-ce que pour savoir qu'il est en vie. Je fais abstraction de ces idées. Ce n'est pas le moment de me complaire dans le malheur du passé. Aujourd'hui, c'est le jour de Camille et Rob, et je suis déterminée à me concentrer sur elle.

Elle se lève et se jette dans mes bras.

« Je t'aime tellement, Ava. Je suis si contente que tu sois revenue chez nous. Ta place est ici. »

Je cligne des yeux pour retenir mes larmes et, moi aussi, je la serre contre moi.

« Je t'aime aussi. »

Cela fait du bien d'être rentrée. Que ma place soit ici, je n'en suis pas si sûre. Je ne sais plus du tout où est ma place, mais je vais bien finir par la trouver.

« Je ne voudrais être nulle part ailleurs qu'avec toi aujourd'hui. »

Ça, au moins, c'est la vérité.

Après s'être lavé les mains au lavabo à l'intérieur du cabinet de toilette, elle me prend le bras pour me conduire à l'extérieur, tandis que la préposée nous observe avec amusement.

« Que la fête commence ! »

Nous attendons l'une derrière l'autre devant la salle de bal, et on me met en couple avec le témoin, Éric, le frère de Rob. Ma sœur est entrée dans une famille avec un patrimoine génétique plutôt fabuleux. Non seulement les Tilden sont riches et couronnés de succès, mais ils sont aussi incroyablement beaux. Rob est un triplé, ayant partagé le ventre de sa mère avec Éric et leur sœur Amélia, qu'ils appellent Amy. Ils forment un trio d'une beauté frappante – Rob et Amy ressemblent à leur père, avec ses cheveux et yeux foncés, alors qu'Éric tient de leur mère à la chevelure blonde et aux yeux noisette. Malgré leurs différences de couleur de cheveux et d'yeux, il y a une ressemblance évidente entre les trois ainsi qu'avec Julianne, la plus jeune des sœurs, une tigresse blonde qui nous a fait rire tout le week-end.

Les Tilden, je les aime tout de suite et je vois très bien pourquoi ma sœur est gaga de Rob, qui est si attentionné envers elle que c'en est nauséabond pour nous autres. Je laisse couler puisque c'est le week-end de leur mariage, mais les mots « *prenez une chambre* » me sont souvent venus à l'esprit pendant la fête.

« Nom de Dieu, marmonne Éric pendant qu'on attend de passer aux présentations, gardez ça pour la lune de miel. »

En regardant par-dessus mon épaule, je vois Rob et Camille qui se bécotent passionnément encore une fois et je ris devant l'expression de dégoût sur le beau visage d'Éric.

« Ils ne peuvent pas s'en empêcher.

— J'ai besoin de boire un coup. Le cortège a le droit de boire, non ?

— Punaise, j'espère bien.

— C'est à vous, dit l'organisatrice, une femme pleine d'énergie qui s'appelle Mimi, après que Nate, le cousin de Julianne et Rob, a été présenté.

— Prête ? » demande Éric en me tendant le bras.

Je place ma main dans le creux de son coude.

« Prête.

— Merci de vous joindre à moi pour accueillir chaleureusement les témoins, le frère du marié, Éric Tilden, et notre demoiselle d'honneur, la sœur de la mariée, Ava Lucas. »

Le DJ allonge chaque syllabe de mon nom, et je deviens Avaaaaaa, Luuuuucasssss.

Nous entrons sous le tonnerre d'applaudissements de près de cinq cents invités dans la salle de bal. Je l'admets, je suis intimidée par la foule et le bruit, et les deux ensemble font que je m'accroche un peu plus fort à Éric.

Comme s'il sentait combien je suis tendue, ce dernier place sa main libre sur la mienne, celle avec laquelle je lui tiens le bras, et son geste me réconforte.

Nous sommes debout sur le côté de l'immense piste de danse avec le reste du cortège.

« Et maintenant, merci d'accueillir les mariés, Rob et Camille Tilden ! »

Les applaudissements sont assourdissants quand le couple heureux entre dans la pièce, s'arrêtant pour des étreintes et bises d'amis et membres de la famille. Cela fait maintenant deux ans qu'ils sont follement heureux, depuis qu'ils se sont rencontrés à un gala de bienfaisance pour le père de Rob, au moment où Camille finissait sa première année de faculté de droit. Rob s'occupait de la campagne de son père et maintenant il dirige le bureau de celui-ci à New York.

« On peut boire, là ? »

Éric parle près de mon oreille pour que je sois la seule à l'entendre.

« Je compte les minutes. »

Je jette un coup d'œil sur lui et je réalise qu'il fixe son attention sur moi, et non pas sur les nouveaux mariés. La senteur subtile et riche de son parfum m'enveloppe et me donne envie de me pencher plus vers lui. Je réalise en un moment de désespoir que c'est le plus près que j'ai été d'un homme depuis le jour où John a posé un baiser d'adieu sur mes lèvres et a disparu de ma vie.

Je frissonne alors qu'il ne fait pas froid dans la pièce. Il y fait même trop chaud.

« Ça va ? » demande Éric.

Je hoche la tête mais mon cœur se brise. Je donnerais tout pour avoir l'homme que j'aime avec moi aujourd'hui, pour fêter le mariage de ma sœur, rencontrer ma famille, danser jusqu'au bout de la nuit. Même au milieu de tant de bonheur et de joie, le chagrin m'accable.

« C'est à vous dégoûter non ? » demande Éric en me faisant virevolter sur la piste de danse après que le cortège a été invité à rejoindre les mariés qui dansent au son de *The Best Is Yet To Come* de Frank Sinatra.

— De quoi ?

— À quel point ils sont parfaits. »

Il fait signe du menton vers Rob et Camille, qui sont si absorbés l'un par l'autre que les centaines d'autres personnes dans la pièce pourraient aussi bien ne pas exister en ce qui les concerne.

« Cela ne me dégoûte pas. Ils sont parfaits l'un pour l'autre. »

Il s'écarte un tout petit peu pour me regarder avec un pétillement espiègle dans les yeux.

« Vous ne pensez pas que ce soit *un tant soit peu* dégoûtant que deux personnes puissent être si belles *et* si brillantes ? »

Je n'admettrai jamais avoir eu ce genre de pensée moi-même.

« Non, bien sûr que non. C'est ma sœur. J'en suis très fière – et heureuse pour elle.

— Oui, oui. D'accord. Si vous le dites. »

Pourquoi essaie-t-il de me piéger ?

« C'est en effet ce que je dis.

— Vous ne pensez pas que ce soit *un tout petit peu* injuste qu'ils aient tout pris : la beauté, l'intelligence, le grand amour, de super boulots *et* un appartement fabuleux ? Vous voulez parier combien qu'ils auront des enfants moches ? »

C'est une remarque si osée que je ne peux contenir le gargouillis de rire nerveux qui s'échappe de ma gorge.

« Ah ! Je le savais bien ! Vous êtes carrément de l'avis que leurs enfants seront moches.

— Je ne le suis pas ! Ne dites pas ça ! C'est votre frère. Vous êtes censé l'aimer.

— Bien sûr que je l'aime, mais parfois j'ai envie de lui casser la figure. Tout lui tombe *tout cuit* dans le bec. Il n'a jamais eu à travailler dur pour quoi que ce soit de sa vie.

— Et vous, oui ?

— J'ai travaillé dur pour tout ce que j'ai. Et ça continue.

— Qu'est-ce que vous faites dans la vie ?

— Je passe des années à faire des recherches sur une entreprise, pour la société d'investissement pour laquelle je travaille, tout ça pour qu'on me démolisse quand je la présente au service des acquisitions. Après quoi il me faut trouver une autre société, passer des années à travailler sur cette proposition-là en espérant qu'elle ne soit pas aussi démolie. J'ai réussi une fois sur quatre en trois ans.

— Ça semble plutôt…

— Déprimant ?

— Ça l'est ?

— Ça peut l'être. C'est vraiment les boules d'investir tout ce temps et ce travail juste pour qu'on vous démolisse au comité. »

Il se penche un peu plus près, encore une fois plus près de moi qu'aucun homme ne l'a été depuis que John est parti.

« Je vais vous révéler un petit secret. Ces sociétés sur lesquelles je passe tout ce temps à faire des recherches ? »

Je hoche la tête, intriguée par son secret.

« J'ai personnellement investi dans chacune d'entre elles, et le rendement en a été spectaculaire.

— Alors vous n'avez pas perdu votre temps.

— Pas du tout. »

Il me regarde de toute sa hauteur, et donne l'impression de faire un inventaire visuel de mes traits, qui me rappelle ce qu'avait fait John le soir où nous nous sommes rencontrés – ainsi que le jour où il m'a quittée. Le souvenir me frappe comme un coup de poing au ventre, me coupant le souffle.

« Vous êtes très jolie, mais vous le savez déjà, bien sûr. »

La plus belle fille que j'aie jamais rencontrée. La voix rauque, sexy de John fait irruption dans ma tête et je me retrouve dans la chambre que nous avions peinte en gris clair, dans le lit que nous avions choisi ensemble, les draps emmêlés autour de nos corps pendant qu'il me faisait l'amour avec intensité, me chuchotant des mots que je n'ai jamais oubliés.

« Ava ? Vous allez bien ? »

La voix d'Éric me surprend, m'arrachant à des souvenirs auxquels je voudrais me laisser aller. Ils m'envahissent moins souvent qu'avant, et je vis avec la peur de les perdre à jamais à un moment donné.

« Ava ? »

Je lève rapidement les yeux sur lui, gênée de me rendre compte qu'il a arrêté de bouger et me regarde avec inquiétude.

« Je… je suis désolée.

— Je ne voulais pas vous contrarier.

— Vous ne m'avez pas contrariée. »

Les autres membres du cortège, y compris les mariés, nous regardent, et se demandent pourquoi nous ne dansons pas comme nous le devrions.

« Allons boire un coup, dit Éric.

— Mais la danse…

— Au diable la danse. »

Il me prend par la main et m'emmène à l'un des cinq bars placés de façon stratégique autour de l'énorme salle de bal.

« Qu'est-ce qui vous ferait plaisir ?

— Juste de l'eau glacée, s'il vous plaît. »

Il commande mon eau ainsi qu'un bourbon pour lui.

« Allons prendre l'air. »

Nous emportons nos verres sur un balcon où la douce brise de juin est un soulagement bienvenu après l'air étouffant de la salle de bal.

« J'ai foiré quand j'ai dit que vous étiez jolie ?

— Non, bien sûr que non. »

Je suis mortifiée par l'épisode. Juste quand je pense que je reprends pied, un souvenir de John revient me montrer qu'il n'en est rien. Parfois, je pense que j'en suis toujours au même point que le jour où il est parti.

« Eh bien, pour info, vous êtes vraiment très jolie. Plus que ça, en fait. Magnifique est bien plus approprié comme mot. C'est ce que j'ai tout de suite pensé en vous rencontrant à la répétition.

— Merci. »

Il flirte avec moi, et je suis tellement rouillée, je n'ai aucune idée de comment répondre.

« Vous êtes sûre que ça va ?

— Je vais mieux, maintenant. Il faisait chaud là-dedans.

— Oui, en effet. Camille a dit que vous veniez de déménager de San Diego à New York. Que faisiez-vous là bas ? »

Suis tombée amoureuse de l'homme le plus extraordinaire, qui a disparu de ma vie il y a cinq ans.

« J'ai… Je travaillais dans les relations publiques.

— Ah oui ? Julianne est dans les relations publiques. Elle connaît tout le monde. Je parie qu'elle pourrait vous aider à trouver un nouveau travail. C'est-à-dire, si vous cherchez.

— Oui, je cherche, et ce serait formidable. Je tâte le terrain partout en ville, mais j'ai l'impression qu'ici les *contacts* comptent plus que ce que l'on sait faire. »

Mon but, c'est de vivre et travailler dans la métropole afin que je puisse partir de chez mes parents à Purchase le plus rapidement possible. Au bout d'un mois à la maison, je sais déjà que je l'ai quittée il y a trop longtemps pour pouvoir revenir y vivre à long terme. Mes parents sont gentils, et ils veulent bien faire, mais ils s'occupent de moi comme si j'avais douze ans plutôt que vingt-huit, et je suis dans un tel état qu'il serait tentant de les laisser s'occuper de moi de façon permanente.

« On va arranger ça. »

Il le dit avec la confiance tranquille d'un homme qui connaît du beau monde. En tant que fils du gouverneur, il a probablement des contacts à revendre, et je ne suis pas trop fière pour accepter de profiter des connaissances de sa famille pour redémarrer ma vie à New York avec un bon coup de pouce.

Après quelques minutes dehors, nous retournons à la fête. Nous sommes placés ensemble à la table d'honneur où nous dégustons un repas de filet de bœuf et crevettes. Éric m'amuse avec des histoires très drôles sur la jeunesse des Tilden et comment leurs parents ont été obligés d'interdire les farces entre les enfants de peur qu'ils ne réduisent la maison en cendres.

Malgré la pièce bondée et les festivités tout autour de nous, d'une certaine manière j'ai l'impression que nous ne sommes sortis que tous les deux. Il m'accorde toute son attention, sauf quand quelqu'un vient lui dire bonjour. Alors il me présente comme la sœur de Camille, Ava, et m'inclut dans la conversation. Il est charmant, amusant, drôle et beau, et je ne sais pas si c'est lui ou le champagne qui fait que je suis légèrement épatée, mais quoi que ce soit, je m'amuse plus que je ne l'ai fait depuis des années.

Mimi, l'organisatrice, débarque après le repas avec un microphone sans fil qu'elle donne à Éric.

« C'est à vous.

— Oh, merde, me dit-il. J'ai oublié qu'il me fallait faire un discours. Qu'est-ce que je devrais dire ?

— *Vous êtes sérieux* ?

— Mais non, dit-il en riant de mon expression horrifiée. J'ai la situation en main. »

Il se lève et s'éclaircit bien la voix dans le microphone.

« Votre attention, s'il vous plaît. »

Quand le silence s'abat sur la pièce, il dit :

« Voici la partie du programme où le témoin est supposé humilier le marié avec des histoires embarrassantes qui font que la mariée se demande ce qui a bien pu la prendre d'épouser un tel imbécile. »

Une déferlante de rires traverse la pièce tandis que Rob lui lance un regard furieux.

« Malheureusement pour moi et pour vous tous, Rob ne fait rien d'embarrassant. Je sais… Ce n'est pas juste et dans un sens pas normal que quelqu'un puisse arriver à trente-deux ans sans une seule histoire franchement gênante à son sujet. Mais ça, c'est notre Rob, rigoureux, brillant, et malgré son manque de défauts ahurissant, de compagnie très amusante. Et aux dires de tous, il a trouvé en Camille quelqu'un qui est exactement comme lui. »

Devenant plus sérieux, il continue.

« Rob, cela fait longtemps que nous sommes ensemble. »

D'autres rires suivent cette phrase.

« Et même si tu n'as que cinq minutes de plus que moi, tu es un grand frère et un ami formidable. Je t'aime, et au nom de tous ici, je te souhaite, ainsi qu'à Camille, tout ce qu'il y a de meilleur au monde. Félicitations. »

Rob se lève pour serrer son frère dans ses bras tandis que tout le monde applaudit.

Les voir ensemble m'émeut, ce qui est bizarre parce qu'il y a deux jours je ne les connaissais ni l'un, ni l'autre. Cela dit, leur affection évidente l'un pour l'autre – et les nombreuses coupes de champagne que j'ai consommées – en a fait un moment charmant à observer.

« À vous », me dit Éric, en me tendant le microphone.

En lui prenant le micro des mains, je me lève et j'oscille légèrement, en maudissant le champagne.

La main d'Éric dans mon dos me stabilise. Je lui souris, reconnaissante.

« Contrairement à Rob, dis-je dans le micro, Camille a eu une période de maladresse. »

Ma sœur gémit, rit et se cache le visage avec les mains, tandis que son mari l'enlace.

« Elle a eu la bonne idée de se couper les cheveux super courts juste avant de commencer le collège. C'était une décision malheureuse. C'est aussi la fille qui est sortie des toilettes dans un restaurant avec une traîne de papier hygiénique collée au pied.

— Non ! s'écrie Camille. Tu ne viens pas de parler de *papier hygiénique* le jour de mon mariage !

— C'est tout ce que j'ai sur toi, réponds-je. Comme ton mari, tu es trop parfaite, purée, et vous allez parfaitement bien ensemble. On ne peut qu'espérer que les six enfants que vous allez certainement avoir seront des surdoués comme leurs parents.

— *Personne* n'aura six enfants, dit Camille, ce qui fait rire tout le monde.

— Je veux simplement dire que tu es une petite sœur et une amie merveilleuse. Je t'aime, et je te souhaite à toi ainsi qu'à Rob que le bonheur et la joie que vous ressentez aujourd'hui durent toute une vie.

— Bravo ! »

Éric lève son verre aux mariés, qui se font plaisir en se laissant aller à un autre baiser passionné.

« Et, dis-je, avant de rendre le micro, au nom du cortège entier, j'aimerais ajouter encore ceci… Prenez une chambre d'hôtel. *Par pitié*, prenez une chambre. »

Le commentaire, encouragé par le champagne, est accueilli par un tonnerre d'applaudissements des autres membres du cortège.

« On en a une, dit Rob avec un sourire coquin quand le brouhaha se calme. On va en avoir pour notre argent plus tard.

— Mais tais-toi, Rob ! » crie Camille, en le frappant à la poitrine.

Ce qui engendre d'autres baisers.

« De la tise, dit Éric, se levant. On a besoin de plus d'alcool.

— Emmenez-moi avec vous. Je vous en prie, emmenez-moi avec vous.

— Avec plaisir. »

CHAPITRE 2

Ava

Je suis une bourrée imprudente. Vu ce que je fais, c'est la seule explication possible : je danse un slow avec Éric, m'ancrant à lui comme s'il était le dernier bateau de sauvetage sur le Titanic. S'il y a bien un avantage à être une bourrée imprudente, c'est que je suis trop occupée à danser, à rire et à faire la fête pour songer à autre chose que l'énorme mal de tête que je vais me payer demain.

J'aurais dû me mettre à boire il y a bien des années.

Éric m'enlace plus fort, et je me blottis dans ses bras si bons. Il s'est débarrassé de sa veste de smoking il y a deux heures, et j'ai découvert que c'est un de ces gars qui sentent bon, même quand ils transpirent à force de danser. J'aime son odeur et comment ses muscles bougent sous le lin fin de sa chemise et comme il a l'air de comprendre que s'il me lâche, je vais m'effondrer en un gros tas sur le sol. Alors, il ne me lâche pas.

Je ne suis pas sûre à quel moment précis je me rends compte qu'il a une érection et que ses mains bougent dans mon dos avec une certaine familiarité qui ne me dérange pas, comme cela aurait été le cas avant que je passe une journée délicieuse avec lui.

Sa présence me rassure. Je me suis sentie capable de me lâcher en toute sécurité aujourd'hui, parce que je savais qu'il serait là pour me rattraper si je trébuchais, ce qui est dingue puisque je l'ai rencontré il y a à peine deux jours. Mais je sais déjà que je peux lui faire confiance et c'est si bon de me laisser aller. Demain, la dure réalité m'attend mais, ce soir, tout me semble possible.

« Éric…

— Mmh ?

— Je crois qu'il faut que j'arrête là pour ce soir.

— Pas déjà.

— Il y a de bonnes chances que je tombe dans les pommes. »

Sans me lâcher, il se redresse et prend la situation en main. Cela dit, comment il peut encore tenir debout après tout ce qu'il a bu est un mystère qui n'a pas besoin d'être résolu pour l'instant.

« Bon, d'accord. Allez, je vous ramène. »

Éric réussit à me porter à moitié, quittant la salle de bal et entrant dans un ascenseur sans chichis – comment, je n'en ai aucune idée. Rob et Camille sont partis il y a plus d'une heure, alors on n'a pas eu à leur dire au revoir, et personne n'a fait trop attention au fait que nous soyons partis ensemble.

Du moins, je l'espère…

Il me soutient dans le coin de l'ascenseur et déchaîne son sourire puissant.

« Ça va ?

— Pour l'instant, ça va. »

Je mange mes mots. C'est pire que je pensais. Pitié, Dieu, ne me laissez pas vomir.

Éric me surveille jusqu'à ce que l'ascenseur sonne au treizième étage.

D'un coup, mon cerveau se met en marche.

« Mon sac !

— Je l'ai, dit-il, en le sortant de sous son bras.

— Vous me sauvez la vie. »

Avec un clin d'œil, il dit :

« Toujours heureux de venir à la rescousse d'une demoiselle en détresse. »

Il me soulève, encore une fois sans faire de manières, et me porte dans le long couloir.

Il est charmant, beau, amusant. Si j'étais capable d'aimer un autre homme, il m'intéresserait. Mais je n'en suis pas capable. Je suis à peine capable de marcher ; c'est pourquoi il me porte.

« Vous pouvez sortir votre clé ?

— Oui, oui. »

Je suis d'une grande maladresse, en ouvrant le sac et sortant la clé de la poche intérieure où je l'ai mise tout à l'heure.

Devant ma porte, il me pose à terre mais ne me lâche pas. Il me prend la clé, ouvre la porte, me soulève encore une fois, entre et me met sur le lit.

À l'instant même où je m'enfonce dans les oreillers, la pièce se met à tourner vite – trop vite – et une vague de nausée m'accable. Bon Dieu, pourquoi ai-je tant bu ?

« Vous allez être malade ?

— J'espère vraiment pas.

— Parfois, c'est ce qu'il y a de mieux.

— Je ne bois jamais.

— Je m'en suis douté. Il a fallu peu de chose pour vous tourner la tête. »

Je me demande s'il se moque de moi, mais quand je jette un œil sur lui, je ne vois qu'attention et préoccupation. Puis il se baisse pour m'aider à me défaire de mes talons de huit centimètres. Il se relève et prend un T-shirt que j'avais balancé sur le lit au préalable.

« Vous voulez vous changer ? Je peux vous aider, et je promets de ne pas regarder. »

Puisque la robe est serrée, j'aimerais bien l'enlever, même si je ne suis pas sûre qu'il tienne sa parole de ne pas regarder.

« Oui, s'il vous plaît. »

Je lui tourne le dos, fais face à un autre tournis écœurant et attends qu'il descende ma fermeture éclair. Je me bats avec le T-shirt, finis par le mettre avant de lui prendre la main pour me mettre debout et ôter la robe avec difficulté.

« Il faut que je fasse pipi. »

Je titube jusqu'à la salle de bains et arrive à faire mes besoins et à me brosser les dents sans tomber. J'entends Éric parler dans l'autre pièce, mais je n'arrive pas à distinguer ses mots.

Je quitte la salle de bains et retourne au lit. En me perchant tout au bord du matelas, je fais le vœu que la pièce s'arrête de tourner.

Éric vient s'asseoir à mes côtés.

« Vous parliez à quelqu'un ?

— Je commandais un remède contre ce qui vous rend malade. Ça va arriver d'un instant à l'autre.

— Un remède, ce serait parfait. »

Il me donne un petit coup à l'épaule.

« Restez avec moi, ma petite. Je vais vous retaper, moi. »

Parce que c'est là à ma disposition et parce que j'en ai besoin, je pose ma tête sur son épaule, et sa présence, son caractère enjoué et sa volonté de m'aider me réconfortent.

Il y a bien des années solitaires que je n'ai pu me reposer sur quelqu'un, et en m'appuyant sur lui, je me rends compte combien cela m'a manqué.

Et puis il rend l'expérience encore plus agréable en mettant son bras autour de moi.

Je m'abandonne avec délice à sa chaleur, sa force et son parfum séduisant. Je sommeille et me réveille subitement quand on sonne à la porte. Ma chambre d'hôtel a une sonnette. Je trouve cela démesurément drôle.

« Si je vous laisse, allez-vous tomber ?

— Ah, non.

— OK, on y va… »

Il me relâche petit à petit, en s'assurant de ma stabilité, avant de se lever pour répondre à la porte.

Je l'entends échanger des paroles avec le livreur pendant que l'odeur de la pizza remplit l'air, à m'en mettre l'eau à la bouche.

Éric revient en portant une petite boîte à pizza, un sac en papier brun et deux bouteilles d'eau, et pose le tout sur le bureau. Il s'approche du lit, arrange les oreillers derrière moi afin que je sois bien assise et m'aide à m'installer. Puis il m'apporte une part de pizza dans une assiette en papier et ouvre une des bouteilles d'eau pour moi.

« Puis-je vous présenter la cure pizza, qui a fait ses preuves ? »

Je mords dans la meilleure pizza au fromage que j'aie jamais mangé de ma vie. Je ne suis pas sûre si c'est parce que la pizza est vraiment bonne ou si c'est simplement parce que je suis affamée, mais, quelle que soit la raison, je dévore le premier morceau et en demande un autre.

« Vous vous sentez déjà mieux ? interroge-t-il.

— Beaucoup mieux.

— La cure pizza marche à chaque fois. La pâte sert d'éponge et absorbe l'alcool.

— Où avez-vous appris ça ?

— J'étais dans un club universitaire, me dit-il avec un clin d'œil et le sourire charmant qu'il a utilisé comme arme à maintes reprises pendant notre journée ensemble. C'est là que j'ai appris toutes les leçons de vie les plus importantes. »

Je pousse un grognement, un rire sans élégance.

« Je suis sûre que les leçons étaient mémorables.

— Tout à fait. »

Il sort du sac en kraft brun des médicaments pour la douleur, et en secouant le flacon me met deux cachets dans la main.

« Prenez-les et buvez toute l'eau. »

Je suis ses instructions et m'installe sur les oreillers en le regardant manger le reste de la pizza et siffler l'autre bouteille d'eau.

« Merci. »

Je suis reconnaissante pour son remède et sa compagnie.

« Tout le plaisir est pour moi. »

Il s'essuie le visage avec sa serviette et vient s'allonger à mes côtés sur le lit. Ce qui aurait été inimaginable encore ce matin est maintenant réconfortant et intrigant… Il a retroussé il y a plusieurs heures les manches de sa chemise de smoking pour révéler des avant-bras forts aux poils blonds dorés.

« Vous avez l'air bien mieux.

— Je me *sens* bien mieux. Désolée d'être une prima donna. »

Le rire fait passer son visage de beau à magnifique.

« Vous appelez ça une prima donna ? Ma chérie, vous ne sauriez comment l'être, même en faisant de votre mieux. »

Le compliment, tout autant que le terme affectueux, me rend nerveuse.

« Quand même… Vous ne vouliez pas passer la soirée du mariage de votre frère à vous occuper d'une soularde maladroite. »

Il tend le bras par-dessus le matelas pour m'attraper la main.

« Le jour du mariage de mon frère a été l'un des meilleurs jours que j'aie vécus depuis très, très longtemps. »

Je lui serre la main.

« Moi aussi. »

C'est le meilleur jour que j'aie passé depuis cinq ans, et cela grâce à lui.

« Je vais avoir envie de vous revoir, Ava. Cela vous irait ? »

Est-ce que cela m'irait ? Suis-je prête à commencer quelque chose de nouveau avec quelqu'un d'autre que John ? Comment puis-je commencer quelque chose de nouveau quand je n'ai toujours aucune idée de ce qu'il est advenu de l'homme que j'aime ? Suis-je prête à risquer de me faire encore briser le cœur, ou vaudrait-il mieux que je reste seule ?

« Waouh, dit-il en expirant longuement. Je ne m'attendais pas à ce que ce soit une question compliquée.

— Ça ne l'était pas. Ça ne l'est pas… C'est juste que je…

— Il y a quelqu'un d'autre ? »

Est-ce le cas ? Je ne le sais pas et j'ai soudain une rage qui s'enflamme contre John de m'avoir fait ça à moi. Comment a-t-il pu me laisser dans cet état de purgatoire ? Comment a-t-il pu me laisser tomber si profondément amoureuse de lui, sachant qu'il était possible qu'il soit obligé de m'abandonner comme ça ?

« Non, il n'y a personne d'autre.

— Alors… »

Son sourire est irrésistible et il le sait, j'en suis certaine.

« J'aimerais vous revoir. »

Je n'ai aucune idée de ce que j'attends de lui, mais je me suis amusée aujourd'hui. J'ai besoin de m'amuser plus dans la vie et Éric Tilden pourrait être exactement ce qu'il me faut pour bien redémarrer ma vie à New York.

Je ne me souviens pas m'être endormie avec Éric, mais il est encore là quand je me réveille le lendemain matin, me sentant incroyablement bien reposée et revigorée grâce à son remède miracle. Il s'est rapproché de moi dans son sommeil et son bras s'étend par-dessus ma taille, ce qui veut dire que je ne peux pas bouger sans le déranger.

Il a dormi tout habillé sur le couvre-lit, un gentleman parfait quand il aurait pu se comporter en mâle typique et avoir profité de moi dans mon état d'ivresse. Il marque de nombreux points pour n'avoir même pas essayé. Je regarde de plus près son beau visage, en remarquant les ridules autour de ses yeux, sa barbe dorée d'un jour, la mâchoire forte et les lèvres qui bougent de façon adorable, comme s'il tenait une conversation avec quelqu'un dans son sommeil.

Dans un club universitaire, le comble ! J'essaie de ne pas rire. La plupart des membres de fraternité que j'ai rencontrés à l'université ne m'ont pas donné envie de passer du temps avec eux. Mes amies sont sorties avec quelques-uns par-ci par-là, et ils étaient tous à la hauteur de leur réputation. J'essaie de ne pas stéréotyper les gens, mais la plupart des mecs de la fraternité que j'ai rencontrés dans ma vie n'auraient pas donné de la pizza à manger à une fille saoule pour qu'elle se sente mieux.

Éric a des cheveux superbes, du genre qui n'a pas besoin de produits pour avoir l'air de sortir tout juste d'une séance de photos. Je me demande s'ils sont doux ou rêches et je tends la main pour les toucher.

Ses yeux s'ouvrent et me surprennent. Pendant un long moment intense il me fixe, puis son expression s'adoucit quand il sourit.

« Je te prends sur le fait », dit-il d'un ton amusé, sa voix rauque de sommeil.

Je me sens rougir d'embarras.

« Tu as de beaux cheveux. »

Il entortille une de mes boucles autour de son doigt.

« Toi aussi. Tout est beau chez toi.

— Tu es toujours aussi charmant dès le réveil ?

— Mon meilleur travail, c'est parfois le matin que je le fais. »

Il est dangereusement attirant. Il me donne envie de choses que je pensais ne plus jamais vouloir. Dans une seule journée spectaculaire, il m'a montré combien je me suis sentie seule. Je suis fatiguée d'être seule et triste. Je suis fatiguée de pleurer un homme qui est parti depuis si longtemps que c'est comme s'il n'avait jamais existé. J'aime bien Éric et sentir que je suis importante pour lui.

Il me tient encore la main quand il dit :

« Tu te souviens avoir dit que tu aimerais me revoir ?

— Je m'en souviens. »

Je n'ai aucune idée de si je suis capable d'aller de l'avant avec quelqu'un d'autre, mais je me suis bien amusée avec lui et j'aime comment je me sens en sa présence, comme protégée par quelqu'un. Cela m'a manqué.

Son sourire me rappelle celui d'un petit garçon le jour de Noël qui vient de recevoir tous les cadeaux qu'il avait demandés.

« Mes parents font un brunch pour la famille aujourd'hui. Tu veux venir avec moi ? Camille et Rob y seront et il y aura aussi Amy et Jules, donc il y aura quelques personnes que tu connais.

— Une personne inattendue ne va pas les déranger ? »

Il m'embrasse le dos de la main.

« Ça ne les dérangera pas. »

Quand j'entre dans la pièce où se tient le brunch, Camille m'attrape par le bras et me mène dans un coin.

« Dis-moi la vérité. Tu as couché avec Éric cette nuit ? »

J'arrache mon bras de son poing serré.

« Non. Je n'ai pas couché avec lui.

— Amy l'a vu sortir de ta chambre ce matin et l'a dit à Jules qui l'a dit à Rob. Bienvenue dans la famille Tilden où rien ne reste secret très longtemps. »

Je suis mortifiée d'avoir été l'objet de ragots de famille.

« J'étais un peu saoule et il est resté pour s'assurer que j'allais bien. C'est tout ce qui s'est passé. »

C'est tout ce qu'elle a besoin de savoir, de toute manière.

Elle me jette un regard méfiant, du genre qui lui servira bien dans son métier d'avocat.

« Rob dit qu'Éric t'aime bien.

— OK… »

Où veut-elle en venir ?

« Tu l'aimes bien, toi aussi ?

— On s'est bien amusés ensemble hier et il m'a aidée quand je me suis bourrée. Pas besoin d'en faire un drame d'ados.

— Ce n'est pas ce que je veux faire. Mais il y a des choses, sur lui… Des choses qu'il faudrait que tu saches. S'il t'intéresse… »

Camille fait un signe de la tête à sa belle-mère, qui l'appelle d'un geste de la main pour la présenter à quelqu'un.

« Je ne peux pas en parler ici. Plus tard. »

Elle s'en va s'occuper de sa nouvelle famille et je ne peux que me demander quelles sont ces « choses » qu'elle a à me dire au sujet d'Éric.

Il est avec son frère et d'autres hommes, chacun d'entre eux beau et bien habillé. Quand son regard rencontre le mien, il sourit et me fait signe de la main de les rejoindre. Je traverse la pièce pour être à ses côtés et il place sa main dans mon dos, un geste possessif qui fait que je me penche un peu plus vers lui.

« Voici la sœur de Camille, Ava. Ava, tu connais mon cousin Nate, et voici ses frères Tyler et Justin. »

Je leur serre la main.

« Enchantée. Votre lien de parenté, c'est par… ?

— Nos pères sont frères », dit Éric.

Je finis par m'asseoir avec Éric et six de ses cousins. J'apprends que son père vient d'une famille de sept garçons, et chacun d'entre eux a au moins deux fils. Le patrimoine génétique des Tilden a été généreux avec les hommes de sa famille. Éric, le seul blond, se distingue parmi ses cousins aux cheveux bruns, qui partagent son charme et son sens de l'humour. Ils me divertissent bien, même si je me demande ce que Camille a à me dire plus tard.

Éric a drapé son bras sur le dos de ma chaise, comme pour dire « pas touche » à ses cousins. Je ne sais pas trop comment je me sens par rapport à cela, mais je m'amuse trop pour faire des chichis à propos d'où se trouve son bras. Madame Tilden vient nous dire bonjour et ne rate pas, elle, le positionnement du bras de son fils.

« Ava, dit-elle, je suis si heureuse que vous ayez pu vous joindre à nous.

— Merci de m'accueillir à la dernière minute.

— Mais je vous en prie. Les amis d'Éric sont nos amis.

— Doucement, Maman. »

Il ne perd jamais le sourire affable qui fait tant partie de sa façon d'être, même lorsque son regard se durcit un tant soit peu.

Madame Tilden lui serre l'épaule.

« C'est bien de te voir sourire à nouveau, mon chéri. »

Elle s'en va avant qu'il ne puisse répondre, mais l'échange suscite en mon esprit encore plus de questions.

« Tante Sarah Beth a l'air d'avoir *bon espoir*, dit Jack, le cousin d'Éric.

— Il faut que tante Sarah Beth apprenne à s'occuper de ses oignons, répond Éric sèchement, si sèchement que cela me surprend.

— Eh, calmos, dit Tyler. Maintenant que Rob est marié, ils vont se concentrer sur Amy et toi. Fallait s'y attendre. »

Éric se tourne vers moi.

« Allez, on se tire. »

Puisque je suis là en tant que son invitée, je prends la main qu'il me tend et sors de la pièce derrière lui, en remarquant bien l'expression abasourdie de Camille tandis que je marche plus vite pour arriver à suivre Éric. Il continue, descendant deux volées de marches jusqu'au hall d'entrée où il se dirige tout droit vers l'accès principal. Une fois que nous sommes dehors, il s'arrête, reprend son souffle et me regarde furtivement.

« Tu veux m'expliquer ce qui vient d'arriver, là ?

— C'est ma mère. Elle me rend dingue.

— Tu veux qu'on marche ? »

J'ai laissé ma valise sur le chariot du portier avant le brunch et pourrai retourner la chercher plus tard. J'ai l'intention de prendre le train régional du nord-est pour rentrer à Purchase cet après-midi.

« Ça me ferait très plaisir d'aller marcher. »

CHAPITRE 3

Ava

Nous montons Park Avenue et nous promenons jusqu'à Central Park, en passant la patinoire Wollman et en empruntant les allées sinueuses et verdoyantes qui me font presque oublier que je suis au milieu de l'une des plus grandes villes du monde.

« C'est tellement joli par ici », dis-je, rompant un long silence.

L'air est rempli de la senteur des fleurs, de l'herbe fraîchement coupée et de l'odeur des hot dogs, une pensée qui me fait rire.

« Qu'y a-t-il de si drôle ?

— Que cette ville entière sente le hot dog. »

Il rit avec moi.

« Oui, je suppose que c'est vrai. Puisqu'on n'a pas mangé, tu en veux un ?

— Un hot dog pour le petit déjeuner ?

— Pourquoi pas ? Un *dog*. Dis-toi que c'est pour reprendre du poil de la bête – littéralement. »

J'en ris.

« Bien sûr, ça me semble une bonne idée en fait.

— Ça arrive tout de suite. »

Pendant que je m'assieds sur un banc, il va chercher des hot dogs pour nous deux et des bouteilles de Coca glacé.

« Moutarde », lui dis-je quand il montre les condiments du doigt.

Il s'assied près de moi, me passe mon hot dog et ma boisson, et nous mangeons en silence.

« C'est peut-être le meilleur hot dog que j'aie jamais mangé, lui dis-je.

— Les hot dogs des vendeurs de rue, c'est le top. Il y a des années que je n'en ai mangé un.

— Moi aussi. »

Il me tend une serviette que j'utilise pour essuyer la moutarde de mes lèvres, et je pense encore une fois combien il est facile d'être en sa compagnie. J'ai l'impression de le connaître depuis bien plus que deux jours.

« J'étais fiancé », dit-il, finalement.

Je ne sais pas si je devrais dire quelque chose ou le laisser parler. Avant que je puisse décider, il continue.

« Elle m'a ghosté. »

Il me jette un regard furtif pour juger de ma réaction.

« Tu sais ce que ça veut dire ? »

Je secoue la tête. Je ne connais pas ce terme.

« Elle a mis fin à notre relation sans me le dire. Elle a quitté son travail, son appartement et en gros notre vie ensemble sans m'en souffler mot. »

Je n'arrive pas à retenir le cri de surprise qui m'échappe. Il pense sans doute que j'exprime un sentiment de choc par rapport à ce qui lui est arrivé, quand en réalité ce qui me choque, c'est combien sa situation et la mienne se ressemblent.

« Tu as fini par savoir où elle était partie ? »

Il hoche la tête.

« Amy et Jules l'ont traquée, confrontée, lui ont fait admettre qu'elle avait rencontré quelqu'un d'autre et qu'elle ne savait comment se comporter par rapport à moi ou ma famille, ou toutes les attentes qui viennent avec le fait d'être "fiancée à un Tilden". »

Il mime des guillemets autour de ces trois derniers mots.

« Ils ont exigé qu'elle rende la bague de fiançailles que je lui avais offerte, qui valait soixante-quinze mille dollars – et lui ont fait payer le mariage annulé.

— Je suis vraiment désolée que cela te soit arrivé. »

Le hot dog me reste sur l'estomac comme si j'avais avalé une pierre. Je devrais lui dire que quelque chose de similaire m'est arrivé à moi aussi, mais John ne m'a pas « ghostée ». Il a été appelé au service de son pays. Il pourrait être mort, pour ce que j'en sais. Ce n'est pas la même chose.

« Merci.

— Tu l'aimais ?

— Oui, vraiment. Et quand elle a disparu de la circulation, je suis devenu dingue à essayer de la trouver. J'ai pensé que quelque chose d'horrible lui était arrivé. Les gens l'ont couverte, y compris des gens que je considérais comme des amis. Ils ont dit qu'ils ne savaient pas où elle était. J'ai fait appel au NYPD, je suis passé pour un imbécile à chercher une femme qui voulait tellement mettre fin à notre relation qu'elle a feint sa propre disparition. Tu sais combien il faut préparer son coup pour disparaître à l'ère des réseaux sociaux ? »

J'avale ma salive. L'émotion me traverse le corps, me donnant l'impression d'être faible et malade. Je devrais lui dire que je comprends, que je sais combien il est douloureux de perdre quelqu'un qu'on aime sans explications ou presque. Mais je n'ai dit à personne ce qui m'est arrivé et je devrais probablement le dire à ma sœur avant son nouveau beau-frère.

L'idée de le dire à quiconque, d'avoir à le revivre, me fait tourner la tête, transpirer et me donne la nausée.

Naturellement, Éric le voit parce qu'il fait attention à moi.

« Tu vas bien ?

— Très bien. »

Je comprends quel courage il lui a fallu pour partager son passé douloureux avec moi. Je ne peux pas prendre le devant de la scène. J'ignore ma réaction émotionnelle pour pouvoir me concentrer sur lui.

« Qu'est-il arrivé il y a quelques minutes, là, avec ta maman ?

— Dès qu'elle me voit ne serait-ce que *parler* à une femme, elle devient tout excitée et pense que ça va être la bonne pour me sauver de moi-même. »

Il m'offre son sourire facile qui ferait penser, à quelqu'un de moins avisé, qu'il n'a pas un seul souci au monde.

« Je ne pouvais pas t'imposer ça, et je n'en avais pas moi-même la patience après une si bonne journée hier. C'était ma première très bonne journée depuis que tout est arrivé, et c'est entièrement grâce à toi.

— C'était une bonne journée pour moi, aussi.

— Ça me fait plaisir. Si je te fais la promesse de tenir à distance – à grande distance – ma mère et ses attentes, tu crois encore que je pourrais te persuader de me revoir ? »

Je souris, parce qu'il est si adorable et charmant. Et il est fragile, tout comme moi.

« Je pourrais en être persuadée. »

Camille

Je me blottis contre mon nouvel époux, après avoir relevé l'accoudoir entre nos places en première classe. Après la longue attente pour en arriver à ce jour, je ne veux rien qui se dresse entre Rob et moi. Il y a eu des moments l'année dernière, entre finir la faculté de droit et organiser le mariage pendant que j'étais à New Haven alors que lui était dans la capitale, où je me suis demandé si je n'étais pas folle. Mais hier a valu tous les sacrifices et les nuits sans sommeil. C'était le plus beau jour de ma vie.

La tête de Rob est posée contre le fauteuil et ses yeux sont fermés, mais sa main serre la mienne.

Nous sommes épuisés après le meilleur genre de nuit sans sommeil. Nous avons fait la fête avec nos invités jusqu'au petit jour et puis sommes montés à l'étage et avons utilisé notre lit king size à bon escient. Voulant que la nuit de noces soit spéciale, j'ai suggéré qu'on arrête d'avoir des rapports sexuels il y a un mois. Après la frustration, Rob s'est lâché. Pas que je me plaigne !

Je sais exactement qui j'ai épousé et, qu'il se lâche ou non, c'est l'homme qu'il me faut. Je n'en ai jamais douté depuis que nous nous sommes rencontrés à la soirée charitable de son père il y a deux ans. Nous ne nous sommes pas quittés depuis.

Nous avons des ambitions, de grandes ambitions, des projets que nous n'avons partagés avec personne, sauf son père qui a promis de nous aider à les concrétiser. Bob Tilden comprend l'ambition. Elle l'a porté loin, jusqu'à Albany, mais contrairement à son fils, Bob ne semble pas avoir d'aspirations plus hautes pour lui-même. Il en a, certainement, pour le plus âgé de ses quatre enfants. Hier était bien plus qu'un mariage. C'était une fusion, en quelque sorte, entre deux familles de New York dont les racines remontent au *Mayflower*.

Comme moi, Rob a été élevé dans la croyance que tout est possible, et nous avons l'intention de suivre ce courant de possibilité aussi loin que nous le pouvons. Nous avons un plan de douze ans qui comprend sa présentation aux élections dans les deux ans à venir, et le gouvernail tournera en cette direction dès que nous rentrerons d'Hawaï.

Je vais commencer ma carrière en tant qu'avocat principal dans une organisation qui vient en aide aux enfants en difficulté.

À la poursuite de notre but, j'ai refusé des offres extrêmement généreuses des plus grandes firmes d'avocats. Rob m'a dit que chaque geste que nous faisons sera étudié dans le plus grand détail plus tard, alors nous sommes déterminés à faire en sorte que chaque action compte, à commencer par l'emploi que j'ai accepté en sortant en tête des diplômés de la faculté de droit de Yale.

« Tu aurais pu mieux faire », m'a dit mon père, sa déception évidente.

Oui, j'aurais pu beaucoup mieux faire, mais Rob rembourse mes prêts d'études comme cadeau d'anniversaire. Sa famille a de l'argent. Beaucoup d'argent. Puisque nous n'avons pas besoin de travailler pour boucler les fins de mois, nous travaillerons pour atteindre notre but.

« Et Éric et Ava, alors ? demande Rob, le timbre rauque de sa voix indiquant une gueule de bois.

— Je sais ! Ce serait vraiment cool, non ? »

Il ouvre les yeux et me regarde.

« Elle ne lui fera pas de mal, n'est-ce pas ?

— Ava ? Elle est douce comme un agneau. Elle ne ferait pas de mal à une mouche.

— Du peu de temps que j'ai passé avec elle, elle a l'air adorable.

— Elle est adorable. Elle n'a pas de face cachée. Ne t'inquiète pas. »

Bien qu'Ava ait trois ans de plus que moi, j'ai souvent l'impression d'être la sœur aînée dans notre relation. Alors qu'Ava est calme et réservée, moi je suis extravertie et acharnée. Les gens ont souvent demandé en plaisantant si nous avions le même père, et plus d'une fois ces blagues ont blessé Ava.

J'ai horreur de ça parce que j'aime ma sœur, même si j'ai eu du mal à rester en contact avec elle lorsqu'elle était à San Diego. Maintenant qu'Ava est de retour à New York, j'espère qu'on pourra être plus proches que par le passé.

« Bah oui, je m'inquiète pour Éric, dit Rob. Après ce qui est arrivé avec Brittany, la salope, il ne supporterait pas une autre déception.

— Tu t'avances un peu trop vite en en faisant un couple. Ils sont restés ensemble hier parce qu'on les avait placés ensemble. Ce n'est peut-être rien de plus.

— N'oublie pas qu'il a passé la nuit dans sa chambre.

— Parce qu'elle s'est saoulée et qu'il s'est occupé d'elle. Elle m'a dit qu'il ne s'était rien passé et je la crois. Cela dit, il s'est passé quelque chose pendant qu'elle était à San Diego. Je ne sais pas quoi, mais c'était important.

— Comment le sais-tu ?

— Elle est différente. Plus retirée, encore plus réservée qu'elle ne l'était auparavant, ce qui n'est pas peu dire. J'ai essayé de la faire parler de sa vie là-bas, mais elle ne le faisait jamais.

— Surveille la situation avec Éric, tu veux bien ? Je ne supporterais pas de le voir endurer un autre désastre comme Brittany.

— Je garderai un œil sur eux, mais Ava n'est pas une salope et elle ne pourrait *jamais* faire quelque chose comme ce qu'a fait Brittany. Tu n'as rien à craindre. Et puis, ne serait-ce pas fun si ton frère et ma sœur se mettaient ensemble ?

— Très fun. »

Un membre de l'équipage passe nous offrir à boire. Rob commande un Bloody Mary.

« Bonne idée. Deux, s'il vous plaît.

— Ça arrive tout de suite, dit le membre de l'équipage.

— Pour reprendre du poil de la bête, mon amour ? lui demandé-je.

— Espérons que ça marche. Je me sens dans un sale état.

— Deux semaines à Hawaï vont tout remettre en place. »

Il approche ses lèvres de nos mains jointes.

« C'est la partie que j'attends avec le plus d'impatience.

— Moi aussi. Le mariage était incroyable, mais le voyage de noces… »

Il se penche pour m'embrasser.

« Sera monumental. »

Chapitre 4

Ava

Sans perdre de temps, Éric demande à Julianne de s'occuper de me trouver un travail. Une semaine après le mariage, j'ai déjà eu quatre entretiens avec des sociétés de relations publiques parmi les plus recherchées de la ville – deux obtenus par moi-même et deux grâce à son aide. Le quatrième, le plus prometteur des entretiens, que j'ai décroché seule, m'attire le plus parce que l'un des associés, Miles Ferguson, a perdu sa fiancée sur *l'Étoile des hautes mers*.

Cela devrait, au contraire, ne pas me donner envie de travailler là, mais je suis attirée par l'endroit comme la masochiste que je suis devenue ces cinq dernières années. Je suis sûre que je n'aurai pas souvent affaire à Miles si je décroche le travail, mais la connexion, aussi infime soit-elle, rend sa firme bien plus intéressante pour moi.

Oui, je sais… C'est dingue, mais voilà. J'ai arrêté d'essayer de trouver une logique à mon cerveau dans mon monde post-John.

J'envoie un SMS à Éric pour le remercier encore de son aide et lui demander si je peux lui offrir un verre pendant que je suis en ville.

Il répond immédiatement.

Heureux de pouvoir aider et ravi de te rencontrer. Où veux-tu qu'on aille ?

Je n'en ai aucune idée. À toi de voir.

Il suggère un endroit populaire dans le *Financial District*, le quartier financier, et nous nous mettons d'accord pour nous voir dans une heure quand il finit le travail.

Ayant un peu de temps à tuer avant de me rendre dans le centre, je fais un saut dans Bloomingdale's pour voir les soldes annoncées sur les tailleurs. Je suis aux anges d'en trouver deux que je ne pourrais jamais normalement me permettre, l'un rouge et l'autre noir. Je demande à la vendeuse de les mettre dans un sac plutôt que de les suspendre sur des cintres pour que je puisse les porter sans problème dans le train pour rentrer.

On a presque terminé la transaction quand je remarque le pin's sur le revers de veste de la vendeuse qui indique qu'elle a perdu quelqu'un sur *l'Étoile des hautes mers*. En plein milieu d'une journée plutôt très bien, il y a un rappel qui me fait perdre le souffle et me met les larmes aux yeux, la réaction aussi involontaire que la peine dans mon cœur. « Mes sincères condoléances », dis-je quand je retrouve la capacité de parler.

La vendeuse lève la main pour toucher le pin's, le caressant avec amour.

« Mes parents », dit-elle doucement.

J'estime qu'elle est de mon âge, à peu près. J'ai tellement de peine pour elle.

Les yeux pleins de larmes, elle s'affaire à plier et à mettre dans un sac mes nouveaux tailleurs.

J'ai envie de lui demander si ça va, si elle a du soutien, si elle a des gens qui l'aiment. J'ai envie de savoir qui étaient ses parents. Je suis certaine d'avoir lu leur histoire. J'ai lu chaque mot qui a été publié sur cette tragédie insupportable. Mais je ne pose aucune question en prenant le sac qu'elle me tend.

« Merci.

— Bonne journée.

— Vous aussi. »

La rencontre me déstabilise et me rappelle pourquoi John a été obligé de partir. C'était pour les personnes comme cette vendeuse et ses parents. Les premiers mois, des pin's commémoratifs avaient été produits et vendus par le groupe des membres de famille survivants, qui avait collecté des fonds pour un monument aux victimes qui est encore en attente d'être construit. Des conflits internes au groupe concernant la façon de commémorer les victimes ont freiné le processus. J'ai lu chaque mot sur cela, aussi.

Depuis le début, j'ai mis un point d'honneur à rester à jour sur l'investigation, la guerre qui a été déclarée contre Al Khad, le groupe terroriste qui a revendiqué l'attaque, et le groupe des survivants qui lutte pour surmonter une perte sidérante. Chaque jour, je passe encore au peigne fin les nouvelles de la guerre sur internet, dans l'espoir d'une étincelle, un indice, quelque chose qui me dise ce qu'il est advenu de John. Mais il n'y a jamais rien eu. Rien du tout.

Mon euphorie liée à la bonne affaire des tailleurs est déjà lointaine quand je marche d'un pas lourd jusqu'au coin de la rue pour héler un taxi. Maintenant, j'aimerais n'avoir rien prévu avec Éric. Je veux juste rentrer chez moi. Néanmoins, je ne peux pas lui poser un lapin après tout ce qu'il a fait pour m'aider, alors je donne l'adresse du bar au chauffeur de taxi et j'essaie de trouver mon visage des grands jours. On pourrait croire qu'après tout ce temps je serais experte à faire semblant d'être heureuse quand je suis tout sauf cela.

Parfois, je me demande si un jour je serai encore heureuse, ou s'il y aura toujours un nuage qui planera sur ma vie, un astérisque près de mon nom. Je me demande aussi s'il y a d'autres gens comme moi quelque part, qui n'ont aucune idée de ce que sont devenus les hommes et les femmes qu'ils aiment. Contrairement à ce qui se passe pour les familles des victimes, il n'y a pas de groupe auquel je puisse adhérer. J'ai parcouru ce chemin seule et c'est ainsi que je continuerai, où que ce parcours puisse me mener.

Le front appuyé contre la fenêtre du taxi, je regarde défiler la ville en éclairs de lumière, de verre, de pierre et de gens. Tellement de gens. Pourquoi l'un d'entre eux ne pourrait pas être l'homme que j'aime ?

Les larmes coulent le long de mes joues, et à cause d'elles je me sens faible et impuissante, comme ce fut le cas pendant si longtemps après son départ. Je ne le pleure plus autant qu'auparavant, et quand je deviens si déprimée que j'en verse des larmes, c'est à deux ou trois jours difficiles que je peux habituellement m'attendre.

Alors que nous nous approchons du carrefour qu'Éric m'a signalé, je tente de me remettre en état, de balayer les larmes, refaire mon maquillage, de retrouver le visage des grands jours dont je parlais. Je me brosse les cheveux et applique du rouge à lèvres, en espérant paraître joyeuse et optimiste. J'arrive à faire semblant pendant quelques heures, jusqu'à ce que je puisse me retrouver encore une fois seule avec mes souvenirs et ma peine.

Traînant le sac de courses derrière moi, j'entre dans le bar bondé. En me frayant un chemin parmi la foule de fêtards de happy hour, je remarque le bois verni et le laiton, les miroirs et les tabourets de bar recouverts de velours. Je balaye du regard les visages de professionnels jeunes, attirants et ambitieux, mais je ne vois pas Éric parmi eux. Je suis à deux doigts de me retourner et de repartir quand des mains se posent sur mes épaules et le parfum familier de son eau de toilette m'enivre.

« Je suis là. »

Sa voix est réconfortante et familière. Il me prend mon sac de courses des mains et me guide jusqu'à un coin à l'arrière qui est presque déserté. Apparemment, personne ne veut être ici au fond du bar, préférant voir et être vu à l'avant.

« J'ai l'impression que je viens de passer une épreuve d'endurance », lui dis-je alors que nous nous asseyons à une table.

Son grand sourire illumine son visage.

J'avais oublié à quel point il est beau. Le costume bleu marine qu'il porte lui va comme s'il avait été coupé sur mesure, ce qui doit être le cas. Il est l'image même du succès en devenir et je suis contente de le voir. Plus contente que je ne m'y attendais.

« Tu as passé le test du happy hour de Wall Street.

— Ça existe ?

— Ça pourrait être un sport olympique. Bien des affaires sont conclues dans ces endroits.

— Bien des liaisons, tu veux dire.

— Aussi », dit-il avec le sourire facile dont je me souviens du mariage.

Malgré le cœur brisé que lui a laissé son ex, il n'hésite pas à sourire, blaguer, apprécier les moments allègres de la vie. J'admire qu'il puisse être léger. Pendant les deux premières années après que John m'eut quittée je n'ai ni ri, ni souri de rien.

« Que puis-je vous servir ? demande un serveur fatigué en posant un bol de gâteaux apéritifs Chex Mix sur la table.

— Bourbon pour moi et… ? »

Éric lève un sourcil en me regardant.

« Un Cosmo, s'il vous plaît. »

Pourquoi pas ? Je ne conduis pas. C'est alors que j'entends la voix distincte de John : *Croquer la vie à pleines dents.* J'aimerais pouvoir lui dire, à lui et à sa voix sexy, de me laisser tranquille.

« L'entretien s'est bien passé ? demande Éric, plongeant la main dans le bol de Chex Mix.

— Très bien. S'ils me font une offre, je crois que j'irai avec eux. Ils travaillent sur des projets fun.

— Comme quoi ? » demande-t-il, l'air sincèrement intéressé.

Je lui fais un résumé des clients cool que la firme représente, des pâtisseries aux restaurants cinq étoiles, jusqu'aux acteurs et actrices de Broadway, l'un des comédiens les plus populaires du pays et un chef connu qui s'est rendu encore plus célèbre en apparaissant dans une compétition de cuisine qui a eu une audience énorme l'été dernier.

« C'est comme un Who's Who de la pop culture, dit Éric.

— Je sais ! Ce serait super fun, non ? »

C'est le genre de travail dans lequel je pourrais me noyer, et c'est ce qu'il me faut.

« En plus, le salaire est assez honnête pour que je puisse vivre en ville, si je trouve un colocataire. »

Il claque des doigts.

« En parlant de ça… »

Il sort une feuille de papier de la poche intérieure de sa veste et me la donne.

Je déplie une annonce déposée par une femme avec un appartement à Tribeca qui cherche un colocataire.

« J'ai vu ça sur un panneau d'affichage au travail et je l'ai pris pour toi.

— Tu es supposé prendre une des languettes en bas, pas l'annonce entière.

— Si je n'avais pas pris l'annonce entière, l'appart serait déjà pris. Tu devrais l'appeler.

— Je n'ai pas encore de travail.

— Tu vas en trouver un bientôt. »

Il fait signe de la tête en direction du papier.

« Lance-toi. On serait voisins. »

J'aime bien l'idée de vivre près de lui, ce nouvel ami qui a été si gentil depuis que je le connais. Je prends mon téléphone, fais le numéro indiqué par la femme et attends qu'elle réponde.

« Allô ?

— Euh, bonjour, j'appelle à propos de l'appartement. Est-il encore disponible ?

— Oui, il l'est. Un connard a pris mon annonce au travail, alors je n'ai pas eu d'appels. »

J'essaie de retenir un fou rire.

« Ah, bon, bah mon ami en a pris une photo et me l'a envoyée. »

Les yeux d'Éric dansent avec malice, ce qui m'oblige à sourire avec lui.

« Vous pouvez m'en dire un peu plus ? »

Elle décrit un loft de deux chambres avec une salle de bains partagée, salon et cuisine.

« Ce n'est rien de spécial, mais nous avons un ascenseur et un portier *et* il y a une salle de gym et une buanderie dans l'immeuble. »

Elle me dit que son nom est Skylar, c'est sa première année comme avocate dans la société d'Éric et son colocataire vient d'emménager avec son petit copain, la laissant tomber.

Elle demande ce que je fais. Je lui dis que je cherche un travail mais suis proche d'en décrocher un, et après avoir bavardé amicalement elle me dit :

« Vous êtes intéressée ?

— Je le prends. »

Je suis peut-être impulsive, mais cela fait du bien d'aller de l'avant, surtout après le pas en arrière que j'ai fait plus tôt. D'ailleurs, j'ai de l'argent de côté, au moins assez pour trois mois de loyer. Si je n'ai pas de travail au bout de trois mois, j'aurai de plus gros problèmes que le paiement du loyer.

« Oh, c'est super. J'étais inquiète de devoir payer le loyer seule. »

J'espère ne pas avoir fait une erreur en m'engageant en ce qui concerne l'appartement avant de décrocher un travail et avant même de le voir, mais j'ai un bon pressentiment à ce propos. Les bons pressentiments se sont faits rares dans ma vie dernièrement, alors je me lance.

« Je suis nommée dans le bail, alors vous pouvez m'envoyer un chèque pour le loyer du premier mois et emménager quand vous voulez. Je vais préparer vos clés et faire le nécessaire avec le concierge. »

Je la remercie, nous nous disons au revoir, et je mets fin à l'appel.

Éric lève son verre.

« Bienvenue dans le quartier. »

Je trinque avec lui. En seulement dix minutes que nous sommes ensemble, je me sens mieux grâce à lui – encore une fois. Je pourrais m'y habituer, une pensée qui me fait aussi peur qu'elle m'enthousiasme.

« Merci.

— J'aime te voir sourire. Tu es encore plus jolie quand tu souris. »

J'aime sa façon charmante et sans effort de flirter avec moi, même si je sais très bien qu'il vaut mieux agir avec prudence.

« Comment s'est passée ta journée ? lui demandé-je.

— En fait, très bien. J'ai proposé un nouveau client à la commission des acquisitions et elle a eu l'air beaucoup plus intéressée que d'habitude.

— Quand auras-tu la réponse ?

— Dans les jours à venir.

— Berk, l'attente doit être une vraie *torture*.

— J'essaie de ne pas en devenir trop stressé. Je suis payé, qu'ils prennent le nouveau client ou non. »

Il reprend une poignée de Chex Mix.

« Ça m'aide à mettre les choses en perspective.

— Ce serait tout de même bien de marquer un point.

— Ce serait très bien. »

Il se penche vers moi, si près que je sens son souffle qui m'effleure la joue.

J'en ai la chair de poule.

« Si je marque le point, tu vas le fêter avec moi ? »

Je lui jette un regard enjoué.

« Cela dépend de ce que cette célébration implique.

— Dîner, danser, boire. Dans un endroit chic avec des bougies et des serviettes en tissu. »

Je suis tout à fait sous son charme et j'ai envie qu'il gagne pour que nous puissions le célébrer ensemble.

« Ce serait sublime.

— C'est *toi* qui es sublime. »

Il replace une mèche derrière mon oreille et pendant un bref et terrifiant instant, je pense qu'il va peut-être m'embrasser.

Mais il ne le fait pas.

Et quand il s'éloigne, je me retrouve prise entre le regret et le soulagement. C'est à ce moment-là que je me rends compte qu'Éric Tilden constitue une menace pour mon cœur que j'ai réparé, et que je dois faire très attention en ce qui le concerne.

« J'ai une faim de loup, annonce-t-il quand il finit le bol de Chex. Tu veux qu'on aille dîner ? »

J'avais prévu de rentrer à la maison et, comme tous les soirs, de passer au peigne fin les sites de presse, cherchant un signe quelconque de John. Mais passer plus de temps avec Éric m'attire bien plus que cette tâche affreuse.

« Avec grand plaisir. »

Chapitre 5

Deux semaines plus tard, Éric, Rob, Camille, Amy et Jules m'aident à emménager dans mon nouvel appartement à Tribeca. J'ai décroché le travail que je voulais et je dois commencer à FergusonMain lundi. Comme je ne peux laisser ma voiture en ville, mes parents me conduisent, avec les objets personnels que j'ai apportés avec moi de San Diego. J'entasse les boîtes précieuses remplies des affaires de John dans le placard de ma chambre et j'essaie de les oublier.

Si Éric est curieux après que j'insiste pour les porter moi-même, il n'en parle pas.

Skylar a déjà des meubles de salon, alors je décide de laisser tout ce que j'avais à San Diego, y compris le lit que je partageais avec John, au garde-meuble pour l'instant, et j'achète un nouveau lit pour ma chambre. Nouvelle maison, nouveau départ, nouveau lit. Si mon cœur se brise un tant soit peu à l'idée de recommencer sans lui, je fourre ces sentiments dans une boîte dans mon cœur et la ferme à clé pour pouvoir continuer à avancer plutôt que de m'attarder sur le passé douloureux.

Quand j'ai fini de déballer et que je suis installée, mes parents rentrent à Purchase, et Camille suggère que nous autres fassions la tournée des grands-ducs pour manger et boire. J'invite Skylar à venir avec nous. Je la connais mieux depuis que nous échangeons des SMS depuis quelques semaines et j'ai appris qu'elle est complètement obsédée par son travail. Ce soir ne fait pas exception à la règle.

« J'aimerais tellement pouvoir venir », dit-elle en examinant Éric avec un intérêt à peine déguisé qui m'irrite pour des raisons que je n'ose pas explorer de trop près.

Apparemment, ils ne se sont jamais rencontrés à l'entreprise où ils travaillent tous les deux. Elle est grande et d'une beauté frappante, avec les cheveux bruns et les yeux foncés.

« J'ai une énorme présentation lundi et je ne suis pas du tout prête. J'ai besoin de chaque minute de ce week-end. Mais amusez-vous bien. »

Nous prenons congé et descendons les escaliers jusqu'au rez-de-chaussée, en faisant plus de bruit que nous ne devrions. Les Tilden sont une bande de grandes gueules, et ma sœur s'intègre parfaitement bien. Rob et elle sont bronzés et heureux après leur lune de miel et ne peuvent toujours pas garder leurs mains dans la poche plus de quelques minutes d'affilée.

On ferme la marche, derrière Rob et Camille. Éric me donne un petit coup à l'épaule, fait signe de la tête vers la main de Rob sur les fesses de sa femme, et lève les yeux au ciel de manière dramatique. *Prenez une chambre*, articule-t-il silencieusement.

Je couvre ma bouche de ma main pour ne pas rire tout haut et je lui donne un petit coup dans les côtes.

« Arrête.

— Si je veux. »

Il a le vent en poupe depuis que le comité d'acquisition de sa firme a approuvé sa dernière recommandation. Camille m'a dit qu'il touche un gros bonus pour une recommandation qui aboutit. Il ne m'a rien dit à ce propos. Dans les semaines qui ont suivi notre dîner ensemble, on a bavardé presque tous les jours par SMS.

J'ai appris qu'il est aussi plein d'esprit et amusant par texto qu'il l'est en personne et je me suis surprise en train d'attendre avec impatience ses messages. J'apprécie qu'il ne m'ait pas poursuivie avec acharnement après notre premier week-end ensemble. En revanche, il a laissé se développer une amitié confortable entre nous, un SMS à la fois. J'ai essayé de ne pas tirer trop de conclusions des plaisanteries séductrices ni du temps qu'il passe à m'envoyer des messages, mais j'aime savoir que derrière les textos il y a un homme qui sait aussi ce qu'est une douleur profonde.

Bien que je ne souhaite à personne d'avoir à endurer ce qu'il a vécu, cela nous met sur un pied d'égalité, même s'il ne sait pas ce qui m'est arrivé à moi, et ne le saura jamais si cela ne dépend que de moi. Une partie de moi-même a l'impression de lui faire une injustice, surtout après qu'il m'a tout dit sur Brittany. Mais je n'ai pas l'habitude de parler de John, et je préfère qu'il en soit ainsi.

Au début de notre relation, John m'avait dit qu'à cause du caractère confidentiel de son travail, ce serait mieux que je ne parle pas de nous aux gens. J'étais contente de me plier à cette demande parce que j'aimais exister dans cette bulle avec lui. J'ai tenu ma famille à distance en rentrant chez moi plusieurs fois par an, pour qu'ils n'éprouvent pas le besoin de me rendre visite, et je n'ai parlé de lui à personne.

Avec le recul et des tonnes de recherche dans la vie des officiers des forces spéciales, je me rends compte qu'il faisait probablement partie d'une unité qui ne devait pas avoir de liens sentimentaux, et c'est pour cela qu'il m'a demandé d'être discrète. Ce n'est qu'une raison de plus d'être furieuse après lui et la toile d'araignée dans laquelle il m'a prise, alors qu'il savait très bien qu'il lui faudrait probablement disparaître de ma vie, peut-être de façon définitive. J'aimerais pouvoir le haïr pour cela. Cela rendrait tout bien plus simple. Mais je ne le hais pas. Au contraire.

Avec un petit coup de coude, Éric me ramène à la réalité.

« T'étais partie où, là ? »

Je lève la tête et je vois que nous avons marché dix pâtés de maisons.

« Nulle part. Je suis ici.

— Tout va bien ?

— Bien sûr. »

Ma nouvelle vie est en train de prendre forme. Je n'ai aucune raison de ne pas être ravie de mon nouvel appartement, mon nouvel emploi et mes nouveaux amis : c'était ce que je cherchais en quittant San Diego. Mais je suis en train d'apprendre que même si j'ai laissé notre vie passée derrière moi, j'ai pris John avec moi. Le laisser derrière moi n'est pas possible, et pourtant je le voudrais tant.

« Par moments tu as l'air si triste, Ava, dit Éric, à voix basse pour que personne d'autre que moi ne l'entende. J'aimerais bien savoir pourquoi. »

Son observation intelligente me dérange.

« Je…

— T'inquiète pas. »

Il met son bras autour de mes épaules.

« Tu n'as pas à t'expliquer à qui que ce soit, et encore moins à moi. »

J'apprécie Éric plus qu'il ne le saura jamais, et quand il laisse son bras autour de moi pendant que nous marchons vers Times Square, je n'essaie pas de le repousser. Pourquoi le ferais-je alors que j'aime tant être avec lui ?

Comme toujours, Times Square est plein à craquer et nous sommes brièvement séparés des autres. J'essaie de les voir dans la foule quand mon œil est attiré par une légende avec les gros titres du jour. En lettres rouge vif, je lis : « David Dawkins, qui a perdu sa fille et son nouveau beau-fils sur *l'Étoile des hautes mers*, et le groupe représentant les familles des victimes lancent une action contre le gouvernement fédéral et le conseiller à la sécurité nationale, Kent Hartley, ainsi que plusieurs autres anciens membres du gouvernement, les accusant d'avoir ignoré une menace terroriste dans les semaines avant l'attaque. »

J'arrête de marcher pour pouvoir continuer à lire. « Dawkins, le fervent leader du groupe des familles, dit que le procès est un recours collectif qui cherche des réponses au nom des plus de quinze mille membres de famille proche affectés par l'attaque terroriste sur le bateau de croisière qui a tué quatre mille personnes. »

J'ai lu des choses sur Dawkins. Trois jours avant que le navire soit attaqué, il a donné en mariage sa fille unique. Dès le départ, son histoire et celle de tant d'autres membres de ces familles m'ont touchée profondément et depuis sont restées ancrées dans ma mémoire.

« Ava ? »

Je regarde dans la direction d'Éric et cligne des yeux jusqu'à ce que son image devienne nette. Je n'arrive pas à croire que j'ai oublié où je suis et avec qui, le reportage me faisant remonter le temps jusqu'au tout premier jour du cauchemar.

« Ça va ? »

Éric fronce des sourcils avec inquiétude quand il remarque ce que je fixe du regard.

« Qu'est-ce que ça disait ? »

J'écarte de force l'émotion et essaie de paraître neutre quand je réponds.

« Dawkins et les autres familles de *l'Étoile des hautes mers* intentent un procès, un recours collectif contre le gouvernement et plusieurs anciens membres du gouvernement fédéral.

— Oh, zut. Pour quels motifs ?

— Ça fait des années qu'ils accusent le gouvernement d'avoir ignoré une menace terroriste plausible dans les semaines avant l'attaque. Ils poursuivent des personnes qui auraient été au courant à l'époque. »

Le soupir profond d'Éric en dit long.

« Tu connaissais quelqu'un sur le bateau ? »

Je secoue la tête.

« Mais ça n'avait pas d'importance. J'en ai été obsédée depuis que c'est arrivé.

— Mon camarade de chambre à l'université a perdu son beau-frère et sa belle-sœur. C'était si affreux pour leur famille.

— Il y a tellement de personnes qui en ont été affectées. Quand on était petits, mes parents nous emmenaient tout le temps faire des croisières. Et maintenant…

— Tu ne mettrais pas un pied sur un bateau de croisière, même si ta vie en dépendait, dit-il abruptement.

— C'est ça.

— Moi non plus. Je n'y suis allé qu'une seule fois, avec nos grands-parents. Je me suis senti cloîtré et j'ai été barbouillé tout le long du voyage. Je ne veux jamais plus en refaire. »

Je me dis que ça ne compte pas comme mensonge puisque ce que je lui ai dit est vrai. On faisait vraiment des croisières tous les ans dans mon enfance. Ma mère est un agent de voyage qui, il fut un temps, était spécialisé dans les croisières et avait tout le temps des voyages gratuits offerts par les différentes compagnies de croisière. Sa société a été décimée par l'attaque et depuis quelques années elle a comme nouvelle cible des voyages organisés en Europe et Asie.

Éric n'a pas besoin de savoir que j'ai une tout autre raison d'être accablée de chagrin par la tragédie de *l'Étoile des hautes mers*.

Encore une fois, il met son bras autour de moi tandis que nous nous frayons un chemin à travers la foule à Times Square. Je suppose qu'il sait où nous allons, alors je le laisse me guider. Ça me stupéfie de voir que, quoi que je fasse, où que j'aille, le chagrin et la douleur me retrouvent. Tout ce qu'il a fallu cette fois-ci, c'est voir le nom de Dawkins et les nouvelles de l'action en justice pour interrompre ce qui avait été une autre bonne journée.

Est-ce que ce sera toujours comme cela ? Ne pourrai-je y échapper quoi que je fasse ? Quelquefois je me sens prisonnière d'une cage dorée tandis que je vis en sécurité ma petite vie tranquille, mais je suis entourée de barreaux qui gardent en moi le chagrin, piégé. Il est toujours présent, quoi que je fasse, avec qui que je sois, malgré tout le désespoir avec lequel je veux laisser le passé derrière moi pour pouvoir reprendre en main l'avenir.

Chaque jour que nous avons passé ensemble, John m'a dit qu'il m'aimait plus que tout. S'il m'aimait vraiment, *comment* a-t-il pu me faire ça ? Les larmes me piquent les yeux et je dois puiser au plus profond de moi-même pour arriver à combattre la surcharge émotionnelle. J'en ai assez de le pleurer.

« Tu veux encore y aller ? » demande Éric, à l'écoute de ma lutte.

Je m'oblige à sourire pour lui, et lui prends le bras.

« Bien sûr. Je fête un nouvel appartement, un nouvel emploi et ta victoire au travail.

— Tu sais, dit-il avec hésitation, j'espère vraiment que nous allons être de très bons amis, et les amis sont là les uns pour les autres dans les bons comme dans les mauvais moments. Je serais effaré de penser que tu souffres à propos de quelque chose et que tu aies l'impression de ne pas pouvoir compter sur ton bon ami Éric. »

En cinq longues années de solitude, je n'ai jamais été plus tentée de vider mon sac avec quelqu'un que je ne le suis avec lui en ce moment. Mais quelque chose m'arrête… J'ai tellement l'habitude de garder John pour moi, et le frère d'Éric est marié à ma sœur. Si Éric venait à le mentionner à Rob… En quelques minutes, toute ma famille s'en mêlerait, et ça, je m'y refuse.

« J'apprécie plus que tu ne le penses.

— C'est une offre permanente.

— Tu es un homme bien, Éric Tilden.

— Merci, dit-il avec un petit sourire. J'ai eu lieu de me demander si j'étais aussi bien que je le pense. »

Nous arrivons à destination, un bar-restaurant contemporain et funky, avec une classification « A » et un nom que je n'arrive pas à prononcer.

Je mets la main sur son bras et l'arrête.

« Ne la laisse pas te faire ça. Elle n'en vaut pas la peine.

— Non, elle ne le vaut certainement pas. »

Il tient la porte et me fait signe d'entrer avant lui.

« Allons boire. »

Des heures plus tard, Éric et moi retournons en titubant à Tribeca, en riant, chantant faux et, de façon générale, nous comportant comme des imbéciles. Encore une fois, je me demande pourquoi je ne me suis pas mise à boire il y a bien longtemps, parce que cela me donne un répit à mes problèmes. Je me suis amusée comme jamais ce soir. Je me suis sentie normale à nouveau, comme au mariage, et cela en grande partie grâce à Éric et ses attentions prévenantes.

Ces attentions ne sont pas passées inaperçues des autres. Les frères et sœurs d'Éric font preuve d'un optimisme prudent par rapport à ce qu'ils voient se passer entre nous, tandis que Camille est comme un éléphant dans un magasin de porcelaine, me coinçant dans les toilettes des femmes pour me demander si c'est officiel que l'on sort ensemble. Il m'a fallu la décevoir tout en douceur et lui dire que nous ne sommes que des amis, mais j'ai bien vu qu'elle ne l'a pas cru à cent pour cent.

« Il t'aime bien, a-t-elle dit. Vraiment.

— Je l'aime bien aussi.

— Aloooors…

— Rends-moi un grand service, OK ? Laisse-nous tranquilles, s'il te plaît. Si quelque chose doit se passer, ça viendra. Si tout le monde est après nous, ça me rend moins intéressée par lui.

— Je ne vois pas pourquoi il te faut être si discrète et garder tout archisecret. » Trois vodkas lui ont délié la langue.

« Je sais qu'il t'est arrivé quelque chose à San Diego, mais tu n'en parles jamais, même pas à moi. Ça me fait plutôt de la peine, Ava.

— Je suis une personne réservée. Je l'ai toujours été et ce n'est pas avec l'intention de te faire du mal. Ni à toi, ni à personne d'autre.

— Alors, vous vous disputiez à propos de quoi, Camille et toi ? » demande Éric quand nous rentrons bras dessus, bras dessous à la maison.

Il a l'air de savoir où nous allons et c'est une bonne chose, parce que moi, je n'en ai aucune idée.

Surprise par la question, je dis : « Nous ne nous disputions pas.

— Pourtant, c'est ce qu'il m'a semblé et Rob l'a aussi mentionné. Vous êtes revenues des toilettes avec une tension palpable.

— Pour dire la vérité, elle me cassait les bonbons à propos de toi et je lui ai dit de laisser tomber.

— Ahhh, je me suis demandé si ce n'était pas ce qu'elle avait fait, parce que son mari ne m'a pas lâché la grappe avec ça pendant que tu étais dans les toilettes. Amy et Jules lui ont dit d'arrêter et de me laisser en paix.

— C'est, en gros, ce que j'ai dit à Camille et elle ne l'a pas bien pris.

— Leurs intentions sont bonnes.

— Je suppose. Je suis sûre que c'est excitant pour eux que nous nous soyons rencontrés à leur mariage et soyons devenus amis, mais il faut qu'ils prennent un peu de recul et nous donnent de l'espace pour respirer. »

À peine ai-je fini de prononcer ces mots que je trébuche sur une fissure dans le trottoir.

Éric m'empêche de faire une mauvaise chute en enveloppant ses bras autour de moi et me tirant à lui.

Je lève les yeux vers lui tandis qu'il me regarde de toute sa hauteur avec une attention et une inquiétude dans lesquelles je veux me perdre. Bon sang, qu'il est adorable !

« Tu vas bien ?

— Oui, oui. Désolée.

— Pas moi. »

L'espace d'un instant, je crois qu'il va m'embrasser. Je retiens mon souffle, pas certaine de vouloir qu'il le fasse. Mais le moment passe. Il s'éclaircit la voix et serre un bras autour de moi, en me dirigeant vers la maison. C'est du moins là que je pense aller.

Quelques pâtés de maisons plus loin, je vois mon immeuble. En bas des marches, je me tourne vers lui.

« Merci de m'avoir raccompagnée.

— Tout le plaisir est pour moi. Ça va aller, ou vas-tu avoir besoin de la cure pizza d'urgence ?

— Je suis complètement gavée avec le dîner. »

Nous avons mangé des sushis et une cuisine fusion asiatique.

« Sors avec moi ce soir. »

Pendant une seconde je suis confuse, puis je réalise qu'il est plus de 2 h du matin.

« Rien que nous deux. »

Il remet une mèche de mes cheveux derrière mon oreille et caresse ma joue. Son contact me donne la chair de poule.

« Tu m'as promis de fêter ça, si je marquais des points au travail, alors techniquement, tu me le dois.

— Tu me demandes de venir sur un détail technique ? dis-je, en blaguant.

— Je suis prêt à tout pour que tu sortes avec moi. »

Sa façon intense de me regarder n'a rien d'une blague.

« C'est vrai que j'ai promis de t'aider à fêter ça.

— Oui, c'est vrai. À ce soir, alors ?

— À quelle heure ?

— Vingt heures ?

— Ça marche. Comment dois-je m'habiller ?

— On n'a qu'à s'habiller classe.

— D'accord. »

Il se penche vers moi et m'embrasse sur la joue.

« Je vais attendre que tu sois à l'intérieur. »

En montant les marches, j'ai le souffle coupé par l'effleurement de ses lèvres contre mon visage. Je dis bonsoir au portier qui m'ouvre.

Quand je me retourne, Éric me fait signe de la main depuis le trottoir.

Dans l'ascenseur, l'alcool et l'impatience de le revoir me tournent la tête. Cela fait si longtemps que je n'ai rien attendu avec impatience et maintenant il y a tant de choses – mon nouveau travail, ma nouvelle ville, mes nouveaux amis. Un ami, en particulier…

Dans l'appartement, je me déplace doucement pour ne pas déranger Skylar. J'utilise la salle de bains, vais dans ma chambre et ferme la porte. Je sors mon téléphone pour envoyer un SMS à Camille.

Désolée d'avoir été vache tout à l'heure. Je sais que t'es juste curieuse, et ce n'est pas un problème, mais laisse-nous respirer un peu, s'il te plaît. S'il y a quelque chose à signaler, je te le dirai. Quand je pourrai.

Il est tard, et le texto n'est pas lu pour l'instant. Je suis sûre qu'elle répondra quand elle le verra. On n'a pas l'habitude de laisser les conneries envenimer nos relations, et je veux être plus proche d'elle maintenant que nous vivons l'une près de l'autre pour la première fois en dix ans.

Au lit, je fais défiler mon fil Twitter et je pousse un cri de surprise en voyant un des titres de *l'Associated Press* : « Des commandos de marine tombent dans une embuscade au Pakistan ». Je clique sur le lien et dévore chaque mot de l'histoire, qui comporte la terrible nouvelle que deux militaires des USA ont été tués. Mon cœur se serre, et je suis remplie de tristesse, sachant que deux familles vont bientôt recevoir des nouvelles redoutées. Il va se passer dix à douze heures, si ce n'est pas plus, avant que leurs noms et photos soient dévoilés au public après notification de leur famille. Je le sais, puisque j'ai été obligée d'endurer cette attente depuis maintenant cinq longues années, chaque fois que j'ai lu quelque chose sur un militaire américain mort à l'étranger.

Je sais que si j'évitais les informations, je m'en porterais mieux et j'ai essayé maintes fois par le passé d'arrêter mon examen obsessif des gros titres d'actualité. Le plus que j'ai tenu, c'est une journée entière et puis je m'y remets, je regarde, je surfe, je lis, je dévore tout et n'importe quoi sur l'effort continu de neutraliser Mohammad Al Khad, l'insaisissable cerveau derrière l'attaque, et son organisation terroriste.

J'en sais plus long sur les forces spéciales et les opérations spéciales US que la plupart des civils ne le sauront jamais. J'ai rigoureusement fait des recherches sur les commandos de la Marine ainsi que sur les Bérets verts, les *Rangers* et les *Night Stalkers* de l'armée. J'ai découvert un nombre impressionnant d'unités auxquelles John aurait pu appartenir mais je me suis limitée par déduction à la branche de la Marine ou à celle de ses commandos, parce que les deux ont des unités déployées à partir de San Diego. Je sais que c'est difficile de croire que je ne sais pas dans quelle branche de l'armée il était ou qu'il ne me l'a jamais dit, mais nous ne parlions jamais de son travail. Et quand je dis jamais, je veux dire *jamais*. La seule fois où je l'ai vu en uniforme, c'était la nuit où nous nous sommes rencontrés, et les détails du treillis qu'il portait ce soir-là se sont estompés au fil des années. Je ne sais pas si c'était un treillis de la Marine ou de la branche du Corps des Marines.

C'est encore une chose, je l'ai réalisé avec le recul, qui relevait d'une stratégie de sa part. Moins j'en savais, mieux il se portait. Cela ne me dérangeait pas, parce que je n'aimais pas penser à la possibilité qu'il soit déployé pour plus d'une semaine ou deux par-ci par-là, comme il était fréquemment arrivé pendant nos deux années ensemble.

Mes recherches m'ont aussi amenée à trouver des allusions à des groupes au sein des militaires si secrets qu'il n'y a littéralement aucune information nulle part sur eux, ce qui me fait penser que John était impliqué à ce niveau-là. Je n'ai aucun moyen de savoir s'il est encore en vie, ni s'il est lié à l'une de ces unités top-secrètes. Il y a longtemps, j'ai dû accepter que je ne le saurais peut-être jamais de façon certaine. Après des années à parcourir internet, les sites du Pentagone et d'autres qui ont à voir avec les militaires, je n'ai même pas d'indices sur comment s'appellent ces groupes, encore moins comment trouver un militaire qui pourrait être attaché à l'un d'entre eux.

J'ai appris que les membres de l'armée avaient une loyauté féroce pour leur groupe et que si John avait été un Marine, il aurait peut-être eu un tatouage *Semper Fi* ou un tel autocollant sur son camion. Il n'avait ni l'un, ni l'autre. Je n'ai entendu le terme *Semper Fi* que longtemps après qu'il fut parti.

Je m'en veux de ne pas avoir fait plus attention, mais plus que tout je lui en veux de m'avoir laissée dans cet état d'incertitude atroce. Et alors que je passe une nuit blanche, pendant que j'attends que le Pentagone identifie les derniers militaires tombés au service de leur pays, il est évident pour moi que même si j'ai changé d'adresse, j'ai apporté le cauchemar avec moi et je ne pourrai jamais complètement y échapper.

CHAPITRE 6

Je me réveille au son du téléphone qui sonne sous mon visage. Je me suis endormie sur les couvertures et la climatisation me donne des frissons. En tirant une couverture sur moi, je prends le téléphone et lis un SMS de Camille en réponse au mien d'hier soir.

C'est pas grave. Rob s'inquiète d'Éric pq il a l'air de vraiment bien t'aimer. Il a eu une très mauvaise expérience…

Je ne devrais pas encourager cette amitié ou ce flirt ou comment l'appeler ? Cette *chose*, avec Éric.

Camille a raison : après ce qui s'est passé avec son ex, la dernière chose dont il a besoin, c'est de se lier à moi alors que ma vie est un désastre. Sauf qu'être avec lui, c'est sympa et facile, et son intérêt évident pour moi fait que je me sens spéciale après avoir été seule pendant si longtemps. Je l'aime bien. Je l'aime *beaucoup*.

Regardant fixement le plafond, je pense au temps que j'ai passé avec Éric et comme il m'a fait rire. Je revois comme il s'est occupé de moi quand j'avais trop bu au mariage et est resté avec moi, en risquant les ragots de sa famille, pour s'assurer que j'allais bien pendant la nuit. Après avoir été témoin de comment sa mère a réagi en nous voyant ensemble au brunch, j'apprécie encore plus le sacrifice qu'il a fait en passant cette nuit-là avec moi.

Je devrais lui envoyer un texto et lui dire que je ne peux pas sortir avec lui ce soir, que ce ne serait pas juste de le laisser entamer une relation avec quelqu'un qui est aussi mal en point que moi. Mais la journée passe et je n'envoie jamais ce SMS. Je veux le voir. Je veux me sentir comme je me sens quand je suis avec lui. J'aime l'attention qu'il m'accorde, comment il écoute quand je parle et comment il veille sur moi. Peut-être que ce n'est pas juste de laisser se passer une telle chose, mais je suis si fatiguée d'être seule. Éric me fait *ressentir* à nouveau, et bon Dieu, je n'ai pas la force de lui tourner le dos.

Pendant cette journée de torture, je décide qu'il pourrait bien être temps, finalement, de chercher une thérapie pour faire face à tout ce qui est arrivé. Je ne l'ai pas fait jusqu'à présent parce que c'était trop douloureux d'y penser, encore plus d'en parler à un étranger. Mais la soirée d'hier m'a forcée à voir que la seule chose qui a changé depuis que je suis partie de San Diego, c'est mon adresse. Pour vraiment avoir une chance de commencer une toute nouvelle vie ici, j'ai besoin d'aide.

En me lissant les cheveux, j'étudie l'image de la femme qui me fixe. Ses yeux sont hantés, ses sourcils froncés et sa bouche pincée par l'effort de la douleur qui a pesé lourd. Cela aurait été plus facile, je le sais, si John avait été tué. Au moins, là, j'aurais eu des réponses. Mais ce purgatoire sans fin a ajouté à mon visage bien des signes de vieillissement qui n'étaient pas là quand j'ai rencontré John.

L'acceptation de ne pas pouvoir m'en sortir seule est accompagnée d'un immense soulagement. Demain, j'essaierai de trouver quelqu'un qui puisse m'aider et ainsi faire le premier pas important vers une véritable guérison. Il est grand temps. Ce soir, en revanche, j'ai un rendez-vous romantique avec un homme amusant, drôle et adorable, et je vais mettre de côté la peine et le désespoir et me donner la permission de prendre plaisir au temps passé avec lui.

Je mérite certainement de profiter encore une fois de la vie.

Éric

Je l'aime probablement plus que je ne le devrais, surtout vu mon passé récent avec les femmes – ou, devrais-je dire, *une* femme en particulier. Ava hésite, est un peu nerveuse et profondément troublée par quelque chose qu'elle n'a pas partagé avec moi. J'ai dû résister à la tentation de demander à Camille si elle savait ce qui se passait avec sa sœur. Je suspecte que Camille a été si prise par la fin de ses études de droit et l'organisation de son mariage qu'elle n'a pas remarqué que sa sœur était perturbée.

Mais moi, je l'ai remarqué. Le jour où elle m'a retrouvé pour prendre un pot après le travail ? Elle avait pleuré. Elle a dit que c'étaient des allergies, mais les allergies ne donnent pas à une personne un air aussi effondré que celui qu'elle avait quand nous nous sommes rencontrés dans ce bar.

J'ai toujours été un type du genre perspicace. Je vois des choses que d'autres ne voient pas. Parfois, je me demande si je n'ai pas raté ma vocation. J'aurais dû être un reporter parcourant le monde pour les informations de la télévision. En tant qu'observateur avisé et plus qu'occasionnel de la race humaine, je crois que j'aurais été doué pour cela. Mais j'aime trop mon chez-moi pour voyager comme il le faudrait pour cette carrière-là. J'aime être avec ma famille et mes amis – la plupart d'entre eux, en tout cas – et ma carrière actuelle me garde près de mes frères et sœurs et de mes amis.

La première fois que j'ai rencontré Ava, j'ai *vu* la douleur qu'elle essaie tant de garder cachée des autres. On aurait aussi bien pu l'écrire sur une enseigne lumineuse clignotante : cette fille souffre. Naturellement, étant le masochiste que je suis en ce qui concerne les femmes, sa souffrance a piqué ma curiosité. Le fait qu'elle soit magnifique ne gâche rien, mais c'est presque secondaire à mon désir de savoir ce qui lui est arrivé.

J'ai fouiné un peu avec Rob et Camille peu après qu'ils sont rentrés de leur lune de miel. En suivant avec précaution la corde raide entre montrer trop de curiosité et essayer de me renseigner plus sur elle, j'ai tenté d'en parler avec désinvolture quand j'ai dîné avec eux, Amy et Jules, le jour suivant leur retour.

En enfilant mon costume gris pour ma sortie de ce soir avec Ava, je repense à ce dîner avec mes frères et sœurs, qui a eu lieu avant qu'Ava ne déménage de chez ses parents à Purchase.

Camille m'avait donné l'occasion parfaite quand elle avait dit qu'Ava et moi avions eu l'air de bien nous entendre au mariage.

« C'était le cas, avais-je dit. Nous nous sommes bien amusés. »

Je n'avais pas mentionné que je la textais régulièrement depuis le mariage parce que cela ne regardait qu'elle et moi.

« Je l'ai *adorée*, avait dit Jules devant une assiette de sushis et des boissons sophistiquées dans un endroit dans le centre-ville qu'Amy avait recommandé. Une fille *si* amusante. »

Notre plus jeune sœur aime tout le monde – littéralement chaque personne au monde. Elle n'a jamais eu d'ennemi ni rencontré quelqu'un à qui elle ne veuille pas se lier d'amitié, des personnes sans domicile fixe dans la rue jusqu'aux clients millionnaires. Jules a le cœur le plus tendre que j'aie jamais connu, et à cause de cela, nous autres nous nous inquiétons sans cesse pour sa sécurité. Heureusement, sa compassion s'accompagne d'une bonne dose de débrouillardise – et de la bombe lacrymogène que Rob lui a achetée et attachée à son porte-clés – qui nous empêche de passer des nuits blanches à nous inquiéter d'elle.

« Tu crois que tu vas la revoir ? » avait demandé Rob avec désinvolture.

Un mot sur mon *grand* frère ici – il ne fait rien avec désinvolture, donc il n'y avait rien de *désinvolte* en ce qui concernait sa question indiscrète.

« Bien sûr que je vais la revoir, lui avais-je dit. Sa sœur est mariée à mon frère. Je m'attends à la revoir souvent. »

Rob m'avait fait une grimace. La plupart des gens ne voient pas son jeu, mais ses frères et sœurs le voient toujours.

« Laisse-le tranquille, Rob, avait dit Amy en sirotant un verre de Martini trop plein. La dernière chose dont il a besoin, c'est que tout le monde soit après lui parce qu'il s'est bien amusé à ton mariage.

— Merci, Amy. »

J'avais levé ma chope à bière en son honneur. Ils s'étaient fichus de moi pour avoir commandé une bière quand tous les autres avaient choisi un cocktail de luxe. Mais j'avais des choses à faire le lendemain, et avec la bière je n'ai pas la tête dans le sac après une soirée. J'adore le bourbon mais la bière et moi, nous sommes de *vieux* amis.

« C'est quoi, son histoire, alors ? »

J'avais posé la question à Camille, avec le même ton désinvolte, seulement le mien était bien plus efficace que celui de Rob parce que Camille avait mordu à l'hameçon.

« Je suis sûre qu'elle t'a dit qu'elle a habité à San Diego depuis qu'elle est partie pour faire l'université et n'est revenue à la maison que dernièrement. Elle espère que ce sera très temporaire, parce que mes parents sont super excités d'avoir l'une de nous de retour à la maison. Ils s'occupent un peu *trop* d'elle, et après dix ans seule, ils vont vite la rendre dingue. »

De ces informations, rien ne m'était nouveau. Ava m'avait dit tout cela elle-même.

« Pas de relation sérieuse ? » avait demandé Amy, en me jetant un regard entendu.

Je lui suis reconnaissant de m'avoir épargné la peine de devoir décider si j'étais prêt à poser cette question.

« Pas que je sache, mais Ava est extrêmement discrète. Elle n'a jamais beaucoup parlé de sa vie là-bas et j'étais trop occupée à la fac de droit pour m'en mêler. Tout ce que je sais, c'est qu'elle veut trouver un travail et un appartement en ville.

— J'ai tâté le terrain pour elle avec mes contacts, avait dit Jules. Elle va trouver quelque chose rapidement.

— Merci beaucoup, avait dit Camille. J'aimerais vraiment qu'elle vive plus près de nous. »

Moi aussi, c'est ce que je veux, même si je n'ai pas partagé cette pensée avec eux. J'ai appris à ne pas montrer mon jeu en présence de ma famille, qui se mêle trop de ce qui ne la regarde pas. Je ne l'ai pas fait avec Brittany. J'étais si dingue d'elle, je voulais que le monde entier le sache. Pensez à Tom Cruise sur le canapé d'Oprah peu après avoir rencontré Katie Holmes. Ça, c'était moi avec Brit. Après avoir attendu toute ma vie *la femme de mes rêves*, je me suis lancé à fond, comme un fou furieux.

Des mois après le désastre, elle me manque encore et je me déteste sérieusement à cause de cela. Plus que tout, c'est le sentiment d'être sur un nuage, plus haut que jamais dans ma vie, qui me manque. Mais j'ai appris que quand on est plus haut que jamais, la chute est bien plus insupportable.

En trente-deux ans de bonheur, je n'ai jamais été handicapé par la peine ou la déception, mais je l'ai été après qu'elle m'a laissé – plutôt, devrais-je dire, après qu'elle m'a *ghosté*. À ce jour, je n'arrive pas à comprendre comment quelqu'un peut faire ça à la personne à laquelle il a déclaré son amour. Ça dépasse mon entendement. Et quand je pense à comment j'ai paniqué en essayant de la retrouver, en appelant la police et tirant la sonnette d'alarme auprès de tous ceux que nous connaissions… Je frissonne, submergé par une nausée, et je me demande si je ne vais pas vomir – encore une fois. J'ai plus vomi depuis qu'elle m'a laissé que pendant toute ma vie avant elle.

Ce n'est qu'après qu'Amy et Jules l'ont retrouvée et sont revenues avec la vraie histoire que je suis tombé dans la fosse profonde du vrai désespoir. Avant cela, j'avais de l'espoir auquel m'accrocher. Il devait forcément y avoir une explication qui avait du sens. Je l'avais imaginée à l'hôpital, souffrant d'un traumatisme crânien qui lui avait volé sa mémoire. Comment expliquer, autrement, les sept jours sans un mot de la femme que j'aimais ?

Il se trouve qu'il y avait une raison, et après avoir écouté mes sœurs me la transmettre avec douleur, j'ai disparu de la circulation pendant un mois entier. Je ne suis pas allé au travail et n'ai pas quitté mon appartement une seule fois. J'ai refusé de parler à mes frères et sœurs, mes amis, mes parents… La seule personne que je voulais ne voulait plus de moi. Quoi d'autre avais-je besoin de savoir ? Heureusement, mes employeurs me tiennent en estime, alors je n'ai pas perdu mon travail, mais même si cela avait été le cas, je m'en serais fichu. J'étais plus déprimé que jamais et une chose aussi insignifiante que la perte de mon travail n'aurait pu me saper davantage le moral.

Je ne suis pas sorti avec qui que ce soit depuis que le désastre a frappé il y a huit mois. Je n'en ai pas eu envie – jusqu'à ce que je rencontre Ava au mariage. Depuis, je me prends à penser à elle assez souvent, ce qui est un soulagement bienvenu. Plus je pense à elle, moins il y a de temps pour ruminer sur Brittany et le chaos qu'elle a créé dans ma vie qui était de rêve jusque-là.

Ajustant ma veste grise sur la chemise blanche que je porte sans cravate, j'essaie de me préparer mentalement pour mon premier vrai rencard amoureux après la pire rupture de tous les temps. Avec la sœur d'Ava mariée à mon frère, il y a trop en jeu pour risquer d'aller de l'avant avec elle si je ne suis pas prêt. Prêt, je le suis, ou je ne l'aurais pas invitée. J'aurais voulu rencontrer Ava avant que Brittany ne m'ait fait son sale coup. Je crois qu'Ava aurait aimé le gars qu'était Éric Tilden avant que Brittany Kerns ne le détruise.

Le nouvel Éric Tilden est prudent, désabusé et cynique. Cet Éric-là ne se mettra plus jamais dans une position où une femme pourrait le détruire. Finis les bonds sur le canapé, pour ce mec-là. C'est drôle, mais le sexe ne me manque pas. Je m'en donnais pourtant à cœur joie, avant Brittany et avec elle. Depuis qu'elle m'a quitté, j'en ai perdu le goût. C'est comme si ma libido s'était asséchée à en mourir, tout comme mon cœur. Elle m'a brisé jusque dans l'âme et de plus d'une façon.

J'applique une petite touche d'eau de toilette – quelque chose que je n'ai jamais porté auparavant, parce que je me suis débarrassé de tout ce qui me rappelait Brittany : les vêtements, l'eau de toilette, la musique et le lit que je partageais avec elle. J'ai détruit chaque photo d'elle et de nous deux ensemble. J'ai jeté les habits qu'elle a laissés chez moi – même les jeans de cinq cents dollars qu'elle adorait – et j'ai cassé en mille morceaux le tourne-disque qu'elle m'a donné pour notre premier Noël avant de le jeter dans le vide-ordures de mon immeuble. Je voulais qu'il ne reste rien d'elle dans ma vie, et j'ai réussi à l'éliminer de chez moi. Si seulement je pouvais en faire autant de mes souvenirs.

J'aimerais inventer un appareil qui puisse débarrasser le cerveau des choses qu'on ne veut plus, ou dont on n'a plus besoin de se souvenir. Ce serait formidable, non ? Une façon de nettoyer le disque dur et redémarrer le système d'exploitation. Je signe où ? J'offrirais volontiers mon cerveau pour développer quelque chose comme ça, surtout si ça voulait dire que je n'aurais plus aucune pensée pour Brittany pour le reste de ma vie.

« On ne pense pas à elle ce soir, me dis-je. Ce soir, c'est pour Ava. Brittany est morte en ce qui nous concerne. »

Continue à te le dire, mon vieux. Continue à le dire jusqu'à ce que tu arrives à l'éliminer de ton cerveau, tout comme tu t'es débarrassé d'elle dans ta maison.

J'attrape mon portefeuille, mon téléphone et mes clés sur le plan de travail de la cuisine et je sors pour aller chercher Ava, déterminé à regarder de l'avant plutôt qu'en arrière. Je veux apprendre à mieux la connaître. Je veux qu'elle me fasse confiance pour ce qui la hante, quoi que ce soit, mais cela ne va pas arriver du jour au lendemain. Si elle ne l'a jamais dit à sa sœur, qu'est-ce qui me fait penser qu'elle me le dira à moi ?

Peut-être ne le fera-t-elle pas, mais cela ne veut pas dire que je ne vais pas essayer d'apprendre à la connaître. J'ai le sentiment qu'elle en vaut peut-être la peine.

Si quelqu'un m'avait demandé avant le mariage de mon frère – que j'appréhendais, en fait – si j'étais prêt à ressortir avec des femmes, j'aurais dit hors de question. Tout ce qui avait à voir avec les femmes ou les relations sentimentales n'avait aucun intérêt pour moi. En réalité, avant le mariage, j'aurais peut-être répondu que je préférerais subir une vasectomie sans anesthésie que de sortir avec une femme, et cela aurait été vrai. Et puis j'ai rencontré Ava et soudain j'ai été intrigué à nouveau par une femme.

Pas que je cherche à me jeter dans une autre relation. Même pas un peu. J'aime bien Ava et j'aime passer du temps avec elle. C'est tout ce que c'est, me dis-je en marchant la courte distance entre chez moi et chez elle. C'est une distraction. Quelque chose à faire. Une nouvelle amie à apprendre à connaître.

Une autre chose que j'aime quand je passe du temps avec Ava, c'est qu'elle ne connaît pas Brittany, ne la connaissait pas quand elle était avec moi et ne me regarde pas avec sympathie, empathie ou pitié comme le font tous les autres qui partagent ma vie. J'en ai marre de subir les bonnes intentions de tout le monde. Même les gens avec qui je travaille, les putains *d'associés*, nom d'un chien, savent ce qui m'est arrivé et j'ai horreur de ça. Mais c'est ce qui arrive quand on prend un mois de congés qui n'étaient pas prévus. Les patrons apprennent que votre fiancée vous a *ghosté* et tout le monde se sent mortifié pour vous.

Il est temps de réécrire l'histoire, mais d'agir avec prudence.

En arrivant devant son immeuble, je lui envoie un texto.

Je descends tout de suite, répond-elle.

Le portier me laisse entrer quand je lui dis que je suis ici pour voir Ava. Quelques minutes plus tard, elle sort de l'ascenseur, portant des talons à perte de vue et une de ces robes collantes sexy qui s'attachent à la hanche. Des jambes blanches comme le lait à l'infini s'exposent à moi et ses cheveux auburn forment autour de ses épaules des vagues soyeuses. Elle a donné à ses yeux noisette un regard sombre avec du maquillage appliqué avec habileté. Ce soir, elle a l'air un peu moins tourmentée qu'elle ne l'était lors de nos rencontres précédentes. Je suis hypnotisé par elle, et puis elle sourit.

Merde alors, elle est magnifique et pendant un moment j'en perds la parole et suis paralysé pendant que je la regarde venir à moi.

« Salut, dit-elle, l'air un peu essoufflée. Tu es élégant.

— Toi, tu es… Waouh ! Ravissante.

— Merci. »

Je lui tends la main et elle la prend, nos yeux se rencontrant en un moment de lucidité électrique.

Elle me regarde.

« On va où ?

— Brooklyn.

— Oh, cool. Qu'y a-t-il là bas ?

— Viens et je te montrerai. »

Je la conduis par la porte que le portier tient pour nous et dans l'escalier, marchant lentement par respect pour ses talons. Dans la rue, je hèle un taxi, l'aide à monter dedans, et quand je suis installé près d'elle, je donne l'adresse de notre destination au chauffeur.

Mes yeux sont attirés par ses jambes sexy et je me dis encore que je n'ai pas le droit de toucher. Mais pour la première fois depuis très longtemps, j'en ai envie. J'en ai très, très envie.

Chapitre 7

Ava

Assise sur le siège arrière d'un taxi avec Éric près de moi, je suis tout émue. Il y a quelque chose de différent ce soir, de son regard quand je suis sortie de l'ascenseur jusqu'à sa façon de me tenir la main et de m'aider à monter dans le taxi. Les plaisanteries faciles sont finies, remplacées par la sorte d'attente tendue dont je n'ai plus eu l'expérience depuis le soir où j'ai rencontré John.

Éric est si sexy dans son costume gris et il sent merveilleusement bon. Je veux me pencher plus vers lui pour mieux sentir l'eau de toilette qu'il porte.

Je n'ai jamais été nerveuse en sa présence avant, mais maintenant je le suis. Je n'ai aucune raison d'avoir peur de lui, pas physiquement en tout cas. Il n'a jamais été rien d'autre qu'un gentleman parfait en ma présence, depuis le soir où nous nous sommes rencontrés quand il a dormi de l'autre côté du lit pour pouvoir être là si jamais j'avais besoin de lui. Rien ne développe la confiance avec un nouveau mec autant qu'une nuit platonique dans le même lit, surtout que j'étais saoule et vulnérable.

J'ai aimé qu'il me tienne la main et m'aide à monter dans le taxi.

J'aime le costume qu'il porte et comme il moule son corps mince mais musclé.

J'aime la façon dont il m'a regardée quand il m'a vue venir vers lui et je m'émerveille de voir comment tout a eu l'air de changer entre nous pendant ces deux ou trois premières secondes.

Je suis troublée par le silence inhabituel entre nous. Même quand nous venions de nous rencontrer, nous avions toujours plein de choses à nous dire. Le silence n'est pas gênant, mais plutôt lourd d'attente. J'essaie de me rappeler la dernière fois que j'ai attendu quelque chose avec une vraie impatience et c'était avant que John ne parte. J'attendais de le retrouver à la maison après le travail chaque soir, surtout le vendredi quand on allait avoir un week-end entier à passer ensemble.

Je ne veux pas penser à lui alors qu'Éric est assis si près de moi que je peux le toucher, même si je ne le ferai pas. Mais je le pourrais et je suis sûre que mon contact serait apprécié.

« Ça va ? lui demandé-je, plus pour rompre le silence.

— Super. Et toi ? »

En souriant, je hoche la tête.

« Je suis excitée de sortir, ce soir.

— Je suis excité de sortir avec *toi*, ce soir. »

Il étend le bras sur le peu de siège qui nous sépare et me prend la main.

Le souffle court, je serre mes doigts autour de sa main. Ses yeux rencontrent les miens et je vois à sa façon de me regarder qu'il éprouve les mêmes émotions que moi. Cette sortie entre amis vient de prendre une tout autre signification – et comment est-ce arrivé en l'espace d'un clin d'œil ?

Le taxi se faufile entre les voitures, klaxonnant comme un damné, s'arrêtant, repartant et faisant des écarts pour éviter, à la dernière seconde, un désastre.

« J'ai l'impression d'être dans un jeu vidéo. »

Éric rit.

« C'est comme ça la vie, à New York. Et pourquoi ne porte-t-on jamais de ceinture de sécurité dans les taxis quand ils conduisent comme ça ?

— Les meilleurs conducteurs du monde », dit le taxi avec un fort accent new-yorkais qui nous fait rire.

Nous faisons une embardée vers la gauche et j'attrape la manette de la portière avec ma main libre. Le chauffeur se lâche avec un chapelet d'insultes et appuie sur le klaxon. J'adore chaque seconde. Même avec ma vie en danger, je me sens plus en vie que depuis bien des années. Nous traversons le pont de Brooklyn, prenons une sortie qui mène au bord de l'eau et nous nous garons devant le Café de la Rivière, situé à côté du pont.

Éric tend des billets au conducteur, m'aide à sortir du taxi et garde un bras autour de ma taille pendant qu'on nous conduit dans une salle de restaurant intime et élégante. Notre table a une vue sur l'East River jusqu'à Manhattan.

« C'est fabuleux, lui dis-je quand nous sommes assis.

— J'en ai beaucoup entendu parler et j'ai toujours voulu venir ici. »

Je suis heureuse de savoir qu'il n'est jamais venu ici auparavant, que ce n'est pas un endroit où il est allé avec son ex. Pas que je pense qu'il m'emmènerait à un endroit où il allait avec elle, mais je suis néanmoins contente que nous puissions partager cette nouvelle expérience l'un avec l'autre.

« Il a fallu que je demande à un ami de me rendre un service, pour avoir une table au dernier moment. Un gars avec qui je suis allé à l'université est un ami du directeur du restaurant.

— Eh bien, merci de ma part d'avoir demandé qu'il te rende service.

— Qu'est-ce qui te fait envie ? »

Nous parlons du menu et décidons de prendre des salades pour commencer ainsi que du saumon et du flétan pour lui. Puis nous étudions la carte des boissons.

« Mm, le Dark 'N' Stormy m'a l'air bien, dit-il. Je me demande s'ils le feraient avec du bourbon plutôt que du rhum.

— Tu n'aimes pas le rhum ?

— J'ai été malade avec, une fois. »

Il fait une grimace.

« Plus jamais.

— Ça, c'est moi avec le gin. Plus jamais. J'aurais peut-être été obligée d'ajouter le champagne à ma liste de plus jamais s'il n'y avait pas eu ta cure pizza d'urgence.

— Je suis heureux d'avoir pu préserver ta relation avec le champagne. »

Le serveur dit qu'ils peuvent faire un Dark 'N' Stormy avec du bourbon, alors nous en commandons un chacun, et quand il revient avec nos boissons, Éric commande le dîner pour nous deux. Il le fait tellement bien que je ne pense même pas à lui dire que je pourrais passer ma commande moi-même.

« Comment tu le trouves, le Dark 'N' Stormy ? » demande-t-il.

Je bois une gorgée de la boisson qui a été servie avec des glaçons.

« Ça a un goût intéressant.

— Bière de gingembre.

— Ah, c'est ça. J'aime bien. »

Le bourbon se répand à l'intérieur de moi et me chauffe le corps.

Éric pose les coudes sur la table et m'accorde toute son attention.

« Dis-moi autre chose sur toi. »

Son intérêt pour moi est un changement rafraîchissant. La plupart des hommes avec qui je suis sortie aiment bien mieux parler sans fin d'eux-mêmes. Le seul autre gars que j'ai rencontré qui était vraiment intéressé par moi… Non, on ne pense pas à lui ce soir.

« Tu connais pratiquement toute mon histoire. Pendant une enfance plutôt moyenne à Purchase, j'ai joué de la flûte dans l'orchestre du collège et du piccolo dans l'orchestre symphonique. Je faisais de la course sur piste et de la course de fond et j'en étais la représentante dans l'association étudiante.

— Tu cours encore ?

— Pas vraiment. Il faut que je me remette à la gym, en revanche.

— Qu'est-ce qui t'a poussée à choisir une université si loin de chez toi ?

— Je voulais voir une autre partie du pays et j'avais besoin d'indépendance. Mes parents sont formidables, et je les adore, mais ils ne me lâchaient pas. Je me sentais un peu claustrophobe avec toute cette inquiétude parentale et je savais que si je n'allais pas assez loin, je finirais peut-être par les laisser vivre ma vie pour moi.

— Qu'ont-ils dit de ton départ à San Diego ?

— Ma mère a pris des anxiolytiques et mon père m'a acheté une bombe lacrymogène. »

Il rit et le son riche et chaleureux qui me submerge me fait le même effet que le bourbon.

« Tu te rends mieux compte pourquoi je voulais partir pour aller à l'université ?

— Tu en peins un tableau plutôt saisissant.

— San Diego était parfait – trop loin pour qu'ils me rendent visite à tout moment et une ambiance agréable, sympa, qui m'a permis de m'intégrer et de vivre ma vie sans me faire remarquer.

— C'est ce qui te plaît ? Passer inaperçue ? »

Je hoche la tête.

« C'est ce que je préfère. Je ne suis pas aussi extravertie ou sociable que ma sœur et je ne me soucie pas de rivaliser de standing avec mes voisins, comme mes parents. Je déteste être le centre d'attention. Le mariage que ma sœur a organisé ?

— Oui, quoi ? »

Je souris.

« Je ne voudrais jamais un grand tralala comme ça. J'aurais une crise d'urticaire rien que d'y penser.

— C'est drôle comme deux sœurs peuvent être si différentes, non ?

— Je n'en reviens pas depuis le jour où ma sœur est née. Elle a toujours été exactement comme elle l'est maintenant, et je l'adore. Entendons-nous bien.

— Je vois bien que tu l'aimes quand vous êtes ensemble toutes les deux.

— C'est juste que nous sommes très différentes.

— Tu n'as jamais failli te marier ? » demande-t-il quand on nous apporte nos salades.

Avec sa question, il met le doigt là où cela fait mal et je suis reconnaissante de pouvoir tourner mon attention vers la salade pour qu'il ne puisse le voir.

« Pas vraiment », dis-je honnêtement.

John et moi n'avions jamais parlé mariage. À l'époque, je pensais que nous étions trop occupés à profiter du présent pour parler du futur, mais avec le recul je réalise que cela était, aussi, intentionnel de sa part.

« Les gars de San Diego étaient sûrement intéressés par toi.

— Quelques-uns. Par-ci par-là. »

Il est difficile de manger quand on a une boule dans la gorge de la taille d'un pamplemousse.

« Rien de sérieux ?

— Un. »

Je sirote ma boisson et me bats contre la panique qui monte en moi et me ferait partir en courant de cette conversation si j'en avais la possibilité.

« Lui, c'est ma Brittany à moi.

— Ah, je comprends. Pas besoin d'en dire plus. »

Je lui offre un petit sourire pour le remercier de bien vouloir laisser tomber la chose. J'espère arriver à parler de John à un psychologue, mais à personne d'autre. À quoi cela servirait-il ? C'est arrivé, c'est fini, et j'ai besoin de passer à autre chose.

« C'est dur, la vie, parfois, dit Éric, une expression triste sur son beau visage.

— En effet, ça peut l'être. »

Il lève son verre.

« Buvons à tourner la page. »

Je cogne mon verre contre le sien.

« À tourner la page. »

Après un dîner délicieux, nous partageons un dessert qui s'appelle le pont de Brooklyn en chocolat. J'en prends quelques bouchées et puis je pousse l'assiette plus près de lui.

« C'est pour toi. J'ai fini.

— Tu te dégonfles ?

— Encore une bouchée et je risque d'exploser.

— Eh bien, on ne saurait le tolérer, alors je vais me sacrifier et le finir.

— Merci du sacrifice. »

C'est la soirée la plus agréable et relaxante que j'aie passée depuis des années et c'est grâce à lui et son charme facile, ses histoires amusantes et son esprit vif. Je n'arrive pas à m'imaginer qu'une femme ait pu le traiter comme l'a fait son ex-fiancée.

« Quoi ? me demande-t-il quand il me surprend en train de le regarder.

— Rien. »

Mes joues brûlent d'embarras.

« Oh, allez. À quoi tu pensais, là ?

— Je ne veux pas gâcher ce moment avec de vieilles blessures. »

Il pose sa fourchette et s'essuie la bouche avec sa serviette en tissu.

« C'est bon. Tu peux tout me dire.

— Je me demande simplement comment elle a pu te traiter comme ça. Tu es un mec bien, Éric. Un mec vraiment bien. Comment a-t-elle pu ne pas le voir ?

— Je n'en ai aucune idée. J'étais gentil avec elle. Je la traitais comme il faut. »

Il hausse les épaules.

« Qui sait ? »

Avant de pouvoir penser aux conséquences possibles, j'étends mon bras par-dessus la table et place ma main sur la sienne.

« Je suis désolée qu'elle t'ait fait cela et je veux que tu saches… »

Il retourne sa main pour que nos paumes se touchent et replie ses doigts sur ma main.

« Que veux-tu que je sache ? »

J'avale ma salive.

« Que je comprends, mieux que la plupart des gens, comment on se sent après avoir été abandonné comme elle t'a abandonné. »

Il penche la tête de manière à peine perceptible, me regardant avec une reconnaissance nouvelle.

« Vraiment ? »

Je hoche la tête, mais je ne dis rien de plus. Je ne peux pas. J'ai déjà dit plus que je n'en avais l'intention.

« Ça te dit, du jazz ? demande-t-il, me surprenant avec ce changement soudain de conversation.

— En général ou comme religion ? »

Son visage s'illumine quand il sourit. Cela lui va bien.

« Dois-je comprendre que prendre un verre dans un club de jazz te conviendrait ?

— Absolument. »

Il fait signe au serveur d'apporter l'addition et se sert d'une carte American Express noire pour la payer.

« La prochaine fois, ce sera pour moi, lui dis-je.

— Je suis ravi d'entendre qu'il y aura une prochaine fois. »

Il me guide vers la sortie, sa main dans le bas de mon dos. Il utilise son téléphone pour faire venir un Uber et nous sortons par une belle nuit claire pour attendre notre voiture.

« J'adore les nuits comme celle-ci quand il n'y a aucune humidité.

— Ça me rappelle San Diego. Le climat est superbe là-bas. »

L'air de rien, il garde le bras autour de ma taille pendant que nous patientons devant le restaurant.

« On devrait y aller ensemble un de ces jours. J'aimerais le voir à travers tes yeux.

— Ce serait bien », dis-je, mais je ne veux pas y aller avec lui.

C'était ma ville avec John.

Je ne sais pas si c'est le bourbon qui m'y pousse, mais je me penche vers Éric, juste un peu. C'est assez pour qu'il me tire à lui, encore plus près. Puis je sens ses lèvres effleurer mes cheveux. J'en ai des frissons, ressentant sa présence avec intensité, et le désir, pour la première fois depuis des années, me donne envie de me tortiller. Par miracle, j'arrive à rester immobile alors que mon corps se réveille après un long hiver sombre de désespoir.

La voiture arrive et Éric me tient la porte, attend que je m'installe et puis la referme pour en faire le tour. Quand il monte, il tend le bras vers moi.

« Reviens là où tu étais. »

Je glisse sur le siège et il m'enlace.

« Dis-moi quelque chose…

— Bien sûr. »

J'espère pouvoir lui dire la vérité, parce qu'il le mérite.

« Y a-t-il eu quelqu'un d'autre depuis celui qui était important ?

— Non.

— Ça fait combien de temps ?

— Cinq ans. »

Tout son souffle semble le quitter en une seule longue expiration.

« Ah, Ava… Mon Dieu. »

Mes yeux se remplissent de larmes et je les ferme, déterminée à vaincre la tempête émotionnelle contre laquelle je lutte depuis des années.

« Et toi ? Y'a eu quelqu'un depuis elle ?

— Non. »

Nous ne disons rien de plus pendant que nous traversons le pont jusqu'à Manhattan, mais le poids de ce que nous avons dit alourdit l'air entre nous. Il y a tant d'enjeux pour nous deux. Et avec ma sœur et son frère mariés l'un à l'autre, la possibilité d'une autre catastrophe ne m'échappe pas.

La voiture arrive à Columbus Circle. Éric me tient la main dans l'ascenseur jusqu'au cinquième étage où se trouve le Dizzy's Club Coca-Cola. Il échange avec le gars qui garde l'entrée quelques mots que je ne peux entendre. L'homme hoche la tête et montre d'un geste une table dans un coin.

Éric paie l'entrée et serre la main de l'homme, en y glissant un pourboire. À la table, il tient la chaise pour moi jusqu'à ce que je sois installée et puis il s'assied à côté de moi.

« On arrive juste à temps pour le spectacle de 23 h 30. Regarde la scène. Plutôt cool, non ? »

Derrière la scène se dressent les silhouettes des immeubles de New York.

« Qu'est-ce qu'on voit ?

— Columbus Circle et Central Park.

— C'est beau.

— Une des plus belles vues de la ville et la musique est, elle aussi, excellente.

— J'ai hâte. »

Un autre couple, John et Carlene, est placé à notre table. Bien sûr, il fallait qu'il s'appelle John. Heureusement, il ne ressemble en rien à mon John à moi. Ils sont plutôt sympathiques, mais Éric me réserve toute son attention.

Nous commandons une autre tournée de Dark 'N' Stormy avec du bourbon et nous nous mettons à l'aise pour profiter du groupe Mardi Gras qui fait son entrée sur scène à 23 h 30 précises. Ils sont électrisants – et bruyants. Si bruyants qu'Éric tire sa chaise vers la mienne et met un bras autour de moi, pour que nous puissions nous entendre l'un et l'autre. Nous ne disons pas grand-chose, mais sa main sur mon bras fait que mon attention est partagée entre la musique et lui. Puis ses doigts se mettent à bouger, glissant subtilement de mon épaule à mon coude avant de remonter encore une fois.

Il me touche à peine, mais cela n'atténue pas l'effet d'être sous son emprise – et cette caresse subtile fait que je me rends compte combien cela m'a manqué, d'être touchée par un homme. J'ai été tellement prise par la douleur de perdre la personne que j'aimais le plus au monde que je n'ai pas beaucoup pensé aux effets collatéraux de sa perte. Qui a le temps de penser au sexe quand on n'a aucune idée si l'homme qu'on aime est vivant ou mort ou ne reviendra jamais ?

Avec Éric assis si près et son contact déclenchant en moi un feu d'artifice, la femme en moi s'éveille à des choses que je n'ai pas désirées depuis des années. Bien que je ne sois pas certaine d'être prête pour une nouvelle relation et tout ce qui va avec, je n'arrive pas à arrêter quelque chose qui me fait tellement de bien. Je regarde le spectacle, j'écoute la musique et je me laisse aller aux sensations qui me rappellent que je suis encore bel et bien vivante et bel et bien une femme dans la fleur de l'âge.

CHAPITRE 8

Éric

Ce soir a été… J'ai du mal à trouver le mot pour décrire comment c'est de se remettre en selle après presque un an dans le pire enfer. Je veux remercier Ava et je veux l'embrasser, mais plus que tout, je ne veux pas merder en me comportant comme un imbécile. J'adore la musique live dans toutes ses formes et normalement je suis complètement absorbé par les spectacles. Mais avec Ava assise si près de moi, le doux parfum de ses cheveux qui m'enivre et sa peau soyeuse sous mes doigts, je suis plus distrait qu'absorbé.

J'essaie de me rappeler mon intention de ne pas faire dans le trop sérieux, mais je ne peux pas nier que quelque chose a changé au cours de l'instant passé dans son immeuble plus tôt, et je dirais que la même chose lui est arrivée à elle.

Je veux me tirer d'ici pour pouvoir passer plus de temps avec elle, mais le spectacle ne se termine pas avant presque 1 h du matin.

« C'était incroyable, dit Ava dans l'ascenseur. J'ai adoré.

— Je suis content.

— Tu n'as pas aimé ?

— C'était super. Je les avais vus auparavant. Ils sont toujours formidables. »

Je ne l'ai pas touchée depuis que nous avons quitté nos places et j'ai presque peur de la toucher maintenant. Ce qui était si facile et naturel il y a quelques heures est maintenant lourd de conséquences. La bulle dans laquelle nous étions depuis ces premiers moments ensemble plus tôt dans la soirée a l'air d'avoir éclaté depuis que nous avons quitté le club. Je n'ai aucune idée de comment me comporter pour la suite de la soirée, et cette incertitude m'agace pendant le trajet en taxi jusqu'à Tribeca.

Je donnerais tout pour savoir ce qu'elle est en train de penser. A-t-elle été aussi marquée que moi par cette soirée ? Qu'est-ce qu'on fait maintenant ?

Je n'avais jamais d'insécurité avec les femmes jusqu'à ce que Brittany me donne des raisons de douter de moi-même et de mes instincts. C'est encore une bonne raison pour lui en vouloir de ce qu'elle m'a fait, mais je ne veux pas penser à elle, surtout pas avec Ava assise à quelques centimètres de moi après la soirée magnifique que nous avons passée ensemble.

Bien avant que je ne sois prêt, le taxi s'arrête devant l'immeuble d'Ava. Je règle le chauffeur et fais le tour de la voiture pour aider Ava à en sortir. À l'instant où sa main se referme sur la mienne, je me sens à nouveau calme, comme je l'étais au club. Je pense encore à ce que je veux lui dire quand elle me regarde.

« Tu veux venir boire un verre ?

— D'accord. »

J'essaie de faire le gars décontracté, mais je suis bien soulagé de ne pas avoir à essayer de trouver comment finir la soirée sur la bonne note. Pas pour l'instant en tout cas. Je la suis dans l'ascenseur et puis jusqu'à son appartement.

« Je ne sais pas si Skylar est à la maison, alors il ne faut pas qu'on fasse de bruit.

— Je peux ne pas faire de bruit. »

Elle me sourit par-dessus son épaule et ouvre la porte de l'appartement plongé dans la nuit. Après avoir allumé une lumière, elle vérifie l'autre chambre.

« Elle doit passer encore une nuit blanche au travail.

— Plutôt elle que moi.

— Que se passe-t-il dans ton entreprise qui oblige les avocats à travailler tout le week-end ?

— Ils achètent plusieurs autres sociétés. C'est peut-être à cause de ça. Rien à voir avec moi, heureusement. Je n'ai pas passé une seule nuit blanche depuis l'université.

— Moi non plus. J'ai besoin de mon sommeil. Je suis complètement dingue sinon. »

Je la suis dans la cuisine.

« Je ne te vois pas complètement dingue.

— Tu ne m'as pas vue privée de sommeil. Ce n'est pas du joli.

— Je ne peux t'imaginer autrement que jolie. »

J'entoure une mèche de ses superbes cheveux autour de mon doigt et quand mon regard passe de sa chevelure à son visage, nos yeux se rencontrent en un moment de profonde attraction.

« Ava… »

Elle passe la langue sur ses lèvres.

« Oui ? »

Il y a longtemps que je n'ai pas demandé la permission à une femme avant de l'embrasser, mais quelque chose me dit que je dois la demander à Ava avant de franchir le pas.

« Cela t'irait si, au lieu de prendre un verre, je t'embrassais ? »

Je prends sa joue dans ma main et bouge à peine mon pouce.

Elle hésite une seconde avant de hocher la tête, mais je vois que cela lui coûte de donner sa permission. Je procède avec la plus grande attention, passant mes lèvres sur les siennes avec légèreté et m'assurant qu'elle est d'accord avant de recommencer. Vu comment elle me prend les poignets, je ne suis pas certain si elle veut me garder près d'elle ou me repousser. Ses yeux sont fermés, alors je ne peux y trouver d'explication.

« Ava…

— Hmm ?

— Regarde-moi. »

Elle ouvre doucement les yeux et je vois qu'ils sont pleins de larmes qu'elle n'a pas versées et qui me brisent le cœur.

« Ma chérie… On n'est pas obligés… Pas si tu ne veux pas.

— Si, je le veux. S'il te plaît, ne t'arrête pas. »

Ses bras enlacent mon cou et elle m'amène à elle pour un autre baiser. Cette fois, ses lèvres s'écartent quand elle m'embrasse.

Les larmes m'ont bouleversé, mais j'ai l'impression que rejeter ses avances ferait plus de mal que de bien, alors je fais comme elle et je prends part au baiser sans retenue aucune. Je passe le bras autour de sa taille pour l'approcher encore de moi.

Sa langue touche ma lèvre inférieure et pendant une seconde, j'oublie presque mon intention de faire attention avec elle, d'aller doucement, de la laisser donner le rythme. Elle est si adorable, sexy et timide… Ce mélange est absolument parfait pour moi après avoir été anéanti par une femme qui n'a jamais connu un moment de timidité de sa vie.

Avant que les choses ne puissent aller trop loin, je me retire du baiser, même si c'est la dernière chose que je veuille faire.

« Mes parents font une fête demain. Tu viens avec moi ? »

Elle a l'air troublée par le changement soudain de direction.

« Tu es sûr de vouloir risquer de donner de faux espoirs à ta mère ?

— Je suis sûr que tu en vaux le risque. »

Je l'embrasse à nouveau.

« J'ai passé une soirée fabuleuse.

— Moi aussi. Merci pour le restaurant et le spectacle.

— De rien. Je viens te chercher vers midi ?

— Je m'habille comment ?

— C'est relax. Un short, ou ce qui est confortable. Et on a une piscine, alors apporte ton maillot de bain si tu veux nager.

— J'ai l'impression qu'on va s'amuser.

— Je vais te laisser dormir. »

Je la libère à contrecœur et elle m'accompagne jusqu'à la porte.

« Merci encore pour ce soir.

— C'est moi. »

Je l'embrasse une dernière fois et descends les marches de l'escalier, le pas plus léger qu'il ne l'a été en huit mois. Il fut un temps, il n'y a pas si longtemps, des baisers dans la cuisine auraient peut-être mené à quelque chose de plus dans la chambre. Mais avec Ava, ces baisers chastes nous ont donné le sentiment d'une victoire à tous les deux – et en ce moment, la victoire, je ne la refuse pas.

Ava

Je l'ai embrassé. Je l'ai embrassé et je ne me suis pas effondrée. Mais mon cœur… Il s'est brisé en mille morceaux. J'ai mal dans la poitrine et j'ai des nausées. Cela n'a rien à voir avec Éric, qui est fabuleux, adorable et sexy. Il est tout ce que l'on pourrait désirer d'un homme. Mais il n'est pas John.

Après cette belle soirée avec Éric, je me déteste pour avoir pensé cela. Je me déteste pour les avoir comparés et plus que tout, je déteste John pour l'insupportable chaos qu'il a fait de ma vie quand il m'a laissée tomber amoureuse de lui, tout en sachant qu'il serait peut-être amené à partir comme il l'a fait.

Je me déchausse d'un coup de talon et j'arrache ma robe, la voulant partie tout de suite. Dans la salle de bains, je frotte mon visage pour enlever le maquillage et me brosse les dents.

Je ne peux pas le faire. Je ne peux pas être avec quelqu'un d'autre quand mon cœur appartient à John.

Je me suis dit que je pouvais le faire et que c'était ce que je voulais. Vraiment. J'étais à cent pour cent partante jusqu'à ce qu'il m'embrasse. Jusqu'à ce que cela devienne une réalité. Jusqu'à ce que je me rappelle la dernière fois qu'un homme m'a embrassée, a franchi la porte et quitté ma vie. Accablée de douleur, je fonds en larmes, m'effondrant dans la salle de bains et je me mets en une petite boule serrée, les bras autour de mes jambes, la tête sur les genoux. Combien de temps je reste comme ça, je n'en ai aucune idée, mais j'y suis encore quand Skylar rentre et me trouve ainsi.

« Ava ? »

Elle va jusqu'à se mettre par terre avec moi et pose sa main sur mon bras.

« Tu t'es fait mal ? »

Je suis mortifiée de me faire prendre dans cet état par ma nouvelle colocataire. J'essuie les larmes de mon visage et je me force à la regarder. « Je… » J'allais lui dire que je vais bien mais ce n'est pas le cas. Je suis épuisée. Mais elle vient de passer toute la journée et toute la nuit au travail et la dernière chose dont elle a besoin, c'est une colocataire qu'elle connaît à peine qui fait une dépression nerveuse dans sa salle de bains.

« Qu'est-ce que je peux faire ? » demande-t-elle.

Je secoue la tête. Personne ne peut rien.

Elle s'assied près de moi, son épaule contre la mienne, pour me faire savoir qu'elle est prête à rester jusqu'à ce que je me décide. Sa compassion déclenche une autre vague de désespoir.

« Quelqu'un t'a fait du mal ? demande-t-elle, d'un ton doux.

— Non. Rien de ce genre. »

J'ai besoin de vérifier en ligne si le Pentagone a identifié les militaires qui ont été tués. Je n'ai pas eu le temps de vérifier parce que j'étais trop occupée à embrasser Éric.

« Je sais qu'on vient juste de se rencontrer, mais j'ai une grande capacité d'écoute. Tous mes amis me le disent. »

Pourquoi elle, et pourquoi maintenant, je n'en suis pas sûre, mais un torrent de paroles sort de ma bouche. Je n'ai aucune idée si je suis en train de commettre la plus grande erreur de ma vie en m'épanchant sur elle ou si je peux lui faire confiance pour ne le dire à personne, mais je n'arrive pas à m'en soucier. Le soulagement de finalement, *finalement* le dire à *quelqu'un* est si irrésistible qu'il me laisse dans un état de faiblesse extrême après la tempête de mots que je déchaîne sur elle.

« Ava… Oh, mon Dieu, ma pauvre. »

À un moment donné pendant la tirade elle a mis le bras autour de moi.

« Au nom de quoi au monde as-tu enduré une telle chose complètement seule ?

— Je ne sais pas. C'est arrivé comme ça, c'est tout. »

Mes yeux sont si gonflés par les pleurs que je ne pourrai peut-être pas me montrer en public pendant des jours.

« Que s'est-il passé ce soir ?

— Je suis sortie avec Éric, le gars de ta société.

— Il s'est passé quelque chose ? Il a fait quelque chose ?

— Non, pas comme ça. »

Je m'essuie le visage.

« Il est super et on s'est bien amusés. Et puis quand nous sommes arrivés à la maison… Il a demandé s'il pouvait m'embrasser et j'ai dit qu'il pouvait.

— Après, tu t'es sentie coupable, dit-elle.

— Oui.

— Ava… Tu n'as rien fait de mal en embrassant Éric ou en passant une bonne soirée avec lui. Tu le sais, non ?

— Si c'est vrai, pourquoi je me sens si mal ? »

Elle ne dit rien pendant longtemps et puis elle se met à parler.

« J'ai perdu ma petite sœur dans un accident de voiture quand j'étais à la fac de droit. La perte m'a pratiquement brisée. Il a fallu que je quitte les cours pendant un semestre, et pendant quelque temps, j'ai pensé ne pas pouvoir reprendre la vie que je menais avant de la perdre.

— Je suis vraiment désolée, murmuré-je.

— Merci. C'est la pire chose qui me soit jamais arrivée. La douleur était tout simplement… insoutenable. Je voulais mourir, moi aussi. Ç'aurait été plus facile que de vivre sans elle. »

Je connais ce sentiment. Je le connais trop bien.

« Comment as-tu survécu ?

— Un jour à la fois et avec beaucoup de thérapie du deuil. C'est ce qui m'a sauvé la vie.

— Je me suis dit qu'il me fallait trouver un bon psychologue et reprendre les choses en main. Plus de cinq ans à vivre comme ça, c'est assez.

— Je peux te mettre en contact avec la mienne. Je la vois encore de temps en temps, et elle prend les patients tout de suite, même le week-end. Elle dit que la douleur ne tient pas compte des heures de bureau et elle non plus. Tu veux que je lui envoie un SMS ?

— J'en serais très reconnaissante, mais il n'est pas un peu tard pour ça ? »

Skylar sort son téléphone de sa poche arrière et envoie le texto.

« Elle a un téléphone qui répond, quelle que soit l'heure. »

Je suis assise assez près d'elle pour voir ce qu'elle dit :

J'ai une amie qui a grand besoin de ce que vous faites de mieux. Quand pourriez-vous la caser ? Le plus tôt sera le mieux.

La réponse arrive presque de suite.

9 h ?

« C'est-à-dire *ce matin* ? demandé-je, incrédule.

— Je te l'ai dit. Elle ne fait pas de chichis quand les gens ont besoin d'elle. Je lui dis que tu seras là ?

— Oui, s'il te plaît. »

Elle sera là. Elle s'appelle Ava Lucas. Je vous en suis reconnaissante.

Pour vous, rien n'est de trop. Dites à Ava que j'ai hâte de la rencontrer.

D'accord.

« C'est fait. Elle s'appelle Jessica Trudeau. Je t'envoie un texto avec l'adresse.

— Un très grand merci, Skylar. Je suis vraiment désolée de t'avoir imposé tout ce cinéma en rentrant.

— Ça ne me dérange pas du tout. Je suis contente d'avoir pu t'aider et c'est un honneur d'être la première personne à qui tu l'as dit. »

Elle repose sa tête contre le meuble-lavabo.

« Je sais à quel point il peut être difficile de partager ce genre de chose avec quelqu'un, surtout quand il est possible qu'on commence une nouvelle relation. J'avais un petit copain quand ma sœur est morte, et il a tenu bon pendant un an après sa mort, ce qui est à peu près neuf mois de plus qu'il ne l'aurait dû. Il a essayé, mais il n'y avait rien qu'il puisse faire, et après un certain temps, il a abandonné et est passé à autre chose. Je ne suis pas encore arrivée au point dans une relation où je me suis sentie assez à l'aise pour raconter à un nouveau mec ce qui est arrivé avec ma sœur. »

En soupirant, je dis : « Je ne sais pas pourquoi je ne l'ai jamais dit à personne. Probablement parce qu'il voulait qu'on garde ça pour nous quand on était ensemble, ce qui, avec le recul, aurait dû être un signal d'alarme. Mais qu'est-ce que je connaissais de la vie ? J'avais vingt et un ans et j'étais follement amoureuse pour la première fois de mon existence. S'il m'avait demandé de sauter d'un avion sans parachute, je l'aurais fait, juste parce qu'il me l'avait demandé.

— En plus, tu as dit que tu étais partie loin à l'école pour t'éloigner de ta famille.

— Oui, ils auraient fait une descente et essayé de tout arranger pour moi, et je ne voulais pas ça non plus. »

Elle tourne la tête vers moi.

« Rappelle-toi une chose : tu ne dois d'explication à personne sur comment tu as choisi de faire face à ça. Si quelqu'un est après toi à propos de ta façon d'y faire face, c'est qu'il n'a jamais vécu quelque chose comme ça, sinon il saurait fermer sa gueule.

— Je crois que je suis un peu amoureuse de toi. »

Son rire retentit dans la petite salle de bains.

« C'est une bonne nouvelle, parce que je m'attendais à ne pas pouvoir te sentir quand tu t'es ramenée en traînant tous les mômes du gouverneur derrière toi.

— C'est la nouvelle famille de ma sœur, et en fait ils sont vraiment sympas. »

Elle me donne un petit coup de coude.

« Surtout le frère, hein ? »

Je pense à Éric et à la soirée que nous avons passée ensemble et je souris.

« Ouais, surtout lui. Il a été tellement bien avec moi depuis le jour où l'on s'est rencontrés, quand je me suis saoulée au mariage de ma sœur et qu'il s'est occupé de moi. »

Je lui raconte sa cure pizza et comment elle m'a sauvée.

« Et en restant dans ma chambre au cas où j'aie besoin de lui dans la nuit, il a couru le risque que toute sa famille se mêle de ses affaires. »

Je lui apprends ce qui est arrivé avec son ex et pourquoi c'était un si grand pas de faire cet effort pour moi comme il l'a fait.

« Tu sais, j'ai entendu dire qu'il avait pris de longs congés sans solde plus tôt dans l'année, mais je n'ai jamais su pourquoi. Le pauvre gars. Qui pourrait faire ça à quelqu'un qu'il aime, soi-disant ?

— Je n'en ai aucune idée, mais à cause de ça, je suis super inquiète à l'idée de me mettre avec lui si je ne suis pas vraiment prête à franchir ce pas.

— Jessica t'aidera à y voir clair. Elle est super.

— Je suis tellement soulagée d'en avoir parlé à quelqu'un et d'avoir un plan en place pour essayer de mieux me sentir à propos de tout ça. Je ne te remercierai jamais assez pour ce que tu as fait pour moi.

— Heureuse d'avoir été utile. On se tire de cette salle de bains, qu'en dis-tu ? »

En riant, je la laisse m'aider à me lever, et puis je la prends dans mes bras.

Elle fait de même et me donne une petite tape dans le dos.

« Essaie de dormir un peu.

— Toi aussi.

— J'ai tout fini ce soir, alors j'ai droit à la grasse matinée demain.

— Profite bien. Bonne nuit.

— Bonne nuit, Ava. »

Je vais dans ma chambre, ferme la porte et me mets au lit. Je vais pour attraper mon téléphone pour voir s'il y a des nouvelles du Pentagone, mais je m'arrête. Je n'en peux plus ce soir, et demain sera bien assez tôt pour apprendre s'il est parmi les victimes.

CHAPITRE 9

Ava

Je dors étonnamment bien et me réveille à 8 h quand mon réveil sonne. Pendant plusieurs minutes, je reste au lit et je pense à tout ce qui s'est passé hier. J'ai parlé de John à quelqu'un, et rien d'affreux n'est arrivé. En fait, cela a donné lieu à plusieurs bonnes choses, y compris un rendez-vous avec une thérapeute et une nouvelle amie. Skylar a été formidable – d'un grand secours, compréhensive, serviable. Les fois où j'avais considéré la possibilité de parler aux gens de John et de ce qui était arrivé à San Diego, j'avais toujours imaginé le dire à Camille et à mes parents en premier, avant de le dire à quelqu'un d'autre.

Le raconter à Skylar a été bien plus facile que leur dire à eux ne l'aurait été. Cela ne fait aucun doute. En plus de partager ma douleur, j'aurais eu à m'occuper de la leur quand ils auraient entendu ce qui était arrivé avec John. Ils auraient voulu savoir pourquoi je ne les avais pas informés à l'époque, et cela aurait rendu les choses plus difficiles pour moi.

Je me lève et je vais droit au Keurig pour une tasse de café que j'emporte dans la salle de bains, où je prends une douche et me sèche les cheveux. Je quitte l'appartement bien à l'avance pour arriver à l'adresse sur Third Avenue que Skylar m'a donnée. Dans le taxi, je m'attends à me sentir nerveuse ou perturbée, mais je ne me sens ni l'un ni l'autre. Je me délecte encore du soulagement d'avoir partagé mon histoire avec quelqu'un et d'avoir trouvé une thérapeute qui puisse m'aider à me frayer un chemin pour aller de l'avant.

Cela fait longtemps que je n'ai pas eu tant de choses positives sur lesquelles me concentrer. J'espère que Jessica pourra m'aider à naviguer dans ma nouvelle vie de manière à garder ma vie d'avant à sa place, dans le passé.

Le bureau de Jessica est dans un immeuble à la façade en briques qui est exactement comme l'a décrit Skylar. Au rez-de-chaussée se trouve une épicerie débordante d'activité d'où viennent des senteurs qui me mettent l'eau à la bouche. Après mon rendez-vous je m'arrêterai pour regarder de plus près ce qu'ils ont. J'appuie sur la sonnette près du nom de Jessica, et elle me fait entrer. Elle est au troisième étage et m'attend sur le palier quand j'arrive.

Tout de suite, je remarque qu'elle est beaucoup plus jeune que je ne m'y attendais. Elle a les cheveux bouclés, blonds, qui arrivent à l'épaule et elle porte des lunettes œil de chat avec imprimé léopard qui lui donnent un look à la fois intelligent et branché. Elle a un haut noir avec un jean et des chaussures à semelles compensées.

Elle me tend la main.

« Vous devez être Ava. »

Je lui serre la main.

« Oui. Enchantée, et merci de me recevoir un samedi.

— Pas de problème. La douleur ne tient pas compte des heures de bureau et moi non plus. »

Elle me fait entrer dans un endroit cosy avec d'énormes fauteuils somptueux et beaucoup de coussins. Les murs sont peints en orange foncé, et les tableaux au mur représentent des paysages reposants de plage.

« Thé ? Café ? De l'eau ? Que puis-je vous offrir ?

— Un café serait super.

— Vous le prenez comment ?

— Un café crème, s'il vous plaît.

— D'accord. »

Elle montre une planchette à pinces sur la table basse.

« Si vous pouviez remplir les formulaires habituels, la paperasserie, ce sera fait. »

Je complète les questionnaires et indique mon numéro de carte de crédit puisque ma nouvelle assurance prise au travail ne prendra effet que dans un mois.

En apportant deux tasses de café si chaud qu'il fume, elle s'assied en face de moi et place mon café entre nous deux. Tenant sa tasse des deux mains, elle s'installe dans son fauteuil, ses jambes repliées sous son corps.

« Parlez-moi un peu de vous, et puis je vous parlerai un peu de moi. Après, on verra. »

Son attitude décontractée me met immédiatement à l'aise, et j'essaie de résumer en aussi peu de mots que possible ce qui m'amène à elle.

« Pendant ces cinq ans depuis qu'il est parti, je n'ai parlé de son existence à personne jusqu'à hier soir quand Skylar est rentrée et m'a trouvée effondrée après ma première vraie sortie avec un autre homme. »

Jessica fait une grimace.

« C'est une éternité pour faire face à quelque chose de si traumatisant toute seule.

— Avec le recul, je pense qu'en gros j'ai fait comme quand on était ensemble. "Gardons ça pour nous", il disait. Maintenant, je sais que c'était probablement parce qu'il ne devait avoir de relation sérieuse avec personne à cause de son travail, mais je ne le comprenais pas à l'époque.

— Avant d'entrer dans le détail, j'aimerais vous parler de moi, si vous le voulez bien.

— Bien sûr.

— Comme vous, j'ai eu une enfance plutôt idyllique. J'ai épousé mon amour de lycée pendant que je faisais encore ma licence. Nous avons eu notre premier enfant deux semaines après que j'ai complété ma maîtrise. Un garçon appelé Liam. »

Un sentiment de crainte me saisit et ma peur est confirmée quand elle continue.

« Il avait neuf mois quand il a contracté une méningite. Nous l'avons perdu trois jours plus tard.

— Je suis vraiment désolée. »

Les mots me semblent incroyablement insuffisants, mais je ne sais que dire d'autre.

« Merci. Je vous dis cela pour que vous sachiez que je comprends votre point de vue ici. La mort de Liam il y a douze ans a tout changé dans ma vie, et j'ai décidé de me spécialiser dans la thérapie de deuil parce que je voulais aider d'autres personnes qui enduraient la même chose que moi quand j'ai perdu mon fils. C'est une thérapeute qui m'a reconstruite et, pendant ce processus, j'ai trouvé ma vocation professionnelle. »

J'ai tant de questions. Je veux savoir si elle a d'autres enfants et si elle et son mari sont restés ensemble. Elle ne porte pas de bague, mais cela ne veut rien dire. Je ne me sens pas assez à l'aise pour le lui demander, mais je suis sûre que Skylar le sait. Je vais attendre et lui poser la question.

« Nous allons parler beaucoup de John et de ce qui est arrivé à San Diego il y a cinq ans. Mais d'abord, je veux parler d'Éric et de ce qui se passe ici et maintenant en la ville de New York, d'accord ? »

Je hoche la tête, intriguée par son approche, mais prête à la suivre.

« Dites-moi ce qui s'est passé hier soir. »

Je raconte notre soirée, en finissant avec les baisers dans ma cuisine qui m'ont catapultée en une spirale de culpabilité.

« Quand il a demandé s'il pouvait vous embrasser, vous êtes-vous sentie coupable quand vous lui avez donné la permission ? »

Je réfléchis.

« Non, je ne me suis pas sentie coupable jusqu'à après son départ.

— Alors, sur le moment, cela vous a plu de l'embrasser ?

— Oui. Tout en lui m'a plu. Il s'est comporté en bon ami le jour où nous nous sommes rencontrés et a continué de le faire chaque jour depuis. Hier soir a été une soirée vraiment formidable. »

Elle se cale dans son fauteuil et me dévisage avec perspicacité.

« Vous souffrez de ne pas avoir fait votre deuil de votre relation avec John. S'il vous avait dit que c'était fini avant de vous quitter ou, Dieu l'en garde, s'il avait été tué, vous auriez fait votre deuil. Mais quand il est parti, il vous a dit qu'il vous aimait et a disparu de votre vie, vous laissant dans cet état d'incertitude qui vous a empêchée d'aller de l'avant. Vous êtes d'accord ?

— Absolument. Je commence à ressentir de la colère envers lui.

— Vous n'avez commencé à ressentir de la colère envers lui que récemment ? demande-t-elle, incrédule. La plupart des gens auraient été furieux bien plus tôt.

— Je l'aimais tellement, tellement…

— Je sais.

— Et il m'a laissée pour servir notre pays, pour poursuivre ceux qui ont attaqué le bateau de croisière. C'est difficile d'en vouloir à quelqu'un qui essaie d'obtenir justice au nom de tant de gens.

— Du moins, c'est ce que vous pensez qu'il fait. En fait, vous ne le savez pas avec certitude, n'est-ce pas ?

— Non, dis-je en soupirant, je ne sais rien avec certitude.

— Si John devait entrer dans cette pièce à cet instant même, que voudriez-vous lui dire ?

— Oh, là là. »

Je souffle après un rire nerveux.

« Je ne saurais pas par où commencer.

— Faites-moi plaisir. Il arrive là, les mains dans les poches, de retour comme s'il n'était jamais parti. Quelle est la première chose qui vous vient à l'esprit ?

— Je suis probablement trop occupée à le prendre dans mes bras et à l'embrasser pour dire quoi que ce soit.

— C'est votre première impulsion ? Le prendre dans vos bras et l'embrasser ? Pas de lui demander pourquoi il vous a fait ça s'il vous aimait autant qu'il le disait ? »

Je réfléchis à ce qu'elle vient de dire.

« Oui, c'est ma première impulsion : le prendre dans mes bras et l'embrasser.

— Je vous tire mon chapeau. Moi, un gars qui m'aurait fait ce qu'il vous a fait, j'aurais probablement envie de le tuer à coups de couteau.

— On était incroyablement bien ensemble. Vraiment, vraiment bien. Ma relation avec lui était la chose la plus parfaite de ma vie.

— Sauf en ce qui concerne les choses qu'il vous cachait, bien sûr, comme le fait qu'il allait peut-être être obligé de se déployer, éventuellement pendant des années, sans vous dire un mot.

— Peut-être qu'il ne savait pas que c'était possible. Je veux dire, qui s'attendait à ce que des terroristes fassent sauter un bateau de croisière ? »

Jessica étend ses jambes qui étaient pliées et se penche en avant, les coudes sur les genoux, son expression intense.

« *Lui*, il s'y attendait – ou à quelque chose de similaire, Ava. Il s'est entraîné pendant des années pour un scénario exactement comme celui qui est arrivé, et il savait – chaque minute qu'il a passée avec vous – qu'il était possible qu'il lui faille vous laisser comme il l'a fait.

— Vous… Vous ne savez pas cela avec certitude.

— Si, je le sais, et vous aussi. Vous le savez. Un homme dans l'armée ne disparaît pas de la surface de la Terre comme ça pendant *cinq* ans. Ça n'arrive pas. Sauf s'il est dans une unité créée spécialement pour cette sorte de missions.

— Je… Je pense que peut-être ce n'était pas une si bonne idée de venir ici.

— Parce que vous n'aimez pas ce que je dis de l'homme dont vous êtes amoureuse ? »

Mon Dieu, elle n'y va pas de main morte !

« En partie.

— C'est la vérité, et je crois que cela va être très important pour votre capacité à aller de l'avant d'accepter que ce qu'il vous a fait n'était pas honorable. Ce n'était pas ce qu'un homme fait à la femme qu'il aime. »

Je suis tellement blessée de ce qu'elle dit et furieuse au nom de John que des larmes coulent le long de mes joues. Je ne fais rien pour les essuyer car je suis figée. Elle me donne un mouchoir en papier, me forçant à réagir, à le lui prendre et éponger le déluge.

« Je ne dis pas cela pour vous faire du mal, Ava. Je le dis parce que vous avez besoin de l'entendre. Vous l'avez mis sur un piédestal et ce n'est pas sa place.

— Même s'il a passé les cinq dernières années à sacrifier sa vie au service de notre pays ?

— Si c'est ce qu'il a fait, alors nous lui devons tous une énorme dette de reconnaissance, mais ça ne change en rien le fait que ce qu'il vous a fait *à vous* était merdique.

— C'est comme ça que vous avez fait face à la perte de votre fils ? Vous avez trouvé quelqu'un à blâmer ?

— Il n'y avait personne à blâmer. Nous ne savons ni comment, ni où il a contracté le virus, et les docteurs ont fait tout ce qu'ils pouvaient pour le sauver.

— Je suis désolée. Je n'aurais pas dû dire ça.

— Vos questions sur comment j'ai fait face à ma douleur sont les bienvenues. Je serais heureuse de partager avec vous tout ce qui pourrait vous aider à faire face à la vôtre.

— Je n'arrive pas à le blâmer alors qu'il ne faisait que son travail.

— Très bien, mais je veux que vous pensiez vraiment au concept *d'intention*. Quelles étaient les siennes envers vous quand il a commencé sa relation avec vous ? A-t-il commencé cette relation en sachant qu'il y avait une possibilité qu'il soit obligé de vous laisser en cet état de purgatoire pendant des *années* ? Savait-il que cela était possible et l'a-t-il fait malgré tout ? »

Je ne connais pas les réponses à ces questions, alors je ne réponds pas.

« Et ses amis et sa famille ? Que disent-ils de sa disparition ?

— Je… Je ne les ai jamais rencontrés. On restait à l'écart. C'est ce qui nous plaisait.

— Ça vous plaisait, ou ça lui plaisait à *lui* ?

— À tous les deux. On trouvait tout ce dont on avait besoin, l'un dans l'autre.

— Donc, non seulement il vous a caché qu'il serait peut-être obligé de vous quitter indéfiniment, mais il vous a aussi gardée isolée pour que vous n'ayez pas de système de soutien en place si ce qu'il savait pouvoir arriver finissait par arriver. C'est exact ?

— Ce n'était pas comme ça. »

Je tamponne mes yeux qui me font mal. Cela fait des années que je n'ai pas fondu en larmes comme je l'ai fait ces deux derniers jours.

« C'était comment, alors ?

— Nous étions heureux. J'étais heureuse.

— Vous étiez aussi jeune, naïve, loin de chez vous et de votre famille. Cela faisait de vous la petite amie parfaite pour un homme qui peut-être n'était pas censé avoir une compagne.

— Tout ça n'est d'aucune aide. Je ne suis pas venue ici pour démolir la personnalité de l'homme que j'aime.

— Pourquoi êtes-vous venue ?

— Parce que ! Je suis fatiguée d'être coincée. Je veux avancer dans la vie, mais je ne sais pas comment.

— J'essaie de vous montrer comment, Ava. Il vous faut lâcher prise, vraiment lâcher prise, ou vous ne serez jamais que coincée. Ce qu'il vous a demandé de faire est plus que ce qu'aucun homme n'a le droit de demander à une femme, peu importe combien vous l'aimiez ou il vous aimait. Ce n'était pas juste, de sa part, de vous laisser tomber amoureuse de lui. Si vous pouvez trouver un moyen d'accepter cela, je pense que vous trouverez moyen de vous décoincer. »

Je prends encore un mouchoir de la boîte sur la table et j'essuie d'autres larmes.

« Vous avez eu d'autres enfants ?

— Trois.

— Cela a aidé ?

— Oui, vraiment. Personne ne peut prendre la place de Liam, mais ses petits frères et sœurs ont rempli nos cœurs et notre maison d'amour et de lumière et de rires. Ils me donnent une raison de me lever tous les matins, et nous avons tous besoin de cela. »

Je suis contente pour elle qu'elle ait d'autres enfants, et son utilisation du mot *nos* me donne bon espoir qu'elle ait réussi à préserver son mariage.

« Parlons encore un peu d'Éric.

— De quoi, sur Éric ?

— Vous avez dit que vous l'aimiez bien et qu'il a été très bien avec vous ? »

En hochant la tête, je dis : « Depuis le début.

— Et vous vous sentez coupable d'être attirée par lui ?

— Oui.

— Pourquoi ? »

Je la fixe du regard.

« Dois-je vraiment vous expliquer cela ?

— Je suppose que oui, parce que franchement je ne comprends pas ce que diable vous auriez à vous reprocher.

— Je me sens coupable, dis-je entre les dents, parce que je suis encore amoureuse de John.

— Qui est parti il y a cinq ans et ne vous a pas contactée depuis, c'est exact ?

— Pas parce qu'il ne veut pas. Il pourrait être mort, pour ce que j'en sais !

— Oui, il le pourrait. Examinons les scénarios possibles, vous voulez bien ? A. Il est mort et il n'a pris aucune mesure pour s'assurer que vous soyez prévenue de sa mort. B. Il choisit de rester sans contact avec vous pour des raisons qu'il est seul à connaître. C. Il est quelque part dans le monde où il ne peut vous contacter. D. Il fait partie d'une opération où le contact avec le monde extérieur pourrait sacrifier la mission pour laquelle il s'est engagé bien avant de vous rencontrer. Ai-je loupé quelque chose ?

— Non, murmuré-je, furieuse contre elle – et contre lui.

— Ava. »

Je lève les yeux sur elle et je ne vois qu'attention et compassion dans sa façon de me regarder.

« Si vous l'aviez raconté à une amie ou un membre de votre famille il y a des années, ils auraient dit les mêmes choses que ce que je vous dis maintenant. Quelqu'un qui vous aime serait furieux de ce qu'il vous a infligé. »

J'essuie les larmes qui continuent à couler alors que je me demande comment je peux encore en avoir.

« Voulez-vous revoir Éric ? »

Je hoche la tête.

« Alors, vous le devriez. Vous devriez faire à tout prix ce qu'il faut pour être heureuse et vous sentir mieux. S'il vous rend heureuse, lancez-vous. Vous ne devez à John rien de plus que les cinq années de peine que vous lui avez déjà données. Il ne vous a pas épousée ou demandé de l'attendre, ni fait quoi que ce soit qui vous lierait à lui de manière à ce qu'on s'attende à ce que vous vous sentiez coupable en recommençant avec quelqu'un d'autre. Vous comprenez cela, Ava ?

— Oui », murmuré-je.

Après une longue pause, elle dit : « Comment vous sentez-vous ?

— Anéantie. »

C'est le premier mot qui me vient à l'esprit.

« C'est peut-être une bonne chose.

— Une bonne chose ? *Comment ça ?*

— Vous êtes anéantie parce que je vous force à faire face à la réalité de ce que John vous a fait et continue à vous faire après toutes ces années. Je vous dis qu'il est temps de renoncer à lui et d'aller de l'avant avec quelqu'un qui est ici, maintenant et de toute évidence attiré par vous.

— Je lui parle de John ?

— Vous en avez envie ?

— J'ai l'impression que je devrais parce qu'il m'a dit ce qui s'est passé avec son ex, mais je ne voudrais pas qu'il en parle à son frère, qui est le mari de ma sœur. Je ne veux pas que ma famille soit mêlée à ça.

— De ce que vous avez dit de lui, il a l'air d'être un homme droit. Demandez sa discrétion auparavant. Si vous lui dites que c'est important de ne pas partager avec son frère ce que vous allez lui dire et lui demandez de donner sa parole qu'il ne le fera pas, alors ça devrait bien se passer.

— Devrait…

— Quelle est la pire chose qui puisse arriver si votre sœur et vos parents l'apprennent ?

— Ils seraient après moi tout le temps, me couvant, s'inquiétant et… »

Je frémis rien que d'y penser.

« Et cela durerait quelques jours, une semaine au pire, et puis ils passeraient à autre chose s'ils voyaient que c'est ce que vous faites. »

Elle se penche vers moi.

« Si vous voulez qu'Éric sache ce qui s'est passé avec John, dites-le-lui, Ava. Dites-le-lui et finissez-en avec ça. Et rappelez-vous, aussi important que cela ait été pour vous, ça ne le sera pas autant ni pour lui, ni pour qui que ce soit d'autre. On a tous nos propres merdes à régler. »

Par-dessus son épaule, je vois l'horloge qui marque presque 11 h. Je n'arrive pas à croire que cela fait presque deux heures que je suis là. Le temps passe vite quand on vous décortique et vous examine l'âme.

« Si nous sommes encore en bons termes après aujourd'hui, je serai heureuse de fixer un autre rendez-vous. Nous avons fait de très gros progrès, mais ça prend beaucoup de temps et de travail pour vraiment aller de l'avant. »

Dans l'ensemble, je n'ai pas aimé ce qu'elle m'a dit, mais je ne peux nier qu'elle a fait des remarques pertinentes.

« Un autre rendez-vous serait bien.

— Excellent. »

Parce que je commence mon nouveau travail cette semaine, nous prenons rendez-vous pour ce jeudi à 19 h. Puis je me lève, les jambes flageolantes, et lui tends la main.

« J'ai envie de vous prendre dans mes bras, dit-elle. Puis-je ?

— D'accord. »

Elle fait le tour de sa table et m'enlace.

« J'admire votre force mentale et morale, votre fidélité et votre courage, dit-elle. Vous avez plus que gagné le droit d'être heureuse seule, avec Éric ou avec quelqu'un d'autre si ce n'est pas le bon pour vous. »

Ses mots gentils me mettent encore des larmes aux yeux, ces yeux qui semblent irrités, torturés.

« Certaines choses étaient dures à entendre, mais je vous suis reconnaissante de votre temps et de votre point de vue. »

Elle me tend une carte de visite.

« Mon numéro de portable y est. Je suis là pour vous à n'importe quelle heure si vous avez besoin de moi.

— Merci beaucoup.

— Moi, je parie sur vous, Ava. »

Je la quitte avec un petit sourire et me dirige vers la porte. Je descends les marches et sors par cette chaude journée d'été, et je respire profondément. Je ne peux qu'imaginer à quel point mon visage doit être rouge et gonflé. Je trouve mes lunettes de soleil dans mon sac et les mets pour cacher un peu le massacre. L'épicerie qui sentait si bon en arrivant me soulève le cœur maintenant, alors je passe devant, me rends au coin de la rue et fais signe de la main à un taxi.

Après que je suis montée en voiture, mon téléphone sonne, annonçant un texto de Skylar.

Ils m'ont appelée pour aller au boulot – aaaaarrh. Je veux juste voir comment ça s'est passé avec Jess.

Elle a été super – et très, très droit au but.

MDR ! C'est bien elle, ça. Elle tourne pas autour du pot.

Non, c'est sûr. Elle a dit beaucoup de choses que j'avais besoin d'entendre. Encore en train de le digérer. Désolée que tu doives aller bosser.

Juste quelques heures. Je te vois plus tard.

Merci encore pour tout. Tu peux pas savoir comme ça me touche…

Avec plaisir. Bizzz.

:)

CHAPITRE 10

Ava

Je viens de passer les douze heures les plus traumatisantes que j'aie vécues en bien des années, et pourtant je me sens bizarrement… calme. Tranquille. Soulagée. Je l'ai dit à quelqu'un. Je l'ai dit à *deux* personnes, et rien de mal n'est arrivé. En fait, il en a découlé du bien. J'ai l'impression d'avoir trouvé une nouvelle amie en Skylar, et son rendez-vous avec Jessica était exactement ce qu'il me fallait, même s'il m'a été difficile d'entendre une bonne partie de ce qu'elle avait à me dire.

Je suis également déterminée à être honnête avec Éric. Il mérite de savoir la vérité sur mon passé avant que nous n'allions plus loin avec ce truc, je ne sais comment l'appeler, qui se passe entre nous.

En arrivant à la maison, je vais droit au congélateur et fabrique une poche de glace à me mettre sur les yeux, dans l'espoir de réparer en partie les dégâts avant qu'Éric n'arrive. Je m'étends sur le divan, la poche de glace sur les yeux, et pense aux choses que Jessica a dites. J'essaie de les concilier avec l'image de John que j'ai gardée avec moi tout ce temps.

Même si j'aimerais pouvoir le faire, je ne peux nier qu'elle a cent pour cent raison en ce qui concerne John. J'ai toujours su, quelque part, que ce qu'il avait fait était tout sauf héroïque, même si au départ la raison pour laquelle il est parti est l'incarnation même du mot.

Peu après, mon téléphone sonne, annonçant un texto d'Éric.

Je quitte le garage maintenant en route pour chez toi. Hâte de te voir.

Une pointe d'excitation me fait vibrer. Moi aussi, j'ai hâte de le voir. Je me lève du canapé, jette la poche de glace dans l'évier de la cuisine et me rends dans la salle de bains pour cacher la misère avec un anticernes. J'ai encore les yeux rouges, mais pas aussi gonflés qu'ils l'étaient plus tôt dans la journée. Si quelqu'un demande, je peux donner comme excuse pour mes rougeurs que j'ai des allergies – et remercier le ciel que les lunettes de soleil cachent bien des malheurs.

J'emballe vite dans un sac de plage mon maillot de bain, de la crème solaire, une robe de plage et une veste en jean avant de me mettre en short et haut blanc. Je suis en train d'enfiler des tongs en cuir quand le portier m'appelle pour me dire qu'Éric est là.

« J'arrive tout de suite. »

Je ne suis pas d'humeur à aller à une fête de famille aujourd'hui, spécialement celle de la famille de quelqu'un d'autre. Mais je vais trouver mon visage des grands jours pour le bien d'Éric, et puis, après, je lui demanderai si on peut parler. Je vais lui parler de John et pourquoi c'est si compliqué pour moi de commencer quelque chose de nouveau avec lui. C'est compliqué pour lui aussi, alors nous avons cela en commun, mais Jessica m'a aidée à voir que ce ne serait pas juste envers lui d'aller de l'avant sans lui donner toutes les informations dont il a besoin pour comprendre dans quoi il s'embarque.

Quand j'enfile mon sac sur mon épaule, ferme la porte à clé et me dirige vers l'ascenseur, je me rends compte que je n'ai pas encore vérifié si le Pentagone a communiqué les noms des militaires décédés.

Éric

Quelque chose est différent aujourd'hui. Je n'arrive pas à mettre le doigt dessus tout de suite, mais elle est réservée. Pas qu'elle soit super bavarde, mais son silence me semble troublé. J'espère qu'elle va se relaxer au fil de la journée, mais je me demande si elle regrette ce qui s'est passé hier soir. J'espère vraiment que ce n'est pas le cas, parce que je me suis senti mieux ce matin en me réveillant que depuis des mois.

Non seulement je me suis vraiment bien amusé avec elle hier soir, mais aujourd'hui j'ai le plaisir de conduire ma Mercedes AMG GT. Je paie une somme faramineuse tous les mois pour la garder dans un garage en ville, et toute occasion de la conduire est appréciée.

Il aurait été plus facile de prendre le métro Nord, mais en me faufilant dans la circulation en sortant de la ville sur la Henry Hudson Parkway, je suis content de ne pas avoir choisi la facilité. J'adore vivre dans la ville – la plupart du temps – mais la conduite me manque. J'ai ouvert le toit ouvrant pour faire entrer la brise fraîche d'été.

« C'est vraiment une très belle voiture, dit Ava, rompant le long silence.

— Merci. Je l'ai achetée avec le chèque de prime de ma première présentation qui a abouti. »

Je rejoins la Saw Mill River Parkway, direction nord vers la maison. Cela fait quinze ans que je suis parti, mais Croton-on-Hudson sera toujours la maison pour moi, comme pour mes frères et sœurs.

En fait, Rob et Camille ont récemment acheté un appart un peu plus loin dans la rue où nous avons grandi, pour avoir un endroit où s'évader quand ils ont besoin de quitter la ville. Il y a quarante et un miles de mon immeuble à la maison où nous avons grandi, mais ces quarante et un miles pourraient bien être quarante et un mille miles tellement les deux lieux sont différents.

Après un autre long silence, je jette un coup d'œil en direction d'Ava. Je suis frappé encore une fois par tous ses charmes. Le soleil danse dans les reflets roux de ses cheveux, et sa peau revêt un éclat d'un rose délicat. Des lunettes de soleil cachent ses yeux, et je remarque qu'Ava s'accroche à l'anse du sac de plage qu'elle a apporté comme si quelqu'un pouvait le lui prendre.

Encore un long silence, et je n'en peux plus. Il me faut savoir ce qu'elle a.

« Tu vas bien ? »

Elle me jette un regard mais ne dit rien et elle a l'air de se débattre comme une folle avec quelque chose.

« On peut parler plus tard ? Quand on rentre en ville ? »

J'ai l'estomac qui se retourne. Encore… Non ! Je savais que c'était une erreur de l'embrasser hier soir. Depuis le début, j'ai senti en elle une fragilité, et ça m'a fait avancer avec prudence quand l'amitié est devenue quelque chose de plus, au moins en ce qui me concerne.

« De ce qui m'est arrivé il y a cinq ans, dit-elle. Je veux te le raconter. »

Bien que je sois soulagé qu'elle ne veuille pas me dire que ce qu'il y a entre nous – quelque nom qu'on puisse donner à cette chose que nous faisons – est fini, comment suis-je supposé attendre des heures pour entendre ce qu'elle veut me dire ?

« On n'est pas obligés d'aller chez mes parents. On peut faire demi-tour et rentrer si tu ne le sens pas aujourd'hui. »

Elle pose sa main sur mon bras.

« Plus tard, ce sera bien assez tôt. »

Pouah. La patience n'a jamais été mon fort et devoir tenir toute une journée pour arriver à *plus tard* pourrait bien me tuer.

« Il est arrivé quelque chose ? » lui demandé-je.

La curiosité me fait déjà tourner la tête.

« Oui, dit-elle doucement. Tu es arrivé, toi. »

Que lui répondre ? Je n'en ai aucune idée.

« Ava… »

Elle glisse sa main le long de mon bras et vient attraper la mienne qui repose sur ma jambe.

« Ce n'est rien de grave. En fait, c'est vraiment une bonne chose que je veuille en parler. Il n'y a pas à s'en inquiéter. Je te le promets.

— Si tu le dis.

— T'es mignon quand tu n'as pas ce que tu veux. »

Le commentaire taquin me fait rire et me donne bon espoir qu'elle ne me dise pas qu'il n'est pas possible que l'on continue quelque chose qui fait tant de bien. Le fait qu'elle me tienne encore la main me rassure aussi.

« Ça t'inquiète, ce que ta mère va dire quand tu vas arriver avec moi ?

— Pas spécialement.

— T'étais si contrarié la dernière fois…

— J'ai probablement réagi de manière un peu excessive. C'est juste qu'elle est parfois si prévisible, punaise. À l'instant même où on a eu trente ans, elle s'est mise à nous faire la morale à propos de nous marier et faire des petits-enfants à la pelle, comme si on allait soudainement ne plus en avoir le temps si on ne s'y mettait pas tout de suite. Quelque part en moi, je me dis que c'est la raison pour laquelle j'en faisais trop quand j'ai rencontré Brittany. J'ai vraiment joué son jeu. Ça, c'est sûr.

— Tu étais heureux avec elle. Ça, ça n'avait rien à voir avec ta mère.

— *Elle*, elle était heureuse avec Brittany. Elle a commencé à organiser le mariage le premier mois qu'on était ensemble. Je ne veux pas qu'elle fasse ces conneries-là avec toi. Si elle dit quoi que ce soit de déplacé, n'hésite pas à lui dire de s'occuper de ses oignons.

— Je ne vais pas dire ça à ta mère.

— Alors, tu m'en parles, et j'irai le lui dire. Je ne veux pas qu'elle ou qui que ce soit d'autre te mette la pression.

— Ne t'inquiète pas pour moi. Je sais me défendre.

— Je ne veux pas que tu aies à te défendre quand tu es avec moi ou ma famille.

— C'est vraiment gentil de ta part de t'en soucier, mais je me défends toute seule depuis très longtemps.

— Et si je veux te défendre dans certaines situations, par exemple quand ma mère sort ses griffes avec toi ? »

Elle rit, et la tension qui s'accumulait dans ma poitrine, heureusement, se calme un peu. Cette sensation-là me rappelle bien trop les jours désespérés à chercher Brittany, quand je ne savais pas qu'elle m'avait quitté.

Ava me serre la main.

« Pourquoi t'es devenu tout tendu d'un seul coup ? »

Je ne veux pas admettre que je pensais à Brittany.

« Juste inquiet que ma mère te fasse fuir.

— Je ne vais pas me laisser chasser facilement. Tu n'as pas de soucis à te faire. »

Elle me rassure mais je ne vais pas baisser la garde avec ma famille aujourd'hui. La dernière chose que je veux, quand je remets finalement de l'ordre dans ma vie, c'est qu'Ava se sente obligée de faire quelque chose qu'elle n'est pas prête à faire. Je sais déjà que je vais devoir prendre mon temps avec elle, et si prendre son temps ne marche pas pour ma mère ou qui que ce soit d'autre, tant pis pour eux.

Ava

J'adore le village de Croton-on-Hudson – Croton sur Hudson, jamais sur *l'*Hudson, comme me dit Éric quand nous arrivons en voiture dans la ville au charme désuet.

« Tes parents n'habitent pas dans le manoir Albany? demandé-je.

— Seulement la semaine. Ils rentrent à la maison le week-end. »

La maison des Tilden est un cottage de style Shaker au bord de la rivière qui compte, me dit Éric, vingt pièces. Malgré sa taille, la maison semble confortable et accueillante et est décorée sur un thème marin. Nous sommes reçus chaleureusement par le gouverneur et Madame Tilden, qui sont tous deux en tenue décontractée et s'affairent dans la cuisine quand nous arrivons.

« Ava ! »

Madame Tilden laisse échapper son couteau, et il tombe avec fracas sur le plan de travail en pierre. S'essuyant les mains sur un torchon, elle fait le tour de l'îlot de cuisine pour me serrer dans ses bras comme si nous étions de vieilles amies.

« Cela me fait tant plaisir de vous revoir ! Je ne savais pas que vous veniez, mais je suis si contente que vous soyez là. Vos parents arrivent, eux aussi.

— Respire un coup, Maman », dit Éric, me libérant d'elle pour qu'il puisse l'enlacer.

Derrière son dos, il fait de gros yeux en me regardant.

Quelques mots ici sur la maman d'Éric. Elle est *superbe*. C'est le seul mot qui me vienne à l'esprit pour la décrire. Elle fait jeune, est en forme, et a des cheveux blonds coupés au carré qui tombent juste en dessous de la ligne de sa mâchoire. On ne devinerait jamais qu'elle a quatre enfants, trois d'entre eux dans la trentaine. De toute sa progéniture, Éric et Jules sont ceux qui lui ressemblent le plus. C'est le genre de femme qui intimide les autres, même les plus sûres d'elles-mêmes, et je ne fais pas exception.

« Je suis tellement excitée d'avoir tout le monde à la maison pour la journée, dit-elle en gardant le bras autour d'Éric.

— Que puis-je faire pour aider ? lui demandé-je.

— Oh, rien. Bob et moi avons tout en main. Allez donc dehors et profitez de la journée. Éric, Papa a préparé les jet skis si tu veux emmener Ava faire un tour avant de manger.

— Notre bout de l'Hudson est la partie propre, dit Éric en souriant. T'as envie de faire un tour ?

— D'accord, ça me tente bien.

— Montre-lui où elle peut se changer dans la cabane de la piscine, Éric », dit Madame Tilden avant de se remettre à couper les concombres.

Je trouve ça intéressant que le gouverneur ne nous dise rien d'autre que bonjour.

« Ton père est-il toujours aussi silencieux ? » demandé-je à Éric quand nous sommes dehors sur la terrasse énorme qui a une vue sur l'Hudson.

Les coins salon de jardin, arrangés avec classe, me font penser à un catalogue de Frontgate, jusqu'aux tapis, coussins et brasero en cuivre outdoor.

« Il n'arrive pas à en placer une quand ma mère s'y met. »

En passant une piscine enterrée, il me conduit à une construction plus petite au toit d'ardoises.

« Tu peux te changer là-dedans et aussi y laisser tes affaires. »

Il porte un short de bain et un T-shirt, donc il n'a pas besoin de se changer.

« Je vais faire vite.

— Prends ton temps. »

Je mets le bikini et la robe de plage que j'ai apportés et me badigeonne de crème solaire pour ne pas être rouge vif à la fin de la journée. J'attache mes cheveux en queue de cheval et enfile une casquette des Yankees par-dessus.

Je retrouve Éric qui m'attend assis, les pieds dans la piscine.

« Prête. »

Il se retourne pour me regarder.

« Oh, non. Non, non, non.

— Quoi ? demandé-je, paniquée.

— Les *Yankees* ? Non. C'est tout simplement non. On est pour les Mets.

— Euh, ton père est le gouverneur de tout New York, y compris la partie Yankees.

— Non, non. Il leur a demandé de ne pas voter pour lui.

— Tais-toi, dis-je en riant. Ce n'est pas vrai. »

Il se lève et me fait face.

« Je savais bien qu'il devait y avoir quelque chose qui n'était pas parfait en ce qui te concerne. »

J'ai le visage qui rougit d'embarras et cette sensation de désir à laquelle je commence à m'habituer quand Éric est là m'envahit.

Il tire sur ma casquette, me fait les gros yeux pour plaisanter, puis me prend la main pour me conduire à un dock où un magnifique bateau à voile en bois est amarré. Nous descendons une rampe jusqu'à un dock flottant où deux jet skis sont attachés près d'un canot pneumatique avec un moteur hors-bord.

Éric enlève son T-shirt, me donnant un premier aperçu de sa poitrine musclée saupoudrée de poils dorés. Il me donne un gilet de sauvetage et monte sur l'un des jet skis.

J'enlève ma robe de plage et enfile le gilet de sauvetage.

« T'as intérêt à t'accrocher pour ne pas tomber, dit-il avec un grand sourire.

— Tu es de mèche avec ta mère pour que je te pelote ?

— Pas du tout, mais si le résultat est que tu me pelotes, ça me convient. »

Je ris beaucoup quand je suis avec lui, même quand mon cœur est lourd et chargé de toutes ces choses qu'il me faut lui dire plus tard. En essayant d'être un tant soit peu gracieuse, je prends la main qu'il m'offre, monte sur le jet ski et le laisse me diriger en ce qui concerne le placement de mes mains – sous l'extrémité basse de son gilet de sauvetage sur son abdomen, qui se dessine clairement sous mes paumes.

« T'es prête ? demande-t-il par-dessus son épaule.

— Ouais.

— Ne me lâche pas.

— Même pas en rêve. »

En riant, il démarre le jet ski, le défait du dock et s'élance sur la rivière en accélérant. C'est un tour qui procure des sensations fortes. Je perds toute notion du temps en volant au-dessus de l'eau, sautant par-dessus les vagues des autres bateaux et en m'éclatant à fond. Je ne me suis pas si bien amusée depuis des années, et c'est encore mieux quand Rob et Camille se joignent à nous sur l'autre jet ski et que nous traversons l'eau à toute vitesse côte à côte.

Éric saute une vague, et je crie quand nous nous envolons. Quand nous atterrissons, une eau froide nous éclabousse de la tête aux pieds.

« Ça, là, dit-il, c'était super.

— Oh, mon Dieu ! J'ai presque fait pipi dans ma culotte ! »

J'oublie que c'est une nouvelle relation quand je laisse échapper ces mots sans filtre.

Il s'écroule de rire.

« Content que tu aies réussi à te retenir.

— À peine. »

Rob nous envoie un mur d'eau, et quand on arrive à les apercevoir de nouveau, Camille et lui se tordent d'un fou rire hystérique.

« Salopards ! crie Éric. C'est la guerre ! »

Je ne sais pas trop si j'apprécie de faire partie d'une guerre de jet skis, mais on ne me demande pas mon avis avant qu'Éric décolle aux trousses de son frère.

Nous sommes de retour au dock un peu plus tard, complètement trempés et épuisés d'avoir tant ri. Éric amarre le jet ski et descend, me tendant la main pour m'aider. Quand je prends sa main, je réalise que je n'ai pas pensé à John depuis des heures, et ça doit certainement battre un record. C'est bien d'avoir autre chose à penser – et quelqu'un d'autre à qui penser.

Éric m'aide à me défaire du gilet de sauvetage et me regarde longuement dans mon bikini. Se penchant vers moi pour que Rob et Camille, qui sont arrivés juste après nous, n'entendent pas, il dit : « Très, très belle. » Il se baisse pour prendre la robe de plage que j'ai laissée sur le dock et me la donne.

Troublée par son compliment et son regard de loup affamé qui se pose sur moi, j'enfile maladroitement le vêtement et passe devant lui pour emprunter la rampe jusqu'au dock.

Encore une fois, l'élégant bateau en bois attire mon attention.

« C'est un bateau magnifique. »

Il est peint tout en blanc avec un vernis brillant et des housses de protection des voiles en toile de couleur canneberge.

« La *Sarah Beth* – la plus grande fierté de mon père. C'est le prénom de ma mère. Il l'a restaurée lui-même peu après leur mariage et il en prend très grand soin.

— Je faisais de la voile avec mon grand-père quand j'étais petite.

— Alors tu sais en faire ?

— Je n'en ai pas fait depuis des années, mais si c'est comme faire du vélo, alors oui, je sais.

— C'est une chose qu'on n'oublie jamais une fois qu'on sait en faire. J'adore la voile. Peut-être qu'on pourra sortir le bateau plus tard.

— Je ne sais pas si je te fais confiance après l'incident du jet ski. »

En riant, il met le bras autour de moi.

« C'est comme ça qu'on va l'appeler ?

— Oui ou non, était-ce un incident ?

— Pour moi, c'était juste un jour normal sur l'Hudson. Pour toi…

— Un incident pendant lequel j'ai failli me faire pipi dessus devant ce nouveau gars mignon que je vois depuis quelque temps. »

Il me tire à lui et m'embrasse sur le front.

« On est *plus tard*, maintenant ? »

Je lui donne un petit coup de coude.

« Si ta mère nous regarde, tu la remplis d'espoir. »

Il me lâche si soudainement que j'en trébuche presque. Seuls ses bras autour de moi m'empêchent de tomber.

« T'as fait exprès !

— Tu ne peux pas le prouver. »

Oh, je l'aime bien. Je l'aime vraiment, vraiment bien. J'aime comment je me sens quand je suis avec lui – pleine d'espoir, heureuse et optimiste. Et puis je me souviens de ce qu'il me faut lui dire, et j'ai mal à l'idée qu'il dise que c'est trop à affronter pour lui. Qui pourrait lui en vouloir ? C'est ma vie, et c'est trop pour moi.

Chapitre 11

Ava

Rob et Camille nous suivent sur le dock, et nous rejoignons Amy, Jules, leurs parents et les miens sur la terrasse.

Camille s'assied près de moi sur une causeuse en osier.

« T'as l'air bien proche de mon beauf.

— Ah bon ? »

C'est intentionnellement que je reste vague parce que je sais que ça va la rendre dingue.

« Tu sais que tu l'es. Tout ce que je vais dire, c'est que c'est bien de voir que vous êtes heureux et que vous vous amusez.

— Oooh. »

Je pose ma tête sur son épaule.

« Ma petite sœur serait-elle en train de mûrir ?

— Non, ça n'arrivera jamais. Je suis encore curieuse comme une chouette, mais Rob m'a dit qu'il fallait que je te laisse tranquille.

— Dieu merci, on a Rob. Il est devenu mon beau-frère préféré.

— Très drôle. »

Notre mère se lève de sa place de l'autre côté de la terrasse et vient s'asseoir près de nous.

« J'adore voir mes filles ensemble à nouveau. »

Elle est menue et de même couleur de cheveux et carnation que moi. Camille a hérité de ses yeux en forme d'amande.

« C'est bien de se retrouver, dis-je.

— Vous vous voyez beaucoup en ville ?

— Aussi souvent qu'on le peut, dit Camille.

— Avec mon nouveau travail qui commence lundi, je vais encore être très occupée.

— Moi aussi, dit Camille. La fête se termine officiellement mercredi quand je commence mon nouveau travail et les cours pour passer l'examen du barreau. »

Elle retrousse le nez avec dégoût.

« Papa et moi sommes fiers de vous deux pour avoir décroché des emplois dont vous êtes contentes.

— Merci, Maman, dis-je.

— Sais-tu quels seront tes clients ? me demande Camille.

— Pas encore, mais je vais en savoir plus lundi. J'ai hâte de mettre la main à la pâte et d'être à nouveau occupée. »

Rester débordée au travail a été mon salut après que John est parti, mais je me garde bien de le leur dire.

« Je ne veux pas me mêler de ce qui ne me regarde pas, mais tu as l'air proche d'Éric, dit Maman, en se penchant vers moi pour qu'on ne surprenne pas la conversation alors qu'elle se mêle de ce qui ne la regarde pas. L'as-tu revu depuis le mariage ?

— De temps en temps. Ma sœur a épousé son frère.

— Ça, je le sais, maligne, va. Je me demandais simplement si ça n'allait pas plus loin que le fait que ta sœur soit mariée à son frère.

— On est amis.

— Franchement, Ava, dit Maman, tu vas un peu trop loin parfois avec ton besoin de protéger ta vie privée. »

Je la fixe du regard, n'arrivant pas à croire qu'elle dise cela tout haut quand je sais qu'elle le pense tout bas depuis des années. Mais puisque ce n'est ni l'endroit, ni le moment de me disputer avec ma mère sur les limites fixées, je retiens ma réponse qui serait de lui dire de s'occuper de ses oignons.

« Quand il y aura quelque chose à raconter, tu seras parmi les premiers à le savoir. Pour l'instant, nous sommes des amis.

— Laisse-la tranquille, Maman, dit Camille. Elle a le même droit à la vie privée que nous tous.

— Je n'ai jamais dit le contraire. Vous vous méprenez. Toutes les deux. Je ne veux que ton bonheur, Ava. C'est tout.

— Je vais bien. Ça roule. Pas besoin de t'inquiéter pour moi.

— Carol, dit Sarah Beth à ma mère, venez voir les photos que j'ai du mariage. » Sarah Beth a apporté son iPad du côté ombragé de la terrasse.

Ma mère se lève et va s'asseoir avec elle.

« Merci, dis-je doucement à Camille.

— De rien. Je pensais vraiment ce que je lui ai dit, mais j'ai encore l'impression qu'il y a des choses contre lesquelles tu te bats. Si tu as besoin d'une amie, je suis toujours là pour toi. »

Je regarde ma sœur avec une nouvelle estime. Elle a beaucoup mûri pendant les années que nous avons passées loin l'une de l'autre, et je veux être proche d'elle maintenant que nous sommes adultes.

« Il y a quelque chose que je voudrais te dire. Le moment venu.

— Je serai toujours là pour toi.

— Ça me touche beaucoup. Vraiment. »

Camille a toujours été ma petite sœur chérie, mais j'ai l'impression qu'assises ensemble sur la terrasse de ses beaux-parents, nous venons de devenir amies en plus d'être sœurs. Je vais lui parler de John, mais pas avant d'avoir l'occasion d'en parler à Éric. Cela me semble drôle que jusqu'à hier soir je n'aie parlé de lui à personne, et que d'ici la fin de la journée trois personnes sauront ce qui s'est passé. Et puis j'en parlerai bientôt à Camille, aussi.

Je suis soulagée de ne plus porter ma croix seule. Je ne peux qu'espérer que ce que j'ai besoin de lui dire ne fera pas fuir Éric loin de moi.

Je vois bien qu'il devient dingue à essayer de survivre à cette journée de détente avec sa famille. Après avoir mangé les burgers que leur père a cuits au gril et profité d'un déjeuner reposant, Amy et Jules veulent jouer au volley, mais Éric refuse.

« Dis donc, Papa, dit-il, ça te gênerait si Ava et moi prenions le bateau pour faire un tour de voile ?

— Bien sûr que non. Prenez-le.

— Merci.

— Je veux venir, dit Rob.

— Pas cette fois-ci.

— Éric, j'espérais passer un peu de temps en famille, dit sa mère, l'air impatiente.

— On va faire vite. Ava ? »

Il me tend la main, et ne semble pas inquiet du fait que tout le monde nous regarde.

Je lui prends la main et me laisse guider de la terrasse, en traversant le jardin, jusqu'au dock.

« Quelle subtilité ! Pour un gars qui ne veut pas que tout le monde mette le nez dans ses affaires, tu viens de faire une belle déclaration, là.

— Je m'en fiche.

— Bah, c'est bien alors. »

Il monte sur le bateau et tend les bras vers moi, me surprenant quand il me soulève et me dépose sur le pont.

« Je ne veux pas être abrupt, mais je suis en train de devenir plutôt dingue à me demander de quoi tu veux me parler. Je n'arrivais pas à penser à une meilleure façon d'avoir tout de suite un peu de temps seul avec toi. »

Je suis absolument ravie. Comment ne pourrais-je l'être ?

« Alors, pourquoi tu ne l'as pas dit ? » demandé-je en plaçant une main sur sa poitrine et en le regardant.

Comme il a poussé ses lunettes de soleil sur sa tête, je peux voir ses yeux et une étincelle de colère qui m'est destinée.

« Mais ça te donne du plaisir de me torturer ?

— Pas du tout. Loin de moi cette intention. Je suis désolée de t'avoir fait ça. »

Et là, dehors, probablement avec tout le monde qui nous regarde, il m'embrasse. C'est un baiser court, terriblement fougueux, qui me donne envie de recommencer.

« Ce n'est que partie remise, dit-il. Installe-toi pendant que je prépare le bateau.

— Je peux aider.

— Volontiers. »

Travaillant ensemble, nous enlevons la housse de voile, préparons la grand-voile, libérons la barre, et préparons le foc.

Une fois que nous sommes partis, je le rejoins au poste de pilotage et m'assieds en face de lui.

« Tout en douceur, capitaine.

— J'ai l'ai fait quelques centaines de fois. C'est ce qu'il m'a fallu faire avant que Papa me laisse sortir le bateau tout seul. »

Le vent s'engouffre dans les voiles, et nous prenons de la vitesse, le voilier se frayant un chemin dans les eaux tranquilles. Après un long silence, il dit : « Tu voulais parler. Je t'écoute. »

Je puise au fond de moi-même pour trouver la force de partager encore une fois mon histoire. Cette fois-ci, il y a bien plus en jeu. Même si ma relation avec Éric est neuve, elle a vraiment du potentiel. Il m'a donné la meilleure raison possible d'aller de l'avant, même s'il ne le réalise pas encore.

« Quand j'habitais à San Diego, j'ai été amoureuse d'un homme qui s'appelait John. Il était militaire, et nous avons vécu ensemble pendant deux ans. »

Sa main est sur la barre, son regard est fixé sur moi.

« Que s'est-il passé ?

— *L'Étoile des hautes mers* est arrivée. »

Il respire profondément.

« Il était à bord ? »

Je secoue la tête.

« Non. Mais il a été déployé le jour où c'est arrivé, et je ne l'ai jamais revu, ni eu de ses nouvelles depuis.

— C'était il y a plus de cinq ans.

— Crois-moi, je le sais bien.

— Ava… Mon Dieu. Tout ce temps… Tu étais seule et tu attendais ?

— En gros. Je me suis donné jusqu'au cinquième anniversaire, et c'est à ce moment-là que j'ai décidé qu'il fallait que cela s'arrête. Il me fallait lâcher prise – le lâcher *lui* – et aller de l'avant, et c'est ce que j'essaie de faire.

— Je… Je ne sais que dire.

— Je comprendrais si c'était trop pour toi, surtout après ce qui t'est arrivé.

— Ça m'étonne de ne pas déjà en avoir eu vent. Ma famille n'est pas connue pour sa réserve.

— Personne ne le sait. Tu es la troisième personne à qui je le dis, toutes dans les douze dernières heures.

— Pourquoi maintenant ? »

À peine pose-t-il la question qu'il dit : « À cause de ce qui est arrivé hier soir.

— C'était la première fois depuis lui, et c'était… J'étais…

— Tu peux venir ici ? »

Il me tend la main et je la lui prends pour aller de son côté du bateau, où il m'installe près de lui, son bras autour de moi.

« Je suis vraiment navré si j'ai fait quelque chose qui t'a fait régresser.

— Ce n'était pas de ta faute. Ça devait arriver, et en fait cela a abouti sur une sorte de purification de l'âme. »

Je lui raconte comment j'ai vidé mon sac avec Skylar et comment elle a recommandé Jessica.

« Tu t'es sentie mieux après l'avoir dit à quelqu'un ?

— Bizarrement, oui, vraiment, même si j'étais une loque.

— Pourquoi as-tu mis tant de temps à le dire à quelqu'un ?

— J'ai toujours été une personne très réservée, et John l'était aussi. Je sais maintenant qu'il était probablement plus cachottier que réservé, mais après un certain temps il me semblait qu'il s'était écoulé trop de temps pour mêler ma famille à ça, et la plupart de mes amis à San Diego étaient des collègues de travail. Une année s'est transformée en deux, deux en cinq, et je ne l'ai dit à personne, c'est tout.

— Ça me fait horreur de t'imaginer si seule avec quelque chose de si douloureux pendant si longtemps.

— C'était mon choix de le garder pour moi, mais c'est plus facile à gérer maintenant que j'ai décidé de le partager avec quelques personnes de choix, y compris la colocataire que je venais de rencontrer, qui, au fait, a été formidable. Il faut que je te remercie de m'avoir mise en contact avec elle.

— Je suis content qu'elle ait été là pour toi quand tu avais besoin de quelqu'un, mais tu aurais pu m'appeler. Je serais revenu.

— Je sais et j'apprécie tellement quel ami formidable tu es pour moi, mais je crois que ça devait arriver comme ça. Skylar m'a conduite à Jessica, et je sais déjà qu'elle va être d'une grande aide pour moi, même si certaines choses qu'elle a dites étaient difficiles à entendre.

— Comme quoi ?

— Pour commencer, elle a dit que même si John est un héros pour soi-disant être parti à la poursuite de ceux qui ont fait exploser le bateau, il n'est pas un héros en ce qui concerne la manière dont il s'est comporté vis-à-vis de moi et de notre relation.

— Je vois un peu ce qu'elle veut dire. Et toi ?

— Oui, je suppose. Mais après tout ce temps à l'aimer et à me languir de lui, c'est difficile de penser qu'il ne correspond pas à l'image que j'en ai fabriquée dans ma tête. Mais elle a raison. C'était injuste de sa part d'avoir une relation si sérieuse avec moi, en sachant qu'il était possible de devoir me quitter comme il l'a fait.

— Bien qu'il soit difficile de prendre en défaut quelqu'un qui pourrait être en train de se battre contre des terroristes.

— Ce qui a été au cœur de mon dilemme. »

Après un autre moment de silence, il dit : « Il faut qu'on rebrousse chemin. »

Je lève les yeux et je vois que nous sommes loin de notre point de départ. Le dock devant la maison des Tilden est un grain de poussière loin derrière nous.

Éric tourne le bateau, et nous changeons de côté.

« Reviens », dit-il, levant le bras pour m'enlacer.

Je m'installe près de lui et prends plaisir à sentir la chaleur du soleil sur mon visage et ce rare moment de contentement. Il sait, et il veut quand même être près de moi. Je me sens victorieuse.

« Tu dois avoir des questions.

— Quelques-unes.

— Tu peux tout me demander, Éric. Je promets d'être honnête avec toi.

— J'apprécie vraiment, comme tu peux l'imaginer.

— La première fois que tu m'as parlé de Brittany, j'ai réalisé qu'il y avait des similitudes entre ton histoire et la mienne.

— Sauf que celui que tu aimais n'a pas mis en route un plan complexe concocté pour disparaître de ta vie.

— Ah non ? Quand on y pense bien, c'est exactement ce qu'il a fait. Tout le temps que nous avons été ensemble, il savait qu'il serait très probablement appelé à partir sur le terrain, ce qui le garderait loin de moi indéfiniment, et il ne me l'a jamais dit. Probablement parce qu'il ne pouvait pas, mais ça ne le justifie pas. Ses raisons sont peut-être plus honorables que celles de Brittany, mais le carnage laissé derrière lui est assez similaire.

— Ouais, je suppose que ça l'est. »

Après une autre longue pause, il dit : « Tu es prête pour quelque chose de nouveau, Ava ?

— Je veux l'être. »

Je lui ai promis la vérité, et c'est ce que je lui donne.

« Moi aussi.

— Eh bien, pour citer une chanson country que j'aimais bien il fut un temps, c'est un excellent point de départ – *A Real Fine Place To Start*.

— Oui, c'est vrai. Qu'est-ce que tu voudrais qu'il arrive, maintenant ?

— J'aimerais passer plus de temps avec toi et voir comment ça se passe, mais seulement si c'est ce que tu veux, toi aussi.

— C'est ce que je veux.

— Même après tout ce que je t'ai dit ?

— Même. »

Il passe les doigts dans mes cheveux et j'en ai des frissons de plaisir plein la tête.

« Quand je me suis réveillé ce matin, je n'avais de pensées que pour toi, hier soir et combien j'aime être avec toi. C'est un tel soulagement de penser à quelque chose de positif. C'est un tel soulagement de t'avoir trouvée, *toi*.

— Je me sens comme ça, moi aussi.

— Depuis que je t'ai embrassée hier soir, je n'ai pensé à pratiquement rien d'autre que le temps qu'il me faudrait attendre pour pouvoir recommencer.

— Qu'est-ce que tu fais, là, maintenant ?

— Tu veux dire maintenant, maintenant ? »

Je ris de sa confusion de petit garçon que, je sais, il fait semblant d'éprouver. Il est homme dans tous les sens du mot.

« Sauf si tu es trop occupé, bien entendu.

— Jamais trop occupé pour toi. »

Il se penche vers moi doucement, en gardant les yeux ouverts et fixés sur mon visage quand il effleure mes lèvres avec les siennes en la plus légère des caresses. Se redressant, il m'étudie avec intensité pendant un long moment où je retiens mon souffle avant qu'il ne revienne à la charge. Il passe une jambe par-dessus la barre du gouvernail pour garder le bateau dans la bonne direction pendant qu'il se sert de ses deux mains pour me prendre le visage et m'embrasser plus intensément.

Je ne pense qu'à lui quand j'ouvre ma bouche pour accueillir sa langue et gémis du désir qui se réveille en moi.

Comme si l'on avait appuyé sur un interrupteur, d'un coup, je meurs d'envie de continuer. Tous mes sens en état d'alerte, je me rends compte combien j'ai été apathique tout ce temps jusqu'à ce qu'Éric m'embrasse, me touche et fasse que je me sente à nouveau vivante. Nos baisers sont désespérés, avides et délicieusement charnels. Après avoir partagé mon histoire avec lui, je ne porte plus le fardeau des choses que j'avais gardées pour moi. Je suis libérée de mon passé douloureux. Je suis prête. Je suis prête pour *lui*.

« *Mon Dieu*, Ava, » dit-il quand nous reprenons finalement notre respiration.

Son visage est tout rouge, son regard vif est chargé d'émotion.

« *D'où* me viens-tu ?

— Il me semble que c'était du mariage de ton frère. »

Il sourit et me caresse la joue.

« J'ai un besoin soudain, urgent, de retourner en ville.

— C'est drôle, parce qu'il me semble avoir le même besoin soudain et urgent. »

Le son qu'il émet est quelque chose entre un gémissement torturé et un grognement féroce.

« Quel idiot a eu la brillante idée d'aller faire de la *voile* ? »

Je ne peux retenir le gargouillis du rire qui m'échappe et me vaut un regard foudroyant d'Éric tandis qu'il dirige le bateau vers la maison.

Il garde le bras autour de moi, mais nous ne disons rien pendant les quarante minutes que cela prend de retourner au dock. Travaillant ensemble, nous baissons les voiles, amarrons le bateau et nettoyons le plus rapidement possible. Avec chaque minute qui passe chargée de silence, la tension entre nous semble se multiplier.

J'ai la tête qui tourne comme si j'avais consommé une bouteille entière de champagne, mais j'ai l'esprit remarquablement clair quand je prends sa main et le laisse m'aider à descendre du bateau. Il me tient fermement la main tandis que nous remontons le dock pour rejoindre les autres. J'attends toujours qu'il me lâche avant que nous arrivions là où ils peuvent nous voir nous tenir la main, mais il ne me laisse pas.

Je suis tellement prise par ce qui se passe entre nous que je ne remarque pas tout de suite que quelque chose ne va pas sur la terrasse.

Éric s'arrête d'un coup et me lâche la main.

« Qu'est-ce qui se passe ? »

CHAPITRE 12

Amy essuie ses larmes, Jules regarde fixement la terrasse, et Camille, l'air ébahie, tient Rob, qui semble accablé de chagrin. Mince, que s'est-il passé ? Il n'y a aucune trace de mes parents et de Sarah Beth, mais Bob est assis avec ses autres enfants.

« Est-ce que quelqu'un peut me dire ce qui ne va pas, ou quoi ? » dit Éric quand nous arrivons sur la terrasse.

Je veux partir en courant. Je ne veux pas savoir de quoi il s'agit. Pour la première fois depuis une éternité, je me sens bien. Je ne veux pas perdre ce sentiment. Je ne veux pas entendre ce qu'ils ont à dire.

Amy se lève, essuie son visage, vient à Éric et le prend dans ses bras.

Il se hérisse.

« Mais putain, Amy.

— Maman et Papa divorcent. »

Il devient complètement immobile.

« Quoi ?

— Viens t'asseoir, mon fils, dit Bob.

— J'ai pas envie de m'asseoir. Je veux que quelqu'un me dise ce qu'il s'est passé, bordel, pendant ces deux dernières heures, là. »

Je veux mettre le bras autour de lui ou faire quelque chose pour le réconforter, mais je sens que ce ne serait pas bienvenu, alors je me tiens maladroitement à ses côtés, et j'ai l'impression de regarder au ralenti un accident qui arrive sous mon nez.

« On traînait là, dit Jules, et ce mec est arrivé. Il a dit qu'il était un ami de Maman et qu'il avait besoin qu'elle vienne avec lui. Il… il agissait comme s'il avait le droit d'être ici. »

Elle balaye son visage de sa main, chassant ses larmes avec colère.

« Elle dit qu'elle nous aime tous beaucoup, mais qu'elle ne peut plus vivre un mensonge. Elle… elle est partie avec lui. »

Oh. Mon. *Dieu*. Je n'arrive pas à croire ce qui arrive. Je ne devrais pas être ici. Ce ne sont pas mes affaires, mais mes pieds sont ancrés sur place. Je n'arrive ni à bouger, ni à respirer, ni à faire quoi que ce soit mis à part avoir mal pour Éric et sa famille. Mon regard croise brièvement celui de ma sœur et je vois qu'elle est pareillement touchée. J'ai soudainement l'impression que l'euphorie que j'ai éprouvée sur le bateau a eu lieu il y a bien des jours, alors que cela s'est passé il y a à peine une heure.

« Ça fait un bout de temps, dit Bob.

— Tu *savais* ? »

Éric fixe son père du regard.

« Je savais.

— C'est à cause de ça que tu ne te représentes pas aux élections, n'est-ce pas ? demande Rob d'une voix monotone et trop basse qui ne lui ressemble pas. Je n'arrivais pas à comprendre pourquoi tu ne voulais pas rencontrer le parti à propos de la course aux élections du Sénat ou de la campagne de réélection. Voilà pourquoi.

— Oui, dit Bob.

— Tu vas juste te laisser faire ? demande Éric à son père.

— Que voudrais-tu que je fasse ? »

Sa dignité tranquille face à la catastrophe me touche profondément. Je voudrais avoir le droit de le prendre dans mes bras. Le pauvre homme.

« C'est pour ça que nous sommes là aujourd'hui ? demande Éric. Pour que vous puissiez lâcher cette bombe sur nous ?

— Je n'avais aucune idée qu'il allait venir ici aujourd'hui, dit Bob. Je ne vous aurais jamais infligé un tel spectacle. Camille et Ava, je m'excuse de vous avoir obligés, vous et vos parents, à être témoins de quelque chose de ce genre. »

Je ne supporte pas qu'il ressente le besoin de s'excuser auprès de moi.

« Je vous en prie, ne vous inquiétez pas de nous, dit Camille. Je suis tellement désolée pour ce qui vous est arrivé. »

Bob hausse les épaules.

« Ce n'est pas la première fois, mais ce sera la dernière.

— *Quoi* ? s'écrie Amy. Elle a *déjà* fait ça ?

— Plusieurs fois, dit Bob. Mais celui-ci est différent, apparemment. »

Rob se lève de façon si abrupte qu'il déplace presque Camille de sa place sur la causeuse près de lui.

« Je ne peux plus écouter cette histoire. »

Il prend sa main et se dirige vers les escaliers.

Camille regarde par-dessus son épaule et nos regards se croisent. Elle a un air hagard alors qu'elle se hâte pour rester au niveau de son mari.

Jules va s'asseoir près de son père.

« Pourquoi l'as-tu toléré, Papa ?

— Parce que je l'aime. Je l'ai toujours aimée. »

Jules pose sa tête sur l'épaule de son père.

Éric recule d'un pas.

« Je… Il faut que j'y aille. »

Il se dirige vers les escaliers et puis semble se rappeler qu'il n'est pas venu seul.

« Ava, s'il te plaît. Allons-y. »

J'ai envie de dire quelque chose à Bob, mais que pourrais-je lui dire qui puisse avoir de l'importance pour lui ? Je descends les escaliers derrière Éric.

« J'ai besoin de prendre mon sac dans la cabane de la piscine.

— J'attendrai dans la voiture. »

Il s'en va vite vers la voie privée.

Je me dépêche d'aller récupérer mon sac et de le rejoindre à la voiture pour qu'il n'ait pas à rester ici plus que nécessaire. Il m'est difficile d'imaginer ce qu'il ressent. En contournant la maison, je sors mon téléphone de mon sac et y trouve un message de ma mère.

Oh, mon Dieu, a-t-elle écrit. *À quoi on vient d'assister chez les Tilden… Sois contente d'être allée faire de la voile. Appelle-moi quand tu peux.*

À l'instant même où ma portière se referme, Éric déguerpit en marche arrière et laisse un nuage de poussière sur la route en terre battue dans sa hâte de se tirer de là.

J'ai tant de questions. Je veux savoir s'il avait une idée que le mariage de ses parents était en difficulté ou que sa mère était une femme adultère en série. Je veux savoir ce qu'il est en train de penser et comment je peux l'aider, mais la tension dans la voiture est à couper au couteau, si lourde que j'arrive à peine à respirer, encore moins à parler.

Il tient tellement fort le volant que ses poings en deviennent blancs, et une veine dans sa mâchoire palpite violemment. Il cligne à peine des yeux tandis qu'il se concentre sur la route, en conduisant plus vite qu'il ne le devrait. Il ne dit pas un traître mot tout le long du voyage d'une heure pour retourner en ville. Nous nous approchons de Tribeca quand je craque.

« Mets la voiture dans le garage. Tu ne dois pas rester seul ce soir.

— Je n'ai pas envie de compagnie.

— Tant pis. Je ne vais pas te laisser faire face à ça tout seul.

— Ava…

— Me laisserais-tu seule ce soir si c'était arrivé à ma famille ? »

Je le connais déjà assez pour être sûre qu'il ne me laisserait jamais seule après un tel événement.

Sa mâchoire bouge d'une expression impénétrable à une autre, mais il ne discutaille pas. Quelques pâtés de maisons plus loin, il prend une série de tournants qui nous amènent devant une grande porte en métal. Il utilise une carte magnétique pour y accéder, et la porte s'ouvre avec un grand fracas métallique. À l'intérieur, il descend plusieurs niveaux en voiture et se gare à une place réservée. Nous prenons nos affaires, il ferme la voiture à clé, et nous nous dirigeons vers un escalier qui nous mène au niveau de la rue.

Il me prend la main, et nous partons dans la direction opposée à mon appartement.

J'ai encore des questions, mais je tiens ma langue et décide de faire comme lui. Ce soir, il aura de moi ce dont il a besoin.

Il est submergé par des vagues de douleur qui me font mal pour lui. Il a déjà enduré assez de douleur pour toute une vie, et maintenant ça. Je veux l'enlacer et le réconforter. S'il veut bien me laisser faire.

Éric

Ça ne peut pas être vrai. Si quelqu'un m'avait dit que cela allait arriver aujourd'hui, j'aurais ri. Ma mère, une femme adultère. C'est *grotesque*. Sauf que… Il y a eu des signes au fil des années que leur mariage n'était pas exactement ce qu'il aurait pu être, mais même dans mes pires cauchemars je n'ai jamais imaginé quelque chose comme *cela*.

Je me rends compte qu'Ava a du mal à rester à mon niveau, alors je ralentis.

Ava… Je ne veux pas l'exposer à ça, surtout pas après avoir fait, tous les deux, un si grand pas en avant dans notre relation aujourd'hui. Quand nous sommes revenus de faire de la voile, tout ce que je voulais c'était la ramener le plus vite possible à la maison pour que nous puissions continuer ce que nous avons commencé sur le bateau. Et puis nous sommes arrivés au beau milieu du désastre qui se déroulait dans ma famille, et maintenant… Maintenant, je ne sais pas ce que je veux.

Cela me rappelle bien trop l'horreur qui a suivi la supercherie de Brittany. Je suis écœuré, en sueur et dégoûté. Pourquoi les gens font-ils du mal à ceux qu'ils disent aimer ? Je ne le comprendrai jamais. Peut-être que penser comme ça fait de moi un gars sans couilles, mais pour moi, aimer quelqu'un veut dire qu'on reste. On y met de son temps et on fait le job. On ne part pas, on ne trompe pas et on ne prépare pas sa propre disparition.

Nous arrivons à mon immeuble, et je tiens la porte pour Ava pour qu'elle entre avant moi. Si je n'en avais fait qu'à ma tête, je l'aurais laissée chez elle et puis serais rentré chez moi seul, mais elle ne voulait pas en entendre parler. Bien que j'apprécie son soutien, j'aimerais mieux être seul avec la bouteille de vodka qui est au frais dans mon frigidaire.

C'est la première fois qu'elle vient chez moi, mais je ne prends pas le temps de lui faire faire le tour de l'appartement. Je vais droit au congélateur pour récupérer la bouteille glacée pour moi et j'en avale la moitié avant de lui en offrir à elle.

Elle secoue la tête.

Je verse un autre verre. Lorsque la deuxième dose atteint mon organisme, je commence à me détendre quelque peu. Je me retiens de verser une troisième tournée. Les mains sur le plan de travail, je laisse tomber ma tête, dans l'espoir de soulager une partie de la tension qui s'est concentrée à la base de mon cou.

Et soudain Ava est là, massant mes épaules et calmant la douleur en moi avec sa gentillesse toute à elle.

« Que puis-je faire ?

— La même chose encore, ce serait bien. »

Je lui suis reconnaissant de continuer à me masser le cou et les épaules sans éprouver le besoin de remplir le silence de platitudes inutiles comme le feraient certaines femmes. Comme l'aurait fait Brittany. Elle ne pouvait tolérer les longs silences. Ils la dérangeaient. Avec le recul, j'en suis venu à comprendre qu'elle se sentait peu sûre d'elle.

« Ça fait du bien. »

Et puis je me tourne vers Ava, et elle m'enlace. Je m'accroche à elle comme à un radeau dans une mer déchaînée.

« Je suis vraiment désolé qu'il t'ait fallu assister à quelque chose d'aussi laid.

— Je t'en prie, ne t'excuse pas. Tu ne pouvais pas savoir que cela allait arriver. Aucun d'entre vous ne le pouvait.

— Je suis sûr qu'elle a mis ça en scène pour que nous soyons tous témoins de la fin spectaculaire de son mariage. J'ai dû la décevoir quand je suis parti faire de la voile.

— Elle s'est comportée bizarrement quand tu lui as dit que tu partais. Nerveusement est le mot auquel j'ai pensé à ce moment-là.

— Elle nous voulait tous présents pour assister à son coup de théâtre, mais ce que je ne comprends pas, c'est pourquoi. Qu'est-ce qu'on lui a fait de mal pour mériter ce genre de cruauté ?

— Si j'avais à deviner, je dirais qu'elle est si absorbée par sa grande évasion qu'elle ne pense à personne d'autre qu'elle-même.

— Ce serait fidèle à ses habitudes. »

Je me recule légèrement, juste assez pour que je puisse voir son visage.

« Je suis désolé que nos plans aient déraillé.

— S'il te plaît, ne t'excuse pas. Tu n'as pas besoin.

— Alors, voilà, c'est chez moi, dis-je avec un sourire timide.

— C'est plus ou moins ce que je me suis dit, vu que tu avais la clé. C'est sympa. J'aime bien. »

Il fut un temps j'aimais bien, moi aussi, avant d'avoir passé du temps ici avec Brittany, et qu'elle me l'ait gâché.

« Merci. »

Je lui prends la main et la tire un petit peu.

« Viens t'asseoir avec moi. »

Le loft est une très grande pièce ouverte, avec un plafond de six mètres de haut plein de tuyaux industriels et de poutres. Une chambre et une salle de bains sont cachées derrière un mur à l'autre bout. Je la conduis autour de l'îlot de cuisine jusqu'au salon, où une télévision à écran plat est fixée au mur en briques au-dessus d'une cheminée en état de marche. Toujours main dans la main, nous nous asseyons, l'un près de l'autre, sur le canapé.

Je voudrais plus que tout avoir pu aller directement du bateau à la voiture, en évitant le drame de famille. Je veux retrouver la magie que j'ai ressentie avec elle sur le bateau, mais la bulle a éclaté et m'a laissé criblé de balles émotionnelles si blessantes que je ne sais par où commencer pour le gérer.

« Tu veux en parler ? demande-t-elle.

— Je ne saurais que dire.

— Tu n'avais aucune idée qu'ils avaient des problèmes ?

— Pas ce genre de problème, mais je ne passe pas beaucoup de temps avec eux ces temps-ci. J'ai toujours été plus proche de mon père, mais il travaille comme un fou depuis qu'il a été élu, et moi je travaille tellement… Quand on est ensemble, c'est en général une réunion de famille. Dans ces circonstances-là, il est difficile de voir si quelque chose ne va pas. »

Je revois chaque réunion depuis l'année dernière – vacances, anniversaires, les rares événements politiques auxquels je me suis rendu pour montrer mon soutien, le mariage…

« Le mariage.

— Quoi, le mariage ?

— Elle a attendu que ce soit passé pour l'annoncer.

— Tu crois que c'était si calculé que ça ?

— Absolument. Amy le dit toujours, qu'elle prévoit tout jusque dans les moindres détails. C'est la reine des tableaux de suivi et des check-lists. Il n'y a aucune chance que tout ça soit un événement aléatoire pas bien pensé à l'avance.

— Je ne comprends pas pourquoi quelqu'un ferait cela à ceux qu'il aime.

— Non, tu ne le comprends pas, parce que tu n'es pas calculatrice comme elle l'est. »

Mon téléphone explose d'appels, et tandis que je préfère l'ignorer, je me doute que mes frères et sœurs sont en train de se parler les uns aux autres de ce qui s'est passé aujourd'hui.

Je déverrouille mon téléphone et trouve trente-six messages non lus dans notre discussion de groupe. Comme je m'y attendais, mes frères et sœurs sont en plein effondrement et se demandent où je suis. Je suis content de voir que Jules et Amy ont décidé de rester avec Papa ce soir, même s'il a insisté sur le fait qu'il irait bien si elles partaient. Rob est fou furieux et veut savoir qui est ce mec. Qu'est-ce que ça peut bien faire, j'ai envie de demander. Je me retiens d'envoyer le texto et arrête mon téléphone. Le nouveau cauchemar sera encore là demain matin.

J'accorde à nouveau mon attention à Ava.

« Je déteste comme tout ça a gâché ce qui était une journée plutôt formidable.

— Il y en aura d'autres, des journées formidables. Ne t'inquiète pas. »

Je pose ma tête contre le dos de mon canapé et tourne mon regard vers elle.

« Tu promets ? »

Elle est assise en boule, les jambes repliées sous son corps. J'aime qu'elle se soit mise à l'aise chez moi.

« Tu veux probablement rentrer.

— Je préférerais rester ici avec toi.

— C'est vrai ? »

Elle ne détourne pas les yeux quand elle hoche la tête.

« Je serai probablement de compagnie merdique.

— Ce n'est pas un problème. Sauf si tu préfères être seul…

— Non. »

Je pose ma main sur la sienne.

« Je préférerais de loin être avec toi plutôt que de rester seul. J'ai une brosse à dents en plus que tu peux utiliser.

— C'est très gentil de ta part, mais je ne quitte jamais la maison sans ma brosse à dents.

— *Jamais* ?

— Jamais.

— C'est très… obsessionnel…

— J'ai toujours du fil dentaire avec moi, aussi.

— Tu crois connaître une fille… »

Elle rit, et le son est des plus charmants que j'aie jamais entendus.

« J'aimerais bien emprunter ta douche.

— Tu n'as pas apporté la tienne ?

— Elle ne rentre pas dans ce sac. »

En souriant de sa réplique pleine d'humour, je dirige mon regard vers le sien. Son visage éblouissant devient vite une de mes choses favorites à admirer.

« Je m'en veux que notre journée ait été gâchée. Tu as partagé quelque chose de très important avec moi, et on a besoin d'en parler davantage, mais tout ça est arrivé, et maintenant…

— Respire un coup, Éric. C'est bon. Je n'en peux plus de parler de mes merdes après hier soir et aujourd'hui. C'était important pour moi que tu sois au courant, et maintenant tu l'es.

— J'apprécie beaucoup que tu aies partagé ça avec moi.

— J'ai beaucoup apprécié quand tu m'as dit pour Brittany. Je me suis sentie coupable, après, de n'avoir pas pu faire la même chose. Je suppose que je n'étais pas encore prête.

— N'y pense même pas. Je sais trop bien comme il est difficile de parler de ces choses-là dans une conversation de tous les jours. »

J'embrasse le dos de sa main.

« Alors, la douche que tu voulais prendre, ça te dit ?

— Montre-moi le chemin. »

CHAPITRE 13

Camille

En arrivant à la maison, Rob s'est mis directement sur le canapé, où il est étendu et s'occupe d'une avalanche de messages, vraisemblablement de ses sœurs.

Je le surveille, sans savoir quoi faire. Il ne m'a pas dit un traître mot depuis que nous avons quitté la maison de ses parents. Je vais dans la cuisine et me sers un verre de vin, en bois la moitié, et puis j'en verse un pour lui. De ma position avantageuse, je peux le voir écrire des SMS. Au moins, il parle à quelqu'un.

Je m'assieds sur la table basse et lui offre le verre de vin.

Il se redresse et prend le verre, en avalant presque tout le contenu d'un seul trait.

« Merci.

— Qu'est-ce que je peux faire ?

— Rien. »

Il continue de répondre aux SMS pendant que je reste assise là, me sentant stupide et impuissante.

Je me lève, mets mon verre dans l'évier et vais prendre une douche. Le guide de la nouvelle épouse ne contenait pas de chapitre sur ce qu'il faut faire quand le mariage de vos beaux-parents implose devant vos yeux. Et quand votre beau-père est le gouverneur de New York, il faut un chapitre de plus sur comment naviguer sur ce qui va être, à n'en pas douter, un énorme challenge en termes de relations publiques, en plus du désastre personnel.

Que du bon temps à venir !

En me lavant pour me débarrasser de l'eau salée et de la crème solaire, je revis la scène sur la terrasse. Au début, je n'arrivais pas à comprendre qui était le gars dans la chemise Oxford bleu ciel, ou ce qu'il nous voulait. Et puis, quand les pièces du puzzle ont commencé à se mettre en place, le choc a ricoché à travers la famille comme une flèche empoisonnée, changeant pour toujours chaque personne lorsque la prise de conscience a frappé.

Sarah Beth Tilden n'a jamais été une personne chaleureuse et attendrissante, mais je ne l'aurais pas crue capable de la sorte d'insensibilité dont elle a fait preuve aujourd'hui. L'homme avec qui elle est partie était plus jeune qu'elle, beau et de toute évidence résolu à partir avec son prix – si on peut l'appeler ainsi.

La dévastation après leur départ m'a fait penser à l'air que les gens ont à la télévision après qu'une tornade F-5 a rasé leur maison. Et Rob… Mon Dieu, il est dans tous ses états. Il voulait se lancer à la poursuite de sa mère, mais son père l'a arrêté.

« Laisse-la partir, a dit Bob. C'est ce qu'elle veut. »

C'est à ce moment-là que Rob, Amy et Jules ont réalisé que leur père était au courant de la liaison, ce qui n'a fait que multiplier leur choc.

J'en tremble de dégoût. Regarder les gens que j'aime se faire écraser par quelqu'un qui était censé les aimer, *eux*, me rend malade. Cette femme-là sera la grand-mère de mes enfants.

Je sors de la douche, m'essuie et enfile un peignoir. Mon téléphone est pris d'assaut de textos de ma mère et d'Ava. Je lis celui d'Ava en premier.

Comment va Rob ? Éric est si choqué. Je me sens terriblement mal pour lui. Je n'arrive pas à croire que quelqu'un fasse ça à sa propre famille.

Rob est dans tous ses états. Ça ne m'étonne pas trop, en fait… Il ne l'a jamais dit franchement ni utilisé le mot égoïste pour la décrire, mais j'ai relevé certaines choses au fil des années. T'es avec Éric ?

Oui, je ne voulais pas qu'il soit seul.

Sympa de vous voir ensemble. Vous avez l'air heureux.

Je le suis. Enfin, je l'étais jusqu'à ce que tout ça arrive… Maman m'a envoyé un texto. Tu lui as parlé ?

Pas encore. Ils sont partis juste après que c'est arrivé. Je l'appellerai demain matin.

Appelle-moi une fois que tu lui auras parlé.

D'accord. J'espère que vous allez réussir à dormir.

Vous aussi. Bisous.

J'enfile une des nuisettes sexy qu'on m'a offertes à l'enterrement de ma vie de jeune fille et me mets au lit, en me demandant si Rob va me rejoindre ou s'endormir sur le canapé. Je pense à aller le chercher mais décide de lui laisser un peu d'espace. S'il a besoin de moi, il sait où me trouver.

Laissant la lumière allumée pour lui, je me tourne vers son côté du lit. Bien que je sois fatiguée et vidée, le sommeil ne vient pas. Comment l'effondrement du mariage des Tilden va-t-il affecter les plans que Rob et moi avons faits ? La presse va-t-elle s'en donner à cœur joie avec l'histoire de la femme du gouverneur qui le laisse pour un autre homme ? Probablement… Rien qu'imaginer les gros titres sordides susceptibles de paraître dans le *New York Post* me dégoûte, parce que Sarah Beth les aura certainement anticipés.

À un moment donné, j'ai dû m'endormir. Quand je me réveille au milieu de la nuit, Rob est près de moi, réveillé, et regarde le plafond.

« Salut », dis-je, en lui tendant le bras.

Il pose sa main sur la mienne.

« Tu vas bien ?

— Ouais, mes plus beaux jours », dit-il avec un rire amer.

Je m'approche et me blottis contre lui.

« J'aimerais pouvoir dire ou faire quelque chose pour t'aider.

— Je sais, mon amour. Je ne fais pas exprès de m'en prendre à toi.

— Ne t'inquiète pas. Tu peux. »

Je caresse son torse nu, en essayant de lui offrir le réconfort que je peux.

« À quoi tu penses ?

— Je pense à mon père. Ça va le rabaisser de plus d'une façon. Le parti s'acharne contre lui pour qu'il déclare son intention de se représenter pour un deuxième mandat, et il n'a même pas voulu les rencontrer. Maintenant, je sais que c'est parce que sa femme le trompe, et il essaie de trouver comment y faire face dans le contexte d'une campagne de réélection.

— Le pauvre gars.

— Ce pauvre gars-là a toléré ça pendant un bon bout de temps, apparemment.

— T'es en colère contre lui ?

— Bon Dieu, non. Ça va juste être un cauchemar pour nous au travail. Je peux même commencer à imaginer les gros titres.

— Je pensais plus tôt dans la soirée à ce que le *Post* aurait à dire. »

Un frisson parcourt son corps, et le mien aussi.

« J'ai l'impression que je vais vomir.

— Redresse-toi. »

Je l'aide et lui masse le dos pendant qu'il inspire profondément plusieurs fois.

« Comment a-t-elle pu lui faire ça ? Nous faire ça ?

— C'est ce que je me demande depuis que c'est arrivé.

— C'est comme un gigantesque "allez vous faire foutre" à toute sa famille. Je déteste savoir qu'Ava, vos parents et toi, vous y étiez, aussi.

— Ne t'inquiète pas pour nous. Nous, nous ne pensons qu'à ton père, tes frères et sœurs et toi. Sans jugement.

— Ma mère nous a envoyé un SMS.

— Qu'est-ce qu'elle dit ?

— Qu'elle est désolée mais qu'elle ne peut plus vivre un mensonge.

— Incroyable. »

Il lève la tête et me regarde.

« Ça pourrait foutre tout en l'air pour nous.

— Mais pourquoi ? Les actions de ta mère ne sont pas le reflet de qui tu es.

— Bien sûr que si. Le nom de Tilden va être traîné dans la boue, et quand les médisances vont s'arrêter, notre bonne étoile politique ne va pas briller autant qu'avant. »

La déception et la désillusion colorent tous ses mots.

« Quoi qu'il arrive, on se débrouillera comme on le fait toujours. »

Il pose la tête sur ma poitrine.

Je passe les doigts dans sa chevelure foncée, en souhaitant pouvoir dire ou faire quelque chose pour qu'il se sente mieux, pour l'assurer que ça ne va pas être aussi catastrophique qu'il le pense. Mais je ne peux le faire, parce que quand les gens vont apprendre la façon dramatique que sa mère a choisie pour mettre fin à son mariage, ce sera un scandale aux proportions épiques.

Ava

Je me fais un chignon et j'entre dans la douche d'Éric. J'admire les minuscules carreaux de verre qui la recouvrent, ainsi que le plan de travail en ardoise et les vasques à poser. Sa maison lui va bien. C'est classe, branché et sophistiqué. En utilisant une crème de douche qui sent comme lui, je me lave vite pour retourner à ses côtés.

Les événements des dernières vingt-quatre heures font que je me sens bizarrement loin de ce qui a été ma vie pendant les cinq dernières années. La femme nue dans la douche d'Éric Tilden ne ressemble en rien à celle qu'elle était hier à la même heure. J'ai fait un pas de géant en avant vers une nouvelle vie, et je suis fière de mon progrès, même si je suis triste pour Éric et sa famille.

Alors que je veux lui être d'un grand soutien, j'ai aussi besoin de rester concentrée sur ce nouveau chemin positif sur lequel je me trouve. Être ici avec lui, y passer la nuit, est un pas énorme pour moi, et je veux en profiter. Je veux profiter de lui et de ma liberté retrouvée et…

Mon Dieu, quelle conne de penser à moi à un moment comme celui-ci ! Il est dans tous ses états et il ne s'agit pas de moi ce soir. Il ne peut s'agir de moi.

Mais peut-être qu'il pourrait s'agir de *nous deux*, de faire ce pas en avant ensemble. Je suis en faveur de tout ce qui nous fera avancer dans la bonne direction.

J'arrête l'eau, m'essuie avec la serviette et mets un T-shirt jaune décoloré d'une course à pied de cinq kilomètres qu'Éric m'a donné pour dormir. Il sent l'assouplissant et tombe sur mes hanches. Je me brosse les cheveux et les dents et je prends une minute pour rassembler mes idées avant de le rejoindre dans la chambre à coucher.

Il est assis sur le lit, portant seulement un short de gym, et il regarde dans le vide. Quand je sors de la salle de bains, il se lève et vient à moi.

« Moi aussi, je vais prendre une douche vite fait. Fais comme chez toi. »

Il m'embrasse sur la joue et disparaît dans la salle de bains.

Je m'assieds sur le lit et je lis un mail de mon nouveau patron, me faisant un résumé pour mon premier jour, lundi. Il s'appelle Trevor, et il a l'air d'être plutôt sympathique. Il finit son mail par :

Nous avons un projet excitant dans lequel nous voulons vous inclure. Je vous en dirai plus plus tard. Au plaisir de vous voir lundi !

Je lui écris pour le remercier des informations.

J'ai hâte d'en apprendre plus sur le projet. À lundi !

Je pense à vérifier si le Pentagone a lâché les noms des militaires qui ont été tués quand Éric sort de la salle de bains, les cheveux humides et son visage fraîchement rasé. Je promène mon regard sur son torse nu et son abdomen musclé.

Il grimpe sur le lit et se pose contre moi.

« Tout va bien ? » demande-t-il, en faisant un mouvement de la tête vers mon téléphone.

« Mm-mm. Je ne fais que répondre à un mail de mon nouveau patron. »

Je mets mon téléphone sur la table de chevet et lui accorde toute mon attention.

« Comment vas-tu ?

— Mieux parce que tu es là. »

Il lisse vers l'arrière les mèches qui tombent devant mon visage.

« Je veux reprendre là où nous en étions sur le bateau, avant que ce soit la merde totale. On peut faire ça ?

— Je peux si tu peux.

— Rappelle-moi où nous nous sommes arrêtés, dit-il, en caressant ma lèvre inférieure avec son pouce, son regard fixé sur ma bouche.

— Je crois que c'était autour de là… »

Je viens plus près pour l'embrasser.

« Et là. »

Je l'embrasse encore.

« Ça te revient ?

— Pas encore. »

En souriant, je l'embrasse encore une fois, m'attardant un peu plus cette fois-ci.

« Ava, dit-il, sa main plongeant dans mes cheveux pour m'ancrer à lui. Tu es si douce et sexy. »

Tandis qu'il m'embrasse plus intensément, j'ai un flash-back de John me disant presque ces mêmes mots du même ton désespéré. Je ne veux pas penser à lui pendant qu'Éric m'embrasse si passionnément, mais le voilà, en plein milieu de tout.

« Qu'est-ce qui ne va pas ? demande-t-il, tenant ses lèvres à quelques millimètres des miennes.

— Rien. »

Je le prends et le ramène à moi, ouvrant ma bouche pour accueillir sa langue et essayant de me perdre dans ce moment. Mais j'ai beau essayer, je n'y arrive pas.

« T'es toute tendue, ma chérie. Dis-moi ce qui ne va pas.

— Je… Je ne sais pas. »

Je le sais, mais je ne peux tout de même pas lui dire que John me hante pendant ce moment primordial avec lui.

Il guide ma tête jusqu'à son torse et me caresse le dos.

« Détends-toi. C'est OK. On n'est pas obligés de faire quoi que ce soit jusqu'à ce que tu le veuilles.

— Mais je le veux. »

Mes yeux se remplissent de larmes, ce qui me rend furieuse. Je ne veux pas être cette version pleurnicheuse et triste de moi-même. J'en ai ras le bol d'être triste.

« Je te veux.

— Je te veux aussi, mais je ne suis pas pressé. Je te l'assure. Tout va bien. »

Sa main dessine des cercles sur mon dos, et je commence à me relâcher.

« C'est ça. Sans se presser. On a tout notre temps.

— C'est moi qui devrais t'offrir du réconfort ce soir, pas l'inverse.

— Ta présence même me réconforte.

— Éric ?

— Mm ?

— Je veux juste te remercier d'être si gentil. Depuis notre toute première rencontre, tu t'occupes de moi, et je t'en suis plus reconnaissante que tu ne le penses.

— C'est gentil de le dire, mais c'est un plaisir pour moi de m'occuper de toi. Tu ne peux pas savoir comme c'est important pour moi, d'aller de l'avant et de passer ce temps avec toi. Je m'en fiche de ce qu'on fait. Tout ce que je sais, c'est que je me sens mieux quand je suis avec toi.

— Moi aussi.

— Ça me suffit pour ce soir. »

Je décide que c'est suffisant pour moi aussi, mais toujours au fond de moi se niche la voix de John, me disant qu'il m'aime, que je suis la plus belle fille qu'il ait jamais rencontrée. Je commence à le détester sérieusement.

Éric et moi passons le dimanche ensemble. Nous allons prendre le brunch à un endroit dans notre quartier où les gens l'appellent par son prénom et m'accueillent chaleureusement. Ils ont l'air contents de le voir avec une femme.

« Savent-ils pour Brittany ? lui demandé-je en buvant un Bloody Mary.

— Tout le monde sait pour Brittany. »

L'humiliation imprègne tous ses mots.

« J'ai fait exactement l'opposé de toi dans ta situation. Tu ne l'as dit à personne. Moi, je l'ai dit à tout le monde. J'espérais, il me semble, que si je le disais à assez de personnes, quelqu'un m'aiderait à y trouver un sens.

— On ne peut trouver un sens à la cruauté, Éric, surtout quand c'est dans le contexte de l'amour.

— Tu as raison, et je m'en suis rendu compte moi-même les huit derniers mois. Une fois que j'ai compris que ça n'aurait jamais de sens, j'ai arrêté d'en parler à tous ceux qui voulaient bien écouter. J'étais dans un état lamentable. Je ne sais pas où me mettre quand j'y pense maintenant. »

Je lui prends la main.

« Tu n'étais pas lamentable. »

Il m'offre son sourire mignon.

« Et comment le sais-tu ? Tu n'étais pas là.

— Je te connais, et je peux t'imaginer dérouté et blessé, mais pas lamentable. Jamais. Tu as survécu. C'est ce qui compte.

— J'aime l'image que tu as de moi. Je veux être ce gars fort et résilient que tu penses que je suis.

— On fait une belle paire de handicapés émotionnels qui apprennent à remarcher. »

Il rit.

« C'est une bonne description.

— La voie vers un meilleur avenir, on la prend en mettant un pied devant l'autre.

— Tout à fait.

— Je veux te dire… Je suis désolée de ce qui est arrivé hier soir. Je… Je ne fais pas exprès d'envoyer des signaux contradictoires.

— Arrête. Tu n'en as rien fait. Il y aura probablement quelques pas en arrière pour accompagner les nombreux pas en avant. Il ne te faut certainement pas t'excuser auprès de moi. Je comprends.

— Le jour d'après le mariage, quand tu m'as dit à propos de Brittany… Je me suis dit à ce moment-là que j'étais probablement la pire des personnes par qui tu pouvais être attiré.

— Mais pourquoi as-tu pensé ça ?

— À cause de ce que je n'avais pas dit, ni à toi, ni à qui que ce soit d'autre, à ce moment-là. Ça ne me semblait pas juste de te fréquenter après tout ce qui t'était arrivé. Tu avais besoin de quelqu'un qui ne traîne pas une tonne de bagages émotionnels derrière lui. Mais maintenant…

— Quoi ? demande-t-il, le souffle légèrement coupé, tandis qu'il me fixe intensément du regard.

— Maintenant, je vois que nous sommes peut-être parfaits l'un pour l'autre parce que nous comprenons mieux que quelqu'un d'autre ne le pourrait jamais ce que l'autre a enduré.

— Je suis on ne peut plus d'accord. Ça fait du bien de savoir que quelqu'un comprend, même si j'aimerais qu'on ne t'ait jamais fait tout ce mal.

— Moi, aussi. »

Nous sommes tellement absorbés l'un par l'autre que nous sommes surpris de l'arrivée de la serveuse avec nos plats. Nous sommes encore plus étonnés quand Rob, Camille, Amy et Jules se pointent, prennent des chaises d'autres tables et les installent à la nôtre.

« Eh, oh, dit Éric. C'est une réunion privée, ici.

— Pas de bol. »

Les yeux d'Amy sont injectés de sang, et des cernes foncés en dessous indiquent une nuit difficile.

« Si tu éteins ton téléphone pendant une crise de famille, tu prends le risque d'être traqué.

— C'est quoi, ce bordel, Éric ? »

Le ton sec de Rob fait se crisper son frère.

« Comment peux-tu simplement disparaître à un moment comme celui-ci ? »

Éric prend une bouchée de ses œufs Bénédicte.

« Je suis un connard parce que je choisis de ne pas être captivé par l'effondrement du mariage de mes parents ?

— Personne n'a dit ça », dit Jules.

Elle, aussi, a l'air d'avoir passé une nuit blanche.

« Mais tu ne peux pas juste te tirer. »

Camille mord sa lèvre, signe qu'elle est nerveuse. Sa main est autour du bras de Rob, son regard croise le mien et elle me fait une grimace.

« Écoutez, les gars, dit Éric, je comprends que tout le monde soit bouleversé. Je suis extrêmement désolé pour Papa, et je le lui dirai quand j'en aurai l'occasion. Mais je sors juste de mon propre cauchemar personnel. Je n'ai pas la force d'âme de prendre en charge le leur. Je me sens enfin à nouveau bien. Je ne peux pas me permettre qu'on me démoralise. Je suis désolé si ça donne l'impression que je suis un connard insensible, mais c'est comme ça que je me sens. Faites sans moi.

— C'est facile pour toi, dit Rob. Tu n'as pas à travailler avec lui.

— Toi non plus, dit Éric. T'as un diplôme en droit. Utilise-le ailleurs si tu ne veux pas t'occuper du chaos.

— Je ne peux pas l'abandonner maintenant, répond Rob. Il a besoin de moi et de nous tous pour le soutenir. Quand ça va se savoir, la presse sera sans pitié.

— Il a une équipe de gens payés pour s'en occuper, dit Éric. J'ai mes propres merdes à m'occuper. »

Rob explose.

« Mais bon sang, Éric ! Brittany, c'était il y a presque un an. Tu vas t'en remettre, oui ou quoi ? »

Je laisse échapper un cri, et tous me regardent. Je bouge sans penser : je prends des billets de mon portefeuille, les jette sur la table et me lève. À Éric, je dis : « On y va. »

CHAPITRE 14

Ava

Éric a l'air d'un robot quand il laisse tomber sa serviette sur la table et prend ma main tendue vers lui.

« Éric… Je suis désolé. Je n'aurais pas dû dire ça. »

Je fusille mon nouveau beau-frère du regard.

« Non, t'aurais pas dû. C'est facile d'être content de soi quand on est là, heureux comme un roi avec sa nouvelle femme à ses côtés, n'ayant jamais survécu à quelque chose *d'un tant soit peu semblable* à ce qui lui est arrivé.

— Je suis désolé, dit Rob, et je le crois. Pardonne-moi, Éric.

— D'accord », dit-il d'un ton éteint.

Je me dirige vers la porte, Éric derrière moi. Je suis carrément furieuse. Dehors, je commence à marcher. Je n'ai aucune idée d'où je vais. Je veux simplement l'emmener loin de là.

« Doucement, ma tigresse, dit-il après avoir fait quelques pâtés de maisons.

— Je n'arrive pas à croire qu'il te dise quelque chose comme ça. Il a de la chance que je ne lui aie pas mis mon poing dans la figure. »

Éric rit, et j'arrête de marcher pour lui jeter un regard noir.

« *Qu'y* a-t-il de si drôle ?

— Toi. »

Ses bras m'enlacent et il me regarde de toute sa hauteur.

« Je ne suis pas drôle ! Je suis en rogne. Comment il a pu dire quelque chose comme ça à… »

Il m'embrasse pour me faire taire, au grand jour, dans la rue où tous peuvent nous voir. Et, ce qui est étrange, je me fiche de qui nous voit.

« C'est mon frère. Il me dit des conneries tout le temps. Je lui dis des conneries tout le temps. Ce n'est pas un problème. Il ne veut rien dire par là.

— Je suis désolée, mais c'était inadmissible.

— Tu es très sexy quand tu me défends. »

Il m'embrasse dans le cou et me donne envie de ronronner avec ces sensations qui me traversent le corps comme un miel chaud, me réchauffant de l'intérieur.

« Surtout quand tu t'en prends au mari de ta sœur.

— Elle va sûrement m'en vouloir.

— Mais non. Il se comportait comme un con, et tu le lui as fait remarquer.

— Je l'ai bien remis à sa place, hein ?

— Mm, ça oui. »

Je me rends compte que nous nous sommes remis à marcher, cette fois-ci en direction de son appartement. Il garde le bras serré autour de moi et continue à me bécoter le cou tout en naviguant pour nous deux au milieu d'une circulation piétonne dense. Dans le peu de temps que cela nous prend pour retourner à sa tour, il réveille tellement mon désir que je m'accroche pratiquement à lui. À l'intérieur, il me guide dans l'escalier, ses mains sur mes hanches et son corps excité pressé contre mon dos.

Cela me rappelle une course à trois pattes que j'ai faite il y a longtemps avec Camille, pendant laquelle nous avons bougé harmonieusement comme un seul être. Éric et moi sommes comme cela en montant les marches jusqu'à son loft au deuxième étage. Son bras fait le tour de moi pour ouvrir la porte avec la clé ; il me guide à l'intérieur en me faisant entrer avant lui, et continue à avancer jusqu'à ce nous soyons dans sa chambre à coucher, le lit encore défait de la nuit précédente.

Je me tourne vers lui et il est là, tout de suite, me dévorant d'un baiser profond et passionné. Puis nous tombons sur le lit en un chaos de jambes, de bras, de langues et de désir avide. Je suis tellement emportée par lui et l'euphorie du moment que je n'ai pas le temps de penser à quoi que ce soit d'autre, rien d'autre que ce qui se passe à l'instant présent.

Ma robe passe par-dessus ma tête et disparaît. Je tire sur l'ourlet de son T-shirt, en essayant de l'ôter de mon chemin. Il soulève mon soutien-gorge pour libérer ma poitrine et suce le bout de mon sein qui entre dans la chaleur de sa bouche, tandis qu'il glisse la main dans mon slip. Il gémit quand il rencontre la chaleur moite entre mes jambes. Et puis il enfonce deux doigts en moi tout en suçant le bout de mon sein, et je viens si vite que cela nous choque tous les deux.

Nos autres vêtements sont poussés de côté, et je suis encore en train de venir quand j'entends le froissement d'un emballage de capote. Puis il entre en moi, doucement jusqu'à ce qu'il soit sûr que je suis d'accord avec lui. D'accord avec lui je le suis, même si je suis étirée à mon maximum quand il pousse plus loin en moi.

« Ava, murmure-t-il, c'est si bon. »

Je m'accroche à lui, respire son parfum séduisant et enlace mes jambes autour de ses hanches.

Il garde les bras serrés autour de moi pendant qu'il me pénètre, m'embrassant sans cesse et ne me laissant aucune chance de quitter le présent pour revenir sur le passé.

C'est bon, si bon… Je brûle pour lui, prise par le désir qui pulse dans mon corps comme un autre battement de cœur qui n'appartient qu'à lui.

En plaçant ses mains sous moi, il attrape mes fesses et accélère sans jamais interrompre le baiser en continu.

Je me perds totalement en lui et le besoin qu'il a réveillé en moi. C'est moi qui romps le baiser en criant quand je jouis.

Il vient juste après moi, poussant fort en moi et se laissant aller au plaisir avant de s'écrouler sur moi, sa sueur se mêlant à la mienne alors que des répliques me laissent épuisée et le souffle court.

« Tu vas bien ? demande-t-il tout de suite.

— Je vais étonnamment bien. Et toi ?

— Moi aussi, dit-il, respirant encore à fond. Plus que bien, en réalité. Je suis dans une forme spectaculaire, en fait. »

Il lève la tête et me regarde.

« Je m'étais dit que la première fois que je ferais ça après tout ce qui était arrivé, ce serait…

— Affreux ? demandé-je, en souriant.

— Ouais, mais ça ne l'a pas été. »

Il m'embrasse.

« Ça a été incroyable, parce que toi, tu es incroyable. »

Mes mains sur sa figure, je le garde là pour plus de baisers. Maintenant que j'ai commencé à l'embrasser, je ne veux plus m'arrêter. Nos baisers vont d'apaisants à passionnés en quelques secondes.

Il gémit en quittant mes lèvres.

« Je reviens dans une seconde. »

En tenant la base de son sexe pour garder en place la capote, il se retire de moi et se lève pour aller aux toilettes. Je le regarde s'y acheminer, me rince l'œil en observant son cul nu, et la façon dont ses muscles se contractent quand il bouge.

J'inspire à fond, retiens ma respiration et puis la laisse sortir, en attendant une douleur qui ne se matérialise pas. Pour utiliser l'analogie du pansement, l'enlever d'un seul coup a tendance à faire moins mal, et la façon dont les choses se sont passées aujourd'hui était exactement ce dont j'avais besoin. Pas le temps de réfléchir. Pas le temps d'avoir de doutes. Pas le temps de pleurer le passé.

Éric sort de la salle de bains et se remet au lit, me prenant et me blottissant bien au chaud contre lui.

« Salut, toi.

— Comment ça va ?

— Super. Et toi ?

— Je vais très, très bien.

— Mm, ça me fait plaisir. Très bien, c'est *très* bien. »

Il passe et repasse sa main sur mon bras en une caresse aussi réconfortante qu'excitante.

J'embrasse son torse, et il m'enlace. J'avais oublié ce qu'était le contentement, et pendant longtemps, j'ai eu toutes les raisons de me demander si je n'allais plus jamais être contente. Et puis j'ai rencontré Éric, et petit à petit, il m'a aidée à arriver au point où cela était possible. Je lui serai éternellement reconnaissante d'être exactement tout ce dont j'ai besoin.

« T'as des choses à faire aujourd'hui ? demande-t-il.

— Rien qui presse.

— C'est bien, parce que j'aimerais te garder ici toute la journée – et toute la nuit.

— Toute la journée, ça peut se faire, mais ce soir il me faudra dormir. Je commence mon nouveau travail demain, et je ne peux pas m'y présenter avec une tête de clocharde.

— Tu n'arriverais pas à ressembler à ça même si tu faisais de ton mieux.

— Belle tentative, mais je rentre dormir à la maison ce soir – seule.

— Et moi qui croyais que tu m'aimais bien.

— Oui, je t'aime bien. C'est ça, le problème.

— Ce n'est pas un problème. Cela pourrait bien s'avérer la meilleure chose qui me soit jamais arrivée. *Tu* pourrais bien être la meilleure chose qui me soit jamais arrivée. »

Ne serait-ce pas formidable ?

Je me rends à mon nouveau bureau au centre-ville à 9 h le lendemain matin, loin d'être aussi reposée que je l'espérais. Après qu'Éric m'a raccompagnée, il a fini par passer la nuit avec moi, parce que je n'ai pas eu le cœur de le renvoyer. Je suis fatiguée et j'ai mal partout, mais ça en valait bien la peine. Quelle belle journée nous avons passée ensemble, et bien que je manque de sommeil, je suis également frétillante d'excitation et d'impatience.

FergusonMain, Inc. est l'une des sociétés de relations publiques les plus recher-chées de la ville, et je suis ravie de dire que c'est grâce à mon expérience que j'ai été embauchée. Pas que j'aurais refusé un travail décroché avec l'aide des Tilden, mais c'est extrêmement satisfaisant de savoir que j'ai fait cela toute seule.

Trevor, le commercial en chef qui est mon responsable, me reçoit à l'accueil et m'emmène au groupe de bureaux qui constitue son équipe. Il me présente aux autres, et j'essaie de retenir leurs prénoms quand il les énumère à toute vitesse. Tout le monde est bien sympathique et accueillant.

Je remplis les papiers pour les ressources humaines, mets en route mon compte mail et enregistre le message de ma boîte vocale. Ils ont déjà fait faire des cartes de visite pour moi, et on me donne des dossiers sur leurs clients réguliers. Je me plonge dedans, et je progresse avec les dossiers quand Trevor apparaît à ma porte, tenant un café qu'il m'offre. Il est grand et beau avec des lunettes aux montures noires et un air sérieux. Je me dis qu'il a environ cinq ou six ans de plus que moi.

Je lui prends le café des mains.

« Merci.

— J'ai ajouté de la crème mais pas de sucre. »

Il me tend des paquets individuels de sucre et d'édulcorant.

« Qu'est-ce qui vous ferait plaisir ?

— Juste de la crème, c'est parfait, mais merci pour les options. »

Il s'assied devant mon bureau.

« Comment ça va pour l'instant ?

— Je suis au paradis des relations publiques avec tout ce sur quoi vous travaillez.

— On ne s'ennuie jamais ici, ça, c'est sûr. Je voulais vous parler du projet spécial que je vous ai mentionné au cours du week-end.

— Bien sûr.

— Comme vous le savez peut-être déjà, Miles Ferguson, notre associé principal, a perdu sa fiancée et les parents de sa fiancée sur *l'Étoile des hautes mers.* »

Comme un ballon gonflable contre une épingle, je me dégonfle de l'intérieur. J'espère que mon désespoir ne se voit pas à mon expression de visage que j'essaie de garder neutre. Bien sûr, je sais à propos de Miles et de sa perte tragique. Je connais son histoire par cœur, mais je ne m'attendais pas à être confrontée à sa perte le premier jour de mon travail. Je me suis préparée à avoir peu ou pas de contact avec les grands patrons, mais quand Trevor continue, je commence à me rendre compte que ce sera le contraire. Mon Dieu, dans quoi me suis-je embarquée ?

« Miles a été très actif dans le groupe des familles, et maintenant qu'ils ont entamé une action en justice contre le gouvernement, ils cherchent à augmenter leurs activités pour accroître la visibilité de leur cause. Et là, c'est à nous de jouer. »

Il marque une pause, penche la tête et dit : « Ava ? Vous allez bien ? Vous êtes devenue toute blanche. Mon Dieu ! Vous n'avez pas perdu quelqu'un sur le bateau, non ? »

Une goutte de sueur coule le long de mon dos et pendant un bref instant terrifiant, j'ai peur de vomir devant mon nouveau patron.

« Ava ? »

Je réalise qu'il attend ma réponse à sa question.

« Je n'ai pas perdu quelqu'un sur le bateau, mais j'ai été très touchée, comme nous l'avons tous été.

— C'est certain. Ça a été un des pires jours de ma vie, et je ne connaissais aucun des morts.

— Je… J'avais… un ami… qui a été déployé après que c'est arrivé. Autant que je sache, il est soit encore déployé, soit mort. »

Les mots sortent de ma bouche avant même que je prenne une seconde pour évaluer les conséquences de partager une telle chose avec mon nouveau patron.

« Mon Dieu, Ava, dit-il, sa voix à peine plus qu'un murmure. C'est fou. Vous n'avez aucun moyen de savoir ce qu'il est devenu ? »

Je secoue la tête parce que je n'ai pas assez confiance en moi pour parler. Je n'arrive pas à croire que tout cela est en train d'arriver pendant mon premier jour de travail.

« Je vais vous réassigner.

— Non ! »

La dernière chose que je veux, c'est un traitement de faveur.

« Non, dis-je encore, avec moins d'emphase cette fois-ci. Il n'y a pas besoin de me réassigner. Ce sera un privilège de travailler pour le groupe des familles.

— Êtes-vous certaine ? Parce qu'il n'y a vraiment aucun problème à le dire si ce n'est pas quelque chose avec lequel vous êtes à l'aise.

— C'est très bien, Trevor, mais merci d'avoir demandé. »

Je refuse catégoriquement d'être perçue comme une victime le premier jour. Je ne suis pas une victime. Pas comme le sont Miles et les autres membres de famille.

« Alors, d'accord. Je vais vous présenter Miles.

— Puis-je vous demander quelque chose ?

— Bien entendu.

— Pourquoi moi ? Pourquoi quelqu'un de tout nouveau pour travailler sur un compte si important avec un des associés ? »

La gêne teint son visage de rouge.

« Euh, eh bien, vous êtes le commercial le plus subalterne, donc cela nous coûte moins cher de vous mettre sur un travail pro bono.

— Ah, d'accord. Je vois.

— Ne vous vexez pas, surtout.

— Du tout. Tout le monde doit commencer en bas de l'échelle.

— C'est aussi une excellente opportunité d'impressionner le grand patron avec votre génie.

— Pas de pression, ni rien.

— Du tout », dit-il avec un grand sourire.

Repoussant la panique qui veut prendre le contrôle de mon corps, je prends le laptop qui est sur mon bureau et le suis dans une série de couloirs sinueux jusqu'aux bureaux, côte à côte, de Miles Ferguson et Alexander Main. Depuis qu'ils ont fondé la société il y a douze ans, ils en ont fait une des meilleures entreprises de relations publiques et de marketing, tout en se faisant une réputation pour leurs projets philanthropiques.

« Bonjour, Keith, dit Trevor au jeune homme au bureau devant les deux portes fermées. Voici Ava Lucas, la nouvelle commerciale de mon équipe. »

Keith se lève pour me serrer la main.

« Enchanté. Bienvenue.

— Merci, et enchantée de même.

— Miles vous attend. Entrez.

— Merci », dit Trevor.

J'entre derrière Trevor dans un bureau immense avec une vue panoramique de l'Hudson River et du New Jersey.

Miles, dont les cheveux sont devenus complètement gris depuis la dernière photo que j'ai vue de lui, se lève et vient devant son bureau pour nous accueillir. Les cheveux gris offrent un contraste saisissant avec la jeunesse de son visage. Sur le revers de sa veste, il porte le pin's des membres de famille survivants.

« Miles, voici Ava Lucas. Ava, Miles Ferguson.

— Enchanté », dit-il.

Ses yeux, je remarque, projettent le genre de tristesse que je comprends trop bien. Je suis de tout cœur avec lui.

« Bienvenue dans l'équipe.

— Merci. Je suis ravie d'être là.

— Venez, dit-il, en montrant d'un geste un coin salon meublé de canapés somptueux. Installez-vous. »

En traversant la pièce, je jette un regard furtif au mur de prix et de photos avec des célébrités. Sa carrière a été illustre. Sur la crédence derrière son bureau il n'y a qu'une photo de lui avec sa fiancée, feu Emerson Phillips.

Une fois que nous sommes assis, Keith entre avec un plateau chargé de café et de gâteaux.

« Merci, Keith, dit Miles.

— Oui, merci, ajouté-je.

— De rien, dit Keith, qui sourit et nous quitte.

— Servez-vous », dit Miles.

Même si j'ai déjà dépassé mon quota journalier de caféine, je me verse une tasse de café et ajoute de la crème.

« Alors, dit Miles quand Trevor et lui se sont servi leur café, Trev vous a expliqué à propos du projet du groupe des familles de *l'Étoile des hautes mers* ?

— Oui, et j'espère qu'il est convenable de vous présenter mes condoléances.

— Merci. »

J'ai tant de questions. Je veux savoir comment il va, s'il a trouvé un nouvel amour ou s'il est encore seul. Je veux tout savoir sur lui et Emerson. J'ai lu leur histoire, mais les détails ne me reviennent pas. Dès que je le pourrai, je me rafraîchirai la mémoire.

Je l'observe, en train d'essayer de se défaire de sa douleur pour se concentrer sur le présent.

« Vous avez entendu parler de l'action en justice que le groupe des familles a lancée ?

— Oui, j'ai lu ça. »

Le moment précis à Times Square me revient en vagues de nausée qui m'obligent à me battre pour garder contenance.

« Pendant les semaines et les mois à venir, le but est d'obtenir le plus possible de publicité pour l'action. Nous allons prendre des réservations pour que Dawkins, plusieurs autres leaders du groupe des familles et moi-même parlions partout où c'est possible. Le but, c'est la saturation de masse pour que les gens se remettent à nouveau à parler de cela et pour susciter du soutien pour l'action en justice. Nous espérons forcer le gouvernement à prendre ses responsabilités pour les erreurs qui ont mené au désastre. »

J'ouvre mon laptop et commence à prendre des notes pendant qu'il parle du raisonnement derrière l'action en justice, le timing, les enjeux, comment appâter les médias pour qu'ils nous rejoignent et d'autres aspects du projet. L'activité m'aide à rester concentrée sur le présent et ne pas être embourbée dans le passé.

« Comme vous pouvez l'imaginer, ce sera un projet difficile par moments, mais je crois également qu'il sera très gratifiant pour tous ceux qui seront concernés. Nous sommes certains d'avoir un cas joué d'avance contre le gouvernement qui acceptera un accord à l'amiable bien avant que le procès ne commence. L'ancien conseiller à la sécurité nationale, Hartley, a pratiquement admis dans le passé dans des interviews qu'ils avaient merdé. Ils n'ont pas pris au sérieux une menace crédible, et le résultat, comme vous le savez, a été dévastateur. »

Miles se penche vers l'avant, les bras sur les genoux, son expression sincère et intense.

« Cette action en justice n'a pas pour but l'argent. Nous voulons tenir ces gens pour responsables d'avoir manqué de protéger quatre mille citoyens américains. Nous voulons prévenir les fonctionnaires présents et futurs chargés de notre sécurité qu'ils auront à répondre de leurs actions – ou de leur inaction – pendant leur mandat. »

Il se cale dans son fauteuil, ses épaules perdant en partie leur rigidité.

« Leurs défaillances ont gâché notre vie. »

J'avale la boule énorme qui est venue se nicher dans ma gorge. Elles ont ruiné la mienne aussi, pas que je puisse le lui dire, parce que pour parler j'aurais besoin de respirer, et j'ai quelques problèmes avec cela. Plutôt que de parler, je m'applique à prendre des notes copieuses. Je ferai tout ce que je peux pour l'aider, ainsi que les autres membres des familles, à obtenir le soutien de leur cause.

Il me donne un tas de papiers.

« Voici toutes les demandes d'interview que nous avons reçues depuis que les poursuites ont été engagées. »

Je les parcours, en remarquant que tous les principaux journaux, chaînes de télévision et agences de presse en ligne sont représentés, comme le sont les grandes émissions du matin, les *late-night shows* et même Ellen DeGeneres qui a demandé une interview. Ça va être une affaire sensationnelle. Le genre de campagne de relations publiques dont je n'aurais pu que rêver dans mon dernier emploi.

« Il y a une chose… »

Je prête à nouveau mon attention à Miles, qui a l'air peiné.

« Dawkins est un gars bien, mais il peut parfois n'en faire qu'à sa tête. J'ai gracieusement offert ma société au groupe des familles, pour s'occuper de la publicité, et en échange il a accepté de me laisser l'accompagner à toutes les interviews. Alors vous allez les organiser pour nous deux et puis venir avec nous pour vous occuper de la logistique. En supposant que vous êtes d'accord. »

Accompagner mon patron au *Today* show, *Jimmy Fallon, Ellen* ? Euh…

« Pas de problème du tout. Quand espérez-vous commencer ?

— Dès que possible. Je vous laisse tout coordonner, mais je suggère que nous commencions localement et fassions tout ce qui est côte Ouest d'un coup. »

Je ne me suis jamais occupée seule d'une campagne médiatique nationale, mais j'imagine qu'avec tout le monde accro à cette histoire, ce ne sera pas difficile d'y arriver rapidement.

Miles me donne une autre feuille de papier.

« Les coordonnées de Dawkins. Il se tient prêt, et attend ses ordres.

— J'organise tout et je vous envoie le programme, à Monsieur Dawkins et à vous.

— Merci. Je sais que c'est beaucoup vous imposer le premier jour, mais Trevor me dit que vous êtes plus que prête pour le challenge.

— Absolument. C'est un honneur d'avoir été choisie pour aider là-dessus. »

Miles se lève et me tend sa main.

« J'ai hâte de travailler avec vous. »

En tenant en équilibre mon laptop, je me lève et lui serre la main.

« De même. Merci de cette opportunité.

— Si vous pouviez m'informer des progrès en fin de journée, je vous en serais reconnaissant.

— D'accord. »

Trevor et moi quittons le bureau et retournons dans notre coin du vaste espace. Ce sont des bureaux sans cloisons, avec chaque équipe regroupée, dans des box en verre.

« Vous lui plaisez.

— Je suis contente de le savoir.

— Ava… Je veux être certain que c'est quelque chose que vous vous sentez capable de prendre en charge vu ce que vous avez partagé plus tôt. Nous ne prenons aucun plaisir à la torture émotionnelle par ici. Je ne vous le reprocherais jamais si vous me disiez que ça ne va pas marcher pour vous.

— Je vous suis reconnaissante de votre prévenance, mais je vais très bien. Je vous le jure.

— OK, alors. Je vous laisse vous y mettre. Faites-moi savoir si vous avez besoin de quoi que ce soit. Ma porte est toujours ouverte.

— Merci. Je vous tiens tous deux au courant.

— Parfait. »

Il s'en va parler à d'autres membres de notre groupe.

CHAPITRE 15

Ava

Je m'assieds à mon bureau et je m'arrête une seconde pour reprendre mon souffle. Un peu plus loin, une femme d'une des autres équipes me lance un regard noir. C'est quoi, son problème, punaise ? Je la fixe du regard et refuse de cligner des yeux jusqu'à ce qu'elle le fasse. Quand elle prête à nouveau son attention à son ordinateur, ses lèvres sont blêmes de rage. Il va me falloir la surveiller.

« Alors, qu'est-ce qui se passe ? demande un jeune homme hispanique en s'appuyant sur la porte de mon cube.

— La folie habituelle du premier jour. Et vous, ça va ?

— Carlos Alvarez, à votre service, dit-il en s'inclinant bien bas devant moi. La femme qui occupait votre cube était ma work wife, ma meuf de boulot, quoi, et je fais passer des entretiens pour trouver une remplaçante. Je me demandais si le job pouvait vous intéresser. »

Il m'amuse de suite. Il est totalement hipster dans son jean kaki skinny, sa chemise habillée ajustée et ses lunettes funky. Ses cheveux foncés sont coiffés en une vague dramatique sur le dessus et rasés très courts sur les côtés.

« Quelle est la description du poste ? »

Il entre et s'assied sur ma chaise pour visiteur.

« Débriefing en prenant le café le matin, déjeuner ensemble régulièrement, ragots de bureau, happy hour le vendredi soir et support émotionnel pour tout drame personnel et professionnel.

— Et je serais la femme numéro ?

— Deux, dit-il, son expression devenant morose. Tanya a divorcé après cinq ans de mariage quand une autre société lui a fait une meilleure offre. Elle est partie sans un regret. »

Je presse mes lèvres l'une contre l'autre pour ne pas être tentée de rire.

« Répondez à une question pour moi et je considérerai votre proposition.

— Tout ce que vous voulez.

— La petite blonde de l'autre côté du couloir… Non, ne regardez pas ! Elle va savoir que je parle d'elle. Je croyais que vous saviez comment raconter des ragots de bureau.

— Ma chérie, je suis le roi des ragots de bureau.

— Pourquoi elle me regarde de travers ? »

Il se penche vers moi et baisse considérablement le ton.

« Parce qu'elle veut être celle qui soignera le cœur brisé de Miles, mais c'est vous qui avez été choisie pour travailler sur son dossier passion.

— Alors, ils sortent ensemble ? »

Il pousse un grognement en riant.

« Elle aimerait bien. Mais à ma connaissance, Miles n'est sorti avec personne depuis qu'Emerson est morte. »

Cela me rend extrêmement triste pour lui.

« Garde tes distances de Caitlyn la Garce. C'est une vipère venimeuse.

— C'est bon à savoir.

— Alors, notre mariage de travail… »

Je sais déjà que je serais on ne peut plus ravie d'être la meilleure amie de cet homme amusant et comique, mais je vais le faire bosser pour obtenir ce qu'il veut.

« Je vais accepter une période d'essai de trente jours. Sors le grand jeu, mon pote.

— Oh, c'est comme Donkey Kong. »

Je ris de bon cœur.

« Allez, file. J'ai des interviews à organiser au *Today* show et au *Late Show with Stephen Colbert*.

— Je n'avais pas réalisé que tu étais une pouffiasse qui balançait les noms connus. Maintenant que j'ai vu ton côté cruel, je vais peut-être devoir revoir ma position sur la proposition.

— Ou je pourrais offrir de t'emmener avec moi au *Today* show… C'est-à-dire, si tu veux bien porter mon sac. »

Il sourit de toutes ses dents.

« Comment prends-tu ton café, mon amour ?

— Long et avec plein de crème. »

Il frissonne de façon dramatique avant de sortir de mon cube d'un pas altier.

« Nous sommes faits l'un pour l'autre. »

Jusque-là, mis à part Caitlyn la Garce, j'adore cette boîte. Je prends une seconde pour envoyer un texto vite fait à Éric.

Devine quel projet on m'a confié ? La publicité du procès du groupe des familles de l'Étoile des hautes mers. Ça ne peut pas s'inventer !

Il répond en quelques secondes.

Oh mince. T'es sûre que tu devrais faire ça ?

Absolument pas, mais c'est une super opportunité, alors j'essaie de me concentrer sur ça.

Tu devrais peut-être demander à la psy si c'est une bonne idée ?

Ouais, probablement. Je la contacterai.

Ça marche. J'arrête pas de penser à toi et au meilleur week-end du monde (sans compter le désastre parental).

Moi aussi.

On mange ensemble ce soir pour célébrer ton nouveau job ?

D'accord, je te texte quand je quitte le boulot.

J'attendrai.

Quand il me laisse, je me sens heureuse et excitée de le voir, et touchée de sa préoccupation pour moi. Le soulagement de ne plus avoir à porter seule mon lourd fardeau continue à se faire sentir des jours après avoir tout dit à trois personnes différentes. Je me sens mille fois mieux maintenant qu'Éric le sait, et j'apprécie qu'il ne soit pas parti à toute vitesse après avoir entendu ce qui s'est passé avec John. Je ne lui en aurais pas voulu s'il l'avait fait.

Mais il ne l'a pas fait, et quoi qu'il arrive entre nous, je lui en serai toujours reconnaissante.

Éric

Je m'inquiète de ce que l'on confie à Ava le projet du groupement des familles juste au moment où elle commence à donner des signes d'avoir survécu à son traumatisme à elle. Le week-end avec elle a été rien de moins que merveilleux. Je ne me suis pas senti si bien depuis, eh bien, depuis toujours… Même quand les choses étaient au top avec Brittany, ce n'était jamais facile comme ça l'est avec Ava. Je n'ai pas à réfléchir avant de parler avec elle, ni à considérer la possibilité d'une dispute si j'exprime une opinion peu populaire.

Putain, c'est un vrai soulagement d'être vraiment moi-même avec Ava.

Eh oui, je réalise maintenant, avec l'avantage du recul, que je n'étais jamais vraiment moi-même avec Brittany, ce qui aurait dû être un signal d'alarme assourdissant. Ça fait du bien de penser que j'ai peut-être appris quelque chose de cette débâcle-là. Ça lui donnerait un sens qui lui manquait jusque-là. Si le cauchemar avec Brittany était le chemin qui menait vers Ava, cela lui donnerait également un sens.

Le téléphone sur mon bureau sonne. C'est un appel de mon assistante, Taylor.

J'appuie sur le bouton de l'interphone.

« Qu'y a-t-il ?

— Votre frère est ici pour vous voir. »

Ah, oui ? Rob n'est jamais venu à mon bureau.

« Faites-le entrer. Merci. »

Je me lève quand Rob entre, portant deux tasses de café et une expression de conciliation sur le visage.

« Je viens en paix pour m'excuser platement d'avoir été un connard fini. »

Je lui prends le café des mains. Je lui ai déjà pardonné, mais cela ne veut pas dire que je vais lui donner l'absolution facilement. Ce ne serait pas drôle.

« Je sais que tu ne peux pas t'en empêcher, parfois.

— C'est aussi ce que m'a dit ma femme. »

Il s'installe sur le canapé près de la fenêtre et pose ses pieds sur la table basse. Je le rejoins.

« Je pensais que tu serais en train d'éteindre des incendies au travail aujourd'hui.

— Les incendies n'ont pas encore commencé. Les médias n'ont pas eu vent de la fin du mariage du gouverneur. Il me semble que nous sommes au cœur de ce qui est généralement appelé le calme avant la tempête. »

Il me jette un regard.

« Je suis vraiment, sincèrement, désolé de ce que j'ai dit à propos de Brittany. C'était complètement inadmissible et déplacé.

— Oui, ça l'était, mais ce n'était pas entièrement faux.

— Non ? »

Je secoue la tête.

« Je me suis permis de me complaire dans mon désespoir bien trop longtemps.

— Ce qu'elle a fait est pire que nuisible, c'est carrément cruel. Tu n'as pas mérité ce qu'elle t'a fait.

— Non, c'est vrai, mais il y avait des signes annonciateurs que j'ai choisi d'ignorer.

— S'il te plaît, ne me dis pas que tu te sens responsable d'une manière quelconque de ce qu'elle t'a fait.

— Pas du tout. J'indique simplement qu'il y avait des choses que j'ai choisi d'ignorer qui, avec le recul, étaient graves.

— Je ne suis pas venu ici pour te forcer à revivre ce cauchemar-là, et je suis désolé si j'ai dit quelque chose qui t'a rappelé tous ces souvenirs. C'est la dernière chose que je voudrais te faire, putain. J'espère que tu le sais.

— Je le sais. C'était sous l'impulsion du moment. Je m'en suis remis.

— Je comprendrais si tu voulais régler ça à coups de poing comme on l'aurait fait quand on était jeunes.

— Non. J'ai mieux à faire de mes mains de nos jours que de te casser la figure.

— Premièrement, tu ne m'as jamais cassé la figure. Et deuxièmement, ça veut dire que t'utilises tes mains sur ma belle-sœur ?

— Premièrement, si, je t'ai bel et bien cassé la figure, et tu le sais. Et deuxièmement, mêle-toi de tes oignons, putain.

— Je le savais. Je l'ai dit à Camille que vous deux, vous vous faisiez une partie de jambes en l'air. »

Je lui offre un sourire satisfait.

« On n'avait pas fait de partie de jambes en l'air jusqu'à ce que mon frère m'ait blessé et qu'elle offre de me consoler. »

Il s'étouffe sur une gorgée de café et arrive tout juste à la contenir pour qu'elle n'aille pas partout sur la chemise blanche de bureau qu'il porte avec un costume bleu marine à rayures fines et une cravate rouge.

« Alors, je t'en remercie, et pas un traître mot à sa sœur ou à qui que ce soit d'autre, ou je te la *casserai*, ta figure, et je te promets de te faire *mal*. Ça, tu peux y compter.

— Je ne dirai rien. Je te le promets. »

Je fais confiance à Rob, Amy et Jules plus qu'à n'importe qui au monde, et je le crois quand il dit qu'il ne va pas dévoiler mes secrets.

« Bah, regarde-nous, dit-il, marié et sortant avec des sœurs. Plutôt drôle quand on y pense.

— Et comme mettre les pieds en terrain miné.

— Comment ça ?

— J'ai l'impression qu'il y a plus en jeu pour Ava et moi à cause de Camille et toi.

— Ne te mets pas cette sorte de pression. Nous sommes ravis que vous soyez ensemble tous les deux. Si ça ne marche pas, quelle qu'en soit la raison, c'est entre vous.

— Tu dis ça maintenant, mais si je merdais et faisais du mal à ta belle-sœur, ça aurait le potentiel de créer des problèmes entre ta femme et toi.

— T'as l'intention de merder ou de lui faire du mal ?

— Carrément pas. Mais on sait tous les deux que ça peut mal tourner.

— Ça ne tourne pas toujours mal, Éric. Tu le sais aussi bien que moi. Ne laisse pas une nana ruiner ton sens de l'optimisme. Ava est super. Elle n'a rien à voir avec Brittany. Et toi aussi, t'es un mec bien. J'ai dit à ma femme que sa sœur n'aurait pas pu trouver mieux que mon frère.

— T'as dit ça ? Vraiment ?

— Bien sûr. Ava a de la chance de t'avoir, et à l'heure qu'il est, je suis certain qu'elle s'en est rendu compte.

— Rends-moi service et n'en ajoute pas à la pression considérable qu'il y a sur nous deux en en faisant quelque chose que ce n'est pas. Pas encore, en tout cas. »

Il lève les mains.

« Aucune pression de ma part.

— Quoi de neuf avec les parents ?

— Je n'ai de nouvelles ni de l'un, ni de l'autre. Amy a passé la nuit là-haut avec Papa, et elle dit qu'il va incroyablement bien. Elle pense qu'il devait savoir depuis un bout de temps que cela allait arriver et n'a pas été aussi pris par surprise que nous autres.

— Le veinard.

— N'est-ce pas ? Je ne peux juste pas comprendre pourquoi elle l'a fait de cette façon-là.

— Peut-être qu'elle a essayé la méthode subtile dans le passé, sans succès.

— Peut-être, concède-t-il. Ce n'est pas comme si c'était une grande nouvelle pour aucun d'entre nous qu'ils n'étaient pas exactement heureux.

— Au moins on sait pourquoi il n'est pas intéressé par une réélection ou un poste plus élevé.

— Oui, aussi.

— Qu'est-ce qui risque d'arriver quand la presse aura vent de cela ?

— Le pire. »

Ava

Je finis ma première journée à FergusonMain quand je reçois un texto de Camille.

Appelle-moi d'urgence.

Qu'est-ce qui se passe, bordel ? Je la trouve en haut de ma liste de favoris et je l'appelle.

« Dieu merci, t'as reçu mon SMS.

— Qu'est-ce qui ne va pas ?

— Je viens juste d'avoir un appel d'un reporter du *New York Post* qui voulait savoir s'il y avait une part de vérité dans la rumeur que ma belle-mère, la first lady de New York, a quitté mon beau-père, le gouverneur, pour le prof de tennis de leur club de golf.

— Oh, merde. Comment ont-ils eu ton numéro ?

— Je n'en ai aucune idée, mais je panique. Je n'arrive pas à joindre Rob, et je n'ai aucune idée de ce qu'il faut faire.

— Qu'as-tu dit au reporter ?

— Je lui ai raccroché au nez, mais il m'appelle toutes les minutes depuis.

— Prends l'appel et dis-lui que tu n'es pas autorisée à faire de commentaires sur la famille Tilden ou ce qui a rapport avec le gouverneur. Toute demande doit être faite auprès du bureau du gouverneur. Ne dis rien de plus.

— Dis-le encore une fois. Je veux l'écrire au cas où j'aie un trou de mémoire. »

Je répète, plus lentement cette fois-ci pour qu'elle puisse tout noter.

« C'est très important que tu ne le laisses pas feinter et que tu ne finisses pas par dire quelque chose d'autre.

— OK.

— Ça va aller, Camille. Respire à fond.

— Il rappelle.

— Prends l'appel, dis-lui ce que je viens de dire, puis raccroche et bloque-le. Cela ne l'empêchera pas d'appeler sur un autre téléphone, mais ça éliminera celui sur lequel il appelle maintenant. Appelle-moi après.

— OK. »

La ligne est coupée, et je pose mon téléphone, en souhaitant pouvoir prendre l'appel pour elle.

« Miles et Alex ne voient pas d'un bon œil les appels personnels pris sur le temps de travail. »

Je lève les yeux pour voir Caitlyn la Garce debout à ma porte. Elle croise les bras sur sa poitrine généreuse et elle avance sa bouche en un petit ricanement méchant.

« C'était un client qui avait besoin de conseils médiatiques urgents, pas que cela vous regarde.

— Quel client avez-vous qui ait besoin de conseils urgents ? Vous venez de commencer.

— Vous aimeriez bien savoir, n'est-ce pas ?

— Je suis certaine que Miles aimerait le savoir.

— Je serais contente de lui dire que je représente les membres de la famille Tilden dans leurs rapports avec les médias, mais si vous voulez être la première à lui dire, ne vous privez pas. »

Elle en reste bouche bée, puis la ferme aussi rapidement avant de se tourner et s'en aller d'un pas raide. La première partie, c'est moi qui l'ai gagnée, mais j'ai l'impression que ce sera la première de bien des parties avec Caitlyn la Garce.

Mon téléphone sonne, et je saute sur l'appel de Camille.

« Tu l'as fait ?

— C'est fait. Mais mes mains en tremblent encore.

— Il te faut trouver Rob et lui faire savoir au plus vite. Si un reporter est au courant, d'autres le sont aussi, et il faut qu'ils soient prêts.

— Je vais le rappeler tout de suite. Merci de ton aide.

— Pas de problème. Tu m'as aidée à gagner une partie d'agression passive avec la pouffiasse de service de mon bureau.

— Ça n'a pas pris longtemps pour t'immiscer dans les tensions et potins de bureau, hein ?

— Pour ma défense, c'est elle qui a commencé. »

Camille rit.

« Et toi, ta journée, ça va ?

— Bien moins mouvementée que la tienne jusqu'à ce le *Post* appelle.

— On se parle plus tard. Va appeler Rob.

— J'y vais. »

Je pose le téléphone et finis de taper le rapport que j'ai promis à Miles à la fin de la journée. Pour l'instant, j'ai réservé une place pour Dawkins et lui sur le *Today* show, *Good Morning America*, *CBS This Morning* et *Morning Joe*. J'ai des mails prêts à partir vers trente autres médias d'information que j'ajouterai au plan des interviews au fur et à mesure que j'ai des nouvelles des producteurs variés qui font les réservations pour les invités.

J'envoie le mail à Miles, avec une copie à Trevor, et puis rassemble mes affaires. En partant, je m'arrête devant la porte ouverte de Trevor pour lui faire savoir que je pars.

« J'espère que vous avez passé une bonne première journée, dit-il.

— Je suis copain-copine avec un producteur du *Today* show. Je crois qu'on pourrait appeler ça une bonne journée.

— Excellent. Cela veut dire que vous serez de retour demain ?

— Je serai de retour.

— À demain, alors. »

Je sors du bureau sous une pluie torrentielle et décide de claquer mon fric sur un taxi. Sur le chemin, j'envoie vite fait un SMS à Jessica, pour la mettre au courant de mon projet au travail, et lui demander ce qu'elle en pense.

Elle répond en m'appelant.

« Salut.

— Salut, j'ai eu votre texto et je suis à la bourre, alors j'ai décidé de passer un coup de fil. Vous avez une minute pour parler ?

— Oui, je suis dans un taxi.

— C'est drôle ! Moi, aussi. Alors, racontez-m'en plus sur le projet sur lequel ils vous ont mise. »

Je lui raconte pour Miles, la fiancée qu'il a perdue dans l'attaque et la gestion des demandes de publicité pour le groupement des familles depuis le commencement de l'action en justice.

« Saviez-vous que l'un des associés avait perdu quelqu'un sur le bateau quand vous avez pris le travail ?

— Oui. J'ai dit à mon responsable immédiat, Trevor, que le gars avec qui je sortais au moment de l'attaque a été déployé ce jour-là et que je n'ai pas eu de ses nouvelles depuis. Il a offert de me laisser me retirer du projet avec Miles, mais je lui ai dit que ce n'était pas ce que je voulais. Je ne voulais pas de traitement de faveur, surtout pas le premier jour.

— Je peux le comprendre, mais êtes-vous sûre que ce projet est bon pour vous quand vous avez commencé à faire des progrès si positifs ?

— Dans un sens, j'ai l'impression de contribuer à la cause en aidant le groupe des familles, même de manière modeste. Ça a du sens ?

— Oui, ça en a.

— Mais je ne veux pas régresser en ce moment. Comme vous le dites, je commence à aller mieux et… les choses avec Éric ont avancé de façon plutôt considérable.

— Ah, bon ?

— Je lui ai dit à propos de John, et il a été si compréhensif et adorable. Nous avons dormi ensemble ce week-end, et c'était super.

— Je suis heureuse pour vous, Ava. Ce ne sont là que des pas très positifs dans la bonne direction.

— Cela fait du bien d'être à nouveau optimiste.

— J'en suis certaine.

— Alors vous ne pensez pas que je vais foirer en prenant en charge un projet qui me touche de trop près ?

— Vous êtes la seule à pouvoir en décider de façon certaine. Je prendrais quelques semaines pour être sûre que cela ne va pas aggraver les choses pour vous. Votre patron, Trevor, vous a montré une sortie de secours. Si vous en avez besoin, n'hésitez pas à la prendre.

— Je n'hésiterai pas. J'apprécie vraiment vos conseils.

— Contente de pouvoir aider à tout moment. Nous nous voyons toujours jeudi ?

— Je serai là. Merci encore. »

Après la fin de l'appel, je vérifie mes messages et j'en vois un d'Éric.

Je quitte le bureau. Tu en es où ?

Presque à la maison.

Je te retrouve chez toi ?

Parfait !

Je te vois dans quinze minutes.

Je prends l'ascenseur jusqu'à mon appartement et me rends directement dans la salle de bains pour me brosser les cheveux et les dents avant qu'il arrive. Je suis en train de me mettre une lotion parfumée sur les mains et les bras quand le portier m'appelle pour me faire savoir qu'il est arrivé. Toute chose d'excitation, je l'attends à la porte.

Chapitre 16

Il sort de l'ascenseur et s'arrête d'un coup à quelques centimètres de moi.

« Mm, Ava la professionnelle est très, *très* sexy. »

Son bras s'enroule autour de ma taille et me soulève pour me porter jusque dans mon appartement, et il ferme la porte derrière lui d'un coup de pied.

« Skylar…

— N'est pas à la maison.

— Oh, c'est bien, parce que cela pourrait devenir bruyant. »

Je m'attends à ce qu'il me pose par terre une fois à l'intérieur, mais il se dirige avec détermination vers ma chambre et ferme cette porte-là aussi d'un coup de pied.

Je lui prends le visage dans les mains et l'embrasse, ravie de le voir après cette longue journée sans lui.

Il semble tout aussi heureux de me voir, si j'en crois son érection pressée contre mon ventre. Nous nous embrassons encore quand il me couche sur le lit et se pose sur moi.

« Mm, dit-il, j'ai pensé à tes lèvres douces toute la journée. Je n'arrivais à rien faire, et c'est entièrement de ta faute.

— Comment ça, de ma faute ? »

Je le regarde avec une expression intentionnellement innocente.

« Qu'est-ce que j'ai fait ? »

Me souriant, il m'embrasse encore.

« C'est moi, que tu t'es fait. Et très, *très* bien. »

Je lui mets une gifle à l'épaule.

« Je ne peux pas croire que t'aies dit ça ! »

En riant maintenant, il enfouit son visage dans le creux de mon cou et semble inspirer l'essence de mon être.

« J'adore être avec toi, Ava, et chaque fois que nous sommes ensemble tout ce que je veux, c'est toi et encore toi. »

Passant mes doigts dans ses cheveux blonds foncés, je me rends compte qu'il vient de résumer exactement comment je me sens par rapport à lui.

Il soulève la tête pour me regarder.

« Dis-moi que je ne suis pas le seul à me sentir comme ça.

— Tu n'es pas le seul, c'est sûr.

— C'est une très bonne nouvelle. »

Les yeux ouverts, il m'embrasse doucement et tire sur le premier bouton de mon chemisier.

Mes seins me semblent serrés et prisonniers de mon soutien-gorge ; il en défait l'attache à l'avant d'un seul geste de la main. Le soulagement est immédiat, mais de courte durée quand il pousse mon chemisier et mon soutien-gorge de côté pour pouvoir parcourir de sa langue le bout de mon sein. La sensation est électrique entre le bout de mon sein et mon clitoris, et je me trémousse sous lui, cherchant plus.

« Tout doucement cette fois-ci, murmure-t-il contre le bout de mon sein. Je veux goûter chaque centimètre de ta peau délicieuse. »

Il tient parole, et quand il me pénètre finalement, la nuit commence à tomber, assombrissant la chambre. J'ai joui deux fois déjà, et la troisième ne saurait tarder.

Je suis complètement captivée par lui. Sa tendresse réduit à néant toutes mes défenses, et pendant que nous bougeons en synchronisation, je ne peux nier que je suis en train de tomber follement amoureuse de lui. Peut-être le suis-je depuis le mariage de ma sœur, quand il s'est si bien occupé de moi pendant une journée qui aurait pu être de la torture pour moi, mais ne l'a pas été grâce à lui.

Il est loyal et dévoué, adorable et sexy. Je connais sa famille et ses secrets, ce qui a tant d'importance pour moi. Avec Éric, il n'y a pas de face cachée, et vu mon passé, ce n'est pas peu dire.

Je m'accroche à lui tandis qu'il bouge en moi, ses lèvres douces contre mon cou.

« Tu es si belle, Ava. Si chaude et douce. »

Ses mots et la chaleur de son souffle sur mon cou me donnent un frisson.

Il accélère, ses doigts s'enfonçant dans la chair de mes hanches. Il me touche à un endroit au plus profond de mon corps, déclenchant l'orgasme qui est monté en moi avec chaque coup de reins.

Je crie quand je viens, et il me tient plus fort, gémissant quand il jouit lui aussi. Je garde les bras autour de lui sous la veste de costume qu'il n'a pas enlevée, ne voulant pas encore le laisser partir. Il retombe dans mes bras.

« Ava…

— Je sais. Moi aussi. »

Il laisse échapper un long soupir de contentement qui me rend plus heureuse que je ne l'ai été depuis bien trop longtemps.

« Merci d'être exactement ce dont j'ai besoin. »

Je n'avais pas l'intention de dire cela tout haut, mais les mots m'échappent avant que je puisse les arrêter.

« De même, ma chérie ! »

*

Éric et moi passons chaque nuit ensemble cet été-là, sauf quand je voyage avec Miles. La couverture médiatique du divorce des parents d'Éric est sans répit, et mis à part un dîner avec son père une semaine sur deux, nous faisons de notre mieux pour garder tout cela à distance. Camille et Rob n'ont pas la même chance puisque Rob travaille pour son père et est forcé d'y faire face plus souvent que nous autres.

Nous montrons notre soutien pour lui par des sorties fréquentes le soir et des dîners réguliers pendant lesquels nous nous serrons les coudes avec les quatre Tilden tandis qu'ils affrontent la tempête que leur mère a créée. Une histoire après l'autre est publiée sur l'homme pour lequel elle a quitté leur père, qui, s'est-il avéré, avait un casier judiciaire depuis les années quatre-vingt.

D'après tous les témoignages, Sarah Beth défend son homme en affirmant qu'il est « en règle » depuis une dizaine d'années.

Personne n'est surpris quand le gouverneur Tilden annonce qu'il ne se représentera pas pour un deuxième mandat.

Je me sens coupable d'être si heureuse dans ma vie à un moment où un tel chaos entoure la famille d'Éric. Mais il a l'air de bien tenir le coup, et plus nous passons de temps ensemble, plus je suis amoureuse de lui. Oui, vous avez bien entendu. Je suis amoureuse, et lui aussi. Pas que nous ayons prononcé les mots pour l'instant. Nous n'en avons pas besoin. Nous le savons tous les deux.

Je vis pratiquement chez lui, où nous avons une intimité complète, même si j'ai continué à développer mon amitié avec Skylar avec des déjeuners réguliers et des rencontres pour happy hour. Je vois Jessica deux fois par mois, aussi, une sorte de prise de nouvelles pour s'assurer que je continue toujours dans la bonne direction.

J'ai encore des moments de peine et de désespoir quand je pense à John, mais ils ne sont plus aussi fréquents qu'ils l'étaient, et je ne passe plus des heures chaque jour à passer au peigne fin internet, avec l'espoir de trouver des nouvelles de lui. Avec le recul, je vois combien ce comportement était malsain pour moi.

En plus de ma vie personnelle heureuse, *j'adore* mon nouveau job, vraiment. Carlos est devenu mon meilleur ami en plus de mon *work husband*, mon époux de travail, et Miles… C'est un gars absolument adorable. J'ai appris à le connaître plutôt bien pendant nos déplacements pendant l'été, et j'irais jusqu'à dire que nous sommes devenus des amis proches.

Mi-octobre, nous sommes à Los Angeles et prenons un verre après le dîner dans le bar de l'hôtel quand il s'ouvre à moi en ce qui concerne la perte de sa fiancée.

« J'étais censé aller avec eux », dit-il, me prenant au dépourvu quand je réalise qu'il parle de la croisière.

Avant cela, il n'en a presque rien dit, mis à part les petits moments qu'il partage pendant les interviews.

« Mon père a eu une alerte cardiaque, alors à la dernière minute, j'ai pris un avion jusqu'à la maison, Minneapolis, et j'ai poussé Emmie et ses parents à aller en voyage sans moi. Elle voulait venir avec moi, mais je ne voulais pas qu'elle loupe le voyage qu'elle avait attendu avec tant d'impatience. »

C'est la première fois que j'entends cela. Ces détails-là n'étaient contenus dans aucune des histoires qui ont été écrites sur eux. Je suis captivée pendant que les mots semblent se déverser de sa bouche, comme si un barrage venait de s'effondrer en lui.

« C'est drôle, n'est-ce pas, que l'alerte de santé de mon père m'ait sauvé la vie. »

Ses mots prononcés avec légèreté trahissent un monde d'agonie.

« Elle était comment ? »

Je sais de par mon expérience que cela aura de l'importance pour lui que je me soucie *d'elle*, que je veuille la connaître, *elle*.

« Elle était… »

Il sourit, perdu dans ses souvenirs.

« Elle était la vie même. Amusante et ouverte. Maladroite et élégante en même temps. Sportive mais pas compétitive. Et belle. Très, très belle, d'esprit comme de corps.

— J'aurais aimé la rencontrer.

— Moi aussi. Tu lui aurais plu.

— C'est gentil de le dire. »

Il y a des moments, par-ci par-là, où je me demande si Miles ne serait pas intéressé par moi si je n'avais pas un petit ami qu'il a rencontré plusieurs fois. C'est un de ces moments. J'ai mal pour lui et je voudrais faire quelque chose pour soulager sa douleur – sans me hasarder en territoire inapproprié.

« Je veux te dire quelque chose sur moi.

— D'accord. »

Cela fait un bout de temps maintenant que j'ai envie de lui parler de John, et ce soir semble bel et bien être une soirée de partage.

« J'avais un petit ami à San Diego. Un officier militaire qui s'appelait John West, ou du moins, je pense qu'il s'appelait ainsi. »

Il fronce les sourcils.

« Tu n'en es pas sûre ? »

Je secoue la tête.

« Je ne suis sûre de rien en ce qui le concerne. »

Je lui raconte le reste, toute l'histoire sordide, et il écoute avec attention sans m'interrompre.

« Bon sang, Ava », dit-il quand j'ai finalement fini.

Il repose son dos contre la banquette et me fixe du regard.

« Je ne sais pas quoi dire. Je suis tellement désolé que tu aies enduré tout cela toute seule.

— J'ai choisi de le faire seule. Je n'ai pas encore parlé de lui ni à ma sœur, ni à mes parents.

— Pas encore…

— Ce n'est rien par rapport à ce qui t'est arrivé à toi.

— Ce n'est certainement pas rien, et tu es la dernière personne qui aurait dû être affectée à la publicité du groupe des familles. »

Je pose ma main sur son bras.

« Trevor le sait et m'a proposé de me retirer, ce que je n'ai pas voulu. C'est un honneur et un privilège de travailler avec toi et les autres. Crois-le ou non, cela m'a aidée à guérir.

— Je ne peux pas m'imaginer vivre plus de cinq ans sans savoir ce qui était arrivé à Emmie. Comment peux-tu supporter de ne pas savoir ?

— Ça a été insupportable pendant longtemps, mais je suis arrivée à un point où je ne pouvais plus en être obsédée. Il m'a fallu accepter que je ne saurais probablement jamais ce qu'il est devenu. Déménager à New York a été bénéfique. Rencontrer Éric a été bénéfique. Ce travail a été bénéfique. À propos, je te remercie pour cela.

— Tu n'as pas à m'en remercier. Tu as fait du travail exceptionnel pour nous.

— Cela fait plaisir de l'entendre. Je suis si reconnaissante qu'on m'ait confié un projet d'une telle importance.

— Je n'avais aucune idée qu'on embauchait quelqu'un avec des qualifications si uniques.

— C'est un sacré club auquel appartenir, n'est-ce pas ?

— Un auquel je ne me serais jamais inscrit volontairement, ça, c'est sûr.

— Je peux te demander quelque chose qui ne me regarde absolument pas ? »

Un rare sourire sincère et gamin éclaire sa mine sérieuse et me donne un aperçu de ce qu'il était avant que la tragédie ne le frappe.

« Pourquoi s'arrêter là ? Donne-t'en à cœur joie.

— Penses-tu que tu sortiras à nouveau avec quelqu'un ?

— Si seulement j'avais un dollar pour chaque fois qu'on m'a posé cette question, j'aurais assez pour prendre ma retraite aux Caraïbes et vivre le reste de mes jours dans le luxe !

— Ce n'est pas pour critiquer. »

Il fait signe de la main d'ignorer le commentaire.

« C'est une question justifiée, et après cinq ans et demi, tu pourrais croire que je serais plus près d'y répondre que je ne le suis. Si je rencontrais quelqu'un qui m'intéressait, je n'y serais pas opposé, mais je ne vais pas aller faire les bars, ni rien.

— J'ai une amie… »

L'idée me vient avec une clarté soudaine. Skylar.

Il geint.

« Si j'avais un dollar pour chaque fois que j'ai entendu *ça*, je pourrais acheter une île privée.

— Mais cette fois-ci c'est différent parce que mon amie Skylar est incroyable. Tu l'adorerais. En fait, c'est ma colocataire et c'est la première personne à qui j'ai parlé de John. Elle est rentrée alors que j'étais en plein effondrement après qu'Éric m'a embrassée pour la première fois, et j'ai craché le morceau. Elle m'a mise en relation avec la thérapeute qui a été d'une très grande aide. Elle comprend le deuil.

Sa petite sœur a été tuée dans un accident quand Skylar étudiait à la faculté de droit. Ça l'a profondément perturbée.

— C'est très triste, dit-il, l'air sincèrement touché. Si tu penses que je l'aimerais bien, je ne serais pas contre la rencontrer. Mais pas un *blind date*. Organise quelque chose avec un groupe pour que ce ne soit pas horriblement gênant. Et assure-toi qu'elle connaisse le but de la soirée.

— Tu vas vraiment me laisser faire ça ? »

Il hausse les épaules, mais avec une impuissance qui me fait vibrer la corde sensible.

« Emmie ne va pas revenir, et je commence à me fatiguer de ma propre compagnie. Il est peut-être temps de mettre le pied dans les eaux infestées de requins. »

J'applaudis avec une allégresse non contenue.

« Qu'est-ce qu'on va s'amuser ! »

Il gémit.

« Dieu, dans quoi me suis-je embarqué ? »

Deux semaines plus tard, Éric et moi organisons un dîner chez lui. Nous avons invité Rob, Camille, Amy, Jules, Miles et Skylar, qui a dit qu'elle voulait bien le rencontrer si je pensais qu'il pourrait lui plaire. Naturellement, elle était profondément touchée après avoir entendu qu'il avait perdu sa fiancée dans l'attaque du bateau de croisière.

« Est-il sorti avec quelqu'un depuis ? demanda-t-elle.

— Non.

— Ah, bon, au moins tu ne m'entraînes pas dans un terrain émotionnel miné, ni rien.

— Ai-je mentionné qu'il était incroyablement sexy et en manque ? »

Elle lève les yeux au ciel.

« Garde l'argument de vente pour toi. Je rencontrerai ton patron, mais seulement parce que tu me le demandes. Pas d'attentes, en revanche, tu m'entends ?

— J'ai bien compris. Mais je crois qu'il va vraiment te plaire.

— Ava ! Arrête. Il n'y a rien de pire au monde qu'une rencontre par entremetteuse.

— Euh, avoir sa jupe coincée dans son slip est pire, ou trébucher sur une grille d'évacuation et finir tête la première sur le trottoir, ou…

— Ça suffit. Je fais ça pour toi, alors ne me donne pas de raisons de le regretter.

— Je promets, tu ne le regretteras pas. »

Maintenant que la soirée tant attendue est arrivée, je me sens nerveuse pour deux personnes qui sont devenues mes amies. Je veux qu'ils soient tous deux aussi heureux que je le suis avec Éric.

En parlant de l'homme qui me rend si heureuse, je me tiens dans sa cuisine, m'occupant de la bruschetta que j'ai préparée pour l'apéritif, quand debout derrière moi il m'enlace, blottissant son visage dans mon cou. Il vient de sortir de la douche et sent si bon.

« J'ai l'eau à la bouche, dit-il. C'est comme un bistrot italien, ici.

— J'ai peur d'avoir mis trop d'ail. Si Miles propose de la raccompagner, elle ne voudra pas l'embrasser si elle a une haleine qui pue l'ail. »

Éric rit.

« Tu t'es mise dans tous tes états à propos de cette soirée.

— Il a *tellement* souffert. Imagine si ça marchait entre eux.

— Tu es prête à accepter que le courant puisse ne pas passer ?

— Non ! N'y pense même pas. Je veux qu'il soit dingue d'elle. »

Je me mords la lèvre tandis qu'une autre pensée me chagrine.

« Quoi ? Quand tu tortures ta pauvre lèvre, ça veut dire que tu rumines. »

Je pousse mes fesses contre son érection.

« Arrête de faire celui qui me connaît si bien.

— Bah, je te connais très bien, donc tu ferais bien de me dire à quoi tu penses.

— Je me demande si Sky ne ressemble pas un peu à sa fiancée défunte. »

Il se raidit derrière moi, et pas de la manière espérée.

« C'est *maintenant* que tu penses à ça ?

— Ça ne va pas être un problème, dis-je avec plus de bravoure que je n'en ressens. Ce n'est qu'une légère ressemblance, et de plus, Sky est fabuleuse. Tout le monde l'aimerait.

— J'espère que tu sais ce que tu fais, ma chérie. »

Je me retourne pour lui faire face et glisse mes mains sur son torse pour venir les croiser derrière son cou.

« Merci de me laisser utiliser ton appartement ce soir.

— Chez moi, c'est chez toi. »

Il m'embrasse.

« Tu le sais. »

Il m'en a donné les clés il y a des mois pour que je puisse aller et venir comme je le veux.

« Tu as dit à Rob et tes sœurs de se comporter normalement et de ne pas les regarder tout le temps, hein ?

— Oui, chérie. Je suis tous tes ordres à la lettre comme le copain merveilleux que je suis.

— Je veux juste que ce soit parfait pour eux, mais surtout pour lui. C'est un gars *si* gentil, et il mérite d'être à nouveau heureux.

— Si je ne te connaissais pas, je me ferais du mouron à propos de ce type, Miles, que tu tiens en haute estime.

— Tu n'as pas de soucis à te faire, comme tu le sais bien. C'est juste que… je me suis investie en lui après tout le temps que nous avons passé ensemble.

— Sans parler des similarités de ce que vous avez enduré.

— Ça aussi.

— Je comprends, mon amour, et je sais que je n'ai pas de soucis à me faire. Son histoire, ça arrache le cœur et ce serait super si, comme moi, il trouvait quelqu'un de merveilleux avec qui recommencer.

— Et comme j'ai trouvé, moi aussi. »

Je l'embrasse en y mettant la langue parce qu'il le mérite après m'avoir laissée m'imposer chez lui comme je l'ai fait pour préparer la soirée.

« Ça, c'était vraiment injuste », dit-il quand nous nous séparons, essoufflés du baiser qui est devenu une étreinte passionnée, comme la plupart de nos baisers.

Il frotte sa queue dure contre moi.

« Tu vas me laisser me balader comme ça toute la soirée ? »

Je jette un œil sur l'horloge du four, vois que nous avons trente minutes avant que nos invités arrivent et éteins le feu sous les casseroles sur la cuisinière. Lui saisissant la main, je le tire derrière moi.

« Euh, excuse-moi. Qu'est-ce qui se passe, là ?

— Viens avec moi, et je te montrerai.

— Tu prends les devants, alors je te suis. »

Dans le salon, je le pousse sur le canapé, et il y tombe avec force, ce qui me fait rire. Je me mets à genoux devant lui, défais sa ceinture et avec précaution descends sa fermeture éclair, en contournant l'énorme bosse dans son pantalon.

« *Ava*, dit-il avec un long gémissement. Tu me *tues*.

— On ne peut pas tolérer ça, n'est-ce pas ? »

Je me penche pour le prendre dans ma bouche et m'y mets dare-dare, déterminée à le finir en moins de cinq minutes pour que je puisse me remettre aux fourneaux. Ça ne prend que quatre minutes avant qu'il pousse un cri après une décharge sexuelle presque violente.

« *Oh, ma parole*. C'était… Oh, ma parole. »

Je lui tapote la jambe, me penche pour l'embrasser et me lève pour aller retoucher mon maquillage avant que nos invités arrivent.

« Ferme ta braguette avant qu'on te trouve la bite à l'air, chéri. »

J'adore le fait que ses mains tremblent quand il remonte la braguette de son pantalon.

Je me rends dans la salle de bains pour me brosser les dents et remettre du rouge à lèvres.

Éric me rejoint, me prenant dans ses bras comme il l'avait fait dans la cuisine.

« Tu es incroyable, et je t'aime. Pas seulement parce que tu m'as taillé la meilleure pipe du monde, mais parce que tu es devenue tout pour moi, et que je ne peux plus imaginer ma vie sans toi, sans que tu sois au cœur même de ma vie. »

Mes jambes me lâchent, et ce ne sont que ses bras autour de ma taille qui m'empêchent de tomber en un gros tas sur le sol.

« Éric…

— Je comprends, si tu n'en es pas encore là, mais moi j'y suis depuis quelque temps déjà, et c'est devenu presque douloureux d'essayer de ne pas le dire trop tôt. »

Mon regard rencontre le sien dans le miroir.

« Ce n'est pas trop tôt, et je t'aime aussi. Je t'aime probablement depuis le jour où je t'ai rencontré, et où tu m'as sauvé la vie avec une part de pizza au fromage. »

Son sourire est excité et joyeux. Son bonheur fait mon bonheur, aussi.

« Tu m'as sauvé la vie de mille manières, mais surtout avec ta douce sincérité. Tu ne peux pas savoir ce que ça veut dire pour moi, de savoir que je peux avoir confiance en chaque mot que tu dis.

— Je crois le savoir.

— Ouais, je suppose. »

Il me tourne vers lui et me regarde de toute sa hauteur.

« Je t'aime, Ava.

— Je t'aime aussi, Éric. »

J'ai l'impression que c'est plus officiel, cette fois-ci, quand nous le disons l'un en face de l'autre.

Il m'embrasse doucement et tendrement.

« Et la pipe, putain, c'était épique ! »

Ça me fait tant rire que j'en rate le baiser. Mais ce n'est pas grave. Il y en aura plein d'autres plus tard qu'on attendra avec impatience.

CHAPITRE 17

Miles et Skylar se sont entendus à merveille pendant que nous autres avons passé la soirée à faire semblant de ne pas les regarder. Lui, je ne l'ai jamais vu si vivant ni impliqué, et elle a l'air carrément sidérée. Si ce n'est pas là une relation amoureuse en herbe, je veux bien rendre mon tablier d'entremetteuse pour toujours.

C'est une soirée sympathique pour tout le monde. Tous aiment mes lasagnes, et les Tilden sont drôles, comme d'habitude, surtout maintenant que les choses se sont calmées en ce qui concerne la séparation de leurs parents. Pendant un moment, là, je me suis demandé s'ils ne seraient plus jamais le groupe joyeux qui aime s'amuser qu'ils étaient autrefois, mais petit à petit ils redeviennent normaux, ou ce que l'on considère comme normal de nos jours.

« J'ai déjeuné avec Papa hier, dit Jules quand nous nous réunissons dans le salon avec des digestifs. Il a l'air d'aller bien, mieux qu'il ne l'a été depuis longtemps.

— Moi aussi, j'ai pensé ça dernièrement, dit Rob. Depuis que Maman est partie et qu'il a annoncé qu'il ne se représenterait pas aux élections, il semble soulagé.

— Imagine savoir pendant des années que ta femme te trompe et être obligé de rester les bras croisés pendant que tu es responsable de tout l'État de New York, dit Amy en frissonnant. C'est un miracle qu'il n'ait pas fait une dépression nerveuse.

— Je lui ai parlé des sites de rencontre en ligne, dit Jules.

— Il ne peut pas faire ça ! répond Rob, horrifié. C'est le gouverneur, bordel !

— Plus pour longtemps.

— Pour une bonne partie d'une autre année, répond Rob. Il ne peut pas se mettre sur ces sites-là pendant qu'il est encore au pouvoir, Jules. Sérieusement.

— Oui, bien sûr. Ce n'était que pour faire germer l'idée pour plus tard. »

Rob se calme, mais à peine. Ce qu'il ne dit pas, mais que nous savons tous, c'est que le nom de famille Tilden a perdu de son prestige depuis que le scandale a frappé. Il croit que ses frères et sœurs ne savent pas qu'il veut suivre son père dans le monde de la politique. La séparation compliquée de leurs parents lui prépare un chemin bien plus périlleux qu'il ne l'était auparavant. Éric m'a dit que Rob avait de grands projets, mais il n'en parle pas davantage.

« Papa a eu assez de mauvaise publicité pour lui durer toute la vie. La dernière chose dont on a besoin c'est que le *Post* ait vent de son profil de site de rencontres. »

Rob fait la grimace.

« Je ne peux même pas m'imaginer ce qu'ils en feraient – et d'ailleurs, je ne veux pas essayer.

— Je t'entends, frérot, dit Jules. Haut et fort.

— Rien ne l'empêchera d'essayer les sites de rencontre quand il n'aura plus de mandat, dit Camille.

— Peut-être aura-t-il rencontré quelqu'un de manière traditionnelle bien avant cela », dis-je de mon perchoir sur le canapé près d'Éric.

Son bras est autour de moi, et ma main est sur sa jambe. La chaleur de son corps me réchauffe bien quand la température externe baisse et remplit le loft de fraîcheur. Il nous faudra bientôt remettre en route le chauffage.

« Dommage qu'il n'y ait pas un autre mariage dans la famille. On me dit que c'est une excellente manière de rencontrer quelqu'un. »

Les autres rient, alors qu'Éric me serre l'épaule.

Le téléphone de Rob sonne à l'arrivée d'un SMS qui le fait se redresser.

« Oh, putain, dit-il d'un ton qui me donne des frissons. Ils ont attrapé Mohammad Al Khad dans un raid des forces spéciales en Afghanistan. »

Amy se lève d'un bond.

« Il nous faut la télé. Où est la télécommande, Éric ? »

Miles et Skylar, qui étaient restés assis à la table à manger longtemps après que nous autres étions partis pour le salon, nous rejoignent pour nous regrouper autour de la télévision afin de regarder CNN. Ils annoncent qu'une équipe d'élite des forces spéciales américaines a infiltré le camp dans un coin isolé d'Afghanistan où se cachaient Al Khad, sa famille et ses associés les plus proches.

« Le Pentagone a annoncé plusieurs décès parmi la famille d'Al Khad et ses associés », dit le présentateur, en lisant une feuille de papier.

En bas de l'écran, une bande-annonce des dernières nouvelles répète ce que vient de dire le présentateur.

« Nous ne savons pas encore s'il y a des victimes du côté américain. »

Je suis glacée. J'ai tellement froid que tout mon corps tremble de manière incontrôlable. Je n'ai aucune façon de savoir si John était impliqué dans le raid, mais je tremble néanmoins.

Éric est à l'écoute de ma détresse et m'entoure d'une couverture.

« Qu'est-ce qui ne va pas, Ava ? » demande Camille, les sourcils froncés par l'inquiétude.

Je ne peux ni parler ni penser. Je peux à peine respirer, alors que je me demande si je vais être malade.

« Elle vivait avec un gars à San Diego qui a été déployé le jour de l'attaque », dit Éric, parlant pour moi puisque je ne peux pas parler moi-même.

J'entends l'incertitude dans le timbre de sa voix. Il n'est pas sûr que je veuille qu'il partage cette information, mais ce n'est pas un problème. Cela ne me dérange pas qu'il dise à ma sœur quelque chose que j'aurais dû lui dire il y a bien longtemps.

« Elle ne l'a pas revu et n'a pas eu de nouvelles depuis.

— Oh, mon Dieu, dit Camille. Penses-tu que… Est-il…

— Elle n'a aucun moyen de le savoir, dit Skylar.

— *Toi aussi*, tu savais ? demande Camille, irradiant sa peine. Était-ce sérieux ?

— Ouais, dit Éric, me caressant encore le bras. Ça l'était. »

Camille, qui était debout, s'assied près de Rob, l'air effarée. Elle a des questions qu'heureusement elle ne pose pas maintenant, parce que je n'ai pas de réponse.

Je m'enfouis plus au fond de la couverture et regarde l'histoire se dérouler à la télévision. Ils ne connaissent pas l'état des militaires qui sont entrés pour le prendre. Ils ne savent pas combien il y a de morts. Parce qu'ils n'ont pas de détails, ils font défiler des spécialistes qui spéculent pendant que les présentateurs posent une question répétitive après l'autre.

« Combien de temps prépare-t-on une mission comme celle-ci ?

— Cela peut être l'aboutissement d'années de préparation. »

Des années de préparation…

Le présentateur interrompt avec une mise à jour.

« On nous dit maintenant qu'au moins deux militaires américains ont été tués dans le raid. »

Mon estomac se retourne, et je cours en direction de la salle de bains même avant d'être consciente d'avoir bougé. Le dîner que j'ai préparé avec amour pour nos amis et notre famille remonte à toute vitesse, la bile me brûlant la gorge et me mettant les larmes aux yeux.

Éric est là, me tenant les cheveux et me rassurant comme il l'a fait depuis le début.

Le tremblement est si intense, j'en ai l'impression d'avoir été branchée à une machine qui secoue mon corps.

« Doucement, ma chérie », dit Éric quand les vomissements s'arrêtent finalement.

Il me passe un gant mouillé d'eau fraîche sur le visage et me tient contre lui.

« Respire. C'est tout ce que tu as besoin de faire pour l'instant. Respirer, c'est tout. »

Je ferme les yeux et je me concentre sur comment faire arriver l'air dans mes poumons. C'est tout ce que je suis capable de faire.

Puis Camille est là, aussi, s'accroupissant pour replacer des cheveux qui se sont collés à mon visage.

Comment est-ce possible de transpirer quand j'ai froid jusqu'à l'os ?

« Qu'est-ce que je peux faire pour toi ? »

Je secoue la tête. Je ne sais pas. Je ne sais rien. Est-ce que John a participé à la capture d'Al Khad ? Est-ce cela qu'il a fait tout ce temps ? Est-il l'un des militaires morts ? Aurai-je jamais la réponse à ces questions ou aux cent autres que je me pose ?

Je me souviens que Miles est ici et probablement plus touché par ces nouvelles que je n'ai le droit de l'être. Je me force à me ressaisir, me libère avec difficulté des bras d'Éric et me tiens sur mes jambes vacillantes. Je me brosse les dents et me coiffe avec une brosse, mes mains qui tremblent rendant difficiles les tâches les plus simples.

Éric se lève et pose une main sur mon épaule.

« Ava, chérie. Prends une minute pour toi.

— Il faut que je parle à Miles. »

En me dirigeant vers la porte, je serre le bras de Camille et entre dans la pièce principale du loft, où Miles est assis sur le canapé, scotché à la télévision, tandis que Skylar est assise perchée sur l'accoudoir du canapé près de lui, l'air incertaine de son rôle ici maintenant que les nouvelles d'Al Khad ont mis fin prématurément à notre soirée.

Je m'assieds près de Miles et pose la main sur son bras.

« Tu vas bien ?

— En fait, je me sens émotionnellement anesthésié. »

Il me jette un coup d'œil, et son regard plein de douleur à vif me dit qu'il est tout sauf anesthésié.

C'est mon patron. Mon grand patron. Mais c'est aussi mon ami. Et c'est pourquoi je m'accroche à son bras et pose ma tête sur son épaule. Bien que nous soyons dans une pièce remplie d'amis, nous pourrions tout aussi bien être seuls sur une île, des survivants dans une mer de personnes qui ne peuvent pas du tout comprendre le voyage que nous avons partagé bien avant que nous ne nous soyons rencontrés.

« Ça fait tout remonter à la surface », murmure Miles.

Je hoche la tête, parce que je comprends. Nous allions mieux, et maintenant nous sommes replongés dans le cauchemar qui ne nous a jamais vraiment quittés, même quand nous avons fait de notre mieux pour le repousser dans le passé.

« Tu crois qu'il y a participé ? demande-t-il.

— Je n'en ai aucune idée. Je ne le saurai peut-être jamais. »

Nous regardons le reportage dans un lourd silence pendant un bon moment avant que Miles ne s'éclaircisse la voix.

« J'ai besoin de… J'ai besoin de marcher, de prendre l'air.

— Tu veux que je vienne avec toi ? lui demandé-je.

— Ce n'est pas nécessaire. »

Il enlace un bras autour de moi et m'embrasse sur la tête.

« Merci pour le repas. »

Quand il se lève, Skylar aussi se met debout.

« Cela vous dérangerait si je marchais avec vous ? »

Il hésite, mais seulement un instant.

« Non, pas du tout. Ce serait agréable d'avoir de la compagnie. »

Je vais chercher leurs manteaux et prends mes amis dans mes bras, tandis qu'Éric se lève avec moi pour leur dire au revoir.

« Je te contacte demain, dit Miles en partant.

— Appelle-moi avant si tu en as besoin.

— D'accord. »

Il serre la main d'Éric.

« Merci de l'invitation.

— De rien. »

Skylar me serre dans ses bras, me dit qu'elle m'enverra un texto plus tard et s'en va après Miles.

Je ferme la porte derrière eux et pose mon front contre pendant une minute entière avant de me retourner pour faire face aux questions que les autres vont sans doute avoir.

Éric met son bras autour de moi.

Je m'appuie contre lui et nous traversons la pièce ensemble pour nous asseoir côte à côte sur le canapé.

Personne ne dit rien, alors que je sais qu'ils attendent que je parle. J'essaie de trouver les mots, mais ma tête est vide, mon attention prise par le drame qui se déroule à la télé.

« Ava a été avec John pendant deux ans avant qu'il soit déployé, le jour de l'attaque sur le bateau. »

Éric me tient la main et parle d'une voix basse et douce que les autres écoutent avec avidité.

« Comme je l'ai déjà dit, elle ne l'a pas revu ni n'a eu de ses nouvelles depuis.

— Ava, dit Camille avec un soupir. Tout ce temps, tu as enduré cela *seule* ?

— C'est comme ça qu'elle a choisi d'y faire face jusqu'à dernièrement », dit Éric.

Son ton ferme sert d'avertissement à Camille qu'il n'apprécierait pas qu'elle me critique. Pas maintenant, en tout cas.

Camille jette un œil à la télé.

« Tu crois que ça pourrait être…

— Elle n'a pas moyen de le savoir. Elle ne le saura peut-être jamais sans équivoque. »

Après un long silence, Jules dit : « Je suis vraiment désolée que cela te soit arrivé.

— Moi aussi, dit Amy. Je ne peux pas m'imaginer…

— J'aurais voulu le savoir, dit Camille, essuyant ses larmes discrètement. J'aurais essayé de t'aider d'une manière quelconque. »

Je lui souris.

« J'apprécie vraiment. Mais il n'y avait rien que quiconque puisse faire.

— Euh, nous devrions y aller et vous laisser un peu tranquilles. »

Rob se lève et tend une main à Camille, qui la prend quelque peu à contrecœur, ou du moins, il me semble. Elle a probablement envie de rester, mais il a raison. Un peu de tranquillité me ferait du bien.

Je les prends tous dans mes bras, en gardant ma sœur pour la fin.

« Je suis désolée si tu es blessée. Ce n'était pas mon intention.

« — Il ne s'agit pas de moi, dit-elle stoïquement. Appelle-moi demain ?

— D'accord. »

Pendant qu'Éric les raccompagne jusqu'à l'escalier, je vais dans la cuisine et commence à faire la vaisselle. Je suis en train de remplir le lave-vaisselle quand il revient.

« Laisse-moi faire ça, ma chérie. Tu devrais aller prendre un bain chaud ou quelque chose qui t'aiderait à te relaxer.

— C'est bon. Ça ne me dérange pas de le faire. »

Il pose sa main sur la mienne.

« Laisse-moi m'occuper de toi. »

En me tirant un petit peu, il me convainc de le suivre tandis qu'il marche à reculons jusqu'à la salle de bains, où il fait couler un bain chaud et le remplit de mes perles de bain préférées, celles qu'il m'a achetées après que j'ai mentionné mon affection pour le parfum de la lavande.

Une des choses que j'aime en lui, c'est sa façon de faire attention aux détails sans importance, tels que mon parfum favori. Après avoir vérifié la température de l'eau, il m'aide à enlever mes vêtements et à entrer dans l'eau qui fume, qui me semble divine.

Quand je suis installée, je lui prends la main.

« Merci.

— De rien.

— Désolée d'avoir causé tant de drames ce soir.

— Tu n'as pas à t'excuser de quoi que ce soit. Je comprends parfaitement combien ces nouvelles ont dû être choquantes à entendre pour toi. »

Je tire un petit peu sur sa main.

« Tu veux venir dans le bain avec moi ? »

Il embrasse le dos de ma main.

« Profite bien du bain pendant que je nettoie la maison.

— D'accord. »

Je le regarde quitter la pièce, et je remarque l'inhabituel recroquevillement de ses épaules qui me dit que je ne suis pas la seule à être bouleversée par la nouvelle de la capture d'Al Khad.

Éric

Je quitte la salle de bains et vais directement au bar que nous avons aménagé auparavant sur une table d'appoint du salon. Je me verse un verre. Je ne suis même pas sûr de ce que je bois, mais qu'importe ? Voir Ava s'effondrer plus tôt m'a secoué et désaxé.

Ma tête s'emballe avec des scénarios plus affreux les uns que les autres. Et si John avait participé au raid et était maintenant apte à revenir à la maison pour reprendre la vie qu'il a mise de côté il y a plus de cinq ans ? Et s'il veut la reprendre ? Irait-elle ? Et si l'une des personnes tuées dans le raid, c'est lui ? Aura-t-elle jamais une minute de paix véritable si elle n'apprend jamais ce qu'il est advenu de lui ?

Je ne supporte pas cette spéculation. J'ai été si incroyablement heureux avec elle ces derniers mois. Même l'effondrement du mariage de mes parents m'a à peine touché parce que j'étais si occupé à être aux anges dans ma vie avec Ava. Maintenant que je sais comment c'est d'être amoureux d'elle, j'ai eu lieu de me demander si j'étais vraiment amoureux de Brittany. Il n'y a pas de comparaison entre Ava et elle, qui est, tout simplement, la meilleure personne que j'aie jamais connue.

Elle est charmante, gentille, drôle, intelligente et tellement, tellement sexy, qu'elle me rend fou de désir. Je revois le moment, plus tôt, où elle est tombée à genoux devant moi… Je geins à l'idée de la perdre maintenant que je l'ai trouvée. J'ai réussi tant bien que mal à survivre à ce que Brittany a fait, mais si Ava me laisse…

Bon Dieu, je ne sais pas ce que je ferais sans elle. Et je me dégoûte de ne penser qu'à moi, quand moi, ce n'est pas important. Il s'agit d'elle et des hommes qui ont tout risqué pour capturer le fils de pute qui a tué tant de personnes innocentes. Il s'agit des familles au cœur brisé qui vont encore une fois se faire arracher la croûte sur la plaie quand ils seront forcés de revivre l'horreur. Il s'agit des familles des soldats qui ont été tués et d'un pays qui vivra dans la peur de voir les terroristes riposter contre nous pour avoir détruit leur leader.

Il ne s'agit certainement *pas* de moi. Et pourtant, j'ai mal quand même, quand j'essaie d'imaginer la vie sans Ava. Nous avons besoin de plus de temps. Nous n'avons eu que quelques mois. Lui a eu des années avec elle…

« Arrête. Ça suffit. »

Je finis d'un coup ce qu'il reste de mon verre – de la vodka, qui me donne presque immanquablement des aigreurs d'estomac – et vais à la cuisine avec le verre, où je verse du Sauvignon blanc pour Ava et le lui apporte dans la salle de bains. Elle fixe du regard le mur du fond, tandis que les larmes sillonnent ses joues.

Sa douleur me ravage. Je donnerais tout ce que j'ai, tout ce que je suis, pour lui épargner cette nouvelle douleur.

Je ne veux pas m'imposer dans ce moment intime, alors je fais marche arrière, en emportant le vin avec moi. Avec une énergie nerveuse qui rebondit en moi, je m'occupe à nettoyer la cuisine. J'ai besoin de faire quelque chose pour ne pas perdre la tête pendant que le reportage frénétique continue sans cesse, des heures après la première alerte info. Je devrais l'éteindre, mais je ne le fais pas. Je garde la télé allumée et absorbe chaque nouveau détail du raid au moment où il est rapporté.

J'ai rendu la cuisine si propre qu'elle brille lorsqu'Ava émerge de la salle de bains, portant un peignoir qu'elle a apporté ici le troisième week-end que nous avons passé ensemble. Il est resté là depuis, avec des vêtements, des chaussures et du maquillage. J'adore avoir ses affaires partout chez moi et savoir qu'elle sera là presque tous les soirs quand je rentre du travail, bien installée sur le canapé, à regarder les informations.

Une fois, je me suis moqué de son obsession pour les informations, mais quand son visage s'est transformé avec désarroi, j'ai réalisé mon erreur. Elle est obsédée par les informations parce qu'elle cherche tout signe de *lui* qu'elle puisse trouver. Je ne me suis plus jamais moqué d'elle à propos de cela.

Elle vient à moi, son visage rouge de la chaleur du bain et ses cheveux humides aux extrémités.

« Tu te sens mieux ?

— Bien mieux. »

Elle m'enlace et je fais de même, la tenant près de moi, là où je veux qu'elle reste à jamais. Mais je ne peux pas le lui dire. Pas pour l'instant, et certainement pas maintenant que mes raisons pourraient être mises en question. Mais c'est vrai. Je veux l'épouser, avoir des bébés et une vie avec elle. Je veux tout avec elle, et je suis terrifié à l'idée que cet homme de son passé revienne et me la reprenne.

Dans ce sens, il s'agit vraiment bien de moi.

CHAPITRE 18

Skylar et moi quittons le bâtiment d'Éric et commençons à nous promener dans Tribeca sans destination en tête. C'est un samedi soir frais d'automne, et les rues sont pleines de gens qui sont de sortie, qui sourient, rient, en route pour quelque part. J'entends le nom Al Khad mentionné par-ci par-là quand les gens nous croisent. Quelqu'un nous dit qu'il y a une fête à Times Square.

Sa capture va être le scoop de l'année et va donner une nouvelle vigueur au reportage de l'explosion du bateau juste quand la vie commençait à retourner à un semblant de normalité – ou à la nouvelle normalité que j'ai trouvée au fil des années depuis que j'ai perdu Emmie.

Ce soir, j'ai passé une bonne soirée. Une excellente soirée. Jusqu'à ce que le passé resurgisse pour me rappeler qu'on ne peut y échapper.

Je devrais dire quelque chose à Skylar, mais je ne sais pas quoi. Notre conversation a été sans effort, fluide, pendant des heures, et maintenant je n'arrive pas à penser à une seule chose à dire.

« Regarde. »

Elle montre du doigt le State Empire Building qui est illuminé en rouge, blanc et bleu.

La vue de ce message de soutien pour notre pays, nos militaires et les victimes du bombardement du bateau m'émeut profondément.

« C'est bien de savoir que les gens n'ont pas oublié, dis-je.

— Nous ne l'oublierons jamais. »

Je hoche la tête pour la remercier. Les émotions qui se déchaînent en moi font qu'il m'est impossible de parler.

Emmie aurait bien aimé Skylar. C'est une pensée curieuse, mais mes pensées passent du coq à l'âne.

Nous marchons longtemps. Près de Times Square, nous entendons la fête qui se déroule et voyons les énormes écrans qui retransmettent le reportage du raid qui a détruit Al Khad. J'observe, avec une conscience détachée, que les gens sont heureux des nouvelles.

La main de Skylar sur mon bras me dirige loin de la mêlée.

« J'attends cela depuis tellement longtemps, lui dis-je. Je ne sais trop que faire de toute l'énergie que j'ai consacrée à vouloir la vengeance.

— Tu vas la rediriger vers quelque chose de productif une fois que tu auras eu le temps de l'absorber.

— Je suppose.

— C'est ce que tu as fait depuis le début, non ? Tu t'es concentré sur ton entreprise, ton travail et le soutien au groupe des familles.

— J'ai essayé.

— Et réussi, d'après ce qu'Ava m'a dit de toi.

— Qu'est-ce qu'elle t'a dit d'autre ? demandé-je, trouvant amusante l'idée qu'elles aient parlé de moi avant ce soir.

— Qu'elle t'admire immensément, et que nous avons beaucoup en commun.

— J'ai été désolé d'apprendre pour ta sœur. »

Nous n'avons pas abordé les sujets sérieux plus tôt, mais maintenant que le ton de la soirée a changé, cela semble approprié de le mentionner.

« Merci.

— Comment s'appelait-elle ?

— Teegan. Elle avait cinq ans de moins que moi, et je l'adorais. La perdre a failli me briser.

— Ce sentiment-là, je le connais. »

Elle lève la tête vers moi.

« Je devrais être honnête et te dire que j'ai lu des articles sur toi bien avant que je ne connaisse Ava.

— Ah oui ? »

Hochant la tête, elle dit : « J'ai lu un article sur Emerson et toi, et ton admirable dévotion à sauvegarder sa mémoire.

— Elle aurait fait la même chose si cela avait été moi sur ce bateau.

— Je suis tellement, tellement désolée que tu l'aies perdue comme ça.

— Merci. Moi aussi. Chaque fois qu'il y a un développement dans l'histoire, j'ai l'impression que c'est tout frais encore une fois.

— Je ne sais pas comment tu supportes d'être obligé de revenir dessus tout le temps.

— Quelquefois je n'y arrive pas. Je suis content qu'ils aient attrapé Al Khad, ne t'y trompe pas. Mais je n'avais pas envie de penser à toute cette merde ce soir. Je voulais rester concentré sur une nouvelle rencontre avec quelqu'un qui m'intéresse pour la première fois depuis que j'ai perdu Emmie. »

Elle baisse la tête, mais pas avant que je remarque le rose qui colore ses joues.

« Me suis-je trop avancé ?

— Pas du tout. C'était adorable.

— Je suis extrêmement rouillé.

— Tu te débrouilles très bien. »

Elle me prend la main et me regarde.

« Ça vaut ce que ça vaut, mais je suis intéressée moi aussi. Voilà, comme ça, tu le sais.

— Ça vaut beaucoup, et je suis content de savoir que je ne suis pas le seul. »

Nous parcourons encore un pâté de maisons, et je suis extrêmement reconnaissant de sa compagnie et de son honnêteté.

« Tu veux prendre un verre ?

— D'accord. »

Je lève la tête et réalise que nous avons marché jusqu'à Murray Hill. Nous nous faufilons dans un pub irlandais et trouvons des places le long du mur. C'est plein à craquer, alors nous sommes forcés de nous asseoir l'un près de l'autre, pas que cela me gêne. Après avoir commandé des bières à la pression, je mets mon bras autour d'elle pour qu'elle ne se fasse pas renverser de son tabouret par les jeunes hommes déchaînés près d'elle.

« Pas propice à la conversation, » dis-je, mes lèvres près de son oreille pour qu'elle puisse m'entendre avec le trio qui joue fort de la musique irlandaise.

Elle me fait un grand sourire.

« Je ne m'en plains pas. »

De prime abord, j'avais pensé qu'elle ressemblait à Emmie, mais en la regardant de plus près, j'ai décidé que bien que leur couleur de cheveux et carnation soient similaires, les ressemblances s'arrêtent là. Je respire le parfum distinctif des cheveux de Skylar. C'est le plus près que j'ai été d'une femme depuis qu'Emmie est morte. J'espère qu'elle approuverait de me voir aller de l'avant après tout ce temps.

En fait, elle serait furieuse qu'il ait fallu tout ce temps. Du sens pratique, elle en avait à revendre, mon Emmie.

Je remarque que la télé dans le bar diffuse le reportage sur Al Khad.

Skylar me voit le regarder, place ses mains sur mon visage et doucement le tourne en direction opposée de la télévision.

« Regarde-moi plutôt. »

Je me perds dans ses yeux, qui sont d'un brun doré, et immédiatement je suis soulagé de cette folie qui entoure la capture d'Al Khad. Le bruit autour de nous s'estompe jusqu'à devenir un grondement sourd. Je me penche vers elle, sans décider consciemment de le faire. Mes lèvres rencontrent les siennes, et sa main s'enlace autour de mon cou. Pendant très longtemps, nous respirons simplement le même air, et existons dans notre petite bulle où rien n'a d'importance, mis à part nous deux.

Elle met fin au baiser, mais garde sa main dans mon cou.

Je remarque ses joues irisées de rose, l'éclat de ses cheveux foncés, sa lèvre moite et brillante, et une montée brusque de désir me surprend. Il y a si longtemps que je n'ai rien ressenti qui ressemble vaguement à du désir que j'ai presque oublié comment c'était.

Une deuxième tournée est servie, et nous nous séparons pour prendre les bières de la serveuse.

Je lui tends un billet de vingt et lui dis de garder la monnaie.

Skylar et moi regardons le groupe, écoutons la musique et buvons nos bières, mais je n'arrive à penser à rien d'autre que de l'embrasser à nouveau, et combien de temps il me faudra attendre avant que je le puisse.

Quand sa chope est à demi vide, elle la pose.

« Tu as envie qu'on s'en aille ? »

Je pose ma chope près de la sienne.

« Très envie. »

Elle se lève et me tend la main.

Je la lui prends et la laisse me guider à travers la foule. Quand nous arrivons dans la rue, l'air frais est un soulagement agréable après la chaleur du bar. Je repère où nous sommes, et une pensée me vient.

« Veux-tu voir mon bureau ? »

C'est plus près que nos appartements respectifs.

« Avec grand plaisir. »

Je referme ma main autour de la sienne, et nous parcourons les six pâtés de maisons et deux avenues en silence. Dans le hall d'entrée de mon bureau, je montre ma pièce d'identité au garde, qui ouvre l'ascenseur pour nous.

« Merci.

— Pas de problème, Monsieur Ferguson. »

« Si les gardiens de nuit connaissent ton nom, tu dois trop travailler », dit Sky d'un ton taquin une fois que nous sommes dans l'ascenseur.

Nous nous tenons encore la main.

« Oui, je travaille trop, mais il me connaît probablement à cause de la publicité qu'on nous a faite depuis l'action en justice.

— Moi aussi, je travaille trop. »

J'aime qu'elle m'aide à rester concentré sur le moment présent.

« Je sais pourquoi je le fais. C'est quoi, ton excuse ?

— La plupart du temps, c'est parce que je n'ai rien de mieux à faire. »

Je fais un pas de plus, l'approchant jusqu'à ce que nos corps se touchent presque.

« Et si tu avais quelque chose de mieux à faire ? Travaillerais-tu encore trop ? »

Elle me regarde et secoue la tête.

« Aucune chance. »

J'avais oublié comment c'était d'être attiré par une femme. Mon corps est comme une jambe endormie qui revient d'un coup à la vie. Des sensations de picotement descendent le long de mon dos et remontent mes jambes. Mon cœur bat un rythme lent et régulier. Je me sens essoufflé et étourdi. Et j'ai une érection. Depuis pas mal de temps, je me demandais si ma virilité était morte avec Emmie. Cela fait du bien de savoir que je suis encore bien en vie, même si j'ai eu lieu de croire qu'une partie de moi-même était morte avec elle.

Le dring de l'ascenseur en arrivant à notre étage met fin au moment électrique. Je la conduis de l'ascenseur aux portes en verre affichant notre logo.

J'ouvre la porte avec la clé et désactive l'alarme.

« C'est ici que s'opère la magie. »

Je la guide de l'accueil à mon bureau dans le coin tout à gauche.

« Le bureau de mon associé Alex est là. »

Je montre d'un geste de la main la porte fermée à ma droite.

« Mais il voyage tellement que nous ne le voyons que rarement. Il s'occupe du développement des affaires tandis que je surveille l'exécution des campagnes. »

La lueur des lumières des buildings voisins fait que je n'ai pas besoin d'allumer les lumières pour qu'elle puisse voir mon bureau.

« Bienvenue dans mon autre chez moi.

— C'est où, ton vrai chez toi ?

— Chelsea.

— Pas loin de Tribeca.

— Sympa comme ça tombe bien, ça, hein ? »

Je veux qu'elle voie la vue, mais c'est moi qu'elle a envie de regarder.

« D'habitude, j'ai horreur des rencontres arrangées, dit-elle.

— Ah, bon ? »

En hochant la tête, elle dit : « C'est toujours un désastre.

— Toujours ?

— C'*était* toujours un désastre.

— Si tu savais combien de personnes ont essayé de me mettre en couple depuis qu'Emmie est morte, tu rirais.

— Les gens veulent aider.

— Je sais. J'ai été soutenu de manière incroyable par ma famille et mes amis, qui m'ont aidé à survivre aux jours les plus noirs de ma vie. Je ne sais pas où j'en serais aujourd'hui sans eux.

— Et où en es-tu aujourd'hui ?

— Je suis en compagnie d'une belle femme sexy qui m'a rappelé que malgré mon passé douloureux, je suis encore bel et bien en vie.

— Bel et bien en vie comment, exactement ? »

Je l'enlace et la presse contre mon érection.

« Ah oui. Bel et bien en vie, effectivement. »

J'ai tellement souri ce soir que mon visage me fait mal, me rappelant à nouveau combien de temps cela fait que je n'ai pas eu de raison de sourire.

Elle enlace ses bras autour de mon cou et me guide vers elle pour un autre baiser chaste qui me donne envie de la supplier de me donner plus. Comme si elle pouvait lire mes pensées, sa bouche s'ouvre et sa langue vient chercher la mienne. Je m'évanouis presque de l'afflux sanguin à mon aine.

Mon manteau tombe par terre en boule. Elle interrompt le baiser pour se débarrasser du sien, et il atterrit près du mien.

« Le canapé ? » demande-t-elle.

Ça prend une seconde pour que mon cerveau en manque de sang la rattrape, et puis je hoche la tête et nous atterrissons sur le canapé luxueux en cuir, jambes et bras enchevêtrés et avec plus de baisers aux langues entremêlées. Je me rends compte qu'elle a défait ma chemise quand je sens sa main sur mon torse.

Son toucher me fait trembler, et les souvenirs me reviennent à flots : la dernière nuit avec Emmie, avant qu'elle parte en croisière avec ses parents et que je rentre à Minneapolis pour être avec mon père. Je ne veux pas y penser maintenant, mais les souvenirs sont impitoyables.

Je m'éloigne de Sky.

« Miles ? Ça va ?

— Je… »

Je ne sais que lui dire. Je veux ce qui arrive. Je le veux vraiment, mais je ne suis pas sûr d'être prêt.

« Viens là », dit-elle en me tendant les bras.

Je pose ma tête sur sa poitrine, et elle passe les mains dans mes cheveux en une caresse réconfortante qui m'aide à me calmer.

« Je suis désolé.

— Ne le sois pas. J'ai adoré chaque minute de cette soirée – ou je suppose que je devrais dire d'hier soir, puisqu'il est minuit passé.

— Qu'est-ce que tu fais ce soir ? lui demandé-je.

— Je n'ai rien de prévu.

— Maintenant, si – c'est-à-dire si tu le veux.

— Je le veux. »

Savoir qu'il y aura une suite m'aide à me laisser aller à son étreinte. Plutôt que de me battre contre les souvenirs qui se sont infiltrés dans notre moment de plaisir, je m'y complais. Je veux me souvenir d'Emmie et de mon amour fou pour elle. Je veux me sentir à nouveau comme ça.

Peut-être maintenant qu'Al Khad a été capturé, je vais pouvoir transformer ma soif de vengeance en quelque chose de plus productif, comme l'a suggéré Sky.

Peut-être que je vais pouvoir investir cette énergie dans une nouvelle relation.

Il en est probablement temps. Grand temps, si je dois être honnête, et si ce soir est une indication de ce qui est à venir, j'ai finalement trouvé quelqu'un qui vaille la peine d'essayer à nouveau.

CHAPITRE 19

Ava

Je ne sais pas à quoi je m'attendais après qu'ils capturent Al Khad, mais pendant des semaines à la suite de cela, j'ai vécu dans un état bizarre d'incertitude, à attendre quelque chose. Mais il n'est rien arrivé, et ma vie a continué comme avant cette nuit-là. Les noms et les photographies des militaires tués dans le raid ont finalement été publiés, et John n'était pas parmi eux. Après une semaine de reportage en continu vingt-quatre heures sur vingt-quatre sur le raid et la prise de l'homme le plus recherché sur Terre, même les chaînes d'actualités ont été obligées de passer à autre chose quand il n'y avait plus rien qu'elles puissent en dire pour le moment.

Le gouvernement des États-Unis a refusé de divulguer où est détenu Al Khad ou ce qui va arriver maintenant. À part un niveau de terreur accru et des citoyens en état d'alerte contre des attaques en représailles, rien de plus n'est dit sur Al Khad.

Je parle de cet état d'incertitude avec Jessica dans une de nos sessions régulières.

« Chaque fois que le téléphone sonne avec un numéro que je ne reconnais pas, mon cœur s'arrête parce que je pense, ça y est ? Est-ce que ça va être lui qui m'appelle ?

— Alors vous vous attendez encore à avoir de ses nouvelles ?

— Intellectuellement, non. Mais mon numéro de téléphone n'a pas changé. Cela reste du domaine des possibilités qu'il m'appelle.

— Vous l'espérez, Ava ? Voulez-vous qu'il revienne pour que vous puissiez vous remettre avec lui ?

— Non, je ne l'espère pas comme je le faisais il fut un temps. Plus que tout, je veux des réponses. S'il est encore en vie, je veux savoir où il a été tout ce temps, pourquoi il ne m'a jamais dit qu'il lui faudrait peut-être disparaître pendant des années, ou pourquoi il s'est mis avec moi, si cela était une éventualité. »

J'essuie les larmes qui coulent le long de mes joues, me rendant furieuse. J'ai pleuré davantage ces dernières semaines que depuis que j'ai parlé de John à mon entourage pour la première fois. Même si j'aimerais faire semblant qu'il en est autrement, la capture d'Al Khad m'a fait régresser.

Éric l'a également remarqué, mais il ne s'est montré que d'un grand soutien.

« Ce ne sont là que des questions parfaitement raisonnables », dit Jessica doucement.

Elle est toujours incroyablement gentille avec moi, même si elle dit encore des choses qui sont difficiles à entendre.

« N'importe qui voudrait ces réponses. Vous êtes beaucoup trop dure avec vous-même si vous pensez être déraisonnable en voulant savoir ces choses-là.

— Je m'inquiète pour Éric.

— Comment cela ?

— C'est très dur pour lui. Il essaie de le cacher, mais il a peur que je le quitte comme l'a fait sa fiancée.

— Vous ne lui ferez jamais ce qu'elle lui a fait », dit Jessica avec force.

La première fois que je lui ai dit ce que lui avait fait Brittany, elle en a été tellement choquée qu'elle en est restée sans voix.

« J'entends beaucoup de choses horribles dans cette pièce, mais celle-là est d'un autre ordre. Il doit bien savoir que cela ne va pas arriver avec vous.

— Je crois qu'il s'inquiète d'autres choses affreuses qui pourraient arriver.

— Laissez-moi vous poser une question… Si John vous appelait à cet instant même et vous demandait à genoux de lui pardonner, que feriez-vous ?

— Je… Je ne sais pas. Je serais si heureuse de savoir qu'il est en sécurité que j'en perdrais probablement tous mes moyens.

— Et après… Quoi, alors ? Vous voudriez le reprendre ?

— Je… Non, je ne le crois pas. Non. C'est sûr. »

Jessica lève un sourcil.

« Vous ne le croyez pas ? Non, c'est sûr ?

— Ça ne va pas arriver, alors à quoi bon considérer des hypothèses ?

— Et si ça arrive, Ava ? Vous devriez probablement avoir un plan en place pour savoir comment y faire face.

— Cela ne va pas arriver. La seule chose qu'il pouvait bien faire tout ce temps, c'était de traquer Al Khad. Ils l'ont attrapé, et toujours pas de John. Avec des "si", on pourrait mettre Paris en bouteille. Cela ne sert à rien. »

Elle me lance un regard sceptique, mais heureusement ne poursuit plus ce fil conducteur de questions. Je pars, me sentant dérangée et en colère, pas contre elle mais contre John. Comment ça serait, je me demande, de vivre une vie dans laquelle le spectre de John ne planerait pas autour de moi à tout instant ? Cela fait tellement longtemps que je me demande où il est que c'est devenu comme un travail à temps partiel de me poser ces questions. J'en ai ras-le-bol de ça, ras-le-bol de lui et ras-le-bol de cette situation. Je suis fatiguée d'en parler, ce que je fais beaucoup depuis que les gens savent à propos de lui.

Camille m'a suppliée de parler de lui à me parents, ce que j'ai fait avec une réticence extrême pendant *Thanksgiving*. Mes parents m'ont surprise par leur réaction empathique.

« Je savais que quelque chose n'allait pas, a dit Maman. Une mère sait ces choses-là.

— Je suis peiné que tu ne nous l'aies pas dit plus tôt, a dit Papa. J'aurais voulu que nous puissions t'offrir plus de soutien.

— Tu n'as pas pensé à lui demander ce qu'il faisait dans l'armée ? me demanda Maman avec hésitation.

— J'avais vingt et un ans et j'étais folle amoureuse pour la première fois de ma vie. Je ne savais pas qu'il fallait poser des questions. »

Je leur ai assuré qu'il n'y avait rien qu'ils auraient pu faire, ou que quiconque d'autre aurait pu faire, pour rendre la situation plus facile pour moi. Mais je suis retournée en ville et auprès d'Éric le jour suivant avec mes émotions encore plus en compote à cause de la confession que j'avais faite à mes parents.

Après des vacances amusantes avec son père et ses frères et sœurs, Éric était d'excellente humeur et encore une fois m'a aidée à me remettre en état sans même en avoir l'air. Maintenant, nous arrivons à notre premier Noël ensemble et avons acheté un sapin énorme pour le loft, que nous avons décoré tous les deux. Nous avons fait une fête ensemble pour nos familles et nos amis, ce qui a eu beaucoup de succès.

Miles est venu avec Sky, qui ne pouvait le regarder sans déborder de bonheur. Tout le monde au bureau parle du changement en lui, mais je suis la seule à savoir qu'il a trouvé quelqu'un. J'aime beaucoup être au courant de quelque chose qu'aucun de mes collègues ne sait sur le patron que nous adorons tous.

Je lui ai demandé récemment, en prenant un verre après une autre longue journée pendant un tour de publicité, pourquoi il ne voulait pas que les autres sachent à propos de sa nouvelle relation.

« J'ai été le visage public du groupe des familles, dit-il d'un ton peiné. Il y en a tant qui ont perdu des parents, frères et sœurs et des enfants. Des gens qui ne pourront jamais être remplacés.

— Miles, personne parmi tous ceux qui te connaissent ne pensera jamais que tu as remplacé Emmie. Ils savent que ce n'est pas possible.

— Je suis tout de même heureux à nouveau d'une manière qui n'est pas possible pour nombre d'entre eux.

— Ils ne te le reprocheraient pas, sachant combien tu as souffert à leurs côtés.

— Peut-être pas, mais je préférerais malgré tout attendre, pour annoncer ma relation avec Sky, que le buzz de l'action en justice arrive à sa fin.

— Il y a des chances que ça prenne pas mal de temps.

— Nous ne sommes pas pressés. »

Je me demande si elle se sent pareil, ou si elle ne fait que suivre ce qu'il veut, lui.

La veille de Noël, nous sommes invités à une fête chez Rob et Camille, et je suis ravie qu'ils aient aussi invité Miles et Sky, qui sont officieusement devenus membres de notre bande de bourlingueurs. Nous faisons quelque chose ensemble au moins une fois par week-end, ce qui nous laisse à Éric et moi une soirée pour ne nous retrouver que tous les deux.

J'adore refaire partie d'un couple, et en particulier j'adore partager ma vie avec Éric. Nous vivons pratiquement ensemble dans le loft, et il a fait des remarques dernièrement à propos de quitter mon appartement et rendre les choses officielles. Mais nous n'avons pas encore pris cette décision, du moins, je ne l'ai pas fait. Il y a quelque chose qui m'empêche de m'engager à vivre avec lui. Peut-être est-ce parce que la dernière fois que j'ai emménagé avec un gars, ça a fini très mal en fin de compte.

Éric et moi passons l'après-midi à emballer des cadeaux et à faire l'amour. À la dernière minute, nous quittons le lit à regret pour prendre une douche et nous changer pour la fête.

« Deux heures max et on rentre, dit-il pendant que j'emballe les gâteaux apéritifs que j'ai préparés plus tôt.

— Pourquoi es-tu pressé ?

— Le père Noël ne peut pas venir jusqu'à ce qu'on soit endormis », me dit-il avec un clin d'œil.

Il porte une chemise rouge à carreaux qui serait ringarde sur n'importe qui d'autre. Sur lui, c'est la classe – enfin, jusqu'à ce qu'il ajoute une cravate imprimée partout de tout petits pères Noël.

« Savais-je que tu étais un geek de Noël ? Il me semble que c'est une chose qu'on aurait dû me dire avant ce soir.

— Est-ce que mon amour est en cachette un Scrooge ? Il me semble que c'est une chose qu'on aurait dû me dire avant ce soir. »

J'ajuste sa cravate et arrange le nœud avant de placer mes mains sur sa poitrine.

« Noël a été difficile pour moi ces dernières années. J'espère pouvoir créer de nouveaux souvenirs cette année. »

D'un bras, il me prend la taille et m'embrasse.

« C'est ce qui est prévu. »

Nous prenons un Uber pour aller chez Rob et Camille et arrivons en même temps que Miles et Sky. Tout le monde est d'excellente humeur pendant que nous échangeons des cadeaux amusants et buvons ma boisson préférée des fêtes, le lait de poule alcoolisé, qui passe trop bien.

« Ne te saoule pas, me dit Éric tout bas dans le creux de l'oreille au bout d'une heure. Nous avons des choses prévues pour plus tard.

— Qu'est-ce qu'on a de prévu ? »

Il m'embrasse sur le nez.

« Je te le dirai plus tard, mais vas-y doucement avec le lait de poule.

— Rabat-joie !

— On verra si tu en dis toujours autant plus tard. »

Contre mon oreille, il dit : « Et P.-S., ce pull est tellement sexy que je ne peux même pas te regarder ou je vais me mettre dans l'embarras.

— Ce vieux truc ? »

J'ai acheté le pull blanc en cachemire à col boule en soldes à Nordstrom, et c'est la première fois que je le porte.

Son grognement à voix basse me fait rire. Je n'arrête pas, ces jours-ci. Il fut un temps, j'avais des raisons de me demander si je n'allais plus jamais rire, mais avec Éric il est impossible de rester maussade. Il est infiniment joyeux, optimiste et drôle. Je lui fais signe d'approcher en courbant mon doigt.

« Qu'est-ce qu'il y a ? demande-t-il, penchant la tête plus près pour pouvoir m'entendre par-dessus tout le brouhaha.

— Je veux juste que tu saches que je t'aime, et je voulais te dire merci.

— De quoi ?

— De m'avoir reconstruite cette année.

— Oooh, ma chérie, dit-il avec douceur, tu en as fait de même pour moi. »

Il approche nos mains jointes de ses lèvres et embrasse le dos de la mienne.

« Allez, on s'en va.

— Ça ne fait qu'une heure qu'on est là.

— Je ne peux plus attendre.

— Attendre quoi ?

— Viens avec moi, et je te le dirai. »

Déroutée par son comportement mystérieux et brûlante de curiosité, je l'aide à faire nos excuses. On se prend une bonne dose d'insultes de nos familles et nos amis à propos de notre départ anticipé. Quand nous sommes dehors, Éric glisse son bras autour de moi.

« Marchons. »

J'ai laissé les plats que j'ai apportés chez Camille, alors nous ne sommes pas chargés en rentrant. Malgré le froid, l'air est revigorant. Une neige légère tombe, ce qui rend l'ambiance encore plus magique.

« Comment ne pas aimer Noël en ville ? demande Éric, chantonnant *It's Beginning to Look a Lot Like Christmas*.

— Je dois admettre que les fenêtres décorées, la verdure, la neige et le sentiment d'attente ont été contagieux.

— Je veux que ce soit le meilleur Noël que tu aies jamais passé.

— Ça l'est déjà. »

Il m'embrasse sur la joue et se met à marcher plus vite jusqu'à ce que je lui dise de ralentir parce que je n'arrive pas à le suivre. Me stupéfiant, il me prend dans ses bras et me porte sur le dernier pâté de maisons, avant de me confier l'ouverture des portes et verrous.

« Pose-moi avant que tu te fasses mal et gâches tes vacances – et les miennes.

— Pas tout de suite », dit-il, me portant jusque dans le loft et me posant sur le canapé.

Il m'aide à enlever mon manteau et le jette, avec le sien, par-dessus une chaise à côté de nous.

Puis il se met à genoux devant moi, les lumières blanches clignotantes du sapin seules à nous éclairer dans la grande pièce. Il me prend les mains, les embrasse l'une après l'autre, et puis mes lèvres.

« Tu es la meilleure chose qui me soit jamais arrivée, Ava. Je suis tombé si amoureux de toi que je ne pense qu'à toi, même quand je suis censé penser à d'autres choses. Il n'y a que toi. Au moment même où j'avais perdu l'espoir de jamais te trouver, tu es apparue au mariage de mon frère, si belle et adorable, et tout ce que j'ai toujours voulu. »

Je laisse les larmes couler le long de mon visage pendant que je l'écoute m'ouvrir son cœur. Je lui caresse le visage et les cheveux, et l'embrasse.

« Je veux cette vie, dit-il, juste ça, toi et moi, pour toujours. Veux-tu m'épouser, Ava ?

— Oui. »

Je n'hésite pas, pas même une seconde, à accepter sa demande qui vient du fond du cœur.

« Je t'aime tellement, et j'ai adoré chaque minute que nous avons passée ensemble. »

Il pose son front sur le mien et expire avec force.

« Tu n'avais pas peur que je dise non, quand même ?

— Non, mais je suis soulagé que tu aies dit oui.

— Tu n'as pas à t'inquiéter en ce qui me concerne. Je suis toute à toi. »

Nous nous enlaçons et embrassons comme si s'embrasser allait bientôt être interdit. Et quand nous prenons finalement une bouffée d'air, il pousse un cri.

« J'ai oublié le plus important ! »

Plongeant sa main entre les coussins du canapé, il présente une boîte Tiffany bleue qu'il ouvre pour révéler une bague de diamants éblouissante.

Je couvre ma bouche tandis que d'autres larmes coulent à flots le long de mon visage pendant que je le regarde glisser la bague sur ma main gauche.

« Voilà. Maintenant c'est officiel. J'espère que tu l'aimes. Si tu ne l'aimes pas… »

Je l'embrasse.

« Je l'aime et je t'aime. J'ai hâte de t'épouser. »

Ma sœur et moi aurons épousé des frères. C'est si fun, non ? Mes parents vont être ravis. Ils adorent Éric. Nous pourrons faire part de notre bonne nouvelle en personne demain quand nous irons à Purchase pour dîner avec mes parents ainsi que Rob, Camille, Amy, Jules et Monsieur Tilden.

Éric me serre si fort que je peux à peine respirer, mais je veux qu'il ne me lâche jamais. Puis il me rejoint sur le canapé, où nous fêtons nos fiançailles jusqu'au petit matin.

« Joyeux Noël, Ava, ma chérie, murmure-t-il avant que je me laisse finalement aller au sommeil.

— Joyeux Noël, Éric. »

Je m'endors, un sourire sur les lèvres, mais je rêve d'un soldat sombre aux cheveux bruns et aux yeux d'un bleu intense, qui me poursuit dans un labyrinthe sans début ni fin et sans sortie.

CHAPITRE 20

La définition de la joie est « un sentiment de grand plaisir et de bonheur ». Je le sais parce que je l'ai vérifié le jour où Ava et moi nous nous sommes fiancés. Il fut un temps, je pensais que je ne serais plus jamais capable de vraie joie, mais Ava m'a montré qu'il en était autrement. Je lui serai éternellement reconnaissant de m'avoir redonné foi en l'humanité.

Il est approprié que Rob et Camille soient les premiers à qui l'on annonce notre grande nouvelle, puisque c'est grâce à eux que nous nous sommes rencontrés en premier lieu. Nous allons les chercher pour nous rendre à Purchase, et quand ils sont installés sur le siège arrière de ma voiture, Ava se retourne et fait briller son bling-bling devant eux.

Camille laisse échapper un cri à glacer le sang qui nous fait rire.

« *Bon sang*, femme », murmure Rob, se frottant l'oreille.

Attrapant la main d'Ava, Camille examine la bague.

« Bravo, Éric. Elle est magnifique.

— Je l'adore », dit Ava, rayonnante quand elle me regarde.

Je suis si content qu'elle aime la bague. Ça a été de la torture de la choisir, et ça fait un mois que je l'ai, au cours duquel j'ai compté les jours avant le réveillon de Noël. On dit aux mecs de ne jamais donner une bague de fiançailles pour Noël ou un anniversaire, parce qu'elle compte alors comme cadeau que la femme peut garder si la relation tourne mal. Si cette relation-là tourne mal, elle peut la garder, la bague. Ce sera le dernier de mes soucis.

La dernière chose à laquelle je veux penser aujourd'hui, c'est le pire des scénarios pour moi. Aujourd'hui, je veux nager dans la joie que je ressens d'avoir trouvé mon âme sœur, ma partenaire parfaite et la femme de mes rêves.

Rob me serre l'épaule.

« Félicitations, mon pote. Je suis content pour toi.

— Merci », dis-je, souriant à mon frère dans le rétroviseur.

Ava et Camille bavardent tout au long du chemin jusqu'à Purchase à propos de mariages, d'organisatrices de mariage et de salles de mariage.

« Prépare-toi, dit Rob quand elles reprennent leur souffle. Ça va être mariage-mariage-mariage jusqu'au grand jour.

— Tais-toi, Rob, dit Camille. Quand tout ce que tu as à faire, c'est de te présenter en costard et dire "je le veux", tu n'as pas le droit de te moquer du processus.

— Sois content de ne pas épouser une avocate, dit Rob. Au moins, tu auras une chance de gagner une dispute.

— Ava et moi, nous ne nous disputons pas », dis-je en lui serrant la main.

La pire dispute que nous ayons eue depuis que nous sommes ensemble a été sur comment remplir le lave-vaisselle. Elle, c'est une trieuse – dans son monde, les couverts doivent être séparés selon le type en compartiments en le chargeant, ce qui me semble être une perte de temps. Peu importe si l'on trie les couverts en les mettant dedans ou en les enlevant. D'après ma chérie, ça a une grande importance. Je refuse de trier. Elle refuse de jeter les couverts dans le panier au hasard, comme je le ferais si je n'en faisais qu'à ma tête. Je l'ai surprise en train de réorganiser mon travail, ce qui a conduit à plus de chamailleries.

Apparemment, je ronfle aussi quand je bois, ce qu'elle maîtrise en enfonçant son doigt dans mes côtes jusqu'à ce que je me réveille et me retourne.

Comme vous le voyez, être avec Ava est terriblement rude, mais nous avons réussi à résoudre nos « différences. » Nous sommes d'accord sur tout ce qu'il y a d'important. Nos priorités sont les mêmes. Nous aimons beaucoup notre famille et nos amis, notre communauté et nos carrières. Nous aimons tous deux donner de notre temps à des causes nobles, telles que la banque alimentaire locale et les programmes après les heures scolaires pour enfants défavorisés. Ava a convaincu tous les employés de son bureau, même Caitlyn la Garce, de faire don de leur samedi pour repeindre un foyer qui dirige un programme pour les jeunes en difficulté. J'ai aussi aidé, surtout parce que je ne voulais pas passer une journée entière sans elle.

Ouais, je suis aussi gaga que ça d'elle, mais bon. Elle me rend heureux, et j'aime être heureux. C'est un tellement grand changement par rapport à où j'en étais l'année dernière à cette époque-ci, quand je ne savais pas comment je m'appelais ni comment j'allais survivre à ce que m'avait fait Brittany. Après les mois passés avec Ava, j'ai l'impression que Brittany est un cauchemar qui est arrivé à quelqu'un d'autre.

Nous arrivons chez les parents d'Ava et annonçons la nouvelle à notre famille qui est bouleversée de joie.

« Aux sœurs qui épousent des frères, dit son papa, en nous portant un toast au dîner.

— Bien dit ! »

Mon père lève son verre en notre honneur.

« Je suis heureux pour vous deux.

— C'est quand, le grand jour ? demande Jules à Ava.

— On n'en a pas encore parlé, mais peut-être l'été prochain ? »

Elle me regarde pour confirmation.

« Si ça te va, ça me va toujours, ma chérie.

— Attention, dit Rob. Une phrase comme celle-là établit un précédent dangereux. »

Sa femme lui met une baffe dans la tête, ce qui fait rire tout le monde.

« Mais tais-toi, Rob.

— Il faut que je me remette à sortir avec des hommes, dit Amy pendant le dessert. C'est la seule chose que vous deux ayez faite mieux que moi.

— *Ouais, d'accord*, dit Rob en levant les yeux au ciel. On a *tout* fait mieux que toi.

— Euh, non, dit Amy avec indignation. Ce n'est pas vrai. De nous trois, qui a eu son diplôme de fin d'études secondaires avec le plus de points ? Qui s'est qualifiée en gymnastique pour les Jeux olympiques de la jeunesse ? Qui a gagné assez d'argent pour être la première à s'acheter une voiture ? »

Amy porte sa main à son oreille.

« Que dites-vous ? Pas de commentaires de mes compagnons d'utérus ? »

Je fais une grimace.

« Ne parle pas d'utérus au repas de Noël.

— Noël, c'est *justement* une histoire d'utérus, réplique Amy.

— Puisqu'on parle de la morphologie féminine, dit Rob, ses yeux brillants de malice, alors… »

Quoi qu'il se préparât à dire, la main de Camille sur sa bouche vient l'étouffer.

« Je n'ai aucune idée de comment allait se terminer cette phrase, mais pour ma part, je ne veux pas le savoir. »

Rob mordille sa main, et Camille s'effondre en gloussant.

C'est une excellente journée – l'un des meilleurs Noëls que j'aie jamais passés, même si l'absence évidente de ma mère fait que c'est un jour de vacances très différent de ce à quoi je suis habitué. Rien ne peut m'abattre aujourd'hui.

Du moins, c'est ce que je pense.

Ava

J'ai le vent en poupe depuis hier soir et la journée merveilleuse avec notre famille. L'excitation de nos fiançailles et de faire des plans de mariage m'a consumée aujourd'hui. Je ne réalise pas avant que nous rentrions à la maison que je n'ai pas donné à Éric les cadeaux que je lui ai achetés, et qui sont au pied de notre sapin depuis maintenant des semaines.

« Viens ouvrir tes cadeaux, dis-je en lui prenant la main pour le conduire au canapé.

« — J'en ai pour toi, aussi.

— Tu m'as donné une bague ! C'était plus qu'assez.

— C'était un cadeau pour la vie, pas un cadeau de Noël. »

Il adore le cadre photo que je lui ai pris pour son bureau et que j'ai rempli d'une tonne de photos de nous deux, et il veut regarder chaque photo avant de passer au cadeau suivant, qui est un tableau avec l'inscription des mots suivants dans une belle police de caractères :

Quand j'étais au plus bas, tu as été là pour me relever.

« J'adore celui-ci, Ava, dit-il à voix basse. Je pourrais en dire autant de toi.

— Je me suis dit qu'on pourrait trouver un endroit où on en profiterait tous les deux.

— Dans la chambre.

— Ça me convient. »

Il met un bras autour de moi et m'embrasse.

« Merci. Pas juste pour ça, mais pour tout. »

Je souris et lui rend son baiser.

« Idem. »

Entre autres, je lui offre en cadeau des places *courtside* pour voir ses Knicks bien aimés jouer contre les Lakers à Madison Square Garden.

« Comment t'as réussi à avoir des places tout devant ? demande-t-il, de toute évidence ravi du cadeau.

— Un seul mot : Miles.

— Je l'aime – presque autant que je t'aime. C'est fabuleux. Merci ! »

Son bonheur fait le mien. C'est vraiment aussi simple que cela.

Il m'a acheté des billets pour aller voir *Hello, Dolly* sur Broadway et mon tout premier J'aime NY T-shirt, qu'il a dit que je devais avoir en tant que résidente officielle de New York. Il me donne en dernier la lingerie la plus sexy que j'aie jamais eue, de La Perla.

« J'ai hâte de voir ça sur toi.

— Il serait inconcevable que je te fasse attendre. »

Lui lançant un regard osé, je me lève, prends le paquet avec moi et vais dans la salle de bains pour me changer. La nuisette en dentelle lavande et noire ne laisse aucune place à l'imagination, ce qui est, bien sûr, le but. J'enfile le string qui va avec et mets la touche finale à ma tenue avec une paire de talons aiguille. J'ajoute un petit déhanchement en marchant quand je défile pour Éric.

Il me fixe avec des yeux qui brûlent de désir. D'un geste du doigt, il me demande de me retourner et lui montrer l'arrière.

Je lui souris par-dessus mon épaule.

« Qu'en penses-tu ?

— Je pense, dit-il lentement, que je dois être l'homme le plus chanceux qui ait jamais vécu. »

Je l'approche doucement, et en mettant un genou de chaque côté de son corps, je le chevauche et passe les doigts dans ses cheveux.

« La chance me revient à moi. »

Il prend mes fesses dans ses mains et me tire plus près de son érection.

« Non. J'ai bien plus de chance que toi.

— Pas du tout.

— Si, dit-il en m'embrassant. Complètement. »

La « dispute » se termine ex æquo, et nous « gagnons » tous les deux quand nous faisons l'amour sur place, moi au-dessus de lui. Je sens son amour pour moi dans chaque baiser, chaque caresse et chaque pénétration profonde de son sexe. Dans ses bras, je suis capable de tout lâcher et de me donner entièrement à lui. J'ai du mal à croire que nos ébats amoureux sont encore plus intenses depuis que nous nous sommes fiancés, mais l'engagement a des avantages.

Après, nous restons couchés sur le canapé, avec les lumières du sapin qui projettent une douce lueur romantique sur nous. Dehors, le vent hurle et la neige prévue pour ce soir commence à tomber.

« C'est le meilleur Noël que j'aie jamais passé, lui dis-je, en lui caressant le bras.

— J'ai pensé la même chose tout à l'heure. Il va nous falloir travailler très dur pour faire mieux que celui-là.

— Nous avons toute une vie de Noëls à vivre, et c'est avec plaisir que j'accepte ce défi. »

Je suis sur le point de m'assoupir quand mon téléphone sonne, annonçant un SMS que j'ignore. Puis il sonne encore trois fois en succession rapide, et je commence à avoir peur que quelque chose n'aille pas.

« Laisse-moi vérifier ces messages. »

Éric me libère pour que je puisse attraper le téléphone sur la table basse. Les textos sont de Miles :

Ava ? Es-tu debout ?

As-tu vu les infos ?

Ava ?

Allume la télé.

Je fixe le téléphone pendant longtemps, tiraillée entre vouloir savoir ce qui se passe et ne pas vouloir le savoir. Cela a été la meilleure journée de ma vie, et je ne veux rien qui puisse la gâcher. Il n'y a pas si longtemps, un texto comme celui-ci m'aurait fait voler jusqu'à la télécommande. Maintenant, je ne veux pas savoir. Mais Miles peut voir que j'ai lu les textos, alors je lui réponds.

En train de m'endormir. Qu'est-ce qui se passe ?

Il répond de suite.

Les associés d'Al Khad ont mis sur les ondes un enregistrement du raid pour montrer comment les militaires américains ont attaqué sa famille et d'autres civils. Ils ont dénoncé les commandos américains qui ont orchestré le raid. C'est sur toutes les chaînes. On peut voir leur visage…

« Ava ? »

La voix d'Éric est enrouée de sommeil.

« Qu'est-ce qui se passe ? »

Comme je ne réponds pas, il s'appuie sur son coude.

« Chérie, tu trembles. Qu'est-ce qui ne va pas ? »

Je lui donne mon téléphone pour qu'il puisse voir les textos de Miles.

« Oh, mon Dieu. Tu veux voir la vidéo ?

— Je… Je ne sais pas. Une partie de moi le veut, mais une partie encore plus importante ne le veut pas.

— Veux-tu que je regarde pour toi ? »

Je lui ai montré une photo de John une fois, alors il serait capable de le reconnaître.

« Je… Je ne sais pas quoi faire.

— Je ferai ce que tu voudras.

— Prends-moi dans tes bras pour l'instant. J'en ai besoin.

— Il n'y a rien au monde que je préférerais faire. »

Je me tourne vers lui et le laisse m'envelopper de son amour et de sa chaleur, ce qui contribue grandement à soulager le tremblement incontrôlable qui me donne une sensation de faiblesse.

« Je suis là, mon amour, et je serai toujours là, quoi qu'il arrive. Je t'aime si fort. On ne te fera plus jamais de mal, pas tant qu'il restera un souffle de vie en moi. »

Quand je ferme les yeux, des larmes s'en échappent des coins. Je suis dévastée par la possibilité d'allumer la télévision et de pouvoir le voir, par le fait que cela pourrait être aussi simple que d'appuyer sur le bouton MARCHE/ARRÊT, et que presque toutes les questions qui m'ont hantée depuis des années pourraient trouver une réponse en quelques minutes. À cause de cette possibilité, l'indécision me paralyse complètement.

« Dis-moi ce que je peux faire pour toi », dit Éric après un long silence.

En quelques minutes, il m'est apparent que je ne trouverai pas la paix tant que je n'aurai pas regardé, alors même que j'essaie de me dire que cela peut attendre demain. Que, quelle que soit la situation, elle sera la même demain. C'est certainement le cas, mais tout autant que j'aimerais éviter ce dernier développement, je ne le peux pas. J'ai besoin de savoir.

« Cela te dérangerait si j'allumais la télévision ?

— Bien sûr que non. »

Il me libère et nous entoure tous deux d'une couverture pendant que je prends la télécommande.

Mes mains tremblent quand j'allume la télé et mets la chaîne CNN, où d'énormes lettres rouges annoncent l'alerte info.

Après quelques minutes à écouter l'analyse des spécialistes, le présentateur dit : « Pour ceux qui viennent de nous rejoindre, l'organisation Al Khad a divulgué une vidéo de surveillance qui montre le raid des commandos sur le camp où se cachait le terroriste avec sa famille et ses associés les plus proches. Nous vous signalons que certaines parties de la vidéo peuvent heurter la sensibilité du public et ne conviennent pas aux enfants. »

La chaîne ne montre que des petits bouts de la vidéo, ce qui est plus énervant qu'autre chose.

« J'ai trouvé la vidéo entière en ligne », dit Éric en tournant son laptop vers moi.

Je regarde la vidéo avec une appréhension et une impatience qui se bousculent en moi. Je vois des hommes en treillis avec de lourds gilets par-dessus leur poitrine, leur visage couvert d'une sorte de peinture, les armes allant au-devant quand ils infiltrent le bâtiment de toutes parts, un assaut bien coordonné qui prend les occupants par surprise.

Des coups de feu explosent en une furie de balles et de bruit.

Les femmes crient et se jettent sur leurs enfants.

Une femme brandissant un couteau s'avance sur les commandos et est tuée d'une balle.

Encore des cris, des mots dans une langue que je ne reconnais pas, des implorations de pitié qu'on reconnaît dans toutes les langues.

Je prends la main d'Éric et la tiens fort pendant que je regarde le raid se dérouler avec une fouille méthodique de chaque pièce, davantage de coups de feu, des cris en anglais, encore des cris… Si je n'étais pas plus avisée, je pourrais croire que je regarde un film d'action et non un drame du monde réel. Cela semble irréel.

Je ne peux pas voir les visages des Américains, seulement leur dos. Tout se passe si vite que je ne distingue pas grand-chose de ce que je vois sur l'écran.

Une femme tire sur un des commandos américains, et elle est rapidement exécutée par l'un de ses collègues.

« Sortez-le de là », crie quelqu'un.

Un autre des commandos se retourne, et un visage que je ne reconnais pas est exposé aux yeux du monde entier pendant qu'il s'occupe de son frère tombé.

Les autres continuent d'avancer, se précipitant pour monter un escalier et riposter aux coups de feu avec un tir de barrage.

J'ai tellement peur, je peux à peine respirer. Ai-je attendu tout ce temps pour savoir ce qu'il est advenu de John, uniquement pour le regarder se faire tuer ? Je ne suis pas certaine que j'y survivrais. Je veux regarder partout sauf la télévision, mais je n'arrive pas à m'en détacher.

« Respire, Ava », dit Éric, ses lèvres effleurant la peau fiévreuse de mon visage.

Je force l'air à entrer dans mes poumons pendant que je regarde la fouille systématique du deuxième étage.

Un cri se fait entendre, plus de coups de feu éclatent, un autre commando est touché, et quelqu'un crie : « Je l'ai ! Par ici ! »

Pendant quelques secondes, il n'y a que du feu sur l'écran, des cris et des explosions qui font chavirer le bâtiment et la caméra qui filme l'action d'en haut.

Quand la poussière retombe et la fumée se dégage, deux hommes émergent de la pièce où tout s'est passé. Ils traînent un troisième homme, qui est Al Khad.

Un des deux hommes qui est avec lui est John.

Je pousse un cri d'angoisse.

« Oh, mon Dieu », murmure Éric, sa main se resserrant autour de moi.

Les pleurs me font tressaillir pendant que je le regarde, avec son collègue, tirer de force Al Khad dans le hall jusqu'aux escaliers, où d'autres coups de feu les attendent.

John s'effondre, et je crie.

Éric est là, ses bras autour de moi, et ses mots doux d'un grand soutien même s'ils ne pénètrent pas le brouillard dans ma tête.

Est-ce que je viens de le voir se faire tuer ? Est-il mort et ils n'ont jamais communiqué son nom ? Est-ce que John West est même son vrai nom ? Je ne peux plus supporter de regarder cela. Hystérique et inconsolable, j'enfouis mon visage dans le torse d'Éric.

En bruit de fond, j'entends les journalistes éplucher ce que nous venons de voir, comme si on avait besoin de leur aide pour le comprendre. La seule chose que je veux savoir est celle qu'ils ne peuvent me dire.

CHAPITRE 21

Ava

Les quelques heures suivantes s'écoulent dans une sorte de brouillard de larmes, confusion et panique. Je suis un désastre ambulant.

À un moment donné, Éric a dû appeler ma sœur parce que Rob et elle arrivent, alors que c'est le milieu de la nuit à ce moment-là.

Camille s'assied avec moi alors qu'Éric discute avec son frère.

« Je peux t'apporter quelque chose ? » demande-t-elle.

Je secoue la tête. Je ne saurais pas quoi demander. Je suis émotionnellement anesthésiée, terrifiée, angoissée et j'ai peur que ma réaction à cette dernière nouvelle ruine ma relation avec Éric. Cette dernière idée me met en pleurs encore une fois. Je ne peux pas le perdre, lui aussi. Je ne peux pas, point final.

« Ava, ma chérie, dit Camille d'un ton désespéré. On ne sait rien encore. Il se peut qu'il aille très bien, autant qu'on le sache.

— Éric…

— Quoi, Éric ?

— C'est trop pour lui. Je le sais.

— Non, dit-elle. Certainement pas. Il t'adore. Il traverserait le feu pour toi. »

J'aimerais y croire, mais à peine plus de vingt-quatre heures après avoir accepté sa demande en mariage, je pleure mon ex. Encore une fois. Cela pourrait bien être trop à supporter pour un homme, même un qui m'adore.

Il vient s'asseoir sur la table basse en face de moi, le visage crispé par la tension, les yeux rouges de fatigue.

« Rob a une idée que je veux te soumettre, dit-il.

— Que… Quelle idée ? »

Je m'essuie le visage et essaie de ne pas penser à combien je dois être rouge et gonflée. Avons-nous vraiment fait l'amour ici même sur le canapé il n'y a que quelques petites heures de ça ?

« Notre père connaît le vice-président. Ils ont fait campagne ensemble dans le passé et sont restés en contact. Rob veut appeler Papa et lui demander d'approcher le VP pour voir ce qu'il peut trouver comme informations pour toi. Mais seulement si c'est ce que tu veux que l'on fasse. »

Est-ce ce que je veux ? Je ne le sais pas.

« Ava, dit Camille avec la voix gentille qu'elle utilise avec moi depuis qu'elle est arrivée, laisse Rob passer ce coup de fil. Ça ira mieux quand tu sauras dans un sens ou l'autre.

— Ça ira mieux ? » lui demandé-je sur un ton qu'elle ne mérite pas.

Mais je ne peux pas m'en empêcher.

« Ça ira mieux quand je saurai ? »

Camille se tourne vers Éric, cherchant des réponses que nul d'entre nous n'a.

« Je suis désolée, lui dis-je. Je n'avais pas l'intention d'être sèche avec toi.

— Sois celle que tu as besoin d'être. Ne t'inquiète pas pour moi. »

Un jour, dans de nombreux jours, il me faudra la remercier de son soutien.

« Que veux-tu que nous fassions, ma chérie ? demande Éric, me tenant les mains.

— Je… Appelle ton père. Vois ce qu'il peut trouver comme informations. »

Il m'embrasse sur le front.

« OK. »

Lâchant mes mains, il se lève pour parler à Rob.

Je m'appuie sur Camille, en me demandant combien il me faudra attendre avant de savoir ce qui est arrivé à John.

Les réponses sont difficiles à obtenir quand le monde entier est fermé pour les vacances. Avec mon bureau fermé pour la semaine, je n'ai rien pour occuper ma tête tourmentée pendant que j'attends d'avoir des nouvelles, quelles qu'elles soient, des recherches que le gouverneur Tilden a faites en mon nom.

Ceux qui n'ont pas fermé leurs portes pour les vacances, ce sont les réseaux sociaux. Twitter se déchaîne avec des spéculations sur le raid, les hommes dont le visage a été rendu public et le désir insatiable d'information qui est si dominant à l'ère digitale. Sur les conseils de ma sœur et d'Éric, j'évite tous les réseaux sociaux.

Pendant que j'attends, je suis entourée d'une famille et d'amis bienveillants qui veulent m'aider, mais il n'y a rien qu'ils puissent faire pour dissiper la tension qui fait qu'il m'est impossible de manger, dormir ou fonctionner normalement.

Sky appelle Jessica de ma part, et elle prend sur son temps avec sa famille pour passer quelques heures avec moi, essayant de m'aider à surmonter ce dernier problème. Comme toujours, cela m'aide de lui parler, mais cela n'allège pas cet affreux stress qui m'accompagne à toute heure de la journée. Même quand je dors, je suis hantée par des rêves troublants dans lesquels j'essaie de trouver John, mais ne réussis pas, dans un labyrinthe sans fin.

Je passe un temps fou à envisager les scénarios possibles.

Dans le premier scénario, John a été tué en Afghanistan ce soir-là.

Dans le deuxième, il a survécu mais a été si blessé qu'il était incapable de me contacter.

Dans le troisième, il a été blessé mais s'est remis dans les mois suivants et a choisi de ne pas me contacter.

Bizarrement, c'est le dernier qui me provoque le plus de consternation. Qu'il puisse être quelque part, revenu d'un déploiement de cinq ans, et ne pas avoir fait l'effort de me le faire savoir est dans un sens pire que la possibilité qu'il soit mort.

Je suis tellement fatiguée d'imaginer les scénarios. J'en ai ras le bol d'être obsédée par lui. Je n'en peux plus que les pensées liées à lui noient tout le reste. Je devrais être en train d'organiser un mariage et de penser à l'avenir avec mon fiancé merveilleux, et me voilà encore une fois enlisée dans le cauchemar du passé. Je me traîne hors du lit et dans la douche pour la première fois en bien des jours.

L'eau chaude relâche la tension et la pression qui ont pris le dessus sur moi. Je me lave les cheveux et applique un soin, me rase les jambes et je sors en me sentant plus proche de moi-même que je ne l'ai été depuis le soir de Noël.

Éric et moi avions prévu des choses pour cette semaine de vacances ensemble à la maison, la « *staycation* », nous l'avions appelé. Nous avons une liste de films que nous voulons voir, des restaurants que nous voulons essayer et le mariage à commencer à organiser. Je me sèche les cheveux, applique un minimum de maquillage pour être présentable et m'habille avec un pull et un jean dont Éric m'a une fois dit qu'il fait des merveilles sur mon cul.

Je quitte la chambre et trouve Éric assis au bar, son laptop ouvert et une tasse de café près de lui. Je vois que je le prends par surprise quand, par-derrière, je l'enlace et l'embrasse dans le cou.

« Salut, amour. Tu sens bon.

— Je suis désolée.

— De quoi ?

— De perdre la tête, de me planquer, ne pas prendre de douche, dormir toute la journée… Pour commencer. J'ai gâché notre *staycation*, et ça suffit comme ça. Allons au cinéma.

— On n'est pas obligés, Ava. Si tu ne le sens pas.

— Je le sens. Je veux sortir et continuer avec les plans qu'on avait faits pour cette semaine. Rester assise à me prendre la tête avec ça ne m'aide en rien. Voudrais-tu bien aller au cinéma avec moi ? »

Il se retourne et me caresse le visage.

« J'irais jusqu'au bout du monde avec toi. »

Je souris pour la première fois depuis des jours.

« Et quand on rentre, je te montrerai combien ton amour et ton soutien comptent pour moi. »

Son sourcil se lève.

« Me montrer comment, exactement ?

— Tu vas être obligé d'attendre pour voir.

— Ce n'est pas juste. »

Heureuse de sa réaction et du retour à une sorte de normalité entre nous, je m'éloigne d'un pas nonchalant, en le regardant par-dessus mon épaule.

« Le plus vite on va au cinéma, le plus vite on sera de retour... »

Il bondit de son tabouret, qui se renverse avec grand fracas.

« Oh, putain », murmure-t-il tandis que je me tords de rire.

Cela fait du bien de rire, de blaguer avec lui, d'être avec lui. Il me fait du bien – tout le temps. Même dans les pires moments.

« Tu peux me rendre un service ? demandé-je une fois qu'il a remis le tabouret et me rejoint pour enfiler son manteau dans l'entrée.

— Ce que tu veux.

— Laisse ton téléphone à la maison. »

J'éteins le mien et le place sur la table où nous gardons nos clés.

« Avec plaisir. »

Il éteint le sien, le pose près du mien et me suit dehors pour passer quelques heures loin du stress de l'attente.

Éric me laisse décider du film, et je choisis le plus drôle que je puisse trouver. L'humour est immature, mais le rire est thérapeutique. Nous sortons dîner après, et essayons un nouveau restaurant italien dans le quartier sur lequel nous avons entendu beaucoup de bonnes choses.

Le rire, la nourriture, le vin et être en bonne compagnie contribuent grandement à soigner ce que j'ai. Pendant le dîner, nous avons notre première vraie conversation concernant le mariage. Cela ne m'étonne pas que nous soyons d'accord pour une petite fête intime, peut-être à la plage, au plus tard l'été prochain.

Nous rentrons à la maison de bonne humeur. Voulant rester dans la bulle dans laquelle nous sommes depuis que nous sommes sortis plus tôt, nous laissons nos téléphones sur la table et allons au lit, tous deux impatients de nous reconnecter physiquement autant qu'émotionnellement.

Éric est incroyablement tendre avec moi, comme s'il savait combien je suis encore fragile malgré l'effort que j'ai fourni aujourd'hui. Il me vénère de ses mains et de ses lèvres et de mots qui font que je m'accroche à lui, mon point de repère dans la tempête.

« Je t'ai promis une récompense, alors c'est loin d'être juste.

— Te faire l'amour est la seule récompense dont j'aurai jamais besoin. »

Il attrape mes hanches et me pénètre doucement, son regard brûlant d'amour, d'affection et de désir si intense que cela me coupe le souffle.

« Je t'aime si fort. Plus que tout ce que tu pourrais imaginer.

— Je t'aime aussi. »

Il a l'air rassuré de l'entendre, et cela me fait de la peine de savoir qu'il a souffert à mes côtés ces derniers jours, mais d'une autre façon. Il avait des raisons de se demander si j'étais encore dévouée à lui, à nous. Je veux qu'il sache que je le suis, que je le serai toujours, que rien ni personne ne pourra jamais changer ce que je ressens pour lui.

Je lui donne tout ce que j'ai. Tout est à lui. Tout ce que je suis lui appartient.

Nous venons ensemble, en criant et en nous tenant l'un l'autre, nous accrochant à la seule chose qui ait un sens pour l'un et l'autre. Après, en sécurité dans son étreinte pleine d'amour, je tombe dans un sommeil profond et sans rêve.

Éric

Je me réveille quand j'entends quelqu'un tambouriner à ma porte. Je dormais si profondément que cela prend un instant pour que mon corps rattrape mon cerveau. Puis je me dégage d'Ava et enfile un pantalon de sport avant d'aller voir qui se permet de frapper à ma porte comme un damné – et comment, bon sang, ont-ils réussi à entrer sans que je leur donne accès ?

Par l'œil de la porte je vois le visage renfrogné de mon frère et je déverrouille pour le laisser entrer.

« Qu'est-ce que vous foutez, Éric ? »

Il me passe devant en coup de vent et entre dans le loft.

« Pourquoi vos téléphones sont éteints ? »

Je me frotte le visage, essayant de me réveiller.

« On les a arrêtés hier. Ava voulait s'échapper de tout ça pendant un moment.

— J'essaie de vous appeler depuis hier soir. »

Mon estomac se retourne de peur. Je veux faire marche arrière, le foutre dehors et tout refermer à clé pour garder hors d'ici ce qu'il peut bien être venu me dire.

« Son mec… Il est vivant. »

Je veux crier que ce *n'est pas* son mec. *Je suis* son mec. Mais je ne le dis pas. Je ne dis rien pendant que j'essaie de comprendre ce que ça veut dire qu'il est vivant mais n'a pas essayé de la contacter. Qu'est-ce que cela voudra dire pour elle ? Mais surtout, qu'est-ce que cela voudra dire pour *nous deux* ?

« Quoi d'autre ?

— C'est tout. C'est tout ce qu'ils ont accepté de nous dire. Papa a essayé d'en obtenir plus, mais le VP a dit que tout ce qui concerne le raid est encore classé secret défense même si l'ennemi a divulgué cette vidéo. Apparemment, le VP a été obligé de faire une demande spéciale auprès du membre de l'état-major interarmées, ne serait-ce que pour obtenir cette information-là.

— Alors ils ne lui diront pas où il est ? »

Rob secoue la tête.

« Non.

— C'est vraiment merdique.

— Je suis d'accord. »

Je jette un œil sur la chambre à coucher, où dort Ava. Je redoute de devoir lui dire ça. C'était un tel soulagement de la voir revenir plus ou moins à la normale hier. Ça, ça va la faire régresser – encore – et je ne peux pas le supporter, ni pour elle ni pour moi.

« Ça va ? demande Rob, en me regardant avec le genre de sensibilité qui vient d'une vie entière passée à se protéger l'un l'autre.

— Euh… Je ne sais pas comment je vais. Je veux la soutenir, tu sais ? »

Il hoche la tête.

« Bien sûr que tu veux.

— Mais j'ai tellement la trouille, putain, qu'il débarque dans sa vie et qu'elle se tire avec lui, comme si je n'avais jamais existé. »

C'est la première fois que je verbalise ma plus grande peur, et je déteste être si égoïste que je m'inquiète pour moi-même quand toute mon attention devrait être dirigée vers elle et ce à quoi elle doit faire face.

« Éric... Bon sang. Ça ne va pas arriver.

— Et tu sais ça comment ?

— Elle t'aime. C'est une évidence pour tous ceux qui vous connaissent, vous deux. Elle est dingue de toi. Elle ne va pas partir.

— Il fut un temps, elle était dingue de lui, aussi.

— De l'eau a coulé sous les ponts depuis, et des eaux troubles aussi. Ce n'est pas possible qu'elle se sente comme avant.

— Le gars est un héros national. Comment je peux gagner contre ça ?

— Tu n'as pas à rivaliser. Ce n'est pas une compétition. Il l'a laissée. Toi, non. Tu gagnes forcément.

— Si seulement c'était aussi simple que cela. Il ne l'a pas laissée parce qu'il le voulait. Il a consacré des années de sa vie à rendre ce monde plus sûr pour tous. Bordel, je suis moi-même un peu amoureux de lui après ce qu'il a fait pour nous tous. »

Rob pousse un grognement et rit.

« Dis-moi que tout ça ne va pas devenir une répétition de Brittany, dis-je, ayant besoin qu'il me rassure.

— Sûrement pas, putain. Ava n'a rien à voir avec cette salope. Si la pire des choses arrivait, elle aurait au moins la décence de te le dire en face. »

Ses paroles sont comme une flèche aiguisée en plein cœur, ce qu'il réalise immédiatement.

« Ça ne va pas arriver, frérot. »

Il dit ce que j'ai besoin d'entendre, mais je vois bien qu'il est inquiet, lui aussi, et ça ne rend pas les choses plus faciles. Pas du tout.

« Merci d'être venu, et désolé de t'avoir inquiété.

— Pas de problème. Alors qu'est-ce qui va se passer maintenant ?

— Je vais lui dire ce que vous avez trouvé, et on verra. »

J'espère paraître fort et sûr de moi, parce qu'à l'intérieur, je tremble.

Je peux tromper beaucoup de personnes. Mais Rob n'en fait pas partie. Il place ses mains sur mes épaules et me force à le regarder droit dans les yeux.

« Elle t'aime. Ça va peut-être s'empirer avant de s'améliorer, mais au bout du compte, ça va aller. T'as compris ? »

Je hoche la tête parce que c'est ce qu'il a besoin que je fasse pour qu'il puisse me quitter.

Et ce n'est pas du tout son style, mais Rob me prend dans ses bras et m'embrasse sur la joue.

« Je suis là pour toi, si tu as besoin de moi.

— Merci. »

C'est ridicule combien je suis touché par sa démonstration inhabituelle d'affection.

En se dirigeant vers la porte, il dit : « Oh, et allume ton putain de portable. »

Il claque la porte derrière lui, me laissant seul avec mes peurs. Je fais un effort herculéen pour les dominer avant de retourner à la chambre à coucher. Je ne veux pas qu'Ava sache combien je suis perturbé. Je veux qu'elle voie la confiance et la force quand elle me regarde, pas la peur. Je ne peux jamais lui montrer la peur.

Dans la chambre, je me glisse dans le lit près d'elle, me blottissant contre son corps chaud et lui embrassant l'épaule. J'ai horreur de devoir faire ce que je vais faire, mais je ne peux pas lui épargner la vérité même si cela va lui faire mal.

« Où étais-tu ? » demande-t-elle, sa voix rauque de sommeil.

Elle n'a pas dormi – vraiment dormi – depuis des jours jusqu'à hier soir, quand elle est partie pour neuf heures de sommeil.

« Rob est passé.

— Comment ça se fait ?

— Nos téléphones étaient éteints et il avait des nouvelles. »

Comme si on l'avait électrocutée, son corps devient raide. Elle se tourne vers moi, en balayant les cheveux de son beau visage.

« Quoi que ce soit, vas-y, dis-le. Dis-le, Éric. S'il te plaît…

— Il est vivant. »

CHAPITRE 22

John

La douleur est la seule constante dans ma vie. Chaque partie de mon corps me fait mal, surtout celle que j'ai maintenant perdue. La douleur du membre fantôme, quelque chose que j'aurais considéré comme une connerie, est le pire de l'agonie physique, mais même cela n'a rien à voir avec le désespoir qui me harcèle comme une fièvre dont je ne me débarrasserai jamais.

Cinq ans, neuf mois et dix-huit jours.

C'est le temps qui s'est écoulé depuis que j'ai vu Ava pour la dernière fois, que je l'ai tenue dans mes bras, ai embrassé ses lèvres, me suis perdu dans son corps doux et me suis senti entier comme je ne l'ai jamais été ni avant, ni après.

Je suis pris au piège dans un cauchemar que j'ai créé moi-même, qui a commencé le soir où je l'ai rencontrée dans un boui-boui en dehors de la base militaire, et qui a continué chaque soir depuis, surtout les plus de deux mille nuits que j'ai passées loin d'elle, à me demander chaque minute si elle va bien, si elle me déteste, si elle a quelqu'un d'autre. Je ne lui en voudrais pas si elle me détestait. Je le mérite, et j'assume. Mais l'idée qu'elle soit avec quelqu'un d'autre me tue comme la balle de l'ennemi ne l'a pas fait, même si cela a failli.

La nuit du raid, on m'a tiré dans la cuisse, la balle entaillant mon artère fémorale. D'après ce qu'on m'a dit bien plus tard, j'ai presque perdu tout mon sang dans l'hélicoptère. Un garrot appliqué par un assistant médical m'a sauvé la vie, mais en fin de compte, j'ai perdu la jambe et suis presque mort une deuxième fois d'une infection qui m'a ravagé le corps pendant un mois entier.

Je n'en ai aucune mémoire. On me dit que c'est une bénédiction. On a attrapé Al Khad. C'est la première chose qu'ils m'ont dite quand j'ai repris connaissance. Ça devrait être la seule chose qui compte, mais ça ne compte plus. J'ai donné assez de mon temps à ce fils de pute, il n'en aura plus. J'ai entendu dire qu'on l'a laissé en vie, mais pour moi, il est mort.

Un autre mois s'est écoulé avant que j'aie assez de force pour la kinésithérapie, qui a été purement et simplement de la torture, pire que tout ce que j'ai enduré, même quitter Ava en sachant que je ne la reverrais peut-être pas.

Je refuse de la contacter tant que je ne suis pas assez fort pour me tenir debout à nouveau. Je m'approche sans cesse de mon but. Ma force revient – si lentement, putain. Mais elle revient. Chaque jour qui passe, je me sens moins invalide que le jour précédent. Chaque jour qui passe, je suis plus près du jour où je serai prêt pour elle.

L'intermédiaire de la Marine qui m'a été désigné m'a apporté un nouveau téléphone portable, il est posé sur la table dans ma chambre au centre de rééducation, et me torture, tant il serait facile de le prendre, de faire le numéro que je connais par cœur et d'entendre sa voix, comme une lumière au bout du tunnel le plus long, le plus noir.

Mais je ne veux pas qu'elle me voie ainsi, un semblant de l'homme que j'étais il fut un temps. Je veux retourner à elle entier – ou du moins aussi entier que je pourrai l'être après avoir perdu une jambe. Je veux être fort, capable de et prêt à plaider ma cause devant elle.

Je n'ai aucune illusion. Je fais face à une tâche ardue en ce qui la concerne. J'ai fait une chose terrible, affreuse, horrible en commençant une relation quand je savais qu'il me faudrait peut-être la laisser un jour. Mais je ne m'attendais certainement pas à une mission de plus de cinq ans dans les collines sauvages d'un des environnements les plus hostiles du monde.

Si j'avais su, il y a six ans, ce que je sais maintenant, j'aurais passé mon chemin devant cette charmante jeune fille dans le couloir devant les toilettes. Je me serais excusé de ma maladresse et aurais continué ma vie, sans même savoir ce que j'aurais loupé. Je lui aurais épargné de me connaître, moi et tout ce que je lui ai infligé.

Mais je n'ai pas passé mon chemin. Au lieu de ça, je nous ai tous deux soumis à la sorte de torture qu'on rencontre habituellement aux mains de l'ennemi. Je ne peux m'imaginer à quoi elle a dû faire face en mon absence, mais bon sang, je sais ce que moi j'ai enduré à m'inquiéter de ce qu'elle est devenue, de ce qu'elle a fait quand je suis parti et ne suis jamais revenu.

Elle ne me doit rien. Moins que rien, si je dois être honnête. Je suis préparé à tout et à rien, du moins, c'est ce que je me dis. Elle refusera peut-être de me voir, et je pense être capable d'y faire face, du moins, c'est ce que je me dis. Mais en attendant, elle est ma source de motivation, la seule raison pour laquelle je me bats si dur pour retrouver ma mobilité.

Tout ce que je fais, je le fais pour elle. Pour la possibilité que peut-être, peut-être bien, elle ressente une once de ce qu'elle ressentait il fut un temps, avant que je détruise notre couple. Je refuse de retourner à elle avant que je puisse m'occuper de moi-même. J'ai déjà été un fardeau suffisant pour elle.

Je suis au lit avec les stores baissés contre le soleil de fin d'après-midi, les yeux lourds pendant que j'essaie de relâcher certains de mes muscles qui tremblent violemment. La douleur dans la jambe qui me manque est presque insupportable, mais cela fait plusieurs semaines que je refuse les médicaments. Je n'aime pas comment je me sens avec, ni l'ardeur avec laquelle je commençais à attendre la dose suivante.

On frappe à la porte et j'ouvre les yeux. Ils ne me dérangent pas d'habitude après les sessions épuisantes de kiné. Bien des soirs, je dors et rate le dîner, parce que je suis tellement crevé.

« Entrez. »

L'intermédiaire, un capitaine de corvette qui s'appelle Muncie, passe la tête par la porte. Je ne me souviens pas de son prénom, bien qu'il me l'ait dit une fois. Il est plutôt sympa comme gars et a essayé de m'aider, mais par-dessus tout il m'énerve avec son optimisme joyeux et ses bla-bla de merde d'homme loyal à son employeur.

La Marine des États-Unis peut me sucer la bite pour ce que j'en ai à foutre. Même si je n'avais pas perdu une jambe et ne faisais pas face à un renvoi pour raisons médicales, j'en aurais fini avec ma « carrière » navale. D'après ce qu'on me dit, on m'a promu deux fois pendant que j'étais parti, et apparemment je suis capitaine maintenant. Un putain d'échelon 0-6. À un moment donné dans ma vie, cet échelon-là aurait été la réalisation d'un rêve. Maintenant, je m'en fiche royalement.

« J'ai cru que vous étiez rentré chez vous pour les vacances, dis-je.

— Oui, mais je suis revenu plus tôt que prévu, capitaine. »

Je suis un poil mal à l'aise quand je me demande ce qui l'a fait revenir plus tôt que prévu et ce que ça a à voir avec moi.

« Qu'est-ce que vous voulez ?

— Vous avez une minute, capitaine ? »

La question me gonfle. J'ai *toutes* les minutes du monde, et il le sait, putain.

« Arrêtez d'hésiter et entrez ou barrez-vous. »

Il entre.

« On m'a dit que vous étiez de bonne humeur aujourd'hui, capitaine.

— C'est bien ça, je suis de bonne humeur, et arrêtez de m'appeler capitaine quand on n'est que tous les deux. »

Je le rends nerveux, et le malade en moi y prend plaisir. On s'amuse comme on peut.

« Je suis désolé de vous déranger, euh, capitaine, mais il faut que nous parlions.

— De quoi ?

— Il y a eu des développements dans la, euh, situation, et on m'a demandé de vous mettre au courant. »

Je n'aime pas ce que j'entends, mais je refuse de lui rendre la tâche plus facile, alors j'attends qu'il continue.

« Le camp d'Al Khad a divulgué une vidéo, dit-il, avec une peine évidente que je ne comprends pas.

« — Et alors ?

— Ça montrait le raid. Le raid *en entier.* »

Comme si un éclair était descendu du ciel et m'avait frappé en plein milieu de la poitrine, je réalise ce qu'il dit. J'ai une télé dans ma chambre, mais je ne l'allume jamais, ce que Muncie sait. Tout ce que je peux faire entre les sessions de kiné, c'est manger, dormir et respirer.

Ava… Oh, non, bon sang.

Serrant les dents, je demande : « Il y a combien de temps que la vidéo a été diffusée ?

— Quatre jours. »

Fermant les yeux, je respire par le nez tandis que la souffrance rebondit sur chaque surface en moi, me laissant avec une nouvelle douleur à couper le souffle dans ma poitrine.

« Je suppose qu'on me voit sur la vidéo ?

— Oui, capitaine.

— On me voit tomber ?

— Oui, capitaine. »

J'inspire soudainement à fond, imaginant Ava qui me voit pour la première fois depuis des années et puis me regarde me prendre une balle. Est-ce qu'elle l'a vu ? Est-ce qu'elle pouvait voir que c'était moi ? Est-ce que ça lui a fait quelque chose de me voir touché ? Se demande-t-elle où je suis ? Est-ce qu'elle pense à moi chaque minute de la journée comme je pense à elle ?

« Une demande d'informations a été faite à propos de vous par la voie officielle. »

Cette information-là m'arrête presque le cœur.

« Quelle sorte de demande ?

— C'est venu du gouverneur de New York par le vice-président et le membre de l'état-major interarmées. »

J'essaie de comprendre ce qu'il est en train de dire.

« Quelle est la réponse qu'on leur a donnée ?

— Que vous étiez en vie.

— C'est tout ?

— La mission reste classée secret défense malgré la diffusion de la vidéo. »

Ava est la seule personne dans ma vie à qui j'importe assez pour qu'elle pose la question, donc la demande devait venir d'elle. Et maintenant elle sait que je suis en vie, que ma mission a été achevée il y a des mois et que je ne me suis pas donné la peine de la contacter.

Putain de merde.

Je ne pouvais l'ajouter à ma liste vide de gens à contacter s'il m'arrivait quelque chose, parce que je n'étais pas supposé me lier à elle. Mais elle a assez de sentiments pour moi pour demander de mes nouvelles. Cette pensée me réjouit comme rien d'autre ne le pourrait.

« C'est tout ? demandé-je à Muncie, voulant qu'il parte.

— Au vu de la diffusion de la vidéo, dit-il avec hésitation, la chaîne de commandement a décidé de profiter de l'opportunité pour mettre en lumière de manière positive la Marine.

— De quoi vous parlez, bordel ?

— Le public américain réclame plus d'informations sur le courageux commando de marine qui a vaincu Al Khad. De multiples médias ont fait des demandes en accord avec la loi sur l'accès à l'information pour en savoir plus sur les trois militaires qu'on voit dans la vidéo. Puisque vous avez déjà été compromis, ils vont divulguer vos noms, rang et ville de naissance dans les quelques jours qui viennent, et le Pentagone se prépare à déclassifier certains détails de la mission, assez pour célébrer la victoire sans compromettre les autres opérations en cours.

— En d'autres mots, ils vont me jeter, moi et les autres, aux loups pour se débarrasser des médias.

— Quelque chose comme ça, capitaine.

— Et si je dis non ?

— Malheureusement, ce n'est pas une option, capitaine. »

La Marine me tient encore par les couilles, et nous le savons tous les deux.

« Je suis vraiment désolé. Si ça ne tenait qu'à moi, je ne vous demanderais jamais ça en plus de tout ce que vous avez déjà sacrifié. »

Il me faut faire un effort herculéen pour ne pas tuer le messager, me rappeler que ce n'est pas de sa faute. Rien de tout ça n'est de sa faute. L'organisation d'Al Khad, un groupe dérivé d'Al-Qaeda, avait été vue comme une menace faible jusqu'à ce que le cerveau de l'organisation envoie un message au monde entier en faisant exploser un bateau de croisière basé aux États-Unis.

« Rien d'autre ? »

Après des semaines à être mon seul lien avec le monde extérieur, je connais ses signes. Quand son sourcil gauche bouge, il y a autre chose, d'habitude quelque chose qu'il préférerait ne pas avoir à me dire. Comme quand il a annoncé que j'étais finalement assez fort pour entendre que Jonesy et Tito avaient été tués dans le raid. Je l'ai fichu dehors, ne voulant pas qu'il me voie pleurer désespérément deux des rares personnes au monde que j'aimais.

« Euh, alors, votre visage fait un peu le buzz sur les réseaux sociaux depuis que la vidéo a été diffusée. Les gens veulent savoir qui vous êtes. Ils veulent connaître votre histoire. C'est tellement rare pour les forces spéciales de pouvoir parler publiquement d'une opération telle que celle-ci. »

Ce n'est pas *rare*. C'est du *jamais vu*. Nous sommes entraînés pour ne jamais parler à *personne* de ce que nous faisons, surtout pas aux médias. Rien que considérer une telle chose va contre tout ce en quoi je crois. Mais apparemment, ça ne dépend pas de moi.

Après un long silence inconfortable – du moins, j'espère que c'est inconfortable pour lui – il s'éclaircit la voix.

« Euh, capitaine ?

— Quoi ?

— Que voulez-vous que je leur dise ?

— On va faire semblant que j'ai le choix ? Parce que si j'en ai un, mon *choix* à moi est de ne rien dire à personne. »

L'idée d'en parler me rend physiquement malade, et je suis déjà assez malade comme ça.

« Ça, euh, va être très… difficile… de vous déplacer librement une fois que vous allez partir d'ici. Vous allez être reconnu. »

Il s'éclaircit encore la voix.

« Partout où vous irez. »

Putain… Tout ce que je veux, c'est rentrer voir ma nana et essayer de faire semblant que les six dernières années ne sont jamais arrivées.

Ça me prend plus de temps d'organiser mes pensées que ce n'était le cas avant que je perde la moitié de mon sang et que je me batte contre une infection qui a engagé mon pronostic vital. J'essaie de comprendre tout ce qu'il m'a dit et de faire en sorte de le réorganiser de façon à ce que cela ait un sens.

On m'a dévoilé. La Marine veut tirer profit du « succès » de notre mission, si on peut appeler ça comme ça quand deux de nos meilleurs soldats ont perdu la vie. Ils veulent probablement me transformer en vidéo de recrutement pour les jeunes malchanceux qui cherchent un « sens » à leur vie que seule la Marine peut leur donner.

Muncie se balance d'un pied sur l'autre.

« Capitaine ? »

Je ferme les yeux et tourne la tête pour ne pas lui faire face.

« Vous pouvez leur dire que je ferai une interview avec le média de leur choix, et puis je n'en parlerai plus jamais publiquement. L'interview aura lieu au plus tôt trente jours à partir d'aujourd'hui. »

Cela me donnera un mois pour travailler à me mettre debout et trouver Ava avant que je sois obligé de rendre publique mon histoire.

« Ils vont vouloir…

— C'est ma seule offre. C'est à prendre ou à laisser. »

Après une longue pause, il dit : « Je leur ferai savoir. »

Les semelles de ses Boondockers grincent sur le carrelage quand il quitte la pièce, et la porte se referme derrière lui avec un bruit sec. Quand je suis seul, je fixe du regard le téléphone sur la table, mon anxiété montant en flèche comme si le portable était une grenade.

Je donnerais ma vie pour entendre sa voix et la sentir me toucher doucement. Elle a été la première personne à me montrer de la tendresse, à vraiment m'aimer, et penser à elle m'a sauvé la vie plus d'une fois depuis la dernière fois que je l'ai vue.

Je voudrais que cela n'ait pas autant d'importance pour moi que je sois assez fort pour la mériter, avant que je réapparaisse dans sa vie. Mais j'ai aussi besoin d'être assez fort pour survivre si elle ne veut plus de moi. Je ne suis pas certain qu'un mois de plus soit assez pour me préparer à cette éventualité, mais c'est tout ce que j'ai.

CHAPITRE 23

John est en vie. John est en vie et il ne m'a pas contactée. Au cours des trois semaines écoulées depuis que j'ai appris qu'il est vivant, ces pensées sont venues tourmenter mes jours peu productifs et mes nuits sans sommeil. Je suis accablée de chagrin, autant que si l'on m'avait dit qu'il était mort cette nuit-là dans le camp d'Al Khad. L'homme que j'ai passé presque six ans à pleurer n'a pas assez de sentiments pour moi, en retour, pour avoir la décence de me faire savoir qu'il est en vie.

Outre ma peine, je suis pleine de rage et d'amertume à cause des années que je lui ai consacrées, des années perdues à jamais. Son nom et celui des deux autres hommes vus dans la vidéo ont été publiés, avec leur âge et leur ville d'origine, mais aucune autre information n'a été rendue publique. John, qui a trente-sept ans maintenant, a indiqué San Diego comme ville natale.

Tandis que le monde devient fou à essayer de comprendre qui il est, je le déteste avec une férocité qui me fait peur. Je n'ai jamais détesté qui que ce soit ou quoi que ce soit comme je le déteste, lui.

Je suis au travail, et je compte les heures jusqu'à mon rendez-vous dont j'ai grand besoin avec Jessica, qui a été en vacances avec sa famille, un long voyage en Europe. Depuis que j'ai appris que John est en vie, nous avons utilisé FaceTime une fois, mais la session a été interrompue plusieurs fois par ses enfants, qui avaient besoin d'elle. J'ai grand besoin d'elle, et j'ai hâte d'avoir deux heures ininterrompues avec elle après le travail.

Carlos apparaît à mon bureau, un latte allégé à la main qu'il me présente avec de grands gestes et que j'accepte avec un sourire reconnaissant. Il sait que quelque chose ne se passe pas bien pour moi, mais il ne sait pas quoi. Mis à part Miles, c'est mon meilleur ami au travail, mais je ne lui ai jamais parlé de John.

« T'as une sale gueule.

— Waouh, merci. »

Bien que je me sois donné du mal pour garder mon malheur pour moi, cela ne m'étonne pas que les gens remarquent les effets négatifs que cela a sur moi.

Me concentrer sur mon travail et l'organisation du mariage m'a fait du bien. J'ai dit clairement à tous ceux qui sont au courant que je ne veux plus parler ni de John, ni du raid, ni de la vidéo. J'en ai assez. Heureusement, ceux qui me sont les plus proches ont respecté mes désirs et n'en ont plus parlé.

Mais ils savent que je souffre, surtout Éric, qui me surveille comme le lait sur le feu en pensant que je ne le vois pas. Il s'inquiète, et j'ai horreur de cela. Je hais John d'avoir fait cela à l'homme qui est ma force depuis le jour où je l'ai rencontré et qui ne mérite pas de vivre dans l'ombre de quelqu'un qui ne m'a jamais aimée comme moi je l'ai aimé.

C'est ce qui a été le plus difficile à accepter. Je me retrouve encore une fois en train de revivre chaque minute passée avec John, à décortiquer ce qu'il a dit et fait, cherchant des signes qu'il se servait de moi ou ne faisait que passer le temps avec moi. Les souvenirs commencent à s'estomper sur les bords. Je suppose que cela devait arriver, après presque six ans séparés, et bien qu'une partie de moi veuille oublier, l'oubli ne fait qu'ajouter à la douleur.

« J'espère que tu sais que je suis là pour toi, si tu as besoin d'un ami », dit Carlos, ses sourcils se joignant avec une inquiétude inhabituelle.

Carlos ne donne pas dans le sérieux, alors l'expression est presque comique sur lui.

« Je te remercie, mais je vais bien. Vraiment.

— OK, alors.

— Merci pour le latte.

— Quand tu veux. »

Déterminée à accomplir quelque chose aujourd'hui, je me plonge dans le briefing de presse que je prépare au nom du groupe des familles. Même si j'ai d'autres clients maintenant, je passe la plupart de mon temps à travailler avec Miles et le groupe des familles. Le procès civil avance avec une rapidité inhabituelle, et l'intérêt porté au cas est au plus haut depuis que la vidéo a été diffusée. Après avoir travaillé de près avec le groupe pendant de si longs mois, je peux répondre aux questions à leur place sans avoir trop à réfléchir. Je passe quelques heures profondément absorbée par mon travail, ce qui m'offre un répit bienvenu de mes propres pensées.

Je m'étire pour me dégourdir après être restée assise si longtemps, quand le poste téléphonique sur mon bureau sonne. C'est un appel de Miles.

« Salut, que se passe-t-il ?

— Tu peux passer me voir une minute ? »

Je regarde l'horloge et vois qu'il me reste quatre-vingt-dix minutes avant mon rendez-vous.

« Bien sûr. J'arrive. »

J'imprime le briefing, attrape un calepin et un stylo et me dirige vers son bureau. Keith n'est pas à son poste, alors je frappe à la porte ouverte.

« Entre, Ava. »

Miles se lève et fait le tour de son bureau, montrant de la main le coin salon devant la fenêtre.

« Je peux t'offrir quelque chose ?

— Non, merci. »

Ce n'est plus le même homme depuis qu'il s'est mis avec Sky, et j'aime voir cette nouvelle facette, son côté plus léger et heureux. Mais même quand il est tombé amoureux de Sky, il ne s'est jamais désisté du travail pour Emerson et le groupe des familles, et j'admire cela en lui. Il s'assied près de moi mais ne dit rien.

« Que se passe-t-il ?

— C'est ce que je voulais te demander. »

Rien qu'avec cette phrase, je me rends compte que c'est mon ami Miles – et non mon patron – qui a demandé cette réunion. Je regarde le sol.

« Ava…

— J'essaie d'aller de l'avant, Miles. Je préférerais ne pas en parler, si cela ne te dérange pas. »

En parler à Jessica sera assez de torture pour une seule journée.

« Tu m'inquiètes. Tu n'es plus toi-même depuis que tu as appris…

— Que l'homme que j'ai aimé de tout mon cœur est en vie et n'a pas eu la décence de me le dire lui-même ? »

Le regard qu'il me lance est plein d'empathie – et de pitié. Je hais la pitié presque autant que je hais John.

« Je me suis juste demandé si peut-être il était possible qu'il ne *puisse pas* te contacter pour une raison quelconque. »

J'y ai pensé. Bien sûr, j'y ai pensé, mais cela fait des semaines depuis que la vidéo a été diffusée, et s'il lui reste même un semblant d'âme, il doit sûrement savoir que voir son visage me ferait chavirer. Comment a-t-il pu *ne pas* m'envoyer de nouvelles après que cette vidéo a été diffusée ?

« Tout est possible, dis-je à Miles.

— J'aimerais pouvoir faire quelque chose pour toi. J'ai épuisé tous les contacts que j'ai à essayer d'obtenir plus d'informations, mais le Pentagone est verrouillé comme un coffre-fort quand il s'agit de détails concernant les hommes qui ont participé au raid.

— Je… Je ne savais pas que tu avais fait ça. Merci d'avoir essayé.

— Ce n'était rien.

— Ce n'est pas rien pour moi. »

Il semble avoir de la peine quand il ajoute : « Si j'apprenais qu'Emmie était quelque part et ne m'avait pas contacté… »

Il secoue la tête.

« Je ne peux même pas imaginer comment ce serait.

— C'est de la torture, dis-je franchement. J'aimerais simplement pouvoir l'oublier et continuer ma vie, mais…

— Tu ne peux pas. Tu ne le pourras jamais.

— Non. Je ne le ferai jamais.

— Au moins, j'ai pu tourner la page, sachant qu'elle est partie et ne reviendra jamais. Tu as été coincée dans cet affreux état de purgatoire depuis si longtemps.

— Je le hais pour cela, dis-je doucement. Il m'a dit qu'il m'aimait. Comment a-t-il pu me faire ça ? »

Je me déteste quand je verse encore des larmes pour quelqu'un qui a prouvé qu'il ne les méritait pas.

Miles met son bras autour de moi et essaie de me réconforter.

« Je suis désolé, Ava. Tous ceux qui t'aiment feraient tout pour t'aider à trouver la paix.

— Ce serait bien. »

Je m'essuie le visage et m'efforce de retrouver mon sang-froid.

« Parlons du briefing.

— Nous ne sommes pas obligés, si tu n'en as pas le courage.

— Je vais très bien, et j'ai fait de gros progrès aujourd'hui. »

Nous passons les trente minutes suivantes à peaufiner la réponse du groupe des familles à la dernière vague de demandes d'informations des médias. Chaque fois qu'il y a un développement, notre charge de travail triple. Cela a été plus fou que jamais depuis la capture d'Al Khad et la diffusion de la vidéo.

« Tout cela a l'air très bien. Passe-le juste en revue avec Dawkins pour être certaine qu'il en est content avant que tu le diffuses.

— D'accord, je le ferai.

— Fais-moi savoir s'il fait des demandes déraisonnables, et je le freinerai.

— Quelquefois, je me dis que le contrôler est ton rôle le plus important dans cette organisation.

— En effet. »

Miles est la voix de la raison au nom des familles, qui le respectent énormément.

« Viendra-t-il un jour où cette histoire ne sera plus l'histoire de notre vie ? »

Je ne sais pas d'où sort cette question, mais je l'ai posée avant que je puisse me demander si je devrais.

« Ouais, je pense que ce jour-là viendra, mais pas de si tôt. »

Ce qu'il veut dire mais ne dit pas, c'est qu'avec Al Khad faisant face à un procès dans les quelques années à venir, le cas civil contre le gouvernement qui se poursuit et un intérêt renouvelé dans le monument commémoratif des victimes, c'est une histoire qui va s'étendre dans la durée, comme on dit dans le milieu.

« Je sais », dis-je en soupirant.

Sa main sur mon bras m'incite à lever les yeux vers lui, et je note l'expression intense sur son beau visage.

« Cela ne doit pas forcément être l'histoire de *ta* vie, Ava. On peut t'enlever de ce compte, pour que tu n'aies plus à y faire face chaque jour. Autant je détesterais perdre ce que tu apportes de si important, autant je comprendrais très bien que ce soit trop pour toi.

— J'accepterai peut-être ton offre à un moment donné. »

Ce travail qui avait tant de signification quand je ne connaissais pas le sort de John a perdu de son éclat maintenant que je sais qu'il est en vie. J'ai perdu la connexion personnelle à la cause qui alimentait ma passion pour elle.

« Un mot de toi et nous ferons le changement. Sans poser de questions.

— Merci, Miles. Tu as été un ami formidable pour moi ces derniers mois. Je ne pourrai jamais te remercier assez des opportunités professionnelles et du soutien personnel. Cela a été inestimable pour moi.

— Je pourrais t'en dire autant – et je te serai toujours redevable de m'avoir présenté à Sky.

— Je suis tellement contente que tu sois heureux avec elle.

— Je suis plus qu'heureux. Je suis fou amoureux, et c'est si bon d'aller de l'avant dans ma vie après une si longue période terriblement sombre. »

Ses mots pénètrent le brouillard de douleur qui m'entoure depuis des semaines, et me rappellent que j'ai déjà avancé dans ma vie et qu'apprendre que John est en vie ne change en rien ce qui a vraiment de l'importance pour moi. Je suis follement amoureuse d'Éric, et il est temps de remettre le passé à sa place et de me concentrer pleinement sur l'avenir avec lui.

« Oui, dis-je à Miles. C'est bon d'aller de l'avant. »

Je vois que je le surprends quand je me penche pour l'embrasser sur la joue.

« Merci.

— De quoi ?

— D'avoir dit exactement ce qu'il me fallait entendre.

— D'accord…

— J'ai laissé le passé m'entraîner à nouveau dans un labyrinthe ces dernières semaines. Ça suffit comme ça. Il est temps de laisser derrière moi l'obscurité et de me concentrer sur l'avenir.

— Je suis content de te l'entendre dire.

— Je suis contente de l'avoir finalement réalisé. Je te vois demain ?

— Je serai là. »

Je le quitte avec un sourire et retourne à mon cube, où je prends mon téléphone et envoie un texto à Jessica.

Vraiment désolée – j'ai un empêchement et je ne peux pas venir ce soir.

Vous voulez prendre un autre rendez-vous ? Je peux vous caser demain à la même heure.

Je réfléchis longtemps avant de répondre.

Non, merci. J'ai décidé que je ne veux plus en parler. J'ai fini.

Ava… Êtes-vous sûre que ce soit sage ?

C'est peut-être ce que j'ai jamais fait de plus sage. Je vais bien. Je vous l'assure.

Appelez-moi si cela change ?

Absolument. Merci pour tout. Vous avez été une partie importante de l'équipe qui a reconstruit Ava.

*Cela a été un grand plaisir. Je dois vous dire que je vous admire plus que pratique-
ment tous ceux que j'ai jamais connus, et je suis là si un jour vous avez besoin de moi.*

Ses mots gentils me mettent les larmes aux yeux.

Pas sûre que je le mérite, mais merci quand même.

*Vous méritez toutes les bonnes choses. Soyez gentille envers vous-même et soyez
heureuse.*

C'est prévu ! Je reste en contact.

Cela me ferait plaisir. Bises.

Je quitte le bureau et me fais une fleur en me payant un taxi, ayant hâte de
rentrer voir Éric. Je lui envoie un SMS en route.

Je te fais à manger. Tout ce que tu veux…

Je pensais que tu avais Jessica ce soir ??

Annulé.

Tout va bien ???

Ouais ! Alors, le dîner…

C'est à l'occasion de ?

De rien.

C'est le genre que je préfère.

En souriant, je tape ma réponse.

Quand est-ce que tu rentres ?

Je pars maintenant parce que ma fiancée me fait à manger.

T'en as de la chance.

Et je le sais.

T'as envie de manger quoi ?

Fais-moi une surprise.

D'accord, à bientôt.

Je t'aime.

Je t'aime aussi.

CHAPITRE 24

Eric

Son texto est la meilleure chose qui soit arrivée en bien des semaines. J'ai l'impression d'entendre l'Ava d'avant, et non la femme brisée qui a essayé si dur de me cacher sa douleur, à moi et à tous ceux qui l'aiment. J'envoie un SMS à sa sœur.

Ava a l'air d'aller mieux… Pas 100 % sûr pour l'instant. Mais je te ferai savoir.

Dieu merci. Tiens-moi au courant.

J'en suis arrivé là. Je parle derrière son dos à sa sœur et à ses amis parce que nous avons tous été si inquiets. Apprendre que John était en vie mais ne l'a pas contactée a détruit quelque chose en elle, même si elle ne l'a jamais dit. Elle n'avait pas besoin de le dire. Malgré ses efforts pour me le cacher, à moi comme aux autres, c'est aussi évident que son joli petit nez au milieu de la figure que son cœur est brisé – encore une fois.

La regarder prendre soin de son cœur brisé par un autre gars a été atroce pour moi, mais je n'arrête pas de me dire qu'il ne s'agit pas de moi. Il s'agit d'elle. Rien que d'elle.

Rob dit qu'il s'agit de moi en partie, mais je me fiche de moi. Je ne suis intéressé que par elle et comment la sortir de ce revers pour que nous puissions revenir au déroulement de notre vie.

Rob a décidé de se présenter pour être élu membre du Congrès et m'a demandé de gérer sa campagne. Je lui ai dit que j'allais y réfléchir, mais j'ai été tellement concentré sur Ava que je n'ai même pas eu deux secondes pour penser à son offre. Une partie de moi voudrait qu'il ne se présente pas, mais je ne le lui dirai jamais. Depuis que nous sommes tout jeunes, il a de grandes ambitions politiques, et je ne veux pas le freiner. Mais après le scandale du divorce de nos parents, je pense que le public a besoin de ne plus entendre parler des Tilden pendant quelque temps.

Je prends le métro pour rentrer, et je suis en train de marcher vers mon immeuble quand je vois Ava sortir de l'épicerie du coin de la rue, les bras chargés de sacs de courses réutilisables de toutes les couleurs. Je cours vers elle, et quand elle me voit arriver son visage s'illumine de pur plaisir, et c'est si bon de voir cela que je m'emmêle presque les pieds. Je n'ai rien vu en elle qui ressemble à de la joie depuis plus longtemps que je ne veux l'admettre. Je commençais à me demander si elle n'était pas perdue à jamais dans sa peine et son désespoir. La voir sourire et faire l'effort d'organiser un repas pour nous… Je n'arrive pas à trouver les mots pour décrire combien cela me rend heureux.

Je lui prends les sacs et puis je l'embrasse. Son visage ravissant est rouge de froid, et ses yeux brillent d'excitation. Je veux savoir ce qui s'est passé aujourd'hui, mais j'ai tellement peur de faire éclater la bulle fragile que je me retiens de le demander. Tandis qu'elle s'occupe des verrous et des portes, j'amène les sacs à l'intérieur, les monte à l'étage et les dépose sur le plan de travail de la cuisine.

« Merci beaucoup, dit-elle. Comme toujours, tu es venu au bon moment. »

Je souris de cette blague personnelle qui vient du fait que nous sommes devenus bons pour atteindre l'orgasme simultanément. Parce qu'elle sourit, est heureuse et fait référence à nos orgasmes simultanés, je l'enlace et l'approche de moi pour mieux l'embrasser que dans la rue. Mon cœur s'emballe quand elle ouvre la bouche pour recevoir ma langue et met ses bras autour de mon cou.

Je me perds en elle et dans le baiser, reconnaissant de l'avoir à nouveau dans mes bras après avoir vécu cette distance terrible qui s'est installée entre nous après que j'ai été obligé de lui donner les nouvelles de John, ou Celui Dont On Ne Doit Pas Prononcer Le Nom – CDONDPPLN –, comme je l'appelle dans ma tête. Je me rends compte que je commence à avoir chaud, et pas juste à cause du baiser.

Mes lèvres encore sur les siennes, j'enlève mon manteau, le laisse tomber au sol et puis m'occupe du sien, tout d'abord en défaisant l'écharpe colorée autour de son cou et puis en enlevant son manteau et l'ajoutant à la pile sur le sol.

« Éric », dit-elle, l'air essoufflée.

J'ouvre les yeux pour l'étudier, et je remarque ses lèvres gonflées et ses joues roses.

« Quoi, ma chérie ?

— Allons au lit.

— Et le repas du soir ?

— Plus tard ?

— Plus tard me semble bien. »

Nous devrions ranger les courses, mais je ressens le besoin urgent de la suivre pendant qu'elle est présente et dans l'instant avec moi.

« Tiens-toi à moi.

— Pourquoi… »

Prenant son cul sexy, je la soulève, lui provoquant un cri suraigu de surprise alors qu'elle enlace ses jambes autour de ma taille. Elle commence à rigoler, mais j'étouffe ses rires avec davantage de baisers profonds pendant que je la porte jusqu'à la chambre à coucher. Elle me rend mes baisers avec l'enthousiasme auquel je me suis habitué.

J'ai essayé de lui donner l'espace et la place nécessaires pour gérer sa peine, mais cela a été difficile pour moi de garder mes distances, surtout juste après avoir pris un engagement d'une telle envergure l'un envers l'autre. L'avoir à nouveau dans mes bras est la seule chose dont j'ai besoin pour être heureux. Je la déshabille doucement, la touchant avec révérence, en espérant lui communiquer, avec chaque caresse et chaque baiser, tout ce qu'elle veut dire pour moi. Elle est devenue mon univers, et la voir souffrir a été très dur pour moi, surtout parce qu'il n'y avait rien que je puisse faire pour la soulager.

J'ai passé des coups de fil quotidiens à mon père, le suppliant d'utiliser tous les contacts qu'il a à sa disposition pour obtenir pour nous plus d'informations sur CDONDPPLN, pour qu'Ava puisse avoir finalement les réponses dont elle a besoin pour vraiment aller de l'avant dans sa vie. Papa a demandé qu'on lui rende toutes les faveurs qu'il pouvait, mais il n'a pu apprendre rien de plus que ce que tous les autres savent. Ma frustration n'a jamais été plus grande que ces dernières semaines alors que je la voyais m'échapper de plus en plus chaque jour qui passait.

Je me suis senti de plus en plus désespéré de l'atteindre, ce qui m'a bien trop rappelé les suites du désastre avec Brittany.

Je relâche le fermoir sur le devant de son soutien-gorge et pousse les bonnets pour révéler ses seins généreux et ronds avec leur bout rose pâle qui se contracte quand l'air frais souffle sur eux. Penchant la tête, je prends son bout de sein gauche dans ma bouche, le coince contre mes dents avec ma langue et je suce.

Ses hanches se lèvent du lit, ses doigts se referment sur mes cheveux, et son bout de sein durcit sous l'effet de ma langue. « Si bon », murmuré-je. J'aime tout d'elle – la douceur soyeuse de sa peau, son goût, son parfum, son enthousiasme. Je n'ai jamais désiré aucune femme comme je la désire, elle, et j'essaie de le prouver en l'embrassant jusqu'à ce qu'elle se torde sous moi avec la fièvre de l'envie.

Je soulève ses jambes, les mettant sur mes épaules, et l'ouvre pour ma langue, explorant sa chair sensible tout en bougeant mes doigts en elle, et provoquant un orgasme qui est un doux soulagement pour moi, parce qu'elle est encore avec moi, encore capable de se lâcher avec moi. Cela me remplit de l'espoir qu'elle ait tourné une page aujourd'hui et ait laissé derrière elle l'obscurité.

« Éric, dit-elle, essoufflée après le plaisir.

— Quoi, mon amour ?

— J'ai besoin de toi. S'il te plaît… »

Entendre qu'elle a besoin de moi déclenche quelque chose de primitif en moi. Je me débarrasse de mes vêtements avec des mains maladroites, et me couche sur elle, la regardant droit dans ses grands yeux ouverts tandis que je pousse à l'intérieur de sa moiteur serrée.

« Je t'aime. Plus que tout au monde.

— Je t'aime. Tout autant. »

Ces mots sont un baume, soignant les peurs qui m'ont gardé éveillé nuit après nuit, me torturant avec des « si ». Elle est ici, à sa place dans mes bras et se donne à moi sans réserve.

La regardant dans les yeux pendant que je bouge en elle, je sens un lien avec elle qui va jusque l'âme. Cela touche tout ce que je suis et fait que je voudrais trouver les mots pour lui dire ce qu'elle représente pour moi, combien elle m'est essentielle. Puisque je n'en ai pas les mots, j'essaie de le lui montrer, lui donnant tout ce que j'ai jusqu'à ce qu'elle jouisse avec un cri étranglé. Je connais les signes maintenant et sais quand lâcher mon contrôle que je surveille de près, pour que nous puissions venir ensemble.

Ce moment d'unité totale est ce que j'ai dans ma vie de plus proche de la foi. Ça me fait croire en des puissances supérieures, au paradis et aux anges ici même sur Terre.

Longtemps après, nous restons joints, enlacés, les corps se refroidissant, le désir satisfait pour l'instant. Être près d'elle à nouveau après tant de semaines d'incertitude me donne l'impression de rentrer chez moi, en quelque sorte.

« Je pensais à notre mariage, dit-elle, rompant le long silence.

— Ah oui ? »

C'est la première fois qu'elle mentionne nos plans depuis ce matin-là si affreux il y a trois semaines.

« Oui, oui. Que dirais-tu d'un barnum sur la pelouse à Croton ? »

Je remarque son utilisation du raccourci de notre famille pour « la maison » et cela me fait plaisir de l'entendre parler le langage des Tilden.

« Est-ce que ce serait bizarre de le faire là après ce qui est arrivé avec ta mère l'été dernier ?

— Non. C'est un souvenir parmi un million là-bas, la plupart bons. »

Aucun d'entre nous n'a parlé à notre mère depuis des mois. J'espère que sa nouvelle vie vaut ce à quoi elle a renoncé pour l'avoir, mais à part cela, je pense rarement à elle.

« Comment on ferait pour que les gens se garent ? »

Je passe la main sur son bras, de haut en bas, de bas en haut.

« On pourrait utiliser le parking du collège et les amener par navette.

— Alors l'idée te plaît ?

— J'adore.

— J'ai regardé le site web de la ville, et si on le fait le 3 juillet, on aura un feu d'artifice, offert par la ville.

— Ce serait sympa.

— T'es pris le 3 juillet ?

— Je commence à me dire que je le serai peut-être. »

Son sourire illumine son visage et mon univers.

« Alors on a rendez-vous ?

— On a rendez-vous.

— Je… Je veux juste te dire merci de ta patience avec moi ces dernières semaines et même avant ça. Je sais que ça n'a pas été facile… Tu as été mon point de repère. »

Je suis profondément touché de l'entendre le dire.

« Je veux toujours être là pour toi, Ava. Ça a été si difficile de te voir te battre avec ça.

— Je sais, et je suis désolée si je t'ai écarté ou t'ai laissé en plan ou… »
Je l'embrasse.

« Chut, tu n'as pas à t'excuser de *quoi que ce soit*.

— Cela va aller mieux maintenant. Je te promets. »

Je veux encore savoir ce qui a changé, mais je ne pose pas la question. Quoi que ce soit, elle a l'air d'avoir accepté la situation, alors qu'importe ce qui s'est passé ?

« La seule chose qui ait de l'importance pour moi, c'est toi et ton bien-être. Si tu es heureuse, je suis heureux.

— Je me sens une telle chance tous les jours d'avoir été placée à côté de toi au mariage de ma sœur, mais jamais autant que ces dernières semaines.

— Quoi qu'il arrive, ma chérie, je suis là pour toi, et je ne partirai jamais. »
Elle me serre plus fort.

« Il n'y a rien de plus important pour moi. »

Ava

Avec notre date fixée et le père d'Éric complètement d'accord pour nous laisser nous servir de sa maison et de son jardin, je me lance à fond dans l'organisation du mariage, et exclus tout le reste mis à part Éric et le travail. J'évite les actualités, internet et tout ce qui pourrait déclencher une crise. Je me sens forte encore une fois, concentrée, déterminée à continuer à avancer et à laisser derrière moi la douleur du passé.

Une semaine après que nous avons fixé la date, nous invitons Rob et Camille à dîner dans un restaurant cinq étoiles qui exige le port du costume-cravate et d'une robe de cocktail pour les femmes. Nous sommes sur notre trente et un et de bonne humeur en parlant du mariage.

Après qu'on nous a servi une tournée de boissons, je jette un œil vers Éric, qui hoche la tête.

« Alors, la raison pour laquelle nous vous avons invités ici ce soir, c'est parce que nous aimerions vous demander à tous deux de nous rendre la pareille et d'être nos témoins. »

Camille laisse échapper un cri suraigu qui attire l'attention inquiète des autres clients et du personnel en smoking.

Rob la réduit au silence en lui couvrant la bouche de sa main.

« Tu me dois cinquante dollars, dit-elle à son mari, ses mots étouffés par la main.

— Vous avez parié sur la raison pour laquelle on voulait vous voir, les gars ? demande Éric.

— Sans déconner ? demande Camille. On parie sur tout. D'habitude, c'est moi qui gagne, et je n'ai jamais été plus heureuse d'avoir raison que je ne le suis à l'instant.

— Cela veut dire que vous acceptez de le faire ? demandé-je.

— Sans déconner ? demandent-ils ensemble.

— Bien sûr qu'on accepte, dit Rob. Ce serait un honneur.

— Nous devrions tous aller quelque part ensemble pour le week-end de l'enterrement de vie de jeune fille et de garçon, suggère Camille.

— Pas question, dit Rob. Pas de nanas à l'enterrement de vie de garçon, sauf les strip-teaseuses. »

Éric rit, et son frère lui offre un tope là.

« Tu fais ça et t'es mort, lui dis-je.

— Désolé, frérot, je te laisse en plan, là.

— Mené par le bout du nez, et t'es même pas encore marié.

— Tais-toi, Rob, dit Camille, ou c'est toi qui vas être laissé en plan. Et ce n'est pas un bon plan. »

Rob offre à sa femme un sourire de mec qui s'écrase.

« Oui, ma chérie. »

Camille lève les yeux au ciel, ainsi que son verre.

« Aux sœurs qui épousent des frères !

— Aux enfants qui sont doubles cousins », ajoute Éric.

Je n'y avais pas pensé, mais ce sera super, non ? Nous trinquons et faisons d'autres toasts idiots qui continuent de nous faire rire. J'ai peur qu'on nous mette à la porte avant d'avoir mangé à ce rythme-là.

« En parlant de sœurs qui épousent des frères, dit Rob, j'ai dit à un des reporters du *New York Times* qui couvre Papa que mon frère se marie avec la sœur de Camille, et ils veulent faire un article dans la section *Vœux* sur les fils du gouverneur qui épousent des sœurs.

— C'est si cool ! dit Camille. Tu ne me l'as pas dit !

— Franchement, ça vient juste de me revenir. Qu'est-ce que vous en pensez, tous ? »

Je jette un regard furtif vers Éric.

« Ça ferait de la publicité positive pour la famille et ta campagne après le scandale parental d'enfer, dit-il.

— C'est ce que je pense, aussi, dit Rob.

— Mais seulement si Ava est pour, dit Éric, me regardant. Je sais combien tu protèges ta vie privée.

— Ça ne me dérangerait pas, leur dis-je. Quand est-ce qu'ils veulent le faire ?

— Le journaliste a dit qu'ils y mettraient le paquet si on leur donne le feu vert, dit Rob, alors probablement assez rapidement. Je te ferai savoir. »

Le jour suivant, Éric et moi avons un entretien avec deux traiteurs et choisissons le deuxième parce qu'il a l'air de vraiment comprendre l'ambiance relax que nous recherchons, alors que le premier voulait faire de notre mariage un événement de la haute société.

Ma mère vient en ville le week-end suivant pour aller choisir la robe de mariée avec Camille et moi. Je trouve la robe que je veux dans la première boutique dans laquelle nous entrons et je refuse d'en essayer d'autres après avoir trouvé « la bonne ». Elle est simple, élégante et classe, avec un travail de perles élaboré sur le corsage qui la transforme en robe de mariée.

« Tu n'es pas obligée de décider de quoi que ce soit aujourd'hui, dit Maman.

— C'est celle-ci. C'est exactement ce que je veux. »

J'essaie de m'imaginer marchant vers Éric dans cette robe, et je le vois si clairement. Il va l'aimer autant que moi.

« Eh bien, dit Maman. C'était facile.

— Tu peux le dire, Maman, ajoute Camille. Elle n'est vraiment pas comme moi.

— C'est toi qui l'as dit, répond Maman, en souriant. Pas moi.

— Puisqu'on a toute la journée, on peut la passer à aider Camille à choisir sa robe. »

J'ai dit à Camille, Jules, Amy et Sky de choisir des robes de cocktail bleu marine dans un style qui leur convient.

« Un jour, ça ne va pas suffire », dit Maman, en nous faisant rire.

Nous nous amusons tellement que Maman décide de passer la nuit dans la chambre d'amis d'Éric pour que le dimanche nous puissions choisir les invitations avant qu'elle ne rentre à la maison.

Au lit ce soir-là, Éric refuse de s'approcher de moi parce que ma mère dort dans la chambre d'à côté. Naturellement, quand je suis devant un challenge, je mets le paquet pour le convaincre qu'il est en train d'être bête.

« Elle sait que nous partageons un lit et que nous avons des rapports s-e-x-u-e-l-s.

— Chut. Laisse-moi tranquille et endors-toi. »

Je retiens le besoin urgent de rigoler comme une folle. Bon sang, il est si mignon, drôle et adorable. M'asseyant dans le lit, je tire l'ourlet du T-shirt qu'il m'a dit qu'il me fallait porter pour dormir parce que nous avons une invitée. Il porte un T-shirt qu'il a rentré dans son pantalon de pyjama en flanelle.

« Qu'est-ce que tu fais ? murmure-t-il.

— J'ai chaud. »

Je fais de l'air sur mon visage pour lui faire de l'effet.

« Toi qui as froid en plein milieu de l'été, tu as soudainement chaud ?

— Je *bous*. »

Je passe le T-shirt par-dessus ma tête et le jette de côté.

« C'est mieux. »

Rassemblant mes cheveux en une queue de cheval, je la lève d'une main et continue à faire de l'air avec l'autre.

« Tu as mis le chauffage plus fort ?

— Tu crois que je ne sais pas ce que tu manigances ?

— Qu'est-ce que je manigance ?

— T'essaies de me faire craquer.

— Pourquoi ferais-je cela ? Je t'aime. Je ne veux pas que tu craques. »

Riant doucement, il dit : « Si, c'est ce que tu veux. »

Je libère mes cheveux et à quatre pattes traverse la grande étendue de lit qu'il a mise entre nous pour la toute première fois.

Ses yeux, illuminés par la lumière de la rue qui pénètre la chambre, brûlent de désir.

« Va-t'en. »

Souriant, je me penche sur lui et commence à l'embrasser dans le cou.

« Non.

— Si, dit-il d'un ton plus désespéré quand je m'approche de son abdomen.

— Force-moi. »

Il plonge ses mains dans mes cheveux mais ne fait aucun effort pour me déplacer.

« Ava…

— Hum ?

— Qu'est-ce que tu fais ? »

Je tire sur son T-shirt.

« J'ouvre mon cadeau.

— Pas avec ta maman ici.

— Si, avec ma maman ici.

— Tu sais que je ne peux pas te résister.

— Alors pourquoi t'essaies ? »

Il expire fort quand je le prends dans ma bouche.

« *Ava.*

— Chut, tu ne voudrais pas qu'elle t'entende, non ?

— Je croyais que tu m'aimais ?

— Je t'aime tant. Plus que tout. »

Ressentant son abandon, je me mets à lui montrer ô combien je l'aime.

Chapitre 25

Eric

Ava s'est plongée dans l'organisation du mariage avec une urgence fiévreuse qui m'alarme. Je m'inquiète de ce qu'elle utilise notre mariage pour faire face à *l'autre* chose dont nous ne parlons jamais. Ne vous méprenez pas… Je suis ravi qu'elle soit excitée par le mariage et absorbée par les détails de l'organisation. Tout ce qui m'importe, c'est son bonheur, et voir ses yeux briller de joie quand elle dévore les magazines de mariage et raye les tâches de sa longue liste de choses à faire. Mais sous cette carapace, j'ai peur que la chose dont on ne parle jamais soit endormie comme une créature dans les profondeurs noires de l'océan, qui attend de revenir à la surface d'un seul bond pour encore bouleverser notre vie.

Je m'inquiète sans cesse pour elle, assez pour que je prenne la décision inhabituelle de demander à Camille de déjeuner avec moi parce que j'ai besoin d'en parler à quelqu'un – et j'ai besoin de savoir si je suis le seul qui s'inquiète que la frénésie du mariage puisse être une façade.

Camille entre dans le restaurant l'air battue par le vent, ses joues colorées de rouge par la brise vivifiante de mars.

Je lui fais signe de la main, et elle se faufile entre les tables pour me rejoindre. Me levant, je l'embrasse sur la joue.

« Merci de me rencontrer.

— Pas de problème.

— Comment va le travail ? demandé-je, ne voulant pas l'accabler avec la raison de cette réunion dès qu'elle arrive.

— C'est très… satisfaisant. Cela me plaît beaucoup. Ce sera un vrai plaisir quand j'aurai réussi l'examen du barreau et pourrai laisser les études derrière moi.

— Tu vas réussir.

— Je suppose qu'on verra, n'est-ce pas ? »

Notre serveur vient prendre notre commande. Je choisis un sandwich au pastrami dont je n'ai pas vraiment envie, et elle commande une salade.

« Qu'est-ce qui se passe, Éric ? Tout va bien ?

— Ouais, tout va bien. C'est juste… »

Je tripote mon verre d'eau et me force à le dire tout haut, à exprimer mes doutes à quelqu'un qui la connaît presque aussi bien que moi.

« Comment elle te semble, Ava ?

— Très bien, en fait. Justement, je disais à Rob hier soir qu'elle a l'air d'être redevenue elle-même. Elle est super excitée à propos du mariage.

— Je sais. »

Je jette un œil par la fenêtre, où les gens passent vite, se dépêchant comme ils le font quand il fait froid. Cet hiver s'accroche à nous jusqu'à la dernière seconde.

« Tu ne penses pas que ce soit une bonne chose ?

— Mais si. C'est juste que je me demande si peut-être elle n'utiliserait pas le mariage pour éviter de faire face à l'autre chose. »

Voilà. Je l'ai dit. Ma peur n'est plus une pensée privée. Elle est sur la table, pour être décortiquée et analysée.

Elle me fixe bouche bée.

« Tu le crois en toute honnêteté ?

— Je ne sais que penser.

— Toutes les mariées deviennent dingues à organiser leur mariage. Ava n'est pas différente.

— Si, Ava est différente, et nous savons tous deux que se jeter totalement dans l'organisation du mariage à chaque seconde de la journée ne lui ressemble pas vraiment. Toi, je te vois bien faire ça – sans vouloir critiquer. »

Elle fait un geste de la main.

« Je sais. C'est vrai.

— Mais ce n'est pas son genre, à Ava, de s'attacher si passionnément aux décorations de table et aux lumières au point de rester debout toute la nuit pour faire une recherche approfondie de ses options. »

Camille réfléchit, et quand elle lève son regard sur moi, je vois son inquiétude.

« Elle a fait ça ? Elle est restée debout toute la nuit ?

— Plus d'une fois.

— Et tu penses que cela a à voir d'une manière ou d'un autre avec… l'autre chose ?

— J'ai peur que ce soit sa façon de faire face à la nouvelle qu'il est encore en vie. Je ne crois pas qu'elle sache qu'elle est en train de le faire, mais c'est comme si elle utilisait le mariage pour ne plus penser à lui.

— Éric… Elle t'aime. Elle a tant hâte de t'épouser.

— Je le sais. Je ne doute pas un instant de son amour pour moi ni de son excitation en ce qui concerne le mariage. Ce n'est pas ce que je dis. »

Je prends une minute pour rassembler mes idées.

« Il me semble que sa pensée unique, son obsession pour le mariage, ne lui correspond pas, mais bon, je me demande si je la connais assez bien pour faire cette observation. C'est pourquoi je t'ai appelée.

— Tu la connais aussi bien que quiconque d'entre nous, mais c'est… *inhabituel*, je suppose qu'on pourrait dire ça, qu'elle s'investisse autant dans les détails.

— Alors tu es d'accord que c'est légèrement inquiétant ?

— Légèrement. »

Notre déjeuner est servi, et je touche à peine le pastrami tandis qu'elle joue avec sa salade. J'ai mal à l'estomac, et je ne pourrais pas être moins intéressé par mon repas.

Je prends une gorgée d'eau, en souhaitant qu'elle emporte le nœud qui s'est logé de manière permanente dans ma gorge.

« Quand elle a appris qu'il était en vie, elle en a été malade pendant des semaines, et puis un jour, c'est comme si elle avait décidé de n'en avoir rien à foutre qu'il ait survécu au raid mais ne l'ait pas contactée. Elle est rentrée ce soir-là avec une grande envie de faire à manger, et a eu l'air de faire un effort concerté pour reprendre le cours des choses avec moi et avec tout le reste. Elle n'a plus jamais prononcé son nom ni dit quoi que ce soit sur lui alors qu'elle doit bien se demander où il est et pourquoi il ne s'est jamais donné la peine de lui faire signe, tu ne crois pas ? »

Camille hoche la tête.

« Comment pourrait-elle ne pas se le demander ?

— Exactement. »

Le silence pèse entre nous alors que nous continuons à faire semblant de manger.

Le serveur passe et s'arrête d'un coup quand il voit que nous avons à peine touché à nos plats.

« Tout va bien ? »

Non, pas vraiment.

« Oui, ça va bien. Merci.

— Qu'est-ce qu'on fait ? » demande Camille d'une petite voix qui ne lui ressemble pas.

Cela me dit combien elle est inquiète, et je culpabilise d'avoir vidé mon sac sur elle.

« Je ne sais pas. Ce n'est pas comme si je pouvais simplement lui demander si elle utilise notre mariage pour masquer le désespoir qu'elle éprouve à propos de lui.

— Non, tu ne peux vraiment pas faire ça. »

Elle tapote la table du bout des doigts pendant quelques minutes.

« Mais ce que tu pourrais faire, c'est l'emmener quelque part pour un week-end sans organisation de mariage, sans rien que vous deux pour passer du temps ensemble.

— J'aime bien l'idée. Je l'aime beaucoup.

— Il y a une auberge dans le nord qu'elle adore. Nous y sommes allées une fois avec nos parents pour y rencontrer des amis pour un week-end. Je t'enverrai les détails.

— Ce serait super. Merci.

— Peut-être réussiras-tu à la faire se confier à toi pendant que vous êtes partis.

— Je l'espère. »

Elle a fourré ses sentiments pour John dans une boîte pleine de détails de mariage qui l'occupent tellement qu'elle n'a pas le temps de penser à lui. J'en suis certain, et bien que j'adore l'idée de l'emmener passer un week-end loin de tout, j'ai désespérément peur de ce qui pourrait arriver s'il sortait de cette boîte.

Camille

« Elle va le détruire, dit Rob quand je lui raconte mon déjeuner avec Éric. Je le sens venir et il n'y a rien que nous puissions faire pour l'arrêter. »

Nous sommes à l'arrière d'un Uber en route pour un gala de bienfaisance pour sa campagne qui a été organisée par des supporters de longue date de son père.

Je rejette sa certitude.

« Elle ne va *pas* le détruire. Ne dis pas cela.

— Pourquoi ne devrais-je pas le dire ? Tous les autres sont en train de le penser.

— Qui pense cela ? demandé-je, choquée de l'entendre.

— Jules, Amy, Papa. Dès l'instant où on a entendu que ce gars qu'elle a pleuré tout ce temps était en vie, on s'est inquiétés de la voir tirer le tapis sous les pieds d'Éric.

— Cela ne va pas arriver.

— Tu sais ça comment, Camille ? Qu'est-ce qu'elle va faire si ce gars… *John*… refait surface et veut la reprendre ? Il est parti se battre pour notre pays tout ce temps. C'est un putain de héros national. Comment Éric peut-il rivaliser avec lui ?

— Il n'a pas à rivaliser. Elle *aime* Éric. Elle te dirait elle-même qu'il lui a sauvé la vie de plus d'une façon.

— Je le crois, qu'elle l'aime. Vraiment. Tous, on le voit. Mais ça ne veut pas dire qu'elle restera avec Éric si l'autre mec veut la reprendre. »

Je suis glacée jusqu'à la moelle par sa certitude qu'Ava laisserait Éric après tout ce qu'ils ont partagé et représenté l'un pour l'autre.

« Au moins, Ava a prouvé qu'elle est une personne loyale en restant fidèle à l'homme qu'elle aimait pendant plus de *cinq ans* alors qu'elle ne savait même pas s'il était en vie.

— C'est une personne très loyale, ma chérie. C'est ce que je dis.

— Tu te trompes, Rob. Elle ne fera pas ça à Éric. »

Cette pensée me donne des frissons. Qu'est-ce que cela voudrait dire pour mon mariage si ma sœur brisait le cœur du frère de mon mari ? L'idée même me donne envie de vomir.

« Je ne veux pas être trop dur avec Ava. Elle est adorable. Et elle a enduré tellement de choses. Mais j'ai peur pour mon frère dans cette situation. Tu l'as vu après Brittany… »

Il secoue la tête, son expression est sombre.

« Tu sais combien c'était affreux. Si ça tourne mal avec Ava…

— Cela n'arrivera pas.

— J'espère que tu as raison. Vraiment. »

Moi aussi. L'inverse est inimaginable.

Ava

Je ne tiens pas en place tant je suis excitée pendant qu'Éric conduit, laissant la ville derrière nous, peu après l'heure du midi à la fin du mois de mars. Nous avons tous deux pris une demi-journée pour pouvoir quitter la ville avant l'heure de pointe. Il ne veut pas me dire où nous allons, seulement qu'il voulait s'en aller en amoureux pour le week-end.

Cela me semble une bonne idée. Nous avons tous deux été si occupés ces dernières semaines qu'il a été difficile de trouver du temps ensemble. La semaine dernière, nous avons rencontré le journaliste de la section *Vœux* du *New York Times* et avons posé avec Rob et Camille pour le photographe qu'ils ont envoyé.

L'article est prévu pour le journal de ce dimanche. Tout le monde au travail est excité à propos de l'article, et Rob est ravi de cette publicité positive pour sa campagne après une année difficile pour sa famille. Nous avons aussi fêté l'examen du barreau de Camille et le fait qu'elle ait l'impression d'avoir réussi. Maintenant nous n'avons qu'à attendre les résultats.

Éric m'a chargée de m'occuper de la musique pendant le trajet, et j'ai mis Nirvana à fond.

Il baisse le son un petit peu.

« Tu vas faire péter mes haut-parleurs.

— Mauviette. »

Il en reste bouche bée, choqué, et cela me fait rire tandis qu'assise je danse sur la musique de ma jeunesse. J'adorais tout ce qui était *grunge* au lycée.

Je suis ravie qu'Éric ait organisé ce week-end pour nous et que je puisse lui dire n'importe quoi et ne pas avoir à me demander s'il va mal réagir. Je n'ai jamais eu cette chance avec personne, même John, qui pouvait être sensible à ce qui pouvait être perçu comme une insulte.

John.

Pourquoi est-ce que je pense à lui quand je pars en escapade avec Éric ? Je n'ai plus de place dans mon cerveau ni de temps dans ma vie pour lui. Ce stade-là est passé. Fini. Terminé. J'ai carrément une nouvelle vie maintenant, et c'est sur cela que je dois me concentrer.

« On n'est pas encore arrivés ? » demandé-je à Éric, nerveuse que mes pensées errent en territoire dangereux.

Il lève les yeux au ciel.

« Je te l'ai dit, que ça prendrait quelques heures. »

C'est long, sans rien d'autre pour m'occuper que la musique et le paysage. Ma peau me brûle tout à coup, comme la fois où j'ai fait de l'urticaire. J'avais treize ans, je passais la nuit chez des amis, quand tout à coup ma peau s'est révoltée. Plus tard, on a déterminé que j'avais réagi à la lessive que la mère de mon amie avait utilisée sur la couverture qu'on m'avait donnée, mais maintenant je me demande si c'était le cas. Je n'ai plus jamais eu d'urticaire, ni ressenti le chaud picotement qui l'a précédée, jusqu'à maintenant.

Je bois une gorgée d'eau de ma bouteille, en espérant que le liquide frais va me faire du bien. J'ai la gorge serrée – assez pour commencer à m'inquiéter.

« Éric.

— Quoi, ma chérie ?

— Je ne me sens pas bien. »

Il me regarde une fois, puis deux.

« Qu'est-ce que tu as sur le visage ? »

Je baisse vite la visière et pousse un cri en me voyant. J'ai le visage couvert de taches rouges marbrées. « Benadryl ». Je me souviens de ce qu'ils m'avaient donné aux urgences la première fois que cela m'est arrivé.

« J'ai besoin de Benadryl. »

Éric prend la prochaine sortie, trouve une pharmacie et se gare dans le parking. Il saute de la voiture et court à l'intérieur tandis que je me concentre sur ma respiration et essayer de ne pas me gratter. Il revient rapidement et dépose dans ma main des pilules que je prends en buvant de l'eau comme une assoiffée. Je ferme les yeux et attends impatiemment que les médicaments fassent effet.

Éric me caresse les cheveux et offre ce qu'il peut de réconfort.

« Est-ce qu'on doit te trouver un hôpital, ma chérie ? »

Je secoue la tête.

« Ça va. »

Cela prend environ trente minutes avant que ma gorge commence à dégonfler et que le besoin irrésistible de me gratter se calme. J'ouvre les yeux et le trouve en train de me regarder avec une inquiétude gravée sur son beau visage. Je déteste le fait que je continue à lui donner des raisons de me regarder ainsi.

« Désolée.

— Pas besoin de t'excuser. Tu te sens mieux ?

— Ouais. En revanche, ça va prendre un peu de temps avant que les taches rouges disparaissent.

— Qu'est-ce qui les a déclenchées ?

— Je ne sais pas », lui dis-je, alors que ce n'est pas vrai.

Je sais exactement ce qui les a déclenchées, mais je ne sais pas pourquoi. La dernière fois, c'était la lessive, ou du moins c'est ce que nous avions pensé.

« C'est déjà arrivé ?

— Une fois, quand j'avais treize ans.

— Tu veux rentrer à la maison ?

— Non ! Pas du tout. Sauf…

— Quoi ?

— Je comprendrais si tu ne voulais pas qu'on te voie avec moi quand j'ai des papules partout sur la figure.

— J'en ai rien à foutre. Du moment que tu vas bien, c'est tout ce qui m'importe.

— Ça va. »

Je lui dis ce qu'il a besoin d'entendre, mais l'incident m'a perturbée. J'ai essayé si dur d'aller de l'avant dans ma vie après que j'ai appris que John est en vie, mais l'idée de quelques jours sans activité intense pour m'occuper m'a donné une crise d'urticaire. Même si j'aimerais, je ne peux nier la connexion.

J'ai horreur de comment je me sens quand je pense à lui. J'ai horreur de savoir qu'il est quelque part, revenu de sa longue mission, et n'en a rien à faire de moi. Pas que je veuille avoir de ses nouvelles. Je ne le veux pas. Je ne veux rien avoir à faire avec lui. Je veux qu'il s'en aille et qu'il me laisse tranquille une bonne fois pour toutes. Je veux en être libre.

Libre. Comment ce serait ? J'ai été obsédée par ce qu'il est advenu de lui pendant si longtemps que je ne me souviens plus comment c'était de vivre autrement.

Le Benadryl me donne sommeil. Je veux passer ce temps avec Éric, mais je n'arrive pas à garder les yeux ouverts.

CHAPITRE 26

Ava

J'entends Éric qui dit mon nom. J'ai l'impression qu'il est loin, mais je sens sa main sur mon épaule qui me secoue doucement.

« Ava, chérie, réveille-toi. »

Mes paupières pèsent une tonne, du moins il me semble. Je me force à les ouvrir et je cligne des yeux jusqu'à distinguer une grande maison victorienne. Elle a quelque chose de familier.

« On est arrivés.

— Où sommes-nous ?

— À l'auberge Fairlawn. Camille m'a dit que tu es déjà venue ici et que tu as adoré.

— Oui ! Avec nos parents. C'est vrai, j'ai adoré. C'est formidable, Éric. Merci beaucoup.

— Cela me fait plaisir de te voir heureuse. Tu te sens mieux ?

— Beaucoup mieux. Désolée d'avoir dormi tout le long. C'était le Benadryl.

— Pas de problème, mais tu m'as manqué. »

Il sourit et m'embrasse le dos de la main.

« Tu veux entrer et voir si c'est comme tu t'en souviens ?

— Oui, oui. »

Je suis si touchée de l'attention dont il a fait preuve pour m'emmener quelque part qui me ferait plaisir. L'intérieur est exactement comme je m'en souviens, cosy et accueillant avec des antiquités. Nous sommes escortés à notre chambre, qui comporte un lit Louis Philippe avec un boutis à fleurs et un ciel de lit.

« La dernière fois que je suis venue ici, il m'a fallu partager un lit avec Camille. »

Je pose une main sur son torse, sentant le battement régulier de son cœur sous ma paume.

« Je suis bien plus excitée de partager un lit avec toi.

— J'espère bien. »

Sa réponse me fait rire, et je me promets de lui donner toute ma concentration et mon attention ce week-end. Il mérite au moins cela après s'être donné tant de mal pour organiser une échappée romantique pour nous.

Nous passons l'après-midi à faire de la randonnée sur des sentiers qui entourent l'auberge et prenons un délicieux dîner dans un restaurant pas loin, dans le centre-ville de Hunter. C'est une superbe journée relaxante qui se termine par une trempette dans la baignoire pieds de lion de notre chambre. Je suis en face de lui, il a mes pieds sur ses cuisses et il en masse la plante.

« Merci pour tout ça, lui dis-je. J'en avais vraiment besoin.

— Tu as brûlé la chandelle par les deux bouts dernièrement.

— Je sais. »

Je ne devrais pas être surprise qu'il ait remarqué. Il remarque tout ce qui me concerne.

« Je suis désolée si tu t'es senti négligé.

— Ce n'est pas le cas. Ne t'inquiète pas pour moi. Mais je me suis inquiété pour toi.

— Ah bon ? Pourquoi ? »

Il a l'air de choisir ses mots avec attention.

« Tu as été très… *absorbée* par le mariage.

— Sais-tu que la plupart des gens de nos jours sont fiancés pendant *au moins* dix-huit mois ? Des fiançailles de six mois, c'est presque du jamais vu. C'est beaucoup à faire en peu de temps.

— Je me rends compte que c'est beaucoup, et je veux que notre grand jour soit parfait pour nous deux, mais je m'inquiète que ton enthousiasme pour le mariage ne vienne d'autre chose.

— Quelle autre chose ? »

Je fais l'idiote, mais la panique me tiraille. Il sait. Bien entendu. Il sait tout.

Penchant la tête, il me lance un regard implorant.

« Ava… »

Je ne sais que dire.

« Tu n'es pas obligée de faire ça avec moi. Je ne vais pas me sentir menacé si tu veux parler de lui…

— Je ne veux pas. »

Éric ne dit rien, mais il me regarde sans cligner des yeux pendant si longtemps qu'il me fait craquer avec sa compassion.

« Il est la dernière chose dont j'ai envie de parler. Je n'en peux plus de parler de lui. Je n'en peux plus de voir son visage partout après ne l'avoir vu nulle part pendant des années. J'en ai ras le bol de spéculer sur qui il est et où il est. J'en ai assez de me sentir comme une imbécile de l'avoir aimé pendant si longtemps quand, de toute évidence, lui n'en a rien à faire de moi. Est-ce que c'est ce que tu voulais savoir ?

— C'est un bon début.

— Je ne veux penser à rien de tout cela. Je veux penser à toi et moi et notre mariage. Je veux te parler d'arrêter la pilule bientôt pour qu'on puisse essayer d'avoir un bébé tout de suite. »

Ses yeux s'agrandissent de surprise.

« Tu veux ?

— Oui, je le veux. Je veux devenir maman. Je veux une famille avec toi. Si toi aussi tu le veux toujours.

— Je le veux. Tu le sais.

— Si je me concentre excessivement sur notre mariage, c'est parce que c'est à cela que je *veux* penser. Pas au reste.

— Je comprends, mais je ne veux pas que tu penses jamais que tu ne peux pas parler du reste avec moi ou que tu dois me le cacher.

— Tu as été incroyable dans tout cela. Je ne sais pas si j'aurais pu y faire face si tu n'avais pas été là pour me tenir la main. »

S'asseyant droit, il me prend la main et l'embrasse sur le dos.

« Ta main est ce que je préfère tenir, et je serai toujours là pour toi, Ava. Pendant les bons et les mauvais moments. C'est ce que j'ai accepté de faire.

— Je ne veux plus de mauvais moments, murmuré-je, mes yeux se remplissant de larmes. Je suis si fatiguée d'être triste. Tu me rends heureuse. Le mariage me rend heureuse. Si je me remplis de ces choses-là, il n'y a plus de place pour la tristesse.

— Tu sais que je suis toujours content de te remplir de moi. »

Je pousse un grognement en riant, tout en essuyant mes larmes.

Il se lève et me tend les bras.

« Sortons d'ici avant que tu ne deviennes ridée par l'eau comme une vieille prune.

— Ah, oui, ce n'est pas possible. Je me marie bientôt.

— Oui, en effet, et le marié n'a pas accepté d'épouser une vieille prune. »

Nous nous remettons au lit et y restons jusqu'à l'après-midi du jour suivant, riant, parlant, faisant l'amour et faisant des projets. Ayant besoin de nourriture et de café, nous allons en ville pour un brunch et passons le reste de la journée à visiter les brocantes, les librairies et les galeries d'art.

Un film que nous voulons tous deux voir depuis quelque temps passe au cinéma de la ville, alors nous achetons des billets pour la séance de 17 h et allons dîner ensuite.

C'est une échappée relaxante et revigorante, et quand nous repartons pour la grande ville vers midi le dimanche, je le fais avec la détermination de ne pas laisser le mariage devenir plus important que ma relation avec Éric. En sortant de Hunter, nous prenons une copie du *New York Times* du dimanche et lisons attentivement l'histoire flatteuse écrite sur nous quatre.

« C'est une belle photo de nous tous, dit Éric. On devrait l'encadrer pour eux.

— Et pour nous.

— Tout en double, c'est sûr. »

Rob et Camille nous envoient un SMS pour partager qu'ils sont ravis de l'article et des photos.

Un changement qui fait du bien dans ce qui se dit sur notre famille, dit Rob.

Je lui réponds par texto pour nous deux pour lui dire que nous avons adoré l'article et les photos.

« Merci de ce week-end, dis-je à Éric quand nous sommes sur la highway vers la capitale. C'était exactement ce qu'il me fallait.

— Tu es la bienvenue, et tout le plaisir était certainement pour moi. »

Il remue ses sourcils pour que je ne loupe pas le sous-entendu.

« Après ce week-end, dis-je, en le tapotant sur la jambe, tu devrais avoir assez de sexe pour un mois ou deux.

— Euh… Attends. Quoi ? »

J'éclate de rire. Son expression est absolument tordante. Je ris tellement fort, que de peu je n'entends pas mon téléphone qui sonne. Je prends l'appel de ma mère juste avant qu'il aille à ma messagerie vocale.

« Salut, Maman. Qu'est-ce qui se passe ?

— Ava…

— Maman ? Ça ne va pas ?

— Ma chérie, les agents du NCIS étaient là il y a quelques instants.

— Quoi ? Pourquoi ? Qu'est-ce qu'ils voulaient ?

— C'est John, ma chérie. Il essaie de te trouver. »

John

Ça a mis vingt-sept jours, mais maintenant je suis capable de me tenir debout cinq minutes d'affilée, grâce à la prothèse que j'apprends à tolérer. On me dit qu'avec le temps j'arriverai à rester debout pendant de plus longues périodes, mais pour l'instant, cinq minutes, c'est tout ce que je peux encaisser. On me dit aussi que je me rétablis bien plus vite que prévu. Tout ce que je sais, c'est que la douleur est atroce, que j'ai toujours une gueule d'enfer et que je suis à court de temps.

L'interview avec *60 Minutes* est prévue pour le dimanche de la semaine prochaine.

Il faut que je voie Ava avant d'être à la télévision nationale pour raconter mon histoire. Il y a environ trois semaines, j'ai décidé que je ne pouvais pas l'appeler à l'improviste après presque six ans. Plus que tout, j'ai peur qu'elle me dise d'aller me faire voir, qu'elle raccroche et ne me parle jamais plus. Je ne peux pas prendre ce risque.

J'ai utilisé le téléphone pour la trouver en ligne et je n'ai trouvé aucun signe d'Ava Lucas à San Diego. Elle n'a jamais été fan des réseaux sociaux en ce qui concerne sa vie personnelle parce qu'elle avait à les utiliser tellement au travail, alors je suis dans une impasse, là. J'ai demandé à Muncie d'aller à l'immeuble de notre appartement, voir si elle était encore là.

Muncie est revenu avec un compte rendu du concierge disant qu'elle était partie il y a presque un an et n'a pas laissé d'adresse de réexpédition. C'est la meilleure nouvelle que j'aie eue en bien des années.

« Je veux que vous la trouviez, dis-je à Muncie, le moral remonté par le fait que ça lui a pris *cinq ans* pour quitter notre appartement.

— Comment suis-je censé faire ça, capitaine ?

— Faites appel au NCIS.

— Je ne pense pas que ça fasse partie de leur profil de poste de trouver d'anciennes copines.

— Ils veulent que je fasse l'interview avec *60 Minutes*, ou je me trompe ?

— Alors vous êtes en train de dire…

— Ils ne trouvent pas ma nana, il n'y a pas d'interview. »

C'est comme ça que j'ai réussi à faire chercher Ava par le NCIS. Ça n'a pas pris longtemps parce que je savais qu'elle était de Purchase, New York, et que ses parents n'étaient pas du genre à déménager, du moins quand je la connaissais.

« Elle est dans la ville de New York, capitaine, me signale par téléphone Muncie, tard un dimanche soir.

— Quoi d'autre ?

— Vous nous avez demandé de la trouver. Nous l'avons trouvée. C'est tout ce que j'ai. Voulez-vous son adresse ?

— Ouais. »

Il la dit à toute vitesse et je l'écris pour la garder.

« Je veux que vous y alliez.

— Quoi ? Vous voulez que j'aille à New York trouver votre ex ? Euh, mm, capitaine ?

— Ce n'est pas mon ex. »

Du moins, elle ne l'était pas la dernière fois que je l'ai vue. Non, elle était le soleil, la lune, les étoiles, toute ma vie. La meilleure chose qui me soit arrivée. Elle n'avait rien à voir avec une « ex ».

« N'avez-vous pas dit que la Marine vous rendait disponible pour subvenir à tous mes besoins potentiels ?

— Oui, mais…

— J'ai *besoin* de la voir et de lui parler avant de rendre mon histoire publique. Il y a des choses… qu'elle doit entendre de moi. »

J'ai besoin *d'elle*. Il me faut la voir, savoir si ce qu'il y avait entre nous y est encore. Il faut que je sache si elle m'aime encore comme avant.

« Pourquoi ne pouvez-vous pas l'appeler ? N'avez-vous pas son numéro ?

— Oui, mais… »

Je ne peux pas lui dire que j'ai peur qu'elle ne prenne pas l'appel.

« Ce serait mieux si vous y alliez et lui disiez que j'ai besoin de la voir. Que c'est urgent. »

Il reste silencieux si longtemps que j'ai peur qu'il ait raccroché.

« Muncie ?

— Ouais, je suis là.

— S'il vous plaît. Je ne vous le demanderais pas si je n'avais pas vraiment besoin de la voir.

— J'irai demain, dit-il avec réticence.

— Vous irez ? Vraiment ?

— Oui, capitaine. J'ai dit que j'irai, alors j'irai.

— Vous lui direz que j'ai besoin de la voir ? Et ferez le nécessaire pour qu'elle vienne ici ?

— Je ferai ce que je peux, capitaine, dit-il avec un soupir qui vient du cœur. C'est tout ce que je peux promettre avant de parler à mon supérieur direct par la voie hiérarchique.

— Bien sûr, il y a cette interview qu'ils me font faire…

— Je comprends votre position, capitaine.

— Je ne veux pas qu'elle me voie à l'hôpital. Organisez ça dans un hôtel ou ailleurs, mais pas ici. En fait, je sais exactement où. »

Je lui donne le nom de l'hôtel que je veux.

« Réservez une suite.

— Y aura-t-il autre chose, capitaine ?

— Non, ça ira. Mais dépêchez-vous, d'accord ?

— Oui, capitaine. Je comprends que c'est urgent.

— Ce n'est pas possible que vous compreniez à quel point c'est urgent pour moi.

— Non, capitaine, bien sûr que non. Je vous appelle demain soir.

— J'attendrai. »

Je suis tellement excité par la possibilité de la voir – bientôt – que je ne peux pas dormir cette nuit-là. Je passe une nuit blanche, fixant le plafond, revivant chaque minute que j'ai passée avec elle, le bonheur fou que j'ai connu dans ses bras, l'amour immense que j'ai ressenti pour elle et reçu d'elle en retour. Je n'ai jamais eu quelque chose d'autre comme ça, et vivre sans ça, sans elle, pendant tout ce temps, a été la pire des tortures. Je le referais pour qu'Al Khad soit jugé, mais j'ai payé un lourd tribut pour cette victoire, tout comme Ava.

J'ai besoin d'une opportunité de m'excuser auprès d'elle, d'essayer de lui expliquer… J'espère et je prie qu'elle accepte de me voir et me donne cette opportunité.

CHAPITRE 27

Éric

Elle est en état de choc. Depuis qu'elle a reçu l'appel de sa mère et a entendu que John la cherche, elle a à peine dit un mot à moi, à sa sœur ou à l'un des amis qui sont venus pour être auprès d'elle une fois que j'ai partagé la nouvelle avec eux.

Nous ne savons que faire pour elle.

La laissant aux bons soins de sa sœur, j'emporte son téléphone dans la salle de bains. J'appelle sa thérapeute, Jessica, et la mets au courant du dernier rebondissement.

« Je ne sais pas quoi faire pour elle. Aucun d'entre nous ne sait que faire.

— Je viendrais bien chez vous, mais j'ai deux enfants très malades avec une gastro, et la dernière chose dont vous avez besoin, c'est d'y être exposés.

— C'est vrai.

— Soyez patient jusqu'au bout, Éric. Laissez-la vous parler quand elle est prête.

— J'essaie de ne pas détourner l'attention sur moi, mais je mentirais si je disais que je ne panique pas un peu à cause de ce nouveau développement.

— C'est tout naturel.

— Je sais que vous êtes sa thérapeute et pas la mienne, mais dites-moi ceci : que diable vais-je faire si elle se remet avec lui ? »

Le dire tout haut, exprimer ma plus grande peur, me rend malade.

« Vous brûlez les étapes, là.

— Vraiment, vous croyez ? C'est ce qu'elle a attendu pendant presque six ans – une chance de le revoir. Et si elle m'oublie carrément dès qu'elle le voit ? »

Que je vide mon sac avec une femme que je connais à peine est un signe de désespoir que je n'oserais jamais montrer à quelqu'un d'autre. Il faut que je sois fort pour Ava, et je le serai. Dès que j'arrête de flipper sur ce que ça veut dire pour moi.

« Aussi difficile que ce soit, il vous faut prendre tout cela minute après minute. Affrontez ce qui est devant vous, et non pas ce qu'il pourrait arriver. Je n'ai pas le droit de parler du traitement d'Ava, comme vous le savez, mais il y a une chose que je peux vous dire : elle vous aime beaucoup et parle fréquemment de combien vous avez été essentiel pour remettre de l'ordre dans sa vie.

— Ça fait du bien de l'entendre. »

C'est quelque chose que je sais, mais je commence à me demander si je n'ai été qu'une distraction pour elle en attendant que celui qu'elle voulait vraiment lui revienne.

« C'est la vérité, Éric. Accrochez-vous à cela, quoi qu'il arrive.

— Je le ferai. Je vous remercie pour le temps que vous m'avez accordé.

— Merci de demander à Ava de m'appeler si je peux l'aider. Je suis disponible pour elle à n'importe quelle heure, et je suis désolée de ne pas pouvoir me rendre chez vous.

— Ce n'est pas grave. Je comprends parfaitement, et elle comprendra aussi. On vous contactera. »

Longtemps après la fin de l'appel, je reste assis sur le lit, les avant-bras sur mes genoux, la tête baissée pour soulager un peu la tension qui s'est formée à la base de mon cou. *John me cherche*, elle a dit. Trois mots qui ont bouleversé mon monde, et l'ont replongée, elle, dans le cauchemar auquel elle a essayé si dur d'échapper.

Ce n'est pas juste, ni pour elle, ni pour moi. De quel droit revient-il après tout ce temps, pensant qu'il peut claquer des doigts et qu'elle va revenir en courant ? Est-ce que ça lui passe par la tête qu'elle a une vie ? Que des gens l'aiment ? Qu'elle ne passe plus son temps à l'attendre ?

À peine ai-je ces pensées que j'ai l'impression d'être un monstre. Cet homme-là a donné des années de sa vie pour nous protéger, nous autres. Il a sacrifié plus que je ne le ferai jamais, plus que tous ceux que je connais ne le feront jamais. Il devrait avoir tout ce qu'il veut. Sauf Ava. Il ne peut l'avoir, elle. Elle est à moi.

Mon téléphone sonne, annonçant l'arrivée d'un texto d'un numéro que je ne reconnais pas. Je clique dessus.

Entendu que tu t'es fiancé. Suuuper contente pour toi. Personne ne mérite d'être plus heureux que toi.

Mes doigts glissent vite sur le clavier.

Qui est-ce ?

Brit.

Elle a inclus l'émoji du visage qui envoie un baiser et un cœur.

Je supprime le texto et bloque le numéro. La dernière merde dont j'ai besoin en ce moment, c'est d'avoir de ses nouvelles. Je fais à peine attention maintenant à ce qui aurait fait l'effet d'une bombe dans ma vie il n'y a que quelques mois.

« Éric ? »

Amy est à la porte.

« Tu vas bien ? »

Je veux lui dire ce qu'elle a besoin d'entendre, mais les mots se coincent dans ma gorge, calés contre cette boule gigantesque qui ne veut pas partir quoi que je fasse pour reprendre le contrôle de mes émotions.

Amy entre dans la pièce, ferme la porte derrière elle et s'assied sur le lit près de moi. Elle met le bras autour de mes épaules, et je pose la tête contre la sienne.

« Je déteste tout ça, pour vous deux.

— Merci.

— Ava demande à te voir. »

Ces mots sont comme un électrochoc qui me redresse, me fait rassembler mes défenses et me mettre debout pour aller à elle.

Par-dessus mon épaule, je dis à ma sœur : « Brittany m'a envoyé un texto.

— *Quoi ?*

— Elle voulait me féliciter de mes fiançailles.

— Qu'est-ce que t'as dit ?

— J'ai supprimé le texto et je l'ai bloquée.

— La salope, elle a du culot. Ça, c'est sûr.

— Ouais. Son timing aussi est exquis.

— Comme toujours.

— Je ne peux pas me retaper ça, Ames. Je ne le peux pas. »

Elle se lève et vient à moi, sa main sur mon dos, me soutenant comme elle l'a fait toute sa vie.

« Tout est différent en ce qui concerne ta relation avec Ava.

— Mais est-ce que le résultat sera le même ?

— Ne t'inflige pas cela, Éric. C'est à *toi* qu'elle s'est fiancée.

— Pour l'instant. »

J'ai mal à l'estomac et ma tête va éclater, comme si j'avais une gueule de bois. Mais Ava veut me voir, alors je mets de côté mes propres soucis pour m'occuper d'elle.

Camille est assise près d'Ava sur le canapé. Elle se lève pour me céder sa place.

Je m'assieds avec Ava et lui prends la main, qui est gelée. Je la couvre des deux miennes, mon regard se posant sur sa bague de fiançailles.

« Qu'est-ce que je peux faire ? lui demandé-je.

— Je… Je ne sais pas ce qui va se passer maintenant. Mais quoi que ce soit, je te veux ici à mes côtés. Ça marche ?

— Oui, mon amour. Ça marche. »

Ses mots doux sont un grand soulagement. Il la cherche, mais c'est moi qu'elle veut. Je l'enlace et la tiens contre moi tandis que Camille, Rob, Amy et Jules nous regardent. Ils veulent aider, mais il n'y a rien qu'aucun d'entre nous puisse faire pour l'instant.

Maintenant que John sait comment trouver Ava, nous attendons son prochain mouvement.

*

Il arrive le lendemain après-midi à ma porte sous la forme d'un officier de la Marine appelé Muncie. Ava et moi avons tous deux prévenu le travail que nous étions malades, et avons passé la journée dans un état tourmenté d'hibernation, à attendre quelque chose sans savoir quoi.

Nous n'avons pas fermé l'œil de la nuit, ni l'un, ni l'autre, et nous sommes crevés et stressés. J'appuie sur l'intercom pour faire entrer Muncie et ouvre la porte d'entrée pour l'attendre.

Il monte les escaliers, et la première chose que je remarque est l'uniforme kaki qu'il porte sous son manteau de laine bleu. Me tendant la main, il dit : « David Muncie.

— Éric Tilden.

— Merci de me recevoir.

— Je dirais bien pas de problème, sauf que… »

Il a la bonne grâce de paraître peiné.

« Madame Lucas est-elle à la maison ?

— Oui. Entrez. »

Je me pousse pour qu'il entre et lui montre le canapé, où Ava est assise, les jambes repliées sous son corps et une couverture sur ses cuisses.

« Ava, voici David Muncie.

— Bonjour, dit-elle avec hésitation.

— Merci d'avoir accepté de me recevoir, dit-il, s'asseyant sur une chaise près d'elle.

— J'ai presque peur de ce que vous êtes venu me dire. »

Moi aussi, et je lui suis reconnaissant de l'exprimer pour nous deux. Je m'assieds près d'Ava, mais je ne la touche pas.

« Je viens de la part du capitaine John West, de la Marine des États-Unis. Je suis son intermédiaire attitré pour l'assister depuis qu'il a été blessé dans le raid sur le camp d'Al Khad.

— Où… Où a-t-il été depuis ? demande-t-elle.

— À l'hôpital, Madame. On m'a autorisé à vous dire qu'on lui a tiré dans la jambe, et que la balle a touché son artère fémorale, le blessant presque fatalement. La jambe était trop gravement endommagée pour qu'on la sauve. »

Ava gémit, un bruit si petit qu'il est presque inaudible, mais je l'entends.

« À peu près quatre semaines après son opération, il a contracté une infection qui l'a mis dans le coma pendant plus d'un mois. Pendant un certain temps, nous n'avons pas été sûrs qu'il y survivrait, mais il s'en est remis, et il est aujourd'hui dans un centre de rééducation dans la région de San Diego. »

Oh, mon Dieu. Il est à l'hôpital. C'est la raison pour laquelle elle n'a pas eu de ses nouvelles.

Elle me prend la main et la tient fort.

« Puis-je demander, dit Muncie, si vous deux, vous êtes…

— Nous sommes fiancés, lui dis-je et j'observe ses traits qui tombent avec ce qu'on ne peut qualifier que de déception.

— Je vois », dit-il.

Ah, oui ? ai-je envie de lui demander. *Vous voyez qu'elle aime quelqu'un d'autre, et que ce gars de son passé n'a aucun droit de se pointer après tout ce temps et de demander à la voir ?*

« Est-ce que John… Il va bien maintenant ? demande Ava avec hésitation.

— Son état ne cesse de s'améliorer. »

Après une longue pause, il lâche la bombe.

« Il aimerait beaucoup vous voir. »

Ava

Ces mots, j'ai attendu des années pour les entendre. John veut me voir. Mais ils rebondissent sur moi comme des balles en caoutchouc, douloureuses mais qui ne pénètrent pas.

Contre moi, le corps d'Éric est rigide de tension. Il me tient la main si fort, ça me fait mal. Tout ça le tue, et je déteste ça. Je ne veux jamais lui faire de mal, mais entendre que l'homme que j'aimais il fut un temps a failli mourir non pas une fois, mais deux, au service de notre pays et que maintenant il veut me voir, le blesse profondément.

Je voulais savoir pourquoi John ne m'avait pas appelée. Maintenant je le sais. C'était parce qu'il ne pouvait pas, et c'est tellement plus facile à accepter que de penser qu'il ne le voulait pas.

« Madame Lucas, dit Muncie doucement. Je suis prêt à vous emmener à San Diego, ce soir si possible, et organiser une rencontre avec le capitaine West pour demain. Il est prévu qu'il soit interviewé par *60 Minutes* plus tard dans la semaine, et il voudrait avoir l'opportunité de vous parler avant qu'il rende son histoire publique. »

Je pourrais voir John demain.

Je cherche l'approbation d'Éric, qui fixe le mur derrière Muncie.

« Éric. »

Il me jette un coup d'œil.

« Que devrais-je faire ?

— Je ne peux pas te le dire, ma chérie, mais je te soutiendrai quoi que tu décides de faire.

— Viendrais-tu avec moi si j'allais à San Diego ?

— Si tu le voulais.

— Bien sûr que je le voudrais.

— Cela vous dérangerait de nous excuser pendant une minute ? demande Éric à Muncie.

— Pas du tout. Prenez tout le temps qu'il vous faut. »

Éric se lève et me tire doucement pour que j'aille avec lui.

J'ai les jambes en coton quand nous entrons dans notre chambre et fermons la porte.

Il m'enlace et m'offre son étreinte chaude et sûre.

« J'en avais besoin, alors je me suis dit que peut-être toi aussi.

— J'en avais tellement besoin.

— Je ne peux m'imaginer ce que tu dois être en train de penser et de ressentir.

— J'ai la tête qui marche à cent à l'heure, et le cœur qui s'emballe aussi. »

Il passe sa main sur mon dos.

« Il n'y a rien que tu sois obligée de faire si tu n'en as pas envie, Ava.

— Je sais.

— Et tu n'es pas obligée de décider immédiatement. Tu pourrais demander à Muncie de t'appeler demain matin, pour que tu aies le temps de digérer tout ce qu'il t'a dit.

— Ce serait bien.

— Tu veux que je lui dise ? »

Je hoche la tête.

« Merci.

— Si tu as besoin de quelque chose, tu me le dis. »

Il m'embrasse le front.

« Je reviens de suite. »

Éric quitte la chambre et ferme la porte, mais j'entends leurs voix dans la pièce à côté. J'entends la porte de l'appartement s'ouvrir et puis se refermer.

Il est parti, mais il m'a laissée bouleversée par les informations qu'il m'a fournies sur John, des informations que j'ai rêvé d'obtenir pendant si longtemps. Et maintenant… Oh, mon Dieu, je ne sais qu'en faire.

Éric revient dans la chambre et s'assied près de moi, me prend la main et la tient comme il le fait depuis presque un an maintenant. Il ne dit rien, mais je sais qu'il doit être bouleversé, lui aussi.

« Dis-moi ce que je dois faire.

— J'aimerais pouvoir le faire, mais il faut que ce soit ta décision à toi. Tout ce que je peux te dire c'est que je suis là, et que je ne te quitterai pas.

— Tu ne seras pas en colère si je veux le voir ?

— Bon sang, Ava, non. Je comprendrais parfaitement. »

Il fait et dit tout ce qu'il faut, mais je vois que ça lui coûte.

« On pourrait se coucher un peu ? J'ai besoin de me reposer la tête.

— Tout ce que tu veux. »

Il m'aide à me lever et tient la couette pour moi jusqu'à ce que je sois installée en dessous.

Je n'arrive pas à me réchauffer quoi que je fasse.

Il se met sous la couette près de moi et me tend les bras.

Je me blottis contre lui, posant ma tête sur son torse. Le battement régulier de son cœur me calme et m'apaise.

« Je suis désolée que cela arrive, surtout maintenant.

— Ne pense pas à moi, Ava. Cela te concerne toi. Et lui.

— Il n'y a pas de moi et lui, plus maintenant. »

J'y crois, mais chaque fois que je pense à comment ce serait de voir John encore une fois, mon cœur s'emballe. Je ne sais pas s'il s'emballe d'excitation ou de peur, mais quelle importance ?

« Ce serait peut-être mieux… si je ne le voyais pas et puis c'est tout.

— C'est ce que tu veux ?

— Je ne sais pas. Une partie de moi veut laisser le passé derrière moi, et puis je pense à ce qui lui est arrivé et comment la moindre des choses serait de lui faire la politesse…

— Ne parle pas de politesse en ce qui le concerne. »

Le ton d'Éric est plus sec que je ne l'ai jamais entendu.

« Il ne t'a pas accordé la moindre des politesses, alors tu ne lui dois pas ça. Si tu veux le voir ou si tu as besoin de le voir pour tourner la page, c'est une chose. Mais ne le fais pas par politesse envers lui. »

Ses mots tendus m'en disent long sur comment il se sent, et sa douleur me tue.

« Je suis désolée.

— Je t'en prie, ne le sois pas, Ava. Ce qui arrive n'est pas ta faute – et ce n'est pas la sienne non plus. C'est juste une situation difficile à tous points de vue.

— Je n'irai pas le voir.

— Vraiment ?

— Vraiment. Ce n'est ni dans mon intérêt, ni dans le tien.

— Il ne s'agit pas de moi.

— Il s'agit de nous deux. J'ai tant mis du mien pour me remettre de lui et aller de l'avant. Le voir serait un énorme pas en arrière.

— Mais cela te permettrait peut-être de tourner la page comme tu ne l'as pu jusqu'à présent.

— Je sais qu'il est en vie et en sécurité, et c'est plus que je n'ai su jusqu'à présent. C'est tout ce dont j'ai besoin pour tourner la page.

— Ne veux-tu pas savoir *pourquoi* il a fait ce qu'il a fait ?

— Qu'est-ce que ça peut faire maintenant ? Ça ne changera rien pour moi. » Je lève la tête pour voir son visage.

« Tu es bien d'accord avec moi ?

— Je voudrais l'être.

— Qu'est-ce que ça veut dire ?

— Autant je veux te protéger à jamais du malheur, autant j'ai peur que tu regrettes toujours de ne pas l'avoir vu. Pourquoi ne pas lui donner une demi-heure pour que tu puisses avancer vers le reste de ta vie, ce chapitre bien fermé et laissé là où il doit être, derrière toi ? »

Replaçant ma tête sur son torse, je réfléchis. Si seulement l'idée de revoir John ne me terrifiait pas. Est-ce que trente minutes avec lui détruiraient tout le dur travail que j'ai fait pour aller de l'avant ? C'est ma plus grande peur, mais Éric soulève un point important. Serai-je jamais vraiment en paix si je ne le vois pas ?

CHAPITRE 28

J'attends toute la journée pour avoir des nouvelles de Muncie et je saute sur le téléphone quand il appelle à 10 h.

« Vous l'avez vue ?

— Oui. »

Je veux tout lui demander – quelle était son apparence, ce qu'elle a dit, où elle habite.

« Et alors ?

— Capitaine… »

Mon cœur se fige à la façon dont il dit ce mot.

« Quoi ?

— Elle est fiancée. »

Je veux hurler. *Non, non, non.* Elle ne peut pas être fiancée à quelqu'un d'autre. Je ne peux pas entendre ça. Et pourtant… à quoi je m'attendais ? Ava est une femme belle, merveilleuse. Évidemment qu'elle n'est pas restée là à m'attendre. Quand même, j'avais gardé espoir que peut-être elle l'avait fait – un espoir qui est maintenant perdu.

« Capitaine ? Vous êtes encore là ?

— Je suis là. »

Je serre les dents.

« Qui est-ce, le mec ?

— Il s'appelle Éric Tilden. Il a l'air d'être plutôt bien. J'ai fait des recherches sur lui, et c'est le fils du gouverneur de New York. Il y avait un article sur eux dans le *New York Times* parce que sa sœur à elle a épousé son frère à lui. C'est comme ça qu'ils se sont rencontrés – au mariage en juin dernier. »

Juin dernier. Elle était encore seule en juin dernier. Ils ne sont pas ensemble depuis si longtemps que ça.

« Elle a… Elle est… heureuse ?

— Je ne suis resté avec elle que peu de temps, mais je dirais qu'elle avait l'air heureuse – bien que bouleversée d'apprendre que vous vouliez la voir. »

Mon cœur lourd plonge jusqu'au sol et se brise.

« Elle ne vient pas, alors ? »

Plus tôt dans la journée, je me suis fait couper les cheveux, et j'ai rasé la barbe que j'avais laissée pousser durant mon hospitalisation. J'ai fait savoir à mon unité que je voulais que ma tenue bleue de sortie soit mise à jour avec mon nouveau grade et qu'on me l'apporte pour que je puisse la rencontrer en uniforme. Elle ne m'a jamais vu dans mon uniforme de sortie.

« Elle a demandé de prendre la nuit pour y réfléchir. »

J'avais cette image d'elle en train de crier de joie aux nouvelles que Muncie apportait et le suppliant de l'amener tout de suite à moi pour qu'on puisse vite profiter du reste de notre vie. J'ai l'impression d'avoir avalé un rocher de dix tonnes maintenant que je sais qu'elle n'a pas exactement sauté de joie en entendant que je voulais la voir.

« Je suis vraiment désolé, capitaine, de ne pas avoir de meilleures nouvelles. »

Je ne supporte pas sa pitié.

« Ne vous en inquiétez pas. Faites-moi savoir quand vous l'aurez eue demain.

— Entendu. »

Je termine l'appel avant qu'il ne puisse dire quelque chose qui me déprime encore plus. Je suis comme un ballon qui a été dégonflé. Chaque minute que j'ai passée dans ce merdier à essayer de récupérer ma mobilité, je l'ai fait avec elle en tête. Elle était la lumière au bout du tunnel, le pot d'or au pied de l'arc-en-ciel.

Qu'elle puisse ne pas vouloir me voir ne m'est jamais passé par la tête. Peut-être que cela aurait dû. Je sais que ce que je lui ai fait était inadmissible, mais jamais de la vie je ne me serais attendu à un déploiement qui durerait aussi longtemps que ça. Cela dit, quand j'ai accepté d'être affecté à l'unité opérationnelle, je savais qu'il y avait une infime possibilité de déploiements qui dureraient plusieurs années.

Ça, c'était avant qu'Al Khad fasse irruption dans notre vie et change les règles du jeu.

Je fais rouler ma chaise jusqu'à la fenêtre et regarde un monde qui a continué sans moi. Six ans d'absence, ça fait long. Je me sens comme un étranger dans un pays que je ne reconnais plus. Et sans Ava, je n'ai aucune idée d'où est ma place. C'est elle mon chez-moi, la seule vraie maison que j'aie jamais eue, la seule que j'aie voulu retrouver depuis le jour de mon départ.

Sans elle, je n'ai rien.

Moins que rien.

Les larmes me piquent les yeux tandis que la pire douleur que j'aie jamais ressentie s'attaque à mon cœur, tant qu'il m'est presque impossible de respirer. Je n'arrive pas à concevoir de continuer sans elle. Elle a été ma raison de vivre.

Je n'ai pas versé une seule larme depuis que j'ai perdu ma jambe. Même pendant la douloureuse rééducation, je n'ai pas craqué. Mais ça…

Ça me détruit.

Je fais rouler ma chaise jusqu'à la table près de mon lit et j'appuie sur le bouton pour appeler l'infirmière, gardant la chaise face à la fenêtre pour qu'on ne voie ni mon visage, ni mes larmes.

« Bonjour, bonjour, dit joyeusement une infirmière quand elle entre dans ma chambre quelques minutes plus tard. Qu'est-ce que je peux faire pour vous, capitaine West ?

— J'aimerais quelque chose pour la douleur, s'il vous plaît.

— Je pensais que vous ne vouliez plus accepter de médicaments.

— J'ai changé d'avis. »

J'ai envie de lui crier *donnez-moi ces putain de pilules*, mais je ne le fais pas. D'une façon ou d'une autre, j'arrive à me retenir. À peine.

« Je reviens de suite. »

Elle n'est pas partie longtemps, mais j'ai l'impression que ça prend une éternité avant qu'elle revienne avec un gobelet à mesurer plein à ras bord de médicaments. Cette fois-ci, elle fait le tour du lit, me donne le gobelet ainsi qu'un verre d'eau, tout en examinant de trop près mon visage.

Je prends les pilules, les fais descendre avec l'eau et ferme les yeux pour prier d'avoir un répit de la douleur éreintante dans ma poitrine.

« Ça va ? » demande l'infirmière.

Je hoche la tête.

« J'aime bien la coupe de cheveux et le rasage. Cela vous va très bien. »

Tout ça pour rien si Ava ne vient pas.

« Merci. »

Elle me serre l'épaule.

« Je vous laisse vous reposer. Appelez-moi si vous avez besoin d'autre chose. »

Je hoche la tête pour lui faire savoir que je l'ai entendue. La seule chose que je veux ou dont j'ai besoin, elle ne peut pas aller me la chercher.

Ava

Je passe une nuit blanche, me tournant et me retournant dans le lit, faisant les cent pas. Une minute je suis certaine d'avoir pris la bonne décision de ne pas voir John, celle d'après je remets cela encore en question. Les faits défilent dans ma tête comme un film auquel je ne peux échapper.

Il a perdu une jambe.

Il est presque mort d'avoir perdu trop de sang.

Il est presque mort une seconde fois d'une infection.

Il veut me voir.

Après tout ce qu'il a enduré, comment puis-je *ne pas* honorer sa demande ?

Et ce que j'ai enduré, moi, alors ? Cela compte aussi pour quelque chose.

Et puis j'en reviens à me dire que je n'irai pas. Le temps d'une minute, en tout cas.

Le jour point entre les bâtisses qui forment notre quartier, un endroit où je me suis sentie assez en sécurité pour me mettre à mon aise et recommencer. Où John sera-t-il à l'aise maintenant ? Où recommencera-t-il ?

Mon Dieu, il faut que je le voie, même si ce n'est pas dans mon intérêt. J'ai besoin de savoir qu'il va bien et qu'il *ira* bien. Comment trouverais-je jamais ma paix à moi, sans d'abord prendre en compte le passé ?

Je suis debout devant les grandes fenêtres qui donnent sur l'Hudson et New Jersey au loin quand Éric se joint à moi, plaçant ses mains sur mes épaules et son menton sur ma tête.

« Tu as dormi un peu ? demande-t-il.

— Non. Et toi ?

— Pas beaucoup. Qu'est-ce que tu penses ?

— Qu'il me faut le voir, même si je ne le devrais probablement pas. »

Après une longue pause, il dit : « Alors, c'est ce que nous allons faire. »

Trois heures plus tard, Éric et moi sommes installés dans un jet militaire aux lignes racées et nous nous préparons à quitter Teterboro. On nous a traités comme des VIP, ce qui est quelque peu surprenant. Je le dis à Muncie, qui est passé à l'action dès qu'Éric l'a appelé ce matin. Je n'ai pas pu me résoudre à appuyer sur la gâchette, alors Éric s'en est occupé. Il a aussi fait savoir à Trevor que je ne serais pas au travail et a notifié nos amis les plus proches d'où nous allons et pourquoi.

« Vous êtes des VIP, dit Muncie. La Marine m'a donné l'ordre de veiller à satisfaire tous les besoins du capitaine West. »

Avant que je puisse absorber ces informations ou le fait que l'un des besoins du capitaine West, c'est *moi*, mon téléphone sonne en recevant un texto de Miles.

Tu es dans mes pensées pendant ce voyage difficile. Quoi qu'il arrive, tu as mon amour et mon soutien.

Ses mots me mettent les larmes aux yeux, mais bon, tout me fait cet effet. Mes émotions sont tellement à fleur de peau que quand Éric m'a fait un café, sa gentillesse sans faille m'a presque fait pleurer. Il voit bien que je suis sur le fil du rasoir, entre garder contenance et m'effondrer.

Quand le pilote annonce que nous sommes les prochains à décoller, Éric me prend la main et la tient fort. Pendant que nous nous élevons dans les airs, je donnerais tout pour être en train d'aller au travail. Une journée ennuyeuse, comme les autres, pendant laquelle il n'arrive rien d'extraordinaire, a des avantages.

À peine ai-je cette pensée que je me sens immédiatement égoïste. Il y a tellement de gens, y compris mon cher ami Miles, qui donneraient tout pour voir les personnes qu'ils ont perdues sur le bateau ainsi que les membres de l'armée qui sont morts en se battant contre l'organisation d'Al Khad. Je me souviens de la vendeuse à Bloomingdale's, et comment elle avait touché le pin's sur le col de sa veste qu'elle portait en l'honneur de ses parents défunts. Je pense à Dawkins qui n'a jamais cessé de se battre pour que justice soit faite au nom de sa fille et son beau-fils.

Que ne donneraient-ils pas pour la chance qui m'est donnée ! Je n'ai pas le droit de craquer à cause de l'opportunité de voir John. Je dois la célébrer en tant que bénédiction, car c'en est une, et prendre ce moment pour célébrer la grande victoire, obtenue pour notre pays ainsi que pour ceux qui ont perdu ceux qu'ils aimaient sur le bateau et pendant la guerre, à laquelle John a participé.

J'ai presque réussi à me convaincre que tout ira bien. Que je vais arriver à le voir, lui parler, obtenir des réponses à mes nombreuses questions, le remercier, peut-être le tenir dans mes bras et puis retourner à ma vie – ma nouvelle vie, celle que j'ai été forcée de me créer après qu'il est parti et n'est pas revenu.

Éric est si tendu, son corps est rigide dans le siège près du mien. Il regarde droit devant lui sans cligner des yeux en mâchouillant l'intérieur de sa joue, ce qu'il fait quand il est très préoccupé.

Je touche son visage pour lui faire savoir qu'il est en train de le faire, et il m'offre un petit sourire de remerciement. Cela lui fait toujours mal après coup, mais il dit qu'il ne se rend pas compte qu'il le fait jusqu'à ce qu'il ait mal. Je ne veux pas lui faire de mal, et ces montagnes russes sur lesquelles j'ai été depuis la nuit où Al Khad a été capturé lui ont fait mal. Elles l'ont rempli d'insécurité et de soucis par rapport à moi et à notre relation – et je déteste cela pour lui. Je le déteste pour nous deux, mais surtout je le déteste pour lui.

Je veux qu'il soit sûr de lui en ce qui me concerne. Nous préparons notre mariage. Cela devrait être le moment le plus heureux de notre vie, mais nous voilà dans un avion, volant trois mille miles pour faire face à mon passé. C'est trop à exiger de qui que ce soit, surtout quelqu'un qui a survécu à ce dont il a survécu.

« Je déteste le fait que cela arrive maintenant, dis-je à voix basse pour qu'il soit le seul à entendre.

— Qu'est-ce que tu veux dire ?

— C'est supposé être des jours heureux pour nous. »

Il touche ma joue avec son index.

« Je suis heureux d'être là où tu es.

— Tu sais toujours ce qu'il faut me dire.

— Parce que je t'aime.

— Moi aussi, je t'aime.

— Je le sais, mon amour, dit-il en soupirant quand il pose la tête contre son siège.

— Tu vas me dire comment tu te sens ? La vérité ?

— Je suis plutôt crevé après cette nuit blanche.

— Et ?

— C'est à peu près tout. »

De l'autre côté du couloir, Muncie porte des écouteurs et garde les yeux fermés, mais je parle à voix basse quand même.

« Dis-moi la vérité. »

Il ne dit rien pendant longtemps, mais je ne détourne pas le regard.

« Que veux-tu que je dise ? Que je panique à l'idée que tu m'oublies à la minute où tu le verras ? Parce que je ne vais jamais alourdir ton fardeau en admettant quelque chose comme ça. »

Je retiens d'autres fichues larmes.

« Ça n'arrivera pas.

— Comment tu le sais ?

— Parce que ce n'est pas ce que je veux. »

Je lui serre la main.

« J'ai ce que je veux devant moi.

— J'espère que tu te sentiras comme ça après l'avoir vu.

— Mais oui, Éric. »

Après avoir entendu ce qui le préoccupe, je voudrais dire au pilote de faire demi-tour et nous ramener à la maison.

John

Elle vient.

Muncie m'a réveillé avant l'aube avec la nouvelle qu'il me l'amène aujourd'hui. Je ne sais pas ce qui a changé entre hier et aujourd'hui, mais la seule chose qui m'importe, c'est de voir Ava.

J'ai déjà pris une douche et me suis rasé, et j'attends qu'une des infirmières vienne m'aider pour mon uniforme. Je peux presque tout faire par moi-même, mais j'ai besoin d'aide pour la prothèse et mon pantalon, ce qui me rend dingue. Je n'avais jamais imaginé un scénario dans lequel j'aurais besoin de l'aide de quelqu'un pour mettre mon froc, mais c'est ma réalité. Pour l'instant, en tout cas.

L'acte de me laver m'épuise. Avec des heures à patienter avant que quelqu'un de mon unité vienne me conduire à l'hôtel où je vais rencontrer Ava, je me mets dans le fauteuil relax et essaie de me relâcher pour que mes muscles arrêtent de trembler si violemment. Je ne veux pas qu'elle me perçoive comme malade ou faible. Je veux qu'elle voie le guerrier fort et stable qui a participé à la capture de l'homme le plus recherché au monde.

Je suis tellement excité que je ne m'attends pas à dormir, mais je somnole malgré tout et me réveille quand l'infirmière à laquelle j'ai demandé de l'aide entre dans la chambre.

« J'ai entendu dire que vous alliez sortir un peu aujourd'hui », dit-elle.

Elle s'appelle Hailey, et c'est ma préférée parmi les infirmières parce qu'elle ne me traite jamais comme si j'étais diminué. Son approche pratique de ma situation est un vrai soulagement par rapport à celle des autres, qui se comportent comme si j'étais spécial, alors que je sais que je ne le suis pas. Je suis juste un mec qui a fait son boulot. Je n'ai demandé ni notoriété, ni célébrité, ni toute l'attention qu'on m'accorde depuis que la vidéo a été diffusée par ces ordures de disciples d'Al Khad.

Je ne veux rien de tout ça. Tout ce que je veux, c'est Ava. Je veux retrouver la vie que j'avais avant l'enfer des six dernières années. Je veux une machine à remonter le temps.

« Ouais, dis-je à Hailey. Je vais voir mon amour, Ava, pour la première fois depuis six ans.

— Oh, mon Dieu ! Je ne savais pas que vous aviez quelqu'un. Où était-elle tout ce temps ?

— J'ai attendu d'être plus fort pour la contacter.

— Vous devez être si excité de la voir.

— Oui, je le suis. »

Je ne lui dis pas qu'Ava a un fiancé. Il n'existe pas pour moi. Je me concentre sur elle, rien qu'elle.

« Bon, on vous met sur votre trente et un, alors. »

Elle sort de l'armoire l'uniforme que mon unité a envoyé et m'aide à l'enfiler.

Pour la première fois, je vois le quatrième galon sur ma manche et j'éprouve un moment de fierté pure à avoir atteint le grade de capitaine. Je regarde avec plaisir le trident qui m'identifie comme commando de marine, ainsi que les rubans qui racontent l'histoire d'un engagement militaire décoré.

« Je veux ma jambe, lui dis-je, la honte me chauffant le visage.

— Bien sûr. »

Ça prend environ quinze minutes, ce qui me laisse encore plus à plat, mais porter à nouveau l'uniforme me remonte grandement le moral. Cet uniforme m'a sauvé la vie de plus d'une façon, et je ne le regarderai jamais qu'avec fierté, malgré la manière dont se termine ma carrière.

Je lève les yeux vers elle.

« Pourrais-je vous demander quelque chose, et serez-vous honnête ?

— Mais oui.

— Est-ce que j'ai une gueule pas possible ? C'est OK. Vous pouvez me le dire.

— Pas du tout. Vous êtes très beau.

— Je n'ai pas l'air malade ou faible ou…

— Rien de tout cela. Il me semble que vous n'avez aucune idée de combien nous sommes tous investis en vous. Pas seulement ici, mais tout le pays parle de vous et de ce que vous avez fait.

— J'ai horreur de ça. »

Je secoue la tête.

« Je ne faisais que mon travail. Je n'ai rien voulu de plus.

— Vous êtes un héros national, capitaine West. Vous êtes peut-être un héros réticent, mais vous êtes néanmoins un héros. »

Elle marque une pause, et donne l'impression d'essayer de contrôler ses émotions.

« Quand je repense à ce jour… Quand le bateau a explosé et l'horreur abominable de ce qui arrivait, je me souviens des pauvres familles qui ont perdu des leurs et leur peine terrible. Mon cœur s'est fendu pour eux. Ce que vous et vos camarades avez fait… Vous leur avez rendu justice, à ceux qui sont morts. Nous vous sommes redevables d'une dette de reconnaissance qui ne pourra jamais être remboursée.

— Merci, dis-je, touché par ses mots et la passion qui se cache derrière eux.

— Tout le monde dans le pays se sent comme moi.

— Je ne sais pas comment le prendre.

— Vous allez trouver, un pas à la fois. Le premier pas, c'est de voir votre Ava. »

À la brosse, elle enlève des peluches de ma veste d'uniforme et me regarde pour m'évaluer.

« Je crois que vous êtes prêt. »

J'ai un nœud à l'estomac de la taille d'une grenade antichar pendant qu'elle m'aide à m'asseoir dans mon fauteuil roulant.

« J'ai besoin de mes béquilles, aussi. Je veux qu'elle me voie debout, pas assis dans ce fauteuil. »

Hailey prend les béquilles et me les passe pour que je les tienne.

« Je vais vérifier que votre voiture est arrivée, et puis je reviens vers vous.

— Il a intérêt à être là, dis-je de l'enseigne de vaisseau que Muncie a désigné pour m'emmener. Il est supposé m'attendre en bas.

— Je vais vérifier et je reviens tout de suite. »

Elle me laisse seul avec mes pensées pendant encore quelques minutes. Je ferme les yeux et pense à Ava, revenant à notre première rencontre devant les toilettes dans ce bar affreux que Sanchez avait choisi pour fêter sa promotion, puis la dernière fois que je l'ai vue le jour de l'attaque, et tout ce qu'il y a eu entre. Je me souviens dans le plus grand détail de la première fois que j'ai vu son cher visage. C'est un moment que je me suis remémoré chaque jour depuis la dernière fois que je l'ai vue.

Les deux années passées avec elle ont été les plus belles de ma vie, mais j'ai des regrets, aussi. Tant de regrets, et je vais les partager avec elle aujourd'hui. Elle a le droit de connaître la vérité, même si ça va me tuer de dire les mots qui vont lui briser le cœur – et le mien.

Je n'aurais jamais dû me mettre avec elle.

Je lui ai dit des choses sur moi qui n'étaient pas vraies et gardé secrètes d'autres choses qu'elle avait le droit de savoir. Je l'aimais tellement que cela m'a rendu égoïste. Je suis encore égoïste en ce qui la concerne. Je n'en ai rien à foutre qu'elle ait un fiancé ou une nouvelle vie dont je ne fais pas partie. Je veux qu'elle me revienne, et je suis prêt à me battre pour elle aussi dur que je me suis battu pour trouver Al Khad. Cette bataille, la bataille pour l'amour de ma vie, est la plus importante de toutes.

CHAPITRE 29

Hailey revient quelques minutes plus tard.

« L'enseigne de vaisseau Bidlack est arrivé. Vous êtes prêt ?

— Ouais. »

Je suis plus prêt que jamais. Je glisse le chapeau de mon uniforme sous un bras et tiens les béquilles avec l'autre.

Hailey cale la porte pour qu'elle reste ouverte et puis vient me chercher, poussant ma chaise dans un couloir où s'alignent médecins, infirmières, kinésithérapeutes et autres employés de l'hôpital qui se mettent à applaudir en me voyant.

Plusieurs d'entre eux sont en larmes quand je les dépasse.

Je suis époustouflé. Je n'arrive pas à croire qu'ils ont fait ça, surtout que j'ai été un vrai connard avec beaucoup d'entre eux ces deux ou trois derniers mois. Ça n'a pas l'air d'avoir d'importance maintenant qu'ils célèbrent mon départ de manière inoubliable pour moi.

Leurs applaudissements retentissent derrière moi jusqu'aux ascenseurs.

Je lève la tête vers Hailey et la surprends en train d'essuyer ses larmes.

« C'est vous qui avez fait ça. »

Elle secoue la tête.

« Tout le monde voulait être là pour vous.

— Je vous remercie beaucoup. »

Ma voix est rauque d'émotion. Je suis comme un fil sous tension ces jours-ci, éprouvant tellement d'émotions en l'espace d'un jour que j'arrive à peine à les assimiler avant qu'un autre jour s'annonce avec un million de nouvelles émotions. Et aujourd'hui, ça promet d'être la plus émouvante de toutes les journées.

Dans le hall d'entrée, nous rencontrons l'enseigne de vaisseau Bidlack, qui me serre la main et me remercie de mon dévouement avant de me charger dans la fourgonnette avec accès pour handicapés. Ma vie, c'est ça, je pense tandis qu'on me hisse à l'arrière de la fourgonnette par un soulève-personnes.

Je rejette cette pensée tout de suite. C'est ma vie jusqu'à ce que je m'habitue à la prothèse et que je puisse rester debout plus que quelques minutes d'affilée. Le fauteuil est temporaire, tout comme les béquilles. Mon équipe de kiné me dit que je serai capable de courir, skier, faire du vélo et faire toutes les choses que je faisais avant d'être amputé. C'est difficile de l'imaginer alors que je suis encore en train de travailler à me tenir debout, mais ils savent mieux que moi à quoi s'attendre.

Sur le chemin de l'hôtel, je profite du paysage, impatient de voir les points de repère familiers de San Diego, la ville où j'ai passé le plus de temps qu'en aucun autre endroit de ma vie de nomade. Ava et San Diego sont mon chez-moi.

Nous arrivons au Fairmont Grand Del Mar, et les souvenirs reviennent à flots. Il nous avait fallu quitter notre appartement pendant trois jours pendant qu'on l'avait fait peindre, et j'avais fait une surprise à Ava avec des mini-vacances dans cet hôtel cinq étoiles. Je ne suis pas préparé pour le torrent d'émotions qui me submerge au fur et à mesure que les détails d'architecture espagnole se révèlent à moi, me rappelant quand j'étais là avec elle.

Quelque chose comme ça ne m'aurait jamais noué la gorge avant, mais maintenant…

« Capitaine ? »

Bidlack a ouvert les portes.

« Êtes-vous prêt, capitaine ?

— Ouais, allons-y. »

Après qu'il m'a descendu au niveau du trottoir, je dis : « Droit aux ascenseurs. Ne vous arrêtez en aucun cas.

— Oui, capitaine. »

Muncie s'est occupé de réserver pour moi sous son nom et a donné l'ordre à Bidlack de prendre la clé avant qu'il vienne me chercher. Je ne veux pas que l'on sache que je suis là, alors je garde les yeux fixés au sol et mon regard détourné, en espérant que personne ne me reconnaisse. Nous arrivons aux ascenseurs quand une femme pousse un cri.

« Vous êtes ce commando de la Marine !

— Madame, merci de respecter la vie privée du capitaine West, dit Bidlack qui me stupéfie.

— Bien sûr, dit-elle en se retirant. Mes excuses. Merci de votre engagement pour le pays. »

Bidlack pousse mon fauteuil à l'intérieur, et les portes se ferment derrière moi.

Je lève les yeux vers lui.

« Bon travail, soldat.

— Le commandant Muncie m'a dit qu'il me rétrograderait au niveau d'apprenti matelot si je laissais quiconque vous embêter. »

Ça me fait rire. Mon bon Muncie. Je lui suis redevable après tout ce qu'il a fait pour moi ces derniers jours.

« Il ne blaguait pas », dit Bidlack avec sincérité.

Il est si jeune. Je ne me souviens pas d'avoir été si jeune – probablement parce que je ne l'ai pas été.

Quand nous arrivons au bon étage, il me sort de l'ascenseur à reculons et me pousse vers la chambre. La suite est exactement comme celle que nous avions la dernière fois que nous sommes venus.

« Cela vous convient, capitaine ?

— Oui, merci, Bidlack. »

Je montre du doigt un fauteuil.

« Laissez-moi m'asseoir là, et puis rangez le fauteuil roulant dans la chambre, s'il vous plaît.

— Oui, capitaine. »

Quand je suis installé dans le fauteuil avec les béquilles reposant contre l'accoudoir, il pousse le fauteuil roulant dans la chambre, hors de vue.

Quelqu'un frappe à la porte, et mon cœur cesse de battre. Ce n'est pas l'heure. Elle ne devrait pas déjà être là.

Bidlack fait entrer un serveur d'étage qui livre une carafe d'eau glacée. Il apporte la carafe à la table, me sert un verre et laisse un deuxième verre vide près de la carafe. Celui-là est pour Ava.

Ava.

Dieu, Ava… Dépêche-toi. Je t'en prie. J'ai tant besoin de te voir.

« Le commandant Muncie a pensé que vous apprécieriez l'eau. Il a dit de commander tout ce que vous voudrez d'autre.

— De l'eau, c'est bien. Merci.

— Puis-je faire quelque chose d'autre pour vous ?

— Pas pour l'instant.

— Vous avez mon numéro de téléphone pour quand vous serez prêt à retourner à l'hôpital ?

— Oui, je l'ai.

— J'attendrai votre appel, capitaine. Et puis-je vous dire, pendant que j'en ai l'opportunité, que c'est un honneur et un privilège de vous avoir rencontré. »

Il me salue et tourne sur ses talons avant que je puisse lever le bras pour le saluer à mon tour. Je ne me souviens pas de la dernière fois qu'on m'a salué. Les courtoisies que nous considérons comme normales ici aux États-Unis étaient le dernier de nos soucis en campagne.

Le vol d'Ava doit atterrir dans quelques minutes. Ça prend trente minutes en voiture de l'aéroport à l'hôtel. Muncie doit m'envoyer un SMS quand ils atterrissent. Je sors mon téléphone de ma poche et le tiens dans ma main, le fixant jusqu'à ce qu'il s'anime dix minutes plus tard.

Atterri. Le fiancé est avec elle…

« Putain, non. » Je lui envoie un message.

S'il vous plaît, demandez-lui de venir me voir seule.

Je ferai de mon mieux.

Prévenez-moi quand vous êtes presque arrivés.

D'accord.

Je veux être debout quand elle entre dans la pièce.

La demi-heure passe si lentement, je me demande si l'horloge marche à reculons plutôt que d'avancer. Je fixe mon téléphone tellement que ma vision devient trouble. Après presque six ans, les trente dernières minutes sont les plus difficiles parce que je sais qu'elle est proche – plus proche de moi qu'elle ne l'a jamais été depuis la dernière fois que je l'ai vue.

Le téléphone s'illumine avec un texto de Muncie.

Hall d'entrée. Elle vient seule.

Je mets le téléphone dans ma poche et prends les béquilles, faisant un grand effort pour me redresser avec ces muscles qui ne marchent plus comme avant. Une chose qui, il fut un temps, aurait été si facile, maintenant prend toutes mes forces.

Je mets presque tout mon poids sur ma bonne jambe et attrape le dossier haut d'une chaise-relax jusqu'à ce que je sois en équilibre. Je pose avec attention les béquilles sur l'avant du fauteuil, les gardant à bout de bras. Je défroisse mon uniforme tandis que mon cœur s'emballe et ma bouche se dessèche.

Le regard fixé sur la porte, j'attends.

Ava

Muncie me donne une clé magnétique et le numéro de la chambre.

« Il ne pourra pas ouvrir la porte, alors utilisez ceci.

— Pourquoi ne pourra-t-il pas ouvrir la porte ?

— Il ne marche pas vraiment pour l'instant. »

Il hésite, l'air d'être en train de décider de quelque chose.

« Il était vital pour lui de pouvoir se mettre debout avant de vous voir. C'est tout ce qu'il peut faire pour l'instant. En temps voulu, il sera capable de faire tout ce qu'il faisait avant, mais pour l'instant… Se tenir debout est déjà un énorme accomplissement. »

En lui prenant la carte magnétique, je réalise que mes mains tremblent. Je lance un regard furtif à Éric. Depuis que Muncie m'a dit que John veut me voir seule, Éric n'a pas dit un mot. Son corps est si tendu que j'ai peur de le toucher.

Muncie lui donne une clé magnétique pour une chambre à un autre étage.

« Vos bagages y seront livrés. Quand vous êtes prête, me dit-il à moi, vous pouvez monter. Le capitaine West vous attend. »

Il s'en va.

Le capitaine West vous attend.

C'est irréel que John soit dans cet hôtel à m'attendre et qu'il ait choisi cet endroit entre tous pour nos retrouvailles. Je ne dis pas à Éric que nous sommes ici parce que John et moi avons une fois passé un week-end magnifique ici pendant que nous faisions repeindre notre appartement.

Je lève la tête vers Éric.

« Je vais y aller, là. Je te retrouve dans l'autre chambre après ? »

Il hoche la tête et place ses mains sur mes épaules avant de poser son front contre le mien.

« Ça va ?

— Je n'en sais rien. Et toi ?

— Pareil. J'aimerais pouvoir venir avec toi.

— Moi aussi, mais ce serait peut-être mieux si…

— Je comprends. Ne t'inquiète pas. Fais ce que tu as à faire et reviens-moi après, OK ?

— OK. »

J'ai une boule de la taille du Texas dans la gorge.

« Je t'aime, Ava.

— Je t'aime aussi. »

J'ai peur de bouger, peur de le quitter, peur de voir John et d'affronter les souvenirs douloureux. J'ai peur de respirer.

« Vas-y pendant que j'arrive encore à te laisser partir. »

Ses mains tombent le long de son corps, et il fait un pas en arrière.

Je veux m'accrocher à lui, le supplier de ne pas me lâcher, mais je ne peux lui faire cela. C'est déjà insoutenable pour lui. J'essaie d'imaginer comment je me sentirais si nous étions venus ici pour qu'il voie Brittany. Je ne pourrais y faire face, certainement pas avec autant de grâce que lui le fait.

J'avale la boule dans ma gorge et force mes pieds à avancer, à marcher vers l'ascenseur, me force à appuyer sur le bouton pour l'appeler, monter dans la cabine et appuyer sur l'étage qu'il me faut. Je garde les yeux fixés au sol pour ne pas voir Éric, mais je sais qu'il me regarde.

Je me sens déchirée par sa douleur. Ça le tue, mais il est malgré tout venu avec moi, m'a tenu la main pendant six heures de vol et ne m'a laissée que quand il y était obligé. Je croyais savoir ce que voulait dire le mot *agonie*, mais je n'ai jamais ressenti d'émotion de manière aussi intense qu'à cet instant même, en regardant les nombres augmenter sur le panneau au-dessus des portes. Chaque numéro me rapproche de John.

Les portes s'ouvrent et se referment presque avant que je le remarque et m'avance pour sortir. Je panique pendant un instant, en pensant avoir oublié le numéro de chambre, et puis je me souviens et je suis les flèches. Debout devant la porte où John m'attend, je suis incapable de bouger, respirer, penser ou faire autre chose que fixer la porte.

Il ne pourra ouvrir la porte…

Se tenir debout est un énorme accomplissement.

Je passe la carte magnétique devant le cercle noir sur la porte et regarde s'allumer la lumière verte. Vert, cela veut dire qu'on y va. Je pousse pour ouvrir la porte.

Il est debout à environ trois mètres de moi.

La première chose que je remarque est l'uniforme. Je ne suis pas sûre de ce à quoi je m'attendais, mais ce n'était pas à un rude rappel de la raison pour laquelle nous sommes ici, pourquoi tout cela est arrivé, où il a été, pourquoi il lui a fallu y aller. En l'espace de quelques secondes, mes yeux vont de son torse à son visage, et soudain je pleure et je m'avance vers lui, attirée par lui comme je l'ai toujours été.

Je suis dans ses bras, et il me tient comme il le faisait autrefois – fermement, avec amour, de manière parfaite. Il enfouit son visage dans mes cheveux et respire mon odeur.

« Ava, murmure-t-il, ma belle Ava. Je suis désolé. Je suis tellement, tellement désolé. Je t'aime tant. Je n'ai jamais cessé de t'aimer. Pas une seconde. »

C'est un torrent de mots qui sort de lui, comme s'il avait peur que je ne lui donne pas l'opportunité de dire tout ce qu'il a besoin de dire.

« J'ai pensé à toi chaque jour. Tout ce que j'ai fait, je l'ai fait pour pouvoir rentrer et te retrouver. »

Je pleure, je m'accroche à lui et j'écoute. J'écoute tous ses mots, chacun d'entre eux étant une flèche qui se loge dans mon cœur usé.

Son visage est mouillé aussi, et cette réalisation me fait presque tomber à genoux. Je ne l'ai jamais vu pleurer jusque-là, lui qui se moquait de moi quand je pleurais devant des publicités à l'eau de rose.

Nous restons debout ainsi pendant longtemps. Je n'ai aucune idée de combien de temps passe avant que je commence à me rendre compte qu'il se fatigue. Je ne veux pas le lâcher, mais son corps tremble.

« Assieds-toi, lui dis-je.

— J'ai besoin d'aide. »

Ces quelques petits mots ont l'air de lui coûter énormément.

Je garde le bras autour de sa taille et porte son poids pendant que nous franchissons le peu de distance qu'il y a jusqu'au canapé.

Une fois qu'il est assis, je remarque que son visage est devenu blanc de douleur.

« Qu'est-ce que je peux faire ? » demandé-je, en m'asseyant près de lui.

Il secoue la tête.

« Je ne voulais pas que tu me voies comme ça.

— La seule chose qui ait de l'importance, c'est que tu sois en vie.

— Ça a de l'importance, Ava ? Ça a encore de l'importance ?

— Cela a beaucoup d'importance. »

Je me rends compte que ça ne va pas être aussi simple que je le voulais. Il ne va pas être question de tourner la page, mais plutôt de rouvrir des blessures récemment refermées qui n'ont jamais vraiment guéri.

« J'ai tant de choses à te dire. »

Il me prend la main et plonge son regard dans le mien, et ses yeux bleus me sont aussi familiers que tout le reste dans ma vie.

« En commençant par te faire mes excuses. Je déteste t'avoir fait ça, tu es la dernière personne que l'on devrait traiter comme je t'ai traitée, la chose la plus précieuse de ma vie. »

Je verse des larmes sans retenue. Je n'ai aucun moyen de les arrêter. Il dit tout ce que j'ai tant voulu entendre pendant des années, que je n'étais pas folle de l'attendre ou de le pleurer ou de le désirer ardemment.

« Le soir où nous nous sommes rencontrés… je n'aurais jamais dû repartir avec toi ou rester avec toi ou tomber amoureux de toi. Mais il était déjà trop tard. Ce premier moment dans le couloir devant les toilettes… Après ça, il était trop tard.

— Pour quoi ?

— Pour m'en aller. C'est arrivé aussi vite que ça pour moi. Un vrai coup de foudre. »

Je peux à peine voir à travers mes larmes.

« Je n'avais pas le droit d'avoir une compagne, Ava. C'était contre le règlement. Et j'ai transgressé toutes les règles parce que je n'arrivais pas à me résoudre à te quitter. »

Après une pause, il dit : « J'ai essayé une fois ou deux. »

J'en suis ébahie.

« Quand ?

— Tu te souviens le week-end où je suis allé au Mexique avec mon unité ? »

En hochant la tête, j'essuie les larmes de mon visage.

« Je ne suis pas allé au Mexique. Je suis allé regarder des appartements. J'étais à deux doigts de signer un bail, mais je n'y suis pas arrivé. Je suis rentré pour être avec toi. Une autre fois, j'ai emballé mes affaires pendant que tu étais au travail. J'allais te laisser un mot et te dire que j'avais rencontré quelqu'un d'autre. Je voulais que tu sois si en colère que tu ne me chercherais pas.

— Je… je ne comprends pas.

— Nous n'étions pas censés avoir de complications, mais tu n'étais jamais ça pour moi. Tu étais *tout*. Je n'ai pas réussi à te laisser jusqu'à ce que je n'aie eu aucun autre choix que de partir.

— J'ai essayé de te trouver. Après ton départ… je suis allée à la base, et j'ai demandé aux gens, mais personne n'avait jamais entendu ton nom. Je n'ai réussi à te trouver nulle part, même pas en ligne.

— Je n'existe pas en ligne – ou du moins je n'existais pas jusqu'à ce que le Pentagone diffuse mon nom après que la vidéo a été rendue publique. »

Les mots sont teintés d'amertume.

« Ils m'obligent à faire une interview avec *60 Minutes* qui va être diffusée dans la semaine qui vient. C'est pour cela que je voulais te voir maintenant, pour que je puisse te le dire avant d'être obligé de le dire à tout le monde.

— Après la vidéo, je pensais avoir de tes nouvelles. Pourquoi tu ne m'as pas appelée ?

— Au début, c'était parce que j'étais vraiment mal en point, et par la suite parce que j'avais peur que tu ne prennes pas mon appel.

— Il y a des mois de ça. »

Je m'efforce de regarder son visage. Il est émacié avec les joues creuses, mais c'est le même visage qui a hanté mes rêves.

« Qu'est-ce qui a pris si longtemps ?

— Je ne voulais pas te revenir handicapé.

— Parce que tu croyais que cela aurait de l'importance pour moi ?

— Non, parce que ça avait de l'importance pour *moi*. »

Il me prend la main gauche et garde les yeux braqués sur ma bague de fiançailles.

« Muncie m'a dit que tu t'étais fiancée. »

Je hoche la tête, mon cœur battant si fort que j'en entends l'écho dans mes oreilles.

« Qui est-ce ?

— Éric… Il est… »

Je retire ma main et me verse un verre d'eau de la carafe sur la table. J'en prends une gorgée et puis une autre.

Pendant le plus long des moments, il fixe le sol du regard tandis que je me demande à quoi il pense.

« Je suis restée à San Diego jusqu'au mois de mai dernier. Je… J'ai attendu cinq ans. Je t'ai attendu, *toi*, pendant cinq ans, et puis… Je ne pouvais plus le faire, John. Je ne pouvais plus, c'est tout. »

Il hoche la tête mais ne dit rien.

« John… »

Tournant ses yeux bleus perçants sur moi, il me dit : « J'arrive trop tard, alors ? »

L'expression bouleversée de son visage brise mon cœur à nouveau.

« Je… je l'aime. Il était là pour moi.

— Et moi, je ne l'étais pas. »

Je n'arrive plus à rester en place. Je me lève et commence à faire les cent pas tandis qu'il me suit du regard.

« Je ne savais même pas si tu étais en vie ! Chaque jour pendant des années, j'ai passé au peigne fin les informations, cherchant quelque chose – *n'importe quoi* – qui me donne de l'espoir ou me permette de tourner la page ou quelque chose, mais il n'y avait jamais la moindre chose sur toi. J'ai attendu cinq ans. *Cinq ans*, John. »

Un sanglot fait dérailler ma voix.

« J'ai été seule face à ça tout ce temps-là, jusqu'à ce que je pense que j'allais devenir *folle* si je ne changeais pas.

— Viens là », dit-il.

Je secoue la tête. J'ai peur de m'approcher, même un peu, de lui. Il est en train de démanteler phrase par phrase la vie que j'ai reconstruite avec soin.

Il me tend la main.

« S'il te plaît. Je ne peux pas venir à toi. »

Je retourne à ma place sur le canapé, mais je ne prends pas sa main. Je garde les bras croisés, comme si cela allait me protéger d'une façon ou d'une autre.

« Je comprends. Je t'ai traînée en enfer. Je le regretterai toujours. Tout ce qui est arrivé est entièrement de ma faute.

— Non, c'était de la faute d'Al Khad. »

En haussant les épaules, il dit : « En grande partie, c'était aussi de ma faute.

— Il n'y a pas eu que de mauvaises choses, murmuré-je, en essuyant d'autres larmes. Pendant longtemps, ça a été la plus belle chose qui me soit arrivée.

— Jusqu'à ce que ça ne le soit plus. »

Il n'y a rien qui me vienne à l'esprit qui ne serait pas injuste. Ce n'est pas comme s'il était parti parce qu'il en avait envie.

« Tu savais que tu pouvais partir pendant plus de cinq ans ?

— Ça non, alors. On nous avait dit que des déploiements prolongés étaient possibles, mais rien à voir avec ce qui s'est passé.

— Ton… Ton père doit être très fier. »

Son visage perd toute expression.

« Je ne sais pas qui est mon père, Ava.

— Mais tu as dit que c'était un général, que tu avais grandi un peu partout.

— Oui, j'ai grandi un peu partout, parce que j'étais dans le système. Le système de placement dans des familles d'accueil. Ado, j'étais dans la merde, et un juge m'a dit que je pouvais aller en prison ou rejoindre les forces de l'ordre. Il m'a donné le choix, à moi. J'ai choisi la Marine. Je n'ai aucune famille digne de ce nom. Juste toi et les gens avec qui j'ai servi. Mon manque d'attaches faisait de moi le candidat idéal pour le travail qu'on m'a demandé de faire. »

Juste toi…

Juste toi…

Juste toi…

Entendre qu'il n'a personne d'autre brise quelque chose en moi.

« Tu m'as menti sur tant de choses.

— Seulement parce que j'y étais obligé. Jamais parce que je le voulais. »

D'une certaine façon, je comprends, mais ça ne me plaît pas.

« Mon thérapeute a dit que tu étais un héros national pour ce que tu as fait et sacrifié pour le pays. Mais que ce que tu m'as fait à moi n'était pas du tout héroïque.

— Je l'admets ouvertement. J'ai regardé les premiers reportages de l'attaque, et quand j'ai eu l'appel de mon supérieur, je n'ai pu penser à rien d'autre que toi et ce qui allait t'arriver. J'en étais malade, mais notre mission, mon rôle dans la mission, tout sur ma vie professionnelle était et est toujours classé secret défense. Je n'aurais pas pu t'en parler même si j'avais voulu.

— Tu aurais pu. Tu as choisi de ne pas le faire.

— Non, amour, dit-il doucement. En ne te donnant pas des informations qui pouvaient être utilisées contre toi par ceux qui essayaient de me capturer, j'ai choisi de te protéger. »

Quand j'entends cela, je m'éloigne.

« Comment auraient-ils pu l'utiliser contre moi ? Ils ne savaient même pas que j'existais.

— Je n'étais pas prêt à prendre même le plus infime des risques avec ta sécurité.

— Au lieu de ça, tu as presque gâché ma vie.

— Je regretterai toujours la peine que je t'ai infligée, Ava. Tu as toutes les raisons de me haïr. Je ne te le reprocherais pas, si c'était le cas.

— Je voudrais te haïr. Ce serait tellement plus simple de te dire d'aller droit au diable.

— Si c'est ce que tu veux faire, j'essaierai de comprendre. Mais s'il y a une chance… La moindre chance que tu m'aimes autant que je t'aime, que tu aies le cœur de me pardonner et me donner une autre chance… Il n'y a rien que je désire plus que l'opportunité de réparer ce que je t'ai fait. Tout le temps que j'ai été parti, j'ai rêvé de la vie qu'on aurait peut-être quand je rentrerais. On me renvoie de la

Marine à la vie civile pour raisons médicales avec une pension complète. On aurait les revenus pour faire tout ce qu'on veut, là où on le veut. Tout ce dont j'ai besoin pour être heureux, c'est toi, Ava.

— Non. »

Je secoue la tête comme si le mot tout seul n'était pas suffisant pour faire passer mon message. Je garde mes yeux fixés sur les quatre galons dorés sur sa manche.

« Je ne vais pas te laisser me faire ça. Je suis finalement bien dans une bonne relation avec un homme qui m'adore. Il m'a reconstruite et m'a aidée à trouver une nouvelle vie. Je suis désolée, mais non. Je ne peux pas faire marche arrière. »

Après un silence qui semble interminable, il dit : « OK. »

De sa poche, il retire un morceau de papier et me le donne.

« Mon nouveau numéro de téléphone.

— Je n'en aurai pas besoin, John.

— Prends-le quand même. Si tu changes d'avis… »

Je prends le papier et le mets dans ma poche.

« Je… Je devrais y aller. »

Il hoche la tête mais ne me regarde pas.

Je ne sais pas si je devrais le prendre dans mes bras ni même s'il apprécierait le geste.

« Je peux te demander quelque chose ? demande-t-il.

— OK.

— Si tu ne l'avais pas, lui, tu partirais quand même ?

— Cela n'a rien à voir avec lui, John. Il s'agit de *nous*, et trop d'eau a coulé sous les ponts pour essayer de redevenir les personnes que nous étions il y a six ans. »

Et voilà que ces fichues larmes se remettent à couler.

« Pendant très longtemps, j'aurais tout donné pour entendre les choses que tu m'as dites aujourd'hui. Mais maintenant… Mon seul choix était de tourner la page.

— Merci d'avoir fait tout ce chemin pour venir me voir.

— Merci pour tes sacrifices extraordinaires au service de notre pays. Je ne t'oublierai jamais, ni toi, ni le temps que nous avons passé ensemble. »

Ma voix se casse.

« J'ai aimé chaque instant. »

Je me précipite vers la porte parce qu'il faut que je parte d'ici avant que je m'effondre. Et il me faut agir vite avant de perdre ma détermination.

« Ava ! »

Son cri angoissé est plus que je ne peux supporter.

« Je t'en prie, ne pars pas. Ne me laisse pas. »

J'ouvre la porte et attends qu'elle se referme derrière moi avant de me laisser glisser jusqu'au sol, mes sanglots désespérés résonnant dans le couloir vide.

CHAPITRE 30

Éric

La torture, ça doit être comme ça. Cela fait presque une heure, et Ava ne revient pas. Je suis un animal en cage quand je me déplace dans la chambre, en essayant de résister à l'envie irrépressible de lancer un lourd presse-papier par la fenêtre en verre poli.

Je ne peux pas encaisser ça. Je ne peux pas rester une minute de plus dans cette chambre. Si elle revient et que je ne suis pas là, elle m'appellera.

Je prends l'ascenseur jusqu'au hall d'entrée et trouve le bar.

« Un Maker's Mark, dis-je au serveur. Pur.

— Tout de suite, Monsieur. »

Il met la boisson devant moi, et je me jette dessus, en avalant la moitié en une gorgée.

« Aimeriez-vous le mettre sur le compte de votre chambre ou ouvrir un compte au bar ? »

Je sors mon portefeuille et donne une carte de crédit.

« Commencez un compte au bar, s'il vous plaît. »

Je suis si tendu, j'ai l'impression que mes muscles sont sculptés dans du béton. Même les suites affreuses de ma séparation avec Brittany n'ont rien à voir avec cet enfer-là. Qu'est-ce que je vais faire si elle me dit qu'elle se remet avec lui ?

Je sors mon téléphone, m'assure que je n'ai pas de nouveaux SMS et puis j'appelle Rob.

« Salut, dit-il, répondant à la première sonnerie. Comment ça se passe là-bas ?

— Elle est avec lui en ce moment.

— Ah, bon Dieu, Éric, dit-il avec un grand soupir.

— Je suis en train de crever, Rob. Je ne peux pas le supporter. Le mec est un putain de héros national. Je ne fais pas le poids.

— Toi, tu es son héros à elle. »

Le téléphone fait bip. C'est elle.

« Faut que j'y aille. Elle m'appelle.

— Tiens bon.

— Merci. »

Je prends l'appel d'Ava.

« Ma chérie.

— Tu es où ?

— Au bar. Je remonte dans une minute.

— Je veux rentrer à la maison, Éric. »

Je fais signe au serveur pour avoir l'addition.

« Alors c'est ce qu'on va faire. J'arrive tout de suite. »

Je gribouille ma signature, attrape ma carte et cours vers l'ascenseur. J'entre dans la chambre quelques minutes plus tard et m'arrête net en voyant ses yeux rouges et gonflés d'avoir pleuré.

« Chérie. »

Elle vient à moi et je l'enlace.

J'ai tant de questions, mais je ne dis rien. Je me laisse guider par elle.

« On peut rentrer ? S'il te plaît ?

— Ouais. Allons-y. »

J'attrape mon sac et le sien, et garde un bras autour d'elle pendant que je l'accompagne jusqu'au hall d'entrée, où je demande au portier de nous appeler un taxi. Je me demande si je devrais faire savoir à Muncie que nous partons, mais décide que ce n'est pas mon problème.

« Vous nous quittez ? demande le portier.

— Ouais, on n'a plus rien à faire ici. »

Je lui donne notre numéro de chambre, et il note quelque chose avant de faire signe à un taxi.

« L'aéroport, s'il vous plaît », dis-je au chauffeur.

Dans la voiture, je mets mon bras autour d'elle et elle se blottit contre moi. Il y a de la circulation à cette heure-ci, et je ne suis même pas certain qu'on aura une place dans un vol, mais puisque nous allons à la plus grande ville du pays, je suis optimiste. Toutes les sociétés aériennes ont des vols pour New York.

Si je reste concentré sur les détails, je ne deviendrai pas fou à essayer de ne pas lui poser des centaines de questions auxquelles elle ne voudra pas répondre. Au lieu de ça, je fais ce que je fais de mieux. Je la tiens, je l'aime et je m'occupe d'elle. Je n'ai jamais été plus doué pour quoi que ce soit dans la vie que je le suis pour aimer Ava.

On finit sur un vol de minuit qui va à l'aéroport merdique de JFK. Je déteste arriver là et avoir à me battre avec la circulation jusqu'au centre-ville, mais on ne m'a pas offert La Guardia, et ma fiancée veut rentrer à la maison. On arrivera à cinq heures et demie, heure normale de l'Est. Avec un peu de chance, on pourra dormir dans l'avion.

« Y aurait-il une possibilité de surclassement ? » demandé-je à l'agent du service de réservation des billets.

Elle met son nez dans son ordinateur et nous trouve deux places en première classe. Je lui donne ma carte de crédit.

Ava se tient à mes côtés, et je surprends l'agent de billetterie en train de jeter des coups d'œil furtifs vers elle, se posant probablement des questions sur son visage ravagé. Je tends le bras vers Ava, l'enlace et fixe du regard l'agent de billetterie pour l'encourager, je l'espère, à se les magner.

« Y a-t-il un salon ou quelque part où nous puissions aller attendre ? » demandé-je.

Elle me donne un passe d'un jour pour le club de la compagnie aérienne, et nous attendons là jusqu'à ce que notre vol soit annoncé.

Ava ne dit pas un mot jusqu'à ce que l'on soit assis à nos places à l'avant de l'avion, avec nos ceintures de sécurité attachées.

« Merci.

— Si tu as besoin de quelque chose... »

Je soulève l'accoudoir entre nos sièges et l'installe confortablement sur mon torse.

« Je n'ai pas encore les mots.

— Ce n'est pas un problème. Tiens-toi à moi, c'est tout, et tout ira bien. »

Mais en prononçant les mots qu'elle a besoin d'entendre, je crains que rien ne soit plus jamais pareil.

John

Après le départ d'Ava, je déboutonne ma veste d'uniforme et l'enlève, la lançant sur la chaise qui m'a soutenu bien droit pendant que je l'attendais. Je tire sur ma cravate et défais le premier bouton de ma chemise. Tout ça pour rien. C'est tout ce que je peux penser maintenant qu'elle est venue ici et est repartie, laissant derrière elle son parfum pour me tourmenter.

Tout ce que j'ai fait pour recouvrer ma santé pour pouvoir lui revenir n'a plus d'importance maintenant. Est-ce que quelque chose aura jamais encore de l'importance maintenant que je l'ai perdue ?

J'envoie un texto à Muncie.

Prenez-moi une bouteille de vodka et apportez-la à la chambre.

Je n'ai aucune idée d'où il est, mais il a intérêt à être quelque part dans cet hôtel ou je le ferai traduire en cour martiale.

Le téléphone sonne avec sa réponse.

Je monte tout de suite, capitaine.

Quinze minutes plus tard, j'entends la porte qui fait un bruit sec avant qu'elle ne s'ouvre pour le laisser entrer. Il porte la bouteille requise, et je vois son expression changer quand il réalise qu'Ava est partie. Il pose la bouteille sur la table.

« Maintenant, allez-vous-en.

— Capitaine…

— Muncie, j'ai dit de foutre le camp. C'est un ordre. »

Il fout le camp.

Quand la porte se referme avec un claquement, j'ouvre la bouteille et bois directement au goulot. Je n'ai pas bu un coup en six ans, sauf le tord-boyaux que Tito a brassé en campagne qui nous a presque tous tués. La vodka descend bien – et me monte direct à la tête. J'ai la tête qui tourne presque immédiatement, mais le soulagement… ça prend plus longtemps. La moitié de la bouteille, en fait.

J'ai l'impression d'avoir carrément sauté d'un avion sans parachute, et le sol vient à ma rencontre à toute vitesse. L'atterrissage va faire un mal de chien.

Qu'est-ce que je fais maintenant que je ne peux plus penser à elle comme source de motivation ? Où trouver l'espoir maintenant qu'elle m'a donné sa réponse – et pas celle pour laquelle j'ai prié tout ce temps ? Même après avoir entendu qu'elle était fiancée, je me suis quand même raccroché à l'espoir que quand elle m'aurait vu, cela serait comme si les six ans de séparation n'étaient jamais arrivés.

C'est beau de rêver. Les six années de séparation sont arrivées, et elle a poursuivi son chemin sans moi. Quel choix avait-elle quand je ne pouvais lui donner la moindre raison de continuer à avoir foi en moi ?

La deuxième moitié de la bouteille descend plus facilement que la première.

Je n'ai aucun souvenir d'avoir fini sur le ventre sur le canapé, mais c'est là que je suis quand Muncie me secoue jusqu'à ce que je me réveille le lendemain matin.

Les souvenirs d'hier reviennent à flots, me rappelant que j'ai perdu Ava pour toujours. Je ne veux pas continuer sans elle.

« Laissez-moi tranquille, Muncie.

— Je ne peux pas faire ça, capitaine.

— Je vous donne l'ordre de me laisser tranquille.

— Je comprends, capitaine, mais je ne vais pas vous laisser. Les gens s'inquiètent pour vous.

— Quelles gens s'inquiètent de moi ? Je n'ai personne.

— Les médecins et infirmières à l'hôpital, pour commencer. Et puis, vos supérieurs.

— Ils s'en fichent, de moi. Ils veulent juste que je fasse cette interview.

— Capitaine, tout le pays vous veut du bien. Le Pentagone a reçu plus de demandes d'information sur vous que sur qui que ce soit d'autre depuis des années. Les gens vous apprécient vraiment. »

Je me fiche de ces gens. La seule personne dont je ne me fiche pas ne veut plus de moi, et maintenant il me faut trouver une façon de vivre avec ça – de vivre sans elle.

Je ne peux pas le faire.

Fermant les yeux, j'ai un désir ardent pour l'oubli que m'avait donné la vodka.

« S'il vous plaît, partez, Muncie.

— Non, capitaine, dit-il doucement. Je ne vous laisse pas. »

Je suis très conscient du fait que je donne un exemple affreux, et que ma conduite est extrêmement inappropriée pour un officier de mon rang et de ma stature. Mais je n'en ai rien à foutre de tout maintenant qu'Ava est partie pour toujours.

J'ai la tête comme une citrouille et ma bouche a le goût de la mort, mais la douleur dans ma poitrine va peut-être faire ce qu'une balle à la jambe ne pouvait pas.

Il se pourrait bien qu'elle me tue.

Ava

Nous atterrissons à New York avec des bourrasques de neige et un vent qui hurle, ce qui a pour résultat une descente mouvementée à JFK. Éric me tient la main comme il l'a fait toute la nuit pendant que nous traversions le pays en avion pour rentrer. Je lui suis reconnaissante de ne pas m'avoir posé de questions. Je ne peux pas en parler. Pas pour l'instant.

L'heure que j'ai passée avec John me hante. Je ferme les yeux, et je vois son visage, ses yeux bleus distinctifs, les ravages de sa maladie. J'entends sa voix me suppliant de lui donner une chance de reformer notre couple.

Je t'en prie, ne pars pas. Ne me laisse pas.

Je pensais savoir ce que c'était que d'avoir le cœur brisé, mais lui tourner le dos tandis qu'il me suppliait de rester m'a détruite. Je suis vidée, éviscérée. Je ne sais pas comment continuer, comment fonctionner. Avec la douleur, j'arrive à peine à respirer.

Je pensais obtenir un moyen de tourner la page en le voyant, mais ce n'est pas ce que j'ai eu.

Je regretterai toujours la peine que je t'ai infligée, Ava.

Je n'étais pas prêt à prendre même le plus infime des risques avec ta sécurité.

Mais s'il y a une chance… La moindre chance que tu m'aimes autant que je t'aime, que tu aies le cœur de me pardonner et me donner une autre chance…

Il n'y a rien que je désire plus que l'opportunité de réparer ce que je t'ai fait.

Tout le temps que j'ai été parti, j'ai rêvé de la vie qu'on aurait peut-être quand je rentrerais.

Tout ce dont j'ai besoin pour être heureux, c'est toi, Ava.

Je t'en prie, ne pars pas. Ne me laisse pas.

« Ava ? »

La voix d'Éric me ramène au présent et je réalise que nous sommes arrivés à notre porte de débarquement, et qu'il est l'heure de quitter l'avion. Je me débats avec ma ceinture de sécurité jusqu'à ce qu'elle se défasse.

Nos bagages cabine à la main, il attend pendant que je rassemble mes affaires, et il me fait signe de passer devant lui.

L'hôtesse nous souhaite une excellente journée.

Je n'ai rien à lui répondre.

« Merci, dit Éric. Vous aussi. »

Sa main dans le creux de mes reins me fait avancer dans la foule à JFK jusqu'au trottoir, où nous faisons une longue queue pour un taxi.

Le vent glacé me fouette le visage, me faisant larmoyer, mais je suis si anesthésiée que je sens à peine le froid.

L'heure de pointe rend un trajet long encore plus long.

Nous arrivons chez Éric à 19 h 30 et montons péniblement l'escalier comme deux réfugiés rentrant à la maison après une marche interminable sans eau à travers le désert. Je veux une douche et un lit. Je prends le temps d'envoyer un texto à Trevor pour lui faire savoir que je serai absente encore aujourd'hui.

Il sait ce qui se passe et m'envoie un message tout de suite.

Prends tout le temps qu'il te faut.

Mon téléphone est plein de textos de ma sœur, ma mère, Jules, Amy, Miles et Skylar, tous pour voir comment je vais. Ils veulent savoir comment ça s'est passé avec John, mais je ne peux pas faire face à leurs questions. Pas maintenant.

Éric me suit dans la chambre et pose mon sac à l'intérieur de l'armoire.

« Qu'est-ce qu'il te faut ?

— Une douche et puis je vais dormir un peu. Si tu as besoin d'aller au travail, ça ne me dérange pas.

— Je ne vais nulle part.

— Je… Je suis désolée, je ne peux pas en parler…

— Tu n'en es pas obligée. »

Il caresse mon visage et puis m'embrasse sur la joue.

« Fais ce que tu as besoin de faire. Je serai là.

— J'ai vraiment apprécié que tu fasses ce voyage avec moi.

— Je suis avec toi, ma petite, dit-il en s'efforçant de sourire. Jusqu'au bout.

— Merci. »

Je vais dans la salle de bains et ouvre le robinet pour que l'eau chauffe pendant que j'enlève les vêtements que j'ai portés pour voir John. Je ne pourrai jamais plus regarder la tunique que j'aimais tant sans entendre John me supplier de ne pas partir.

En entrant dans la douche, je me laisse aller aux émotions qui débordent en moi jusqu'à se transformer en pleurs angoissés.

CHAPITRE 31

Éric

Camille a passé la nuit à essayer de m'avoir au téléphone, et c'est la seule raison pour laquelle je prends son appel maintenant, pendant qu'Ava est dans la douche.

« Salut.

— Oh, Éric. Dieu merci, t'as finalement répondu. Je perds la tête, tellement je suis inquiète pour vous deux. Comment va-t-elle ?

— Pas bien, Camille. Pas bien du tout.

— Qu'est-ce qui s'est passé ?

— Je ne sais pas. Elle n'a pas dit grand-chose depuis qu'elle est revenue de l'avoir vu.

— Alors tu ne sais pas ce qui s'est passé ?

— Non. Tout ce que je peux te dire, c'est qu'elle a dit qu'elle voulait rentrer à la maison. Alors on est rentrés.

— Qu'est-ce qui va se passer maintenant ?

— Je ne sais pas. Je ne sais rien.

— Je suis désolée. C'est juste que je suis tellement…

— Je sais. Moi aussi, je le suis.

— Tu me feras savoir s'il y a quelque chose que je puisse faire ?

— Oui, je te ferai savoir.

— D'accord, alors. Dis-lui que je l'aime.

— Je le ferai aussi. Je te reparle vite. »

Après avoir raccroché, j'éteins le téléphone. Je ne peux pas refaire ça dix fois avec tous ceux qui voudront savoir comment s'est passée la rencontre d'Ava avec John. Camille peut se charger de mettre tout le monde au courant. Je ne sais pas quoi faire de moi-même, ni de la tension qui me serre comme un poing. Je veux être là pour Ava, mais elle s'est tellement renfermée sur elle-même qu'il n'y a pas moyen de l'atteindre.

La douche s'arrête, et quelques minutes plus tard, la chambre devient sombre quand elle ferme les stores contre le soleil du petit matin.

J'entre, me mets en survêtement et T-shirt et m'allonge près d'elle dans le lit.

« Y a-t-il quelque chose que je puisse faire pour toi ?

— Non, merci. »

Je ne sais que dire d'autre, alors pendant longtemps je reste couché là et fixe le plafond pendant que le jour perce autour des stores. Comme je suis trop sur les nerfs pour dormir, je me lève et travaille un peu, des choses que je peux faire sans réfléchir. Vers midi, j'allume mon téléphone et commence à m'occuper de l'avalanche de textos de la famille et d'amis, demandant comment va Ava, comment je vais, moi.

Je ne sais trop que dire, alors je leur dis simplement que ça va tous les deux et merci d'avoir demandé.

Ava dort toute la journée et une partie de la nuit.

Je commande une pizza que je mange seul, en me demandant si je ne devrais pas la réveiller pour qu'elle mange quelque chose. Mais je décide de ne pas la déranger.

Elle ne bronche pas quand je me mets au lit vers 22 h, crevé de plus d'une façon. Elle est juste là, à côté de moi, mais elle est si loin qu'elle pourrait aussi bien être encore en Californie.

Je ne m'attends pas à dormir, mais mon alarme me réveille à 6 h 30 comme elle le fait chaque jour en semaine. Je jette un œil et trouve le lit vide près de moi, alors je me lève pour voir où elle est. Je la trouve dans la cuisine, habillée pour le travail dans une jupe droite et une chemise cintrée. Ses cheveux ondulent comme des vagues brillantes qui lui tombent dans le dos pendant qu'elle prépare ses flocons d'avoine comme tous les jours où elle va au travail.

Quand elle me voit, elle lève la tête et me fait un petit sourire.

« Bonjour. J'ai fait du café.

— Merci. »

Je m'en verse une tasse et étudie Ava, cherchant ses failles, mais il n'y en a pas. Elle a l'apparence habituelle des jours de boulot.

« Alors tu vas au travail ? »

En hochant la tête, elle dit : « Je suis obligée. J'ai pris tellement de retard. N'oublie pas que nous avons la réunion avec le pâtissier à 18 h. Tu peux toujours t'y rendre, n'est-ce pas ? »

C'est surréel, au moins pour moi, de parler de notre mariage après ce qui s'est produit dans les dernières quarante-huit heures. Mais si elle veut faire comme si de rien n'était, je suppose que c'est ce qu'on fera. Du moins pour l'instant.

« Je serai là. »

Ava

Rester occupée m'a sauvée dans le passé, alors je me plonge dans mon travail avec une concentration déterminée qui empêche mes pensées d'errer vers des sujets malsains. Trevor m'a demandé de préparer une proposition pour un nouveau client potentiel, une chaîne locale de bijoutiers qui espère prendre le dessus sur les marques nationales.

Je compile des idées sur comment différencier leur marque d'autres mieux connues quand Miles apparaît à mon bureau. Le changement en lui ces derniers mois ne peut être qualifié que de remarquable. Il sourit plus souvent, rit et occasionnellement sort une blague. Sur le revers de la veste de son costume, il porte encore le pin's du groupe des familles pour se souvenir d'Emmie, mais son attitude est considérablement plus légère que quand je l'ai rencontré.

« Qu'est-ce qui se passe ?

— C'est ce que je veux savoir. Je ne pensais pas que tu serais là aujourd'hui.

— Pourquoi pas ? Je travaille ici. »

Je ne peux pas en parler. Je n'en parlerai pas.

Quand il semble se rendre compte de cela, il s'éclaircit la voix.

« J'ai des nouvelles en ce qui concerne les poursuites judiciaires.

— Quel genre de nouvelles ?

— Du genre le gouvernement offre un règlement à l'amiable.

— Pour de bon ? C'est une proposition raisonnable ?

— Assez pour mériter notre attention.

— Je suis ravie de l'entendre. C'est la chose la plus juste à faire en ce qui les concerne.

— Tu peux être très fière du travail que tu as fait et qui nous a aidés à en arriver là, Ava. Ça a changé la donne.

— C'était un honneur d'y participer. Merci de la confiance que tu as eue en moi.

— Ma confiance était bien investie. J'ai parlé à Trevor, et nous sommes tous deux d'accord : nous aimerions te promouvoir au poste de manager commercial. C'est-à-dire, si tu es intéressée. »

Il n'y a pas si longtemps, une promotion de cette ampleur aurait été une nouvelle extraordinaire. Aujourd'hui, elle passe à peine à travers mon anesthésie émotionnelle.

« Waouh, c'est… C'est formidable. Merci.

— Ne me remercie pas. Tu as travaillé comme une forcenée et nous as montré que tu avais ce qu'il faut pour viser bien plus haut ici. Si c'est ce que tu veux.

— Oui, ça l'est. J'adore travailler ici, et je suis reconnaissante de cette nouvelle opportunité. »

La semaine dernière j'aurais pris une seconde pour me vanter d'avoir été promue au lieu de Caitlyn la Garce. Maintenant ? Je m'en fiche.

« Parfait. J'irai voir Trevor pour fixer une réunion avec vous deux plus tard cette semaine afin de réorganiser un peu les choses et que tu puisses commencer. Félicitations.

— Merci, Miles. Pour tout.

— Merci à toi. Je te dois une énorme dette de reconnaissance sur plusieurs fronts différents – et si ce règlement à l'amiable se fait, nous allons célébrer ça.

— Ce sera avec plaisir.

— Je te laisse retourner au travail.

— Tiens-moi au courant.

— Bien sûr. »

Je le regarde repartir, en remarquant qu'il se tient différemment de quand je l'ai rencontré pour la première fois, ce qui me fait grand plaisir. Il mérite une deuxième chance de trouver le bonheur.

J'essaie de me replonger dans ce que je faisais avec la proposition, mais j'ai les idées qui vagabondent.

Je t'en prie, ne pars pas. Ne me laisse pas.

Où est-il maintenant, je me demande. Est-ce qu'il va bien ? A-t-il des amis ou compagnons ou quelqu'un pour le soutenir ? Ou est-il seul ? Je ne supporte pas de penser à lui ou aux choses qu'il a dites ou à comment il m'a suppliée de rester. Regardant par la fenêtre, je fais tourner ma bague de fiançailles sur mon doigt sans me rendre compte de ce que je suis en train de faire.

Carlos apparaît, pose une boisson à emporter sur mon bureau et recule doucement, comme s'il avait peur que je morde. Je comprends qu'il a entendu parler de mon lien avec le capitaine illustre qui a participé à la défaite d'un monstre.

« Merci.

— De rien. Si je peux faire quelque chose… »

Je souris et secoue la tête.

« Bon, bah. »

Il me fait un petit signe de la main et s'en va.

Il m'a apporté un latte fait avec du lait écrémé qui descend bien. Je suis bénie des dieux d'avoir des amis et une famille qui m'aiment comme ils le font, mais l'attention me dérange. Je ne supporte pas de penser à la conversation avec John, encore moins de la revivre cent fois en la partageant avec tous ceux qui sont intéressés.

Je veux revenir à qui j'étais et ce que je faisais avant que Muncie se pointe chez Éric l'autre soir. Je veux me concentrer sur mon mariage, Éric, mon travail et notre vie dans la ville. C'est ce qui a du sens pour moi.

À 17 h 30, je quitte le bureau et prends un taxi pour aller à la pâtisserie où je vais retrouver Éric pour choisir notre gâteau de mariage. Encore la semaine dernière, j'étais si investie dans chaque détail du mariage. Maintenant, je me force à continuer machinalement, en espérant que cette anesthésie se dissipe finalement.

Si je continue à me forcer à avancer comme je l'ai fait depuis que je suis venue à New York, je laisserai derrière moi ce dernier obstacle, du moins, c'est ce que je me dis.

Je t'en prie, ne pars pas. Ne me laisse pas.

Je m'affale contre la porte du taxi quand des images de lui me reviennent à flots. L'air qu'il avait dans son uniforme. Les yeux d'un bleu intense qui me regardaient avec tant d'amour. L'effort qu'il a fourni pour se mettre debout et me recevoir. Les mots qu'il a dits. Les supplications qu'il a faites.

J'ai beau essayer de rester concentrée sur ma nouvelle vie, je n'arrive pas à me le sortir de la tête.

« Madame ? »

La voix du chauffeur me ramène à la réalité.

« Nous sommes arrivés. »

Par la fenêtre, je vois l'entrée de la pâtisserie. Je règle le trajet par carte de crédit.

« Vous avez besoin d'un reçu ?

— Non, merci. »

Je rassemble mes affaires et sors du taxi. À l'intérieur, Éric m'attend à l'accueil. Il a l'air rassuré de me voir, et j'ai horreur de savoir que je lui ai donné une raison de se demander si j'allais me pointer.

« Salut, chérie, dit-il, me saluant avec un bisou. Comment s'est passée la journée ?

— Occupée. Et toi ?

— Pareil. »

C'est comme s'il y avait un éléphant de deux tonnes entre nous, que nous nous obstinons à ne pas voir. L'éléphant entre avec nous dans la salle des conférences, où est exposée à notre intention une grande variété de gâteaux de mariage. Des morceaux de ces gâteaux mêmes sont dans des assiettes pour dégustation.

« Vous êtes le frère d'Amy, n'est-ce pas ? dit Deborah, la propriétaire, à Éric.

— Un des frères.

— Je la connais par le biais des Benson. »

Pendant qu'ils bavardent, je fais le tour de la pièce, en essayant de rester concentrée sur les gâteaux et non la voix dans ma tête qui me supplie de ne pas partir. Je reste debout longtemps, fixant un gâteau décoré avec de vraies fleurs. C'est le gâteau le plus magnifique que j'aie jamais vu, mais ce n'est ni à mon mariage, ni au gâteau, ni à Éric que je pense.

Non, je suis encore dans une chambre d'hôtel de San Diego avec un homme en uniforme qui ne peut rester debout longtemps sur sa nouvelle prothèse. Il me supplie de lui pardonner ce qu'il m'a fait et me demande de ne pas partir. Je vois ses yeux bleus, fixés sur moi comme ils l'étaient toujours quand nous étions ensemble.

« Ava ? »

Je me rends compte qu'Éric est en train de me parler et essaie d'attirer mon attention depuis un certain temps.

« Je suis désolée, dis-je, en lui souriant. Qu'as-tu dit ?

— Deborah allait expliquer toutes les options. Tu veux venir t'asseoir ? »

Non, je ne veux pas. Je ne veux ni m'asseoir, ni parler de gâteaux, ni penser à quoi que ce soit d'aussi banal qu'un mariage quand John est quelque part en train d'essayer d'apprendre à remarcher. Il n'y a rien dans ma vie qui ait du sens après l'avoir revu.

Mais je ne dis pas ces choses-là. Au lieu de cela, je fais le tour de la table et m'assieds près d'Éric, qui me regarde avec inquiétude et peut-être une pointe d'effroi, comme s'il sentait que je commence à flancher mais ne savait comment l'arrêter.

La présentation de Deborah est détaillée et m'aurait beaucoup intéressée il y a une semaine. Aujourd'hui, je ne peux m'enthousiasmer.

Elle suggère que nous goûtions les différents parfums, mais je ne peux pas. C'est tout. Je ne peux pas.

« Je ne me sens pas bien, lui dis-je.

— Oh, je suis désolée de l'entendre.

— Serait-il possible de remettre à plus tard la dégustation ?

— Je n'ai pas de disponibilité pendant les six semaines qui viennent. »

C'est le temps que nous avons attendu pour avoir ce rendez-vous.

« Nous serons peut-être obligés de trouver quelqu'un d'autre, alors, dit-il. Notre mariage est le 3 juillet. Il faut que ce soit réglé bien avant un délai de six semaines.

— Laissez-moi vérifier ce qu'on peut faire avec mon assistante. »

Elle se lève et quitte la pièce.

« Qu'est-ce qui ne va pas, Ava ? demande Éric quand nous sommes seuls.

— Je ne sais pas, mais l'odeur dans cette pièce me rend malade.

— Tu veux attendre dehors pendant que je prends un autre rendez-vous ?

— Oui, s'il te plaît. »

J'attrape mon manteau et mon sac et me dirige vers la porte, sortant dans l'air frais qui est un véritable soulagement après l'air trop sucré à l'intérieur de la pâtisserie.

Je me penche en arrière pour m'appuyer contre le bâtiment et inspire profondément comme pour me purifier.

Éric sort de la pâtisserie et enfile son manteau en marchant.

« C'était quoi, là-dedans ? Je croyais que t'étais excitée de choisir le gâteau.

— Je l'étais. Je le suis. Mais il faisait chaud là-dedans, et l'odeur… C'était écœurant.

— Non, ça ne l'était pas. Ça sentait comme dans une pâtisserie. »

Je me rends compte qu'il est en colère contre moi, ce qui est une première.

« On va parler de ce qui se passe vraiment, là, ou on va faire semblant que l'odeur du gâteau t'a rendue malade ?

— Je… Je te l'ai dit…

— En fait, tu ne m'as rien dit. Au lieu de ça, tu m'as laissé me faire de la bile pendant deux jours à me demander ce qui s'est passé à San Diego pendant que tu essayais de faire semblant que tout va très bien alors que nous savons tous les deux que ce n'est pas le cas. »

Je ne trouve absolument rien à y répondre.

Soufflant avec dégoût – ou ce que je prends pour du dégoût – il fait signe à un taxi de s'arrêter et tient la porte pour moi.

Je me glisse de l'autre côté du siège en faux cuir craqué pour lui faire de la place.

Éric monte et donne son adresse au chauffeur.

Nous décollons comme une fusée, et nous insérons dans la circulation.

Éric est assis à trente centimètres de moi, mais il regarde fixement par la fenêtre du passager tout le long du chemin jusqu'à la maison. Quand nous arrivons à Tribeca, il règle le taxi, me tient la porte et monte les escaliers derrière moi.

À l'intérieur du loft, nous rangeons nos manteaux.

« J'ai besoin de savoir une chose, dit-il, brisant le long silence inhabituel.

— Quoi ?

— Est-ce que tu veux être avec lui ? C'est pour ça que tu as construit ce mur pour me garder à distance depuis que tu l'as vu ?

— Non ! Ce n'est pas ce que je veux, et je ne te garde pas à distance.

— Oh que si, Ava. Tu es présente physiquement, mais tu n'es ici d'aucune autre façon. Tu es à un million de miles de moi.

— J'essaie de tout absorber. Je suis désolée de ne pas avoir pu t'en parler ou que tu aies pensé ce que tu as pensé. »

D'un ton plus doux, plus conciliant, il dit : « Il faut que tu me parles de San Diego. Je deviens dingue à essayer de comprendre ce qui nous arrive.

— Je suis désolée de t'avoir fait ça. C'était très… difficile de le revoir et de le voir diminué par sa blessure. »

Éric me prend par la main et me conduit au canapé, où nous nous asseyons ensemble.

« Il a dit certaines choses…

— Quelles sortes de choses ? »

Je regarde le sol.

« Il regrette ce qu'il m'a infligé. Il a dit qu'il n'aurait jamais dû me fréquenter et qu'en fait il a essayé de me quitter plusieurs fois, mais n'y est pas arrivé. »

En retenant mes larmes, je me force à continuer parce qu'Éric mérite de savoir ces choses.

« Pendant qu'il était parti, il a pensé à moi tous les jours, il m'aime toujours et veut une opportunité de se racheter auprès de moi. Je lui ai parlé de toi, de notre relation et que nous sommes fiancés. Je lui ai raconté comment tu m'as reconstruite et que ma vie est ici avec toi maintenant. Et puis quand il m'a fallu partir, il a dit… Il m'a demandé…

— Quoi, ma chérie ? Qu'est-ce qu'il a dit ?

— Il m'a suppliée de ne pas le laisser. »

Je me sens morte en mon âme quand je prononce ces mots et j'entends sa voix dans ma tête, m'implorant pendant que je m'en vais.

« Bon Dieu, Ava. »

Éric m'enlace et m'encourage à poser ma tête sur sa poitrine.

« Ce n'est pas étonnant que tu sois dans tous tes états depuis qu'on est rentrés.

— Je ne veux pas être dans tous mes états. Je ne veux plus penser à lui. Je veux penser à toi, au mariage et à notre vie, mais tout ce que j'entends, c'est lui qui me supplie de ne pas partir. Je… Je ne savais pas qu'il avait été élevé dans des familles d'accueil. Je ne crois pas qu'il ait quelqu'un d'autre. »

Je ferme les yeux pour retenir les larmes qui menacent de jaillir.

« Il m'a brisé le cœur encore une fois. »

Éric me tient contre lui et me frotte le dos.

« On va trouver une façon de nous en sortir ensemble. Ça va aller. Je te promets.

— Comment ? Comment est-ce que ça va aller ?

— Je ne sais pas, mais on va trouver. Peut-être qu'on devrait voir Jessica. Elle peut peut-être nous aider.

— D'accord.

— Tu veux que je l'appelle ?

— Ça ne te dérangerait pas ?

— Pas du tout. »

Il prend mon téléphone et tape le code, que je lui ai donné il y a longtemps. Éric et moi n'avons pas de secrets l'un de l'autre, alors c'est un soulagement de lui avoir dit ce qui s'est passé avec John même si cela nous fait mal à l'un comme à l'autre.

Je me blottis contre le canapé et ferme les yeux. Je l'entends au téléphone, mais je ne fais pas attention à ce qu'il dit. Je connais déjà l'histoire. Je n'ai pas besoin de l'entendre à nouveau. Je suis si fatiguée, je pourrais dormir toute une semaine et ce ne serait pas assez.

Éric revient au canapé.

« Elle sera là dans trente minutes.

— Elle vient ? Vraiment ? »

Il hoche la tête.

« Elle a dit que tu étais un de ses VIP. Si tu l'appelles, elle laisse tout tomber pour toi – et elle a dit que son mari est à une soirée cinéma avec les enfants ce soir, alors elle est libre de toute manière.

— Et elle a probablement mieux à faire que d'écouter mes petits malheurs.

— Ce ne sont pas de petits malheurs, Ava. Tu as survécu à l'une des choses les plus difficiles que quiconque ait affrontées, avec grâce, classe et détermination. Tous ceux qui te connaissent admirent comment tu as fait face à une situation inimaginable.

— C'est très gentil à toi de le dire, mais je ne me sens pas digne de ce genre d'admiration.

— Bah tant pis, dit-il avec un sourire taquin. Il faudra faire avec.

— Je ne veux plus me sentir comme ça, Éric.

— Je sais, mon amour. »

CHAPITRE 32

Ava

Nous restons assis ensemble jusqu'à ce que la sonnette annonce l'arrivée de Jessica. Éric se lève pour lui ouvrir.

Jessica entre et se rue sur moi, me prenant dans ses bras comme une vieille amie.

« Merci d'être venue.

— Je vous l'ai déjà dit : quand vous avez besoin de moi, je suis là.

— Éric vous a donné les dernières nouvelles ?

— Oui, il l'a fait, et en venant ici j'ai essayé d'imaginer comment cela a dû être pour vous de le revoir et d'entendre les choses qu'il a dites. »

Elle soupire.

« Je n'ai pas réussi à l'imaginer. »

Éric s'assied près de moi et me prend la main.

« Je n'arrive pas à me le sortir de la tête.

— Et vous n'y arriverez pas probablement pendant un bon bout de temps. »

Ce n'est pas exactement une bonne nouvelle pour moi.

« Dites-moi ce qui est arrivé. Il me faut entendre les détails. »

Je revis mon heure avec John, du moment où je suis arrivée à l'instant où je suis partie.

« J'ai appris des choses sur lui que je ne savais pas auparavant. Il m'avait dit que son père était un officier militaire de haut rang, mais ce n'était pas vrai. Il a grandi dans des familles d'accueil et est entré dans la Marine en sortant du lycée quand un juge lui a proposé ça ou la prison. Ils l'ont envoyé à l'université et l'ont recruté pour des missions spéciales parce qu'il n'avait pas d'attaches personnelles. Je n'ai jamais su, jusqu'à ce que je le voie l'autre jour, qu'il n'avait que moi.

— Et maintenant vous vous sentez coupable de l'avoir laissé alors qu'il fait face à un rétablissement long et ardu. Ai-je raison ? »

Ma Jessica a le chic pour aller toujours droit au but.

« Oui, vous avez raison. Je me sens très mal.

— Vous n'êtes pas responsable de lui, Ava.

— Je sais, mais…

— Pas de mais. Vous n'êtes pas responsable de lui. Je veux que vous me le disiez. Je ne suis pas responsable de lui.

— Je ne suis pas responsable de lui.

— Dites-le encore.

— Je ne suis pas responsable de lui.

— Vous avez besoin de le redire, ou est-ce que c'est entré dans la tête ?

— Ça commence à entrer.

— Et vous comprenez que personne n'est en faute ici, sauf le terroriste qui a décidé de faire sauter un bateau de croisière et par la même occasion détruire la vie de milliers de gens, y compris vous, d'accord ? »

Blâmer Al Khad passe bien mieux que de blâmer John pour avoir fait son travail et servi son pays.

« J'essaie de le comprendre. C'est un travail en cours.

— Vous vous demandiez ce qu'il était advenu de John. Maintenant, vous le savez. Vous vous demandiez comment il se sentait vraiment par rapport à vous. Maintenant, vous le savez. Vous vous demandiez comment vous vous sentiriez si jamais vous le revoyiez. Maintenant vous le savez. Qu'est-ce que vous avez besoin de savoir d'autre ?

— R-rien. J'ai toutes les réponses dont j'avais besoin.

— Alors il est temps de tourner la page. Sauf si… »

Elle jette un œil vers Éric.

« Je ne sais pas trop comment dire… »

Ce n'est vraiment pas son genre d'hésiter.

« Allez-y, dites-le. Quoi que ce soit.

— Sauf si vous préféreriez être avec John qu'avec Éric, dit-elle en faisant une grimace dans la direction de ce dernier. Désolée. »

Il donne l'impression d'avoir reçu un coup de poing.

« Ce n'est pas ce que je veux.

— Vous en êtes sûre ? demande Jessica.

— Oui. John est le passé. Éric est le présent et le futur. Il n'y a aucun doute dans mon esprit sur ce point.

— Es-tu vraiment sûre, Ava ? demande Éric. Je ne veux pas que tu sois tiraillée entre lui et moi pendant que nous organisons notre mariage. Si tu veux le remettre à plus tard, on peut le faire, mais j'ai besoin que tu sois absolument certaine que je suis ce que tu veux avant que tu t'engages envers moi. »

Je le regarde et je vois tout ce qu'il a été pour moi depuis le jour en juin dernier où il m'a sauvé la vie avec une part de pizza au fromage. Il m'a épaulée, soutenue, aidée à me reconstruire et n'a jamais faibli dans sa dévotion envers moi, quand un homme moins honorable aurait certainement dit que ça suffisait comme ça.

Je le vois sur un genou avec les lumières du sapin qui brillent derrière lui, me demandant de passer le reste de ma vie avec lui. Je le vois me tenant les cheveux quand je vomissais au moment de la capture d'Al Khad, et demandant qu'on lui rende une faveur pour découvrir si John était encore en vie après que la vidéo avait fait surface. Je le vois achetant des billets en première classe pour que je rentre le plus rapidement et le plus confortablement possible et ne poser aucune question quand il devait en avoir à revendre. Il a fait ses preuves de toutes les façons possibles. Il est temps que je lui rende la pareille.

« Je suis absolument certaine que tu es ce que je veux », lui dis-je.

Son soulagement est évident et palpable.

« Je suis désolée si je t'ai jamais donné de raisons d'en douter. »

Éric me serre fort dans ses bras.

« Ne sois pas désolée. Si tu es là avec moi, j'ai tout ce dont j'ai besoin, tout ce que je veux. »

Jessica se tamponne les yeux.

Je ferme les miens et remercie ma bonne étoile qu'Éric Tilden m'ait trouvée quand il m'a trouvée et m'aime comme il m'aime. J'espère qu'avec le temps, j'arrêterai d'entendre la voix de John qui me supplie de rester et de lui donner une autre chance. Partager mon dilemme avec Éric et Jessica m'a aidée à le mettre en perspective et me libérer des chaînes du passé.

Je veux me concentrer sur le présent merveilleux et le futur magnifique qui nous attend, Éric et moi.

« Je pense, dit Jessica tandis que nous restons enlacés, que mon travail ici est terminé. Ne vous dérangez pas. Je sais où est la sortie, et je vous contacte demain pour faire le point. »

Elle s'esquive, et je m'accroche toujours à Éric, mon port dans la tempête, mon amour.

« Je t'aime tellement, murmuré-je. Je ne trouverai jamais les mots pour te dire vraiment à quel point.

— Je crois savoir, parce que c'est réciproque. »

Je ne me fais aucune illusion : le chemin à parcourir ne sera pas facile et je ne cesserai subitement ni de penser à John, ni d'avoir mal en pensant aux choses qu'il m'a dites. Mais j'ai pris ma décision, et j'y trouve la paix.

ÉPILOGUE

Ava

Quatre jours avant mon mariage le 3 juillet, je rentre tôt du travail – mon dernier jour pour les deux semaines à venir. Miles, Trevor et Carlos ont organisé l'enterrement de ma vie de jeune fille aujourd'hui, qui était trop arrosé au champagne. J'ai la tête qui tourne un peu et j'ai vraiment hâte que les festivités commencent.

Au travail, c'est la folie depuis que le groupe des familles est parvenu à un accord à l'amiable avec le gouvernement. De nombreux fonctionnaires ont été obligés de reconnaître qu'ils auraient pu faire plus pour peut-être déjouer l'attaque, ce qui était le but premier de l'action en justice. Les deux cents millions en dommages et intérêts qu'on leur a accordés sont presque sans importance pour les familles.

Je me suis mise en ménage avec Éric en mai – la même semaine que Sky a emménagé avec Miles – mais j'avais l'impression que le loft d'Éric était mon chez-moi bien avant que j'emménage officiellement.

Je suis plus forte maintenant que je ne l'étais il y a quelques mois. J'ai été bien étonnée de voir combien cela m'a libérée de ne plus avoir à me poser de questions sur John. Je me suis débarrassée d'un poids d'une tonne maintenant que je sais qu'il est en sécurité et sur la voie d'un rétablissement complet. Je pense encore fréquemment à lui et espère qu'il va bien, mais mon cœur et mon esprit ne sont plus prisonniers d'un passé sur lequel je n'avais aucun contrôle.

Mon cœur et mon esprit sont complètement absorbés par Éric, notre mariage et notre prochain voyage de noces en Espagne et aux îles Canaries. Comme l'avait prédit Jessica, ce n'est pas arrivé du jour au lendemain, mais au fil des semaines, je me suis rendu compte que je pensais de moins en moins aux choses que John m'avait dites dans cette chambre d'hôtel. Ses mots d'adieu ne me hantent plus. J'ai tourné la page avec succès en me rappelant sans cesse qu'autant je l'aimais il fut un temps, autant je ne suis pas responsable de lui.

Mon téléphone sonne, l'appel venant d'un numéro que je ne reconnais pas. Je l'ignore presque, mais à cause de la nouvelle frénésie d'attention des médias pour le groupe de familles depuis que l'action en justice a été réglée à l'amiable, je prends le coup de fil.

« Ava Lucas.

— C'est le capitaine de corvette David Muncie. Nous nous sommes rencontrés il y a quelques mois…

— Oui, je me souviens. »

Comme si je pouvais jamais oublier.

« Que puis-je faire pour vous ?

— Je suis désolé de vous déranger, mais je ne savais pas qui d'autre appeler. Le capitaine West n'a pas vraiment quelqu'un d'autre. »

Mon cœur se serre et je m'effondre sur le canapé.

« Qu'est-ce qui ne va pas ? »

Pas ma responsabilité. Pas ma responsabilité. Pas ma responsabilité.

« Il a abandonné sa kiné. Il ne veut parler à personne, et la plupart du temps, il ne quitte pas son lit. Il a refusé de faire l'interview de *60 Minutes*. Il va mal. »

Je m'étais demandé pourquoi l'interview dont il m'avait parlé n'avait jamais été diffusée. Mais je ne peux pas entendre cela quatre jours avant mon mariage. Je ne peux pas, point final.

« Qu'est-ce que cela a à voir avec moi ? »

Pas ma responsabilité.

« Je me demandais si vous ne voudriez pas lui passer un coup de fil. Ça l'aiderait peut-être s'il avait de vos nouvelles. »

Pas ma responsabilité.

« Je… Je me marie. Dans quatre jours.

— Je suis vraiment désolé. Ce n'est pas grave. On va se débrouiller de notre côté.

— Attendez… »

Mon esprit s'emballe quand je pense aux implications de parler encore une fois à John, surtout en ce moment.

Je ne suis pas responsable de lui, mais comment puis-je entendre qu'il va mal et ne rien faire ?

« Vous pensez vraiment que cela l'aiderait si je l'appelais ? »

Je voudrais qu'Éric soit là pour me dire ce que je devrais faire selon lui.

« Oui, vraiment, sinon je ne le demanderais pas. Il n'est plus le même depuis qu'il vous a vue. »

Les larmes me piquent les yeux, et j'ai peur – je suis réellement terrifiée à l'idée d'un recul après avoir travaillé si dur pour être à nouveau bien dans ma peau.

« Je vais l'appeler. Quel moment de la journée serait le plus approprié ?

— Qu'est-ce que vous faites à l'instant ? Je suis à l'hôpital et je pourrais l'encourager à prendre l'appel. Il a été si débordé de demandes des médias et autres qu'il a arrêté de répondre à son téléphone. »

Je n'ai aucune idée si je fais ce qu'il faut ou non, mais je ne peux pas prendre le temps d'y réfléchir à fond.

« Là, tout de suite, ça marche.

— Vous avez le numéro ?

— Oui. »

Je me lève pour aller chercher dans mon portefeuille le papier que John m'avait donné, là où je l'avais mis après l'avoir vu. Tout ce temps, j'ai su qu'il était là, mais je n'y ai jamais touché.

« Donnez-moi cinq minutes, dit Muncie.

— D'accord. »

Ça coupe, et je retourne au canapé, où je m'assieds et fixe mon téléphone pendant les cinq plus longues minutes de ma vie. Puis je compose le numéro et l'écoute sonner deux fois avant que Muncie ne réponde.

« Ne quittez pas pour le capitaine West. »

En bruit de fond, j'entends une dispute. J'entends Muncie qui dit : « Prenez cet appel, bordel.

— Qu'est-ce que c'est ? grogne John.

— C'est moi. Ava.

— Ava ? »

Il parle comme un petit garçon le jour de Noël, et mon cœur se meurt pour lui, pour moi et pour tout ce que nous étions autrefois l'un pour l'autre.

Je me force à rester concentrée sur le but de cet appel.

« On me dit que tu donnes du fil à retordre à tout le monde.

— Ava... »

Tout un monde d'agonie s'exprime dans sa façon de prononcer mon nom.

Me battant contre la surcharge émotionnelle, je me concentre sur le but de l'appel.

« John, écoute-moi. Il faut que tu fasses ce que te disent les médecins pour que tu puisses aller mieux et te sortir de là. Tu ne veux pas te sortir de là ? »

La réponse à la question est un silence.

« John ?

— Je suis là.

— Tu ne veux pas te sortir de là ?

— Si, je le veux.

— Alors il faut que tu fasses ce qu'ils te disent. Tu peux faire ça ?

— Ouais. Je peux le faire.

— Est-ce que tu dis ce que je veux entendre pour que je te laisse tranquille ?

— Je ne veux pas que tu me laisses tranquille. J'ai passé six ans à essayer de revenir à tes côtés. C'est la dernière chose que je veux, que tu me laisses tranquille. »

Peut-être que je m'y suis mal prise. Peut-être que ça n'a pas besoin d'être tout ou rien.

« Si je t'appelle de temps en temps pour voir comment tu vas, est-ce que tu vas te lever et aller à ta thérapie ?

— Tu vas vraiment m'appeler ?

— Seulement si tu fais ce qu'on te dit.

— Je le ferai.

— Ça ne veut pas dire… Je me marie toujours. Dans quatre jours, en fait.

— Je sais. J'ai vu le truc dans le journal. »

Ah, bon sang, la rubrique *Vœux*. Il l'a vue.

« Je veux que tu ailles bien.

— Tout le monde veut quelque chose de moi depuis qu'ils ont divulgué mon nom. Je ne sais pas comment y faire face. La presse… Elle est sans pitié. J'ai même eu des offres publicitaires. Je n'arrête pas de penser que tu saurais quoi faire, toi.

— Tu veux que je trouve quelqu'un qui puisse t'aider à t'en occuper ? »

Je pense immédiatement à Jules. Ça ne peut pas être FergusonMain. Ça ne le peut pas.

« Tu ferais ça ? Ce serait super.

— Je demanderai à quelqu'un de t'appeler de New York la semaine prochaine. Tu prendras l'appel ?

— Je prendrai l'appel.

— J'ai des affaires à toi. Tu veux que je te les envoie ?

— Je pourrais te contacter à ce propos quand je sortirai d'ici et que je saurai où je vais ?

— Bien sûr.

— Ava…

— Quoi ?

— T'es heureuse avec lui ? Vraiment heureuse ? »

Ma vie avec Éric défile dans ma tête comme le meilleur film que j'aie jamais vu.

« Je le suis vraiment.

— OK, dit-il en soupirant.

— Porte-toi bien, John.

— Sois heureuse, Ava. »

J'appuie sur la touche « fin » et essuie mes larmes. J'ai l'impression d'avoir fait ce qu'il fallait en l'appelant. Si c'est tout ce qu'il faut pour le remettre en selle, c'est le moins que je puisse faire.

J'inspire profondément et relâche l'air. Ça va. Mieux que ça. Je suis heureuse et amoureuse d'un homme extraordinaire qui sera bientôt mon mari.

J'ai hâte.

J'épouse Éric quatre jours plus tard, sur la pelouse de la maison de sa famille sur l'Hudson. Nous avons le temps glorieux d'été que nous espérions, et le mariage est exactement ce que nous voulions – décontracté, relax et fun. Nous sommes entourés des personnes que nous aimons le plus, et je n'ai ni une seule réserve, ni un seul doute pendant que mon père me conduit à l'autel et à mon nouveau mari. Il est tout ce dont je pourrais jamais avoir besoin, tout ce que je pourrais jamais vouloir.

Quand Éric a parlé à sa mère du mariage, elle a dit qu'elle ne pourrait être présente que si elle pouvait venir avec son nouvel homme. Éric a répondu que puisque son nouvel homme n'était pas invité, il était désolé qu'elle ne puisse y assister.

Après la cérémonie, Éric me surprend avec une part de pizza au fromage dans une assiette, ce qui me fait rire tandis que nos invités nous regardent d'un air confus. Cela ne fait rien. Ils n'ont pas à comprendre. C'est notre blague à nous, et le souvenir du premier jour que nous avons passé ensemble, il y a à peine plus d'un an, rend le jour présent encore plus précieux.

Après que je lui ai raconté l'appel de Muncie et comment j'ai parlé à John, Éric m'a dit que ça ne le dérangeait pas que je recommande John à Jules. Elle était ravie de l'opportunité de travailler avec l'homme du moment et a promis d'en prendre soin. Je lui ai demandé de m'épargner les détails, ce qu'elle a accepté de faire. C'est mieux comme cela.

Éric et Amy ont pris des congés sans solde de leur emploi pour mener la campagne électorale de Rob. Les médias ont été friands du fait que les triplés Tilden se retrouvent encore pour faire élire Rob, et il y a eu beaucoup de bonne presse sur leurs succès individuels. Personne ne parle plus beaucoup de comment s'est terminé le mariage de leurs parents, ce qui est un soulagement pour nous tous.

Rob a une bonne chance d'être élu au Congrès en novembre, et personne n'en est plus content que le gouverneur. Hier soir au dîner de répétition, il a porté un toast à Éric et moi, nous appelant des survivants qui méritaient toutes les bonnes choses qui viennent à nous. J'étais plus qu'heureuse de lever mon verre.

Notre première danse en tant que mari et femme est sur *You Are The Best Thing*, une chanson jazz que nous aimons tous les deux, par Ray LaMontagne. Mon *mari*, Éric, me regarde de toute sa hauteur, son sourire illuminant les yeux magnifiques qui me contemplent avec amour et adoration.

« Tu es heureuse, mon amour ? demande-t-il.

— Tellement heureuse. Et toi ? »

En hochant la tête, il dit : « J'ai tout si tu es à moi.

— Je suis à toi, c'est sûr. »

Et moi, j'ai mon *happy end*, finalement.

*

Merci d'avoir choisi de lire *Cinq ans sans lui* ! L'idée de l'histoire d'Ava m'est venue au début de 2017. J'y pensais tellement fort qu'il m'a fallu arrêter le programme qui était prévu fin 2017 pour ÉCRIRE le livre qui exigeait mon attention. C'est parfois comme cela que marche ma muse ! Je peux lui dire 'Mais les lecteurs veulent plus de *Gansett* ou de *Fatal*' et elle répond 'Pas de chance, on écrit autre chose maintenant. Ce n'est pas la fin du monde !' C'est elle la patronne, et je fais ce qu'elle dit. Puisqu'elle m'induit rarement en erreur, j'ai écrit *Cinq ans sans lui* en novembre et décembre 2017. Et puis j'ai eu la brillante idée de le traduire en français et allemand pour que les lecteurs dans ces deux langues puissent l'avoir en même temps que tous mes autres lecteurs, repoussant à octobre 2018 la date de publication. Je tiens à remercier mes fabuleux partenaires d'édition à Kensington Books pour avoir géré la distribution des éditions de poche, ainsi que Andi Arndt et Joe Arden pour la narration de l'incroyable édition audio, qui vaut bien le temps d'écoute que vous soyez ou non fan des livres audio. Ce sont deux des voix les plus populaires qui travaillent aujourd'hui avec les romans sentimentaux, et je suis ravie qu'ils fassent partie de ce projet. Avoir un livre qui sort en version traditionnelle, numérique, audio, française et allemande LE MÊME JOUR est le Saint Graal en matière de publication indépendante, et rien ne m'enchante plus que de mettre *Cinq ans sans lui* à la disposition de mes lecteurs et auditeurs dans le monde entier. J'espère que vous aimerez l'histoire d'Ava autant que j'ai aimé l'écrire, et restez à l'écoute pour la suite, *Un an chez moi*, mettant en vedette John, qui sort l'été prochain.

Tant de gens m'aident à faire ce que je fais, y compris mon mari, Dan Force, et mon incroyable équipe dans les coulisses, Julie Cupp, Lisa Cafferty, Holly Sullivan, Isabel Sullivan, Nikki Colquhoun, Anne Woodall, Kara Conrad, Linda Ingmanson, Joyce Lamb, Jessica Estep et Jules Bernard. Je dis toujours que je ne pourrais pas faire ce que je fais sans eux, mais c'est mille pour cent vrai, surtout avec ce livre-ci avec lequel nous avons vraiment fait fort en le rendant disponible en trois langues, publication traditionnelle, numérique et audio, tout le même jour. BRAVO L'ÉQUIPE !

Mes plus grands remerciements vont à mes lecteurs, qui tous les jours font de mes rêves une réalité avec leur affection pour moi et mes livres. Le fait d'avoir des amis lecteurs dans le monde entier est un magnifique cadeau que je ne tiens jamais pour acquis. Je n'ai jamais ressenti l'affection de mes lecteurs plus profondément que cet été après avoir perdu mon papa chéri. Merci de ma part – et de celle de ma muse – de votre soutien constant tout au long de ce parcours incroyable.

Je vous embrasse très fort,
Marie

Autres livres de Marie Force

L'ile de Gansett

Livre 1: Quand on est fait pour l'amour *(Maddie & Mac)*

Livre 2: Quand on est fou d'amour *(Joe & Janey)*

Livre 3: Quand on est prêt pour l'amour *(Luke & Sydney)*

Livre 4: Quand on rencontre l'amour *(Grant & Stephanie)*

Livre 5: Quand on espère l'amour *(Evan & Grace)*

Livre 6: Quand vient la saison de l'amour *(Owen & Laura)*

Livre 7: Quand on aspire à l'amour *(Tiffany & Blaine)*

Les séries de Rester à Flot

Livre 1: Rester à Flot *(Jack & Andi)*

Trilogie Quantum

Livre 1: Virtuous *(Flynn & Natalie)*

Livre 2: Valorous *(Flynn & Natalie)*

Livre 3: Victorious *(Flynn & Natalie)*

Livre 4: Rapturous *(Addie & Hayden)*

Livre 5: Ravenous *(Jasper & Ellie)*

Marie Force est l'auteur de plus de 60 romances contemporaines parmi les meilleures ventes du New York Times, incluant les Séries l'Ile de Gansett et les Séries Fatal des Livres Harlequin. Elle est également l'auteur de Le Majordome, Les Séries du Vermont, les Séries de la Montagne Verte et les Séries de romance érotique Quantum. En tout, ses livres se sont vendus à plus de 6 millions d'exemplaires dans le monde!

Ses buts dans la vie sont simples — finir d'élever deux heureux, sains, productifs jeunes adultes, continuer à écrire des livres aussi longtemps qu'elle le pourra et ne jamais être dans un avion qui fera l'actualité.

Adhérez à la liste de diffusion de Marie pour des nouvelles sur ses nouveaux livres et sa venue prochaine dans votre région. Suivez-la sur Facebook, Twitter @marieforce et sur Instagram. Joignez un des nombreux groupes de lecteurs de Marie. Contactez Marie à marie@marieforce.com